AF204071

# Shimabara - Götterland

*Dank für all die Hilfe, die es mir ermöglichte, meine
Geschichte auf Papier zu bringen.*

Michael Bartsch

# Die Artefakte der Götter

## „Shimabara - Götterland"

Zweites Buch – Teil 2

Das Werk, einschließlich seiner Teile, ist urheberrechtlich geschützt. Jede Verwertung ist ohne Zustimmung des Verlages und des Autors unzulässig. Dies gilt insbesondere für die elektronische oder sonstige Vervielfältigung, Übersetzung, Verbreitung und öffentliche Zugänglichmachung.

Bibliografische Information der Deutschen Nationalbibliothek: Die Deutsche Nationalbibliothek verzeichnet diese Publikation in der Deutschen Nationalbibliografie; detaillierte bibliografische Daten sind im Internet über http://dnb.d-nb.de abrufbar.


© 2015
2. Auflage
Autor: Michael Bartsch
Verlag: tredition GmbH www.tredition.de
Printed in Germany

ISBN: 978-3-7323-4358-4 (Paperback)
ISBN: 978-3-7323-4359-1 (Hardcover)
ISBN: 978-3-7323-4360-7 (e-Book)

Lektor:
Karl-Heinz Hemmersbach
Covergestaltung:
Annelie Mundt
http://www.kunstnet.de/corvi-noctis

# Inhaltsverzeichnis

*Shimabara – Götterland*

# Einleitung

Reneé Förster wird als Findelkind von Rosie und Harald Förster liebevoll aufgezogen. Nach dem Tode ihrer Zieheltern wohnt sie in Garmisch-Partenkirchen. Sie arbeitet freiberuflich für das Deutsche Museum. Seit ihrer frühesten Jugend ist sie von den fernöstlichen Kampfsportarten fasziniert und hat unter anderem die Schwertkampftechnik mit zwei Schwertern im klassischen Niten ichi ryu-Stil erlernt.

Im Testament ihres leiblichen Vaters David Copeland ist sie als Erbin eingesetzt worden. In dieser Angelegenheit reist sie nach Neuseeland. In Auckland freundet sie sich mit der Versicherungs-Detektivin Lucy Rowland an, die auf der Suche nach gestohlenen Antiquitäten ist.

Unter anderem fahndet sie nach zwei kostbaren Langschwertern, dem Aku Ryou Taisan und dem Ryouko maru. Reneés Vater und sein langjähriger Vertrauter Marc Dacasyi, der ebenfalls im Testament bedacht wurde, sollen in diese Diebstähle verwickelt sein. Reneé erfährt auch, dass ihr Vater im Besitz eines antiken Artefaktes, einem Gargoyl, sein soll. Nach der Testamentseröffnung lernt sie Marc Dacasyi näher kennen und vertraut ihm.

Mit ihrer neuen Freundin Lucy Rowland wird Reneé im Antiquitäten-Lager von Karl Urbansky und seiner Bande überfallen. Sie geraten in höchste Gefahr von den Gangstern überwältigt zu werden. Da öffnet Marc mit Hilfe des Artefaktes ein Tor zur Ebene Niihama und sie können dorthin entfliehen.

Er erklärt ihnen, dass sie sich auf einer künstlich erschaffenen Welt befinden, die Niihama heißt. Reneés Vater wird von den Bewohnern ‚Gott Svanson' genannt und hat diese Ebene geschaffen. Marcs richtiger Name ist Yagyu Kissaki Kenshi. Er wurde im Jahre 1638 im Alter von 25 Jahren von Gott Svanson, zusammen mit anderen Menschen aus der Gegend von Shimosuwa am Suwa-See, auf die Ebene Niihama gebracht. Marc war ein Schüler von Miamoto Mushashi, einem berühmten Schwertkämpfer.

In der Ankunftsstelle auf Niihama finden die Flüchtlinge die dortigen Wächter tot auf und stellt fest, dass sich Akatsuki auf der Ebene befinden. Das sind die Todfeinde der Götter und aller freien Menschen. Zusammen mit Marc begeben sie sich die beiden Frauen von der Ankunftsstation auf dem Berg Zaltana zu Gott Svansons Heimstätte, die sich auf dem Berg Chochokpi befindet; denn nur von dort aus können Reneé und Lucy wieder zurück auf die Erde.

Marc erzählt Reneé, dass ihre leibliche Mutter Alexandra beim Indianerstamm der Choctaw lebt. Dort wird sie als die „Frau des Gottes" verehrt. Göttin Annas', Svansons Schwester, leistet ihr dort Gesellschaft. Und sie erfährt, dass ihr Vater lebt und sich vielleicht in der Heimstätte vor seinen Feinden sich versteckt. Auf dem Weg zur Heimstätte erfahren die drei Weggefährten, dass Reneés Mutter und ihre Tante, zusammen mit der Häuptlingstochter Nadowessiu, vom Cherokee-Häuptling Towo'di verschleppt wurden.

Unterwegs zum Dorf der Choctaw geraten sie in einen Kampf mit der Harpyien-Königin Antiope, den Sie aber unbeschadet überstehen. Vom Choctawdorf aus folgen sie den Spuren der Entführer. Auf dem weiteren Weg werden sie von einer Zentaurenhorde überfallen. Nur mit viel Glück überleben sie und zwei der sie begleitenden Choctawkrieger den Angriff.

Gerade als sie das Dorf des Cherokee-Häuptling Towo'di erreichen, müssen sie mit ansehen, wie die Akatsuki aus einem Flugboot heraus mit einer Strahlenkanone das Indianerdorf vernichten. Lucy kann mit ihrem Langbogen das Amphibien-flugzeug abschießen. Bevor Annas und Alexandra und die Häuptlingstochter Nadowessiu in den Flammen umkommen, können sie in letzter Sekunde von ihnen gerettet werden.

Reneé lernt endlich ihre Mutter kennen. Leider wird diese auf dem Weg zur Heimstätte Swansons bei einem erneuten Kampf mit den Harpyien getötet und sie selbst schwer verletzt. Nachdem sie wieder genesen ist, reiten die Freunde weiter und kommen dabei an der Burg von Ordensritter Albrecht von Brandenburg vorbei. Reneé verliebt sich unsterblich in den Hausherren, der sich als Gott Svansons Vertrauter zu erkennen gibt.

Bei einem Turnier lernt sie Kristanna, genannt Göndül die Wölfin, kennen. Diese ist die Tochter des Gottes Lookken und ebenfalls eine Vertraute von Reneés Vater. Im Burghof muss Reneé einen Tjost auf Leben und Tod ausfechten, den sie entgegen den Erwartungen aller Turnierzuschauer überlegen gewinnt.

Nach drei Wochen verlassen sie Albrechts Burg, um auf dem Weg zur Heimstätte Marcs Tante und Onkel am Suwa-See zu treffen. Sie rasten auf einer Anhöhe, die Reneé ein bisschen an das Ehrfurcht gebietende Stonehenge erinnert. Dort begegnen sie einem Tohopka, dessen Feindseligkeiten sie sich stellen müssen. Wie die Akatsuki, ist sein Volk ebenfalls ein Todfeind aller Götter und Menschen. In einem harten Kampf können sie den Angehörigen der „Alten" Rasse töten.

An dem riesigen Keltenkreuz, einer heiligen Gebetsstelle der Schotten-Clans, treffen sie auf Gritha. Das ist einer der vier Raben, die von ihrem Vater beauftragt wurden, die Ebene zu beobachten.

Als sie am Sgian Dubh ankommen, werden sie von einer Gruppe Landsknechte unter der Führung Rittmeister von Ahrens angehalten. Im Lager der Söldner erfährt Reneé, dass Captain Grothusen ihren Geliebten Albrecht von Brandenburg töten will. Deshalb warnt sie diesen, als er zu einem Treffen mit Grothusen im Lager der Landser eintrifft. Albrecht kann entkommen. Doch Reneé wird gefangen genommen und von Capitain Grothusen gefoltert. Rittmeister von Ahrens befreit Reneé aus der Gefangenschaft, im Kampfgetümmel tötet Reneé ihren sadistischen Folterer.

Von Ahrens reitet mit den Gefährten bis zum Suwa-See und begleitet sie anschließend weiter. Auf der grünen Insel Hitokana treffen sie Marcs Tante und Onkel. Unter deren Obhut werden dort ihre körperlichen und seelischen Wunden versorgt.

Karen Mokyue, eine Ninja, stößt am Suwa-See zu Ihnen. Sie wird von den Einheimischen Angeni genannt. Karen verliebt sich in Reneé und schließt sich den Gefährten auf deren Weiterreise an. Bei einem Besuch in der Stadt Kumamoto, erfährt Marc von ihr, dass der Stadtkommandant Hatamoto Kami Kiminobu mit den Akatsukis gemeinsame Sache macht. Die Freunde überstehen zwei

Mordversuche von gedungenen Mördern. Kiminobu, der Auftraggeber dieser Überfälle, wird von Karen getötet.

Auf dem Weg zum Shin Shū-Gebirge wird Marc bei einem Kampf mit zwei Spezies der Alten Rasse schwer verletzt. Im letzten Augenblick können sie mit der Hilfe von Nadowessiu und Rittmeister von Ahrens entkommen. Sie retten sich in eine Höhle. Dort erfährt Reneé von der Ermordung Albrecht von Brandenburg.

Bei der Weiterreise treffen sie erneut auf die Harpyienkönigin Antiope. Reneé kann sie überreden, die andauernden Kämpfe einzustellen und zukünftig mit den freien Völkern der Ebene friedlich zusammen zu leben.

Nach sechzehn ereignisreichen Monaten erreichen sie das Shin Shū-Gebirge, das Land der Götter. Auf den Weg hinauf zum Berg Chochokpi müssen sie den von Gott Svanson erschaffenen „übernatürlichen" Schutz überwinden. Dazu gehören die zwei Steinkrieger Bīngshì und Bīngjiā. Beim Aufstieg überstehen sie Begegnungen mit dem Faun, der Chimära und dem Mantichora.

Am Refugium von Reneés Vater angekommen, können sie eine Gruppe Akatsuki vernichten. Dies war nur möglich mit Hilfe der beiden Cyborgwächter; menschenähnliche Maschinen aus synthetischer Biomasse mit Stahlskeletten. Auch Hugin, Munin, Frigga und Gritha, die Beobachter in Rabengestalt, unterstützen sie dabei. Leider finden sie in der Heimstätte keine Spur von Reneés Vater.

Am darauf folgenden Tag, als sie sich von dem Kampf ausruhen, werden sie von Gott Kraagen überfallen, ein Spross aus einem verfeindeten Göttergeschlecht. Er stiehlt das Artefakt von Niihama. Während des Kampfes wird Reneé schwer verwundet und wacht in einem Krankenhaus auf der Erde wieder auf. Sie hat ihr Gedächtnis verloren.

Der Psychologe Maik Barthels befreit sie aus den Klauen von Kraagens Gangstern, die sie in einem Sanatorium unter Drogen gesetzt haben. Nach etlichen Kämpfen mit Kraagens Leuten erreicht Reneé, dank Maiks Mithilfe, Neuseeland.

In Auckland entführen die Beiden Gott Judro, alias Notar Urbansky. Der verrät ihnen unter Reneés intensiver Befragung den

Aufenthaltsort von Gott Kraagen. Beim anschließenden Kampf in dessen Villa erbeutet Reneé unter anderem das Artefakt von Niihama zurück. Endlich kann Reneé zurückkehren zu ihren Gefährten, die am Suwa-See auf sie warten. Maik, der sich in Reneé verliebt hat, begleitet sie.

Nach dem Wiedersehen mit den Gefährten am Suwa-See befreien sie Nadowessiu und Karen aus der Gefangenschaft der Landsknechte. In einer großen Schlacht zwischen den Söldnern und den freien Völkern, denen sich die Harpyienkönigin Antiope mit ihren Adlern angeschlossen hat, werden die Landsknechte besiegt.

Anschließend brechen die Gefährten zur Ebene Shimabara auf um Reneés Vater zu suchen, der sich dort versteckt halten soll.

Das ist eine kurze Zusammenfassung der Inhalte von:
„Die Artefakte der Götter", Erstes Buch, Teil 1: „Das Tor nach Niihama", Teil 2: „Niihama - Land der Götter" und Zweites Buch, Teil 1: Die Rückkehr nach Niihama.

\*\*\*

*Dem Furchtbaren furchtlos begegnet,*
*so schwindet es von selbst.*

\*\*\*

# Prolog

Der Mann auf der Liege versuchte seine Schmerzen zu unterdrücken. Aber immer wieder brachen sie in neuen Wellen über ihm zusammen. Seine Eingeweide brannten wie Feuer und sein Kopf schien zu explodieren. Als der Schub vorbei war, liefen ihm aus Erleichterung Tränen über sein ausgezehrtes Gesicht, das einmal von Männlichkeit und Willensstärke geprägt gewesen war. Er schämte sich seiner Tränen nicht. Er war sich zu sicher gewesen, er hatte IHN einfach unterschätzt. Er, der tausende von Jahren überlebte, alle Anschläge und alle Kriege überstanden hatte; aus allen Kämpfen als Sieger hervorgegangen war. Wütend ballte er seine Fäuste. Wie ein blutiger ‚sho ho' war er in die Falle gegangen; obwohl er wusste wie durchtrieben sein Gegner war.

Es war allein nur die Liebe zu seiner Tochter gewesen, die ihn hatte unvorsichtig werden lassen. In der Vorfreude, sie endlich in die Arme schließen zu können, war er ohne Überprüfung durch das Tor zur Erde gesprungen; schmerzhaft war er in dieser Zelle aufgewacht. Im Tor war eine Umleitung installiert, anstatt Reneé zu treffen, war er in sein jetziges Gefängnis geschleudert worden.

Er wusste nicht auf welcher Ebene und wo er sich befand. Sein Trost war, dass seine Tochter anscheinend noch nicht in SEINE Gefangenschaft geraten war und ER etwas von ihm erfahren wollte. Wahrscheinlich würde sein Körper sonst schon in Form von Abermillionen Atomen im Universum umherschwirren.

Mühsam stand er auf und lief unter Qualen ein paar Schritte durch das Zimmer. Dabei vermied er es, sich dem rötlich schimmernden Schutzschirm zu nähern. Wie er leidvoll schon erfahren musste, wäre die sofortige Folge einer Berührung ein schmerzhafter Stoß. In der rötlichen Dunkelheit flohen seine Gedanken vor der Tatsache, dass er von seinem Gegner zu einem qualvollen Sterben verurteilt worden war, denn dieser hatte ihn mit dem tödlichen Yūdoku-Saft der Götter vergiftet.

Der Saft verhinderte, dass er nach seinem Tod in die Sphäre übertreten konnte, wo er sich mit den Vorausgegangenen seiner Art vereinte. Es gab seines Wissens kein Gegenmittel, sein Odem, seine Matrix würde einfach mit ihm sterben. Krude Gedankenfetzen irrten in seinem Kopf umher. Wie im Zeitraffer zog sein ausgefülltes Leben an ihm vorbei. Seine Erinnerung schweifte zu seiner geliebten Frau Alexandra. Trotz aller Bemühungen hatte er sie vor seinen vielen Gegnern nicht schützen können.

Seine erste Geliebte war Antiope; er hatte sie fürchterlich bestraft, aber letztendlich nur aus Arroganz. Nun bereute er zutiefst seinen selbstherrlichen Umgang mit Menschen und Tieren. Wie er sich eingestand, hatte er viel zu spät versucht seine Untaten wieder in Ordnung zu bringen.

Sein Körper krümmte sich erneut unter der nächste Welle von Höllenqualen. Stöhnend ließ er sich zurück auf die Liege fallen. Im Geiste sah er zwei Frauen vor sich stehen. Liebevoll lächelnd beugten sie sich über ihn. Ihre langen blonden Harre streichelten sein Gesicht. Die Hände hatten sie auf ihre schwangeren Bäuche gelegt. „Freyja! Alexandra!", murmelte er, aber als er nach ihnen greifen wollte, verschwanden beide. Seine geliebte Tochter Reneé erschien ihm, die ihn vorwurfsvoll fragte: „Warum warst du nicht für uns da?" Auch dieses Traumbild zerstob, als er es berühren wollte. War das schon der Anfang des Deliriums, ausgelöst durch das Gift? „Verzeiht mir bitte!", schluchzte er und ein Tränenstrom benetzte sein Kissen. Dann fiel er langsam in eine tiefe Agonie.

Das Licht in seinem Verlies flammte auf und sein Gegenspieler betrat das Zimmer. Mühsam kämpfte sich sein Bewusstsein wieder an die Oberfläche. Er wusste, dass sein Feind sich an seinen Schmerzen und seiner Hilflosigkeit weiden wollte. Aber diese Genugtuung würde er ihm nicht geben. Er hatte nur noch einen kleinen Trost, und nur der hielt ihn aufrecht. Sein Wissen würde er, trotz aller Schmerzen, nicht mit dieser Ausgeburt der Hölle teilen.

„Na, mein lieber göttlicher Kollege! Hast du gut geschlafen? Was machen die Schmerzen?" Jovial grinsend positionierte sich sein Peiniger jenseits des wabernden Schutzschildes.

„Willst du dich nicht endlich von deinen Schmerzen erlösen lassen? Es macht mich betroffen, wenn ich dich so leiden sehe. Ich trage dir auch gar nicht mehr nach, dass du mir Antiope weggenommen hast. Und Freyja, die du vor mir versteckt hast, dieses undankbare Weib war doch eigentlich nur eine Laune für mich."

Seine Stimme troff nur so von Hohn und geheucheltem Mitleid, während seine Augen hasserfüllt funkelten. Er starrte den Gefangenen einen Augenblick forschend an, um eine mögliche Reaktion auf seine Worte zu erkennen. Schon seit langem zermarterte er sich seinen Kopf mit Fragen, die jetzt frustriert aus seinem Munde hervorquollen: „Sag mir doch einfach nur, wo befindet sich das Refugium für die Qīndián* und wer verbirgt sich dahinter? Es ist deine vermaledeite Schwester Annas, dieses arrogante Miststück; gib es endlich zu!"

Plötzlich zog er seine Stirn kraus und starrte nachdenklich in die Zelle. „Oder ist es etwa doch deine Tochter? Dieser Menschenbalg wird doch niemals von den Alten akzeptiert!" Bauernschlau fügte er an: „Das Refugium befindet sich doch bestimmt auf Kyūshū!" Als keine Antwort kam und der kranke Mann ihn nur verächtlich ansah, trotz seiner offensichtlichen Schmerzen, rannte er wütend vor dem Schutzschirm hin und her.

„Und meine Mutter ist bestimmt die Shū shin*, nicht wahr?" Wutschäumend schrie er die Worte in den Raum. Kurzzeitig hatte er jede Kontrolle über sich verloren, aber schließlich beruhigte er sich doch wieder etwas. Stumm beobachtete er eine Weile, wie sein Gefangener von unmenschlichen Schmerzen traktiert wurde.

Mit freundlich verstellter Stimme hob er erneut an: „Ich verspreche dir, wenn du mir deine Geheimnisse verrätst, lasse ich deine Tochter am Leben. Außerdem darfst du dann in die Sphäre übertreten!"

Er warf ihm einen hinterhältigen Blick zu. Aber als er in die Augen seines Gefangenen sah, wurde ihm augenblicklich klar, dass der genau über den Yūdoku-Saft Bescheid wusste. Und dass er seinen vorgetäuschten Versprechungen keinen Glauben schenkte.

Seine Gesichtszüge verzerrten sich wieder zur wütenden Maske und er keifte: „Ich werde deine Tochter und ihre Gefährten leiden lassen, genauso wie dich. Bestimmt fällt mir dazu noch etwas ‚Nettes' für deinen Bastard ein!" Seine Pupillen hatten sich zu einem stechenden Blick zusammengezogen und ein irrer Ausdruck stand ihm im Gesicht. Hasserfüllt stierte er auf seinen Gefangenen.

In dessen Augen hingegen zeigte sich ein letztes Mal etwas seiner früheren Stärke. Obwohl er gegen die aufkommende Übelkeit ankämpfen musste, hatte seine Stimme einen festen Klang, weil die Endgültigkeit seiner Aussage darin mitschwang: „Du kannst nicht gewinnen! Und du wirst deiner gerechten Strafe nicht entgehen können. Der Zutritt zur

*Sphäre wird dir verweigert werden, denn Sie wissen schon längst was du getan hast, Ruzai!"*

*Der nächste Anfall schüttelte seinen Körper, mit einem qualvollen Seufzer schloss der Mann seine Augen.*

*Der Folterknecht schäumte vor Wut: „Dann eben nicht! Ich werde es auch ohne deine Hilfe schaffen. Mit Genuss werde ich dir beim Sterben zuschauen!" Seine hysterische Stimme überschlug sich, als er voller Hass verkündete: Ich werde sie ALLE vernichten. ALLE werden meinen Triumph zu spüren bekommen!"*

*Der Wahnsinn flackerte in seinen Augen, während er bösartig die Lippen hochzog, so wie ein tollwütiger Hund seine geifernden Lefzen.*

*Sein Gefangener auf der Liege war inzwischen in tiefe Bewusstlosigkeit gesunken. Er hatte die Tiraden seines Kerkermeisters nicht mehr mitbekommen, was diesen erneut zu einem Wutausbruch verleitete. Er belegte sein Opfer mit einem Schwall gemeiner Flüche und verließ tobend das Zimmer.*

*Die Beleuchtung erlosch wieder. Nur der Schutzschirm waberte im blassen Rot und ließ mit seinem Schimmer die Zelle wie ein Vorhof zur Hölle erscheinen.*

(*Qīndián: Auserwählte; Shū shin: Letzte Instanz

***

Das Tor, das uns zu fremden Himmeln bringt,
erfüllt es meine Träume?
Es ist mein Ziel, das einzig Hoffnung macht,
mein Elixier, das mich berauscht, mir den Mut gibt,
durchzuhalten bis zur Nacht.
Ich wandere suchend zu entrücktem Ziel,
nicht der Götter Ruhm, des Vaters Hand ist mein Begehr.

Ist solcher Traum vermessen?

***

# I. Auf nach Shimabara

Nach dem Mittagessen versammelten wir uns in der Kommandozentrale, um den Übertritt nach Shimabara vorzubereiten. Nach zwei Tagen Diskussion und Müßiggang wollten wir nun endlich aufbrechen.

Reneé scharrte ständig mit den Füssen; es war mir klar: ihre Zappeligkeit rührte daher, dass sie ihren Vater finden und endlich in die Arme schließen wollte.

*„Senri no michi mo ippo kara*: Selbst ein Weg von tausend Meilen beginnt mit einem ersten Schritt", meinte Karen. Mit diesen Worten versuchte sie Reneés Ungeduld ein wenig zu bremsen.

Ärgerlich war, dass wir nicht so einfach in Gott Robarths Refugium wechseln konnten. Reneé hätte am liebsten den direkten Weg genommen, was verständlich war. Aber Annas und Marc vermuteten, dass dort Fallen installiert waren. Vielleicht wartete ihr Vater dort in der Heimstätte, weil der Gargoyl von Shimabara nicht mehr richtig funktionierte. Oder er konnte aus anderen Gründen die Ebene nicht verlassen. Aber da wir nicht wussten, ob Kraagen uns möglicherweise zuvorgekommen war und im Refugium auf uns lauerte, war uns der direkte Weg verbaut.

Marc beendete unsere Diskussion und fasste noch einmal kurz zusammen: „Aus diesen Gründen werden wir zur Vorsicht den Weg über die Ankunftsstelle in Shimabara nehmen. Dort kann er keine Sprengfallen aufstellen. Denn wenn der Ankunftsort zerstört ist, funktioniert auch die Gegenstelle nicht mehr." Und er fügte noch hinzu: *„Yudan taiteki*: Nachlässigkeit ist ein großer Feind!"

Ich beobachtete meine Gefährten, während sie sich fertig machten für unseren Gang durch das Artefakt. Versuchten sie wie ich, ihre Nervosität zu unterdrücken? Welche für sie typischen Waffen legten sie an und welche nahmen sie zusätzlich mit? Reneé, die neben mir stand, bemerkte meinen Blick.

Um die allgemeine Anspannung vor dem Übertritt auf die andere Welt ein wenig zu lockern, erzählte sie mir etwas über die verschiedenen Waffen, die unsere Mitstreiter für ihren Übertritt bereitmachten. „Das Katana *Ryouko maru* von Marc kennst du ja. Dazu hat er ein Kurzschwert, ein Wakizashi mit dem Namen *hikeshi yaku*."

„Friedensstifter", murmelte ich und musste innerlich grinsen. Das war ja wie im Wilden Westen mit dem Peacemaker! Welch friedvoller Namen für diese tödlichen Waffen, dachte ich bei mir und lauschte dabei weiter auf Reneés Erklärungen.

Mit einer ausholenden Handbewegung deutete Reneé auf Karen. Die warf uns nur kurz einen undefinierbaren Blick zu, während sie sich ihre Weste mit einem Dutzend Messerchen über die *Uwagi*, eine Jacke mit versteckten Innentaschen, zog.

„Und hier unsere geliebte Ninja-Braut. Sie benutzt wie unsere Walküre Kristanna einen japanischen Kurzbogen, den *Hankyū*. Dazu kommt der von Karen so geliebte Kampffächer, der *Tessen* und ihre lieblichen kleinen Wurfmesser, die *Tantō gata shuriken*."

Mit achtungsvoll gesenkter Stimme beschrieb sie mir die Schriftzeichen auf dem Tessen. „Auf der Vorderseite steht Haguro, die Stadt aus der Karen stammt. Auf der Rückseite steht ,*shini megami*', Göttin des Todes."

Mit ironischem Unterton fügte Reneé hinzu: „Auf dem Stiel des Tessen ist *saibankan* eingraviert, das heißt der Richter. Sie führt also damit ein Urteil sofort und auf direktem Wege aus. Als Besonderheit hat sich unser ,Schwarzer Engel' noch mit einem *Jitte* bewaffnet. Das ist ein etwa 45 cm langer Messingstab. Kurz über dem Griff ist der Stab mit einer aufwärts gerichteten Gabelzinke versehen, mit der eine Schwertklinge gestoppt werden kann. Am Griff des runden Stabes befindet sich eine Quastkordel in schwarz, während die Quaste selbst rot ist. Eine *Fusahimo*", fügte Reneé noch erklärend hinzu. Dann deutete sie auf Lucy.

„Lucys japanischen Langbogen, mit ihren speziellen japanischen Pfeilen, kennst du ebenfalls. Damit hat sie schon des Öfteren unsere und auch deinen Hintern gerettet. Ich denke, obwohl sie vorgeblich Messer hasst, wirst du sicherlich trotzdem bei ihr ein paar dieser kleinen Wurfmesser finden können." Sie machte eine kleine Pause und befestigte ihre Saigabeln an den Hüften. Danach steckte sie ihr Katana in das auf den Rücken geschnallte Halfter. „Ob ich den im Urwald gebrauchen kann?", und stellte Ihren Bo-Stab unschlüssig in die Ecke.

Ich nahm den Faden wieder auf und meinte: „Über deine Saigabeln habe ich irgendeinmal gelesen, dass diese Waffen eigentlich nur zur Verteidigung gedacht waren?"

Reneé nickte. „Das stimmt. Benutzt werden sie vor allem dann, wenn man mit einem Schwert angegriffen wird. Damit klemmt man das Schwert ein. Die Sai stammt aus Okinawa, etwa um das Jahr 1800. Sie wird als Waffe unter anderem im *Kobudo* und *Karate* verwendet. Sie werden ähnlich wie Karens Jitte benutzt."

Sie zog eines dieser Kampfwerkzeuge aus dem Halfter. „Die Saigabel kann in zwei Positionen geführt werden. Als *Honte*, die Klinge zeigt dann nach außen und als *Gyakute*, dann zeigt die Klinge zum Körper." Während sie mir die Begriffe erklärte, führte sie zur Anschauung beide Techniken vor. Dann steckte sie die etwa 52 cm lange Saigabel wieder ein.

Ich ließ Reneé gewähren, denn einiges kannte ich schon, aber so wurde die Zeit bis zum Übertritt überbrückt. Tatsächlich verringerte sich während ihrer Erklärungen meine Anspannung.

„Weiter im Text. Unser Rittmeister trägt seine geliebte Armbrust und das Schwert der Landsknechts-Offiziere, die so genannte *Bauernwehr*." Sie blickte auf Ahrens, der abwartend am Tisch stand. Er war Reneés Erklärungen still gefolgt. Und als er ihre Bemerkung über seine Armbrust hörte, platzte er fast vor Stolz, als er erwiderte: „Sie ist eine Weiterentwicklung der normalen Armbrust, die ich in wochenlanger Arbeit selbst ausgetüftelt habe. Mit einer zusätzlich angebrachten Bogensehne und dieser Lasche hier, kann ich Bleikugeln bis zu dreihundert Meter weit verschießen."

Mit geschwellter Brust zeigte er uns dabei seine Waffe. Sie war ziemlich schwer, als ich sie in die Hand nahm. Der Holzschaft bestand aus glatt geschnitztem Eibenholz und lag sehr gut in der Hand. Der Bogen war aus Stahl, die Sehnen waren, wie Ahrens erklärte, aus den Fußsehnen eines Büffels gefertigt worden.

„Mit der ersten Sehne verschieße ich die Pfeile, sie werden *Harnaschpfeile* genannt und sind auf eine Entfernung von etwa einhundertzwanzig Schritten sehr überzeugend. Die Spitze ist viereckig und der Pfeil wird dann hier auf der Sehne eingehakt. Um die zweite Sehne zu spannen benutze ich diesen Spannhebel." Selbstbewusst zeigte er uns die ganze Apparatur.

Ich nickte anerkennend. Lobend meinte ich: „Eine sehr schöne Waffe. Sie wird uns bestimmt gute Dienste leisten." Lächelnd entspannte er die Armbrust wieder und gesellte sich zu Marc an den Tisch.

„Ein lieber Kerl", meinte Reneé zu mir. „Er hat mir mal das Leben gerettet." Für einen kurzen Augenblick verdüsterte sich ihr Antlitz, als sie an die schlimme Angelegenheit damals dachte. Sie seufzte tief. Einen Augenblick später überzog wieder das Strahlen ihr Gesicht, welches ich an ihr so sehr liebte. Es kam tief aus ihrem Inneren. Mit blitzenden Augen wies sie danach auf Nadowessiu, die in ein Gespräch mit Lucy vertieft war.

„Unsere liebe Häuptlingstochter benutzt zum Schädelspalten gerne ihre beiden Tomahawks, aber im Nahkampf benutzt sie lieber ihr berühmtes Kampfmesser mit den zwei Klingen. Dieses weist eine normale lange schlanke Klinge und zusätzlich, knapp über dem Griff, noch eine kurze Schneide auf. Es ist ein Nachbau des Kampfmessers der *Tlingit*, welches übrigens auch ein bedeutendes Indianervolk war."

Als Nadowessiu ihren Namen hörte, drehte sie sich zu uns um. Sie machte ein übertrieben grimmiges Gesicht und funkelte uns mit ihren dunklen Augen an. Dann nickte sie und wandte sich wieder an Lucy, die das ganze amüsiert verfolgt hatte. Schmunzelnd wandten wir uns Annas und Kristannas Vorbereitungen zu.

„Jetzt kommen wir zu unseren Göttinnen", meinte Reneé süffisant. „Kristanna hat ihre Monsterklinge dabei, das Schwert ,*shinbatsu o kōmuru*', die göttliche Strafe erleiden. Es ist dem beidhändigen chinesischen *Jiàn* ähnlich. Dagegen führt Annas ihr Kurzschwert ,*shin nyo*' mit sich, was wörtlich ,Göttin' bedeutet; was ja auch stimmt", fügte sie ironisch an.

„Die Bedeutung der Klingen passt ja gut mit Karens Kampffächer zusammen", fügte ich feixend an.

„Da hast du aber fein aufgepasst", neckte sie mich. „Sicherlich
verbirgt Kristanna außerdem noch ein oder zwei der klitzekleinen
Wurfmesserchen in ihrer Kleidung." Schnell fügte sie hinzu: „Annas
nimmt nun doch ,kami no seibai' mit, das Katana ,Gottesurteil' meines
Vaters."

Mit nachdenklich gekrauster Stirn überlegte sie kurz. Dann fasste
sie mich bei der Hand und zog mich zu den Beiden hin mit den
Worten: „Ich wollte sie schon immer mal fragen, woher diese
einmaligen Klingen kommen."

Sie standen zusammen an der Stirnseite des Zimmers und
unterhielten sich angeregt. Als wir näher kamen, unterbrachen sie
ihr Gespräch. „Ich wollte schon immer wissen, woher eure
Schwerter stammen", kam Reneé sofort zur Sache. „Liebe Annas
erklär es mir bitte, schon in Kumamoto habe ich deine Klinge
bewundert: nur bist du seinerzeit meiner Frage ausgewichen."

Kristanna warf Annas einen Blick zu, der einem Pokerspieler zur
Ehre gereicht hätte. Annas schaute uns ihrerseits an, ohne eine
Miene in ihrem aristokratischen Gesicht zu verziehen. Nach einem
kurzen Moment meinte sie dann zu Reneé: „Da du ja doch keine
Ruhe gibst, werden wir dich Unwissende jetzt aufklären."

Ein feines Lächeln umspielte ihre Lippen. Ich meinte, dabei in
ihren Worten einen leicht belustigten Unterton herauszuhören. Als
ich die drei Grazien vereint in Augenschein nahm, fiel es mir zum
ersten Mal auf. Irgendwie hatte sich Reneés Ausstrahlung den
Auren der beiden Göttinnen angeglichen. Jetzt wo sie eng bei
beieinander standen, sah es so aus, als würden sie gemeinsam von
einem golden flimmernden Schirm umgeben.

Ich blinzelte mehrmals, dann verschwand dieses Gefühl wieder.
Dieses Trio war nun wirklich eine Augenweide; diese Kurven
entzückten jeden Betrachter. Kristanna, eine große blonde Frau, mit
langem seidigen Haar, eher ein skandinavischer Typ mit sportlich
weiblichem Aussehen, hielt sich meist vornehm zurück. Über ihren
lächelnden, an den Seiten leicht nach oben gezogenen Lippen sah ich

himmelblaue Augen und eine gerade Nase. Mit einer Körpergröße von etwa 185 Zentimetern überragte sie die neben ihr stehende Annas, die nun ebenfalls eine aufregend frauliche Erscheinung war. Knapp 180 Zentimeter groß, war sie mit ihren gelockten bläulich-schwarzen Haaren aber eher südländisch geprägt. Lebhafte dunkelbraune Augen und eine kleine Nase schmückten ihr Gesicht mit sinnlich vollen Lippen.

Für mich war natürlich die Krönung in der Runde dieser Grazien aber Reneé. Das weizenblonde kurze Haar gab ihrer Ausstrahlung eine freche, spitzbübische Note und die sensationelle Figur war in meinen Augen jederzeit gut für einen Schönheitspreis. Ihre fein gezeichneten Gesichtszüge wurden geziert mit grünen Augen wie ein klarer Bergsee und einer leicht angedeuteten Stupsnase.

Wenn sie ihr bezauberndes Lächeln zeigte, sah ich zwei süße Grübchen auf ihren Wangen. Etwa einen halben Kopf kleiner als Annas, war es aber erst ihr sauberer Charakter, ihr wacher Geist und nicht zuletzt ihr offenes Wesen, die zusammen mit ihren äußerlichen Attributen tiefe Empfindungen in mir geweckt haben; und ich hatte mich unsterblich in sie verliebt. Ich kam langsam wieder in zurück in die Gegenwart. Innerlich belustigt über meinen gedanklichen Exkurs schüttelte ich den Kopf und folgte weiter Annas Ausführungen.

„Bei diesen besonderen Schwertern geht es immer um die Seele der Klinge und vor allem darum, wer sie geschmiedet hat. Unsere beiden Klingen sind für die Begriffe eines Samurais ‚Mei to', also bedeutende Schwerter. Von der Göttin Amaterasu o no kami wurden sie vor Jahrtausenden aus Sternenstahl geschmiedet. Neben unseren Klingen schuf sie auch für die japanischen Samurai und deren Kultur das bedeutendste Schwert Kusanagi, genannt Grasmäher.

In den Legenden kommen immer wieder außergewöhnliche Schwerter vor, die von hervorragenden menschlichen Schwert-schmiedemeistern, die selber auch große Schwertkämpfer waren, geschaffen wurden. Aber die Göttin Amaterasu hat als erste dafür gesorgt, dass diesen Klingen eine Seele eingehaucht wurde. Die Namen dieser Schwerter enden mit der Silbe maru, was so viel bedeutet wie -absolut rein- im Sinne einer reinen Seele." Annas beendete ihren Vortrag. Beide Göttinnen schauten uns mit ausdruckslosen Mienen an, was sie meisterlich beherrschten.

Reneé nickte verstehend, da sie selbst eine Abhandlung über die Samurai und deren Schwerter geschrieben hatte. Während Sie, die ja quasi vom Fach war, die Erklärungen akzeptierte, versuchte ich hinter den Pokerfaces der Göttinnen zu erkennen, wie viel davon den Legenden zuzuordnen war. Besonders der Unterton in Annas Stimme beschäftigte meine Gedanken.

Nach einer kurzen Pause, in der wir um uns herum nur die Geräusche unserer übrigen Gefährten bei ihren Vorbereitungen hörten, meinte ich dann nur: „Eine schöne Geschichte." Zu Reneé gewandt fragte ich: „Na, bist du nun zufrieden? Dann können wir ja jetzt aufbrechen."

Ich zog sie am Arm hinüber zu Marc und der restlichen Mannschaft. Ich schaute über die Schulter nach hinten und sah, wie die feixenden Blicke der beiden Göttinnen uns folgten. Zu Reneé gewandt murmelte ich leise: „Ich glaube denen kein Wort."

Sie schaute mich belustigt an; kopfschüttelnd ließ ich ihren Arm los. In der Zeit zwischen Reneés ungeduldigem Antreiben und den letzten Vorbereitungen für unsere Mission rumorte ein Gedanke in meinem Kopf herum. Beim Einpacken unserer Tauschwaren und Geschenke, bestehend aus Stoffen, Stahlwaren und einem kleinen mit erlesenem Cognac gefüllten Holzfässchen, fiel mir auf, dass bisher kein einziges aufklärendes Wort über die Ebene Shimabara gefallen war. Weder wie es dort aussah, noch welche Bewohner, wilden Tiere und gefährlichen Pflanzen uns erwarteten.

Wie gerufen, blieb Annas gleich neben mir stehen. Ich benutzte die Gelegenheit um laut die Frage zu stellen: „Hallo Leute, weiß eigentlich jemand wie es aussieht auf dieser Ebene, die wir gleich betreten werden? Welche Bedingungen herrschen denn dort?"

Alle unterbrachen ihre jeweiligen Beschäftigungen und schauten mich an. Nadowessiu und Ahrens nickten beifällig. Reneé runzelte die Stirn. Ich konnte ihr direkt ansehen, dass sie dazu etwas anmerken wollte. Schnell kam ich ihr zuvor und fügte hinzu: „Es würde zu unserer Sicherheit beitragen, wenn wir uns schon ein wenig auf die Gegebenheiten dort einstellen könnten."

Natürlich kam von Lucy einer ihrer typischen Kommentare: „Wäre ja nicht das erste Mal, dass irgendeines der üblichen Monster oder Ungeheuer versuchte, uns am Hintern zu packen." Ihr Mienen- und Gestenspiel, für das sie überall berühmt und berüchtigt war, begleitete diese Worte.

Nachdem sich die allgemeine Heiterkeit gelegt hatte, ergriff Annas das Wort: „Also, wir kommen auf eine Welt, die von Gott Robarth nicht erschaffen wurde, sondern er hat sie nur etwas umgestaltet. Shimabara ist eine von vielen erdähnlichen Planeten, die es in unserem Universum gibt. Soweit ich weiß, soll sich Shimabara in dem Sternbild befinden, das von euch als *Pegasus* bezeichnet wird. Ich war nur einmal dort auf Shimabara, und zwar in Robarths Begleitung."

Sie machte eine kurze Pause und fuhr sich mit der Hand über die leicht gerunzelte Stirn. Dann erläuterte sie weiter: „Lange Zeit konnte dort die Entwicklung ihrer Bewohner und die der Fauna und Flora ohne äußere Einmischungen ablaufen. Die Schwerkraft ist in etwa so wie die auf der Erde, auch die Länge der Tage und Nächte ist identisch. Die Luftfeuchtigkeit beträgt etwa 80 Prozent und die Temperatur schwankt fast immer so um die 30 Grad; und es gibt des Öfteren mal heftige, monsunartige Regenschauer."

Aufmerksam und interessiert verfolgten wir Annas weitere Ausführungen. „Das bedeutet, ein großer Teil von Shimabara ist mit dichtem Urwald bedeckt, den wir ebenso wie eine kleinere Stein- und Kakteenwüste durchqueren müssen. In der Gegend, dort wo sich Robarths Festung befindet, gibt es einen aktiven Vulkan. Um unser Ziel, seine Heimstätte, zu erreichen, müssen wir zwei Ozeane überqueren.

Die Landmassen *Hyōgen* und *Hyōga* an den Polen, die von Eismassen bedeckt sind, können wir dagegen ignorieren. Außer mit Katzenmenschen und Affenmenschen hatten wir damals keinen Kontakt mit irgendwelchen Einheimischen. Die Sprache der beiden Volksgruppen ist der chinesischen und japanischen Sprache ähnlich, aber ihr habt ja alle einen Translator bekommen, damit ist zumindest die sprachliche Verständigung kein Problem."

Mit nachdenklichem Gesicht marschierte sie einmal um den Tisch herum, die Arme hinter dem Rücken verschränkt. Dann blieb sie stehen und schaute uns nacheinander mit ihren dunkelbraunen, jetzt etwas leicht grünlich schimmernden Augen belustigt an.

„Zu den Affenmenschen gebe ich euch später, wenn wir zu ihnen stoßen, noch eine genauere Beschreibung. „Zuerst einmal werden wir bei unserer Expedition auf eine Ansiedlung von Katzenwesen treffen. Von dort aus schlagen wir uns zum Ufer des ersten Meeres durch. Ich hoffe, dass wir dazu einige Katzenmenschen als Führer anheuern können. Am Ufer des Dunklen Ozeans werden wir uns dann Boote für die Überquerung des zweiten Meeres mieten. Bei meinem ersten Kontakt mit den Katzen habe ich erfahren, dass es an den Ufern der Meere Siedlungen gibt, wo wir Boote gegen unsere mitgeführten Waren mieten können. Es gibt im Urwald, weit verstreut, mehrere Dörfer und Siedlungen dieser Katzenmenschen. Ja, was kann ich denn zu diesen Spezies sagen?"

Annas schlenderte langsam vor uns auf und ab. Sie nickte kurz mit dem Kopf, als ob sie sich zu ihrem guten Gedächtnis gratulieren wollte und begann zu erzählen: „Die Katzenmenschen nennen sich selbst *dai shizen*, was grob übersetzt ‚Mutter der Natur' bedeutet. Sie sind etwa Einmetersechzig groß, haben ein sehr dichtes, dunkelbraun bis rotbraun gestreiftes Fell und einen langen Schwanz mit einer Quaste am Ende. Sie gehen aufrecht auf zwei Beinen und nur auf der Flucht oder wenn sie sonst in Gefahr sind, benutzen sie beim Laufen noch ihre Hände mit. Durch ihren leichten Knochenbau und ihre starken Beinmuskeln, können sie weit springen. Sie sind sehr gute Kletterer, dabei benutzen sie ihren Schwanz oft als dritte Hand. Die Katzenmenschen sind Allesesser."

Sie unterbrach ihre Wanderschaft, hob ihre Arme und beschrieb weiter: „An den Händen haben sie fünf krallenbewehrte Finger. Die gebogenen scharfen Krallen werden je nach Bedarf eingezogen oder ausgefahren. Einer der Finger ist in der Funktion unserem Daumen vergleichbar, das heißt, sie haben handwerkliches Geschick und benutzen Werkzeuge - aber auch Waffen! An den Füßen haben sie sechs Zehen mit sehr spitzen Zehennägeln. Sie verfügen, dank ihrer feinen Nase mit Schnurrhaaren und den fast runden Ohren, über ausgezeichnete Wahrnehmungsfähigkeiten und können, anders als wir, auch bei Dunkelheit noch sehr gut sehen. Sie leben im Urwald in Hütten, die sie aus Baumstämmen errichten; die Dächer sind mit Blättern gedeckt."

Sie machte eine Pause, schaute uns an und sprach dann weiter: „Kurze, etwa ein Meter lange Blasrohre gebrauchen sie als Waffen, mit denen sie spitze Dornen verschießen. Diese Projektile stammen von einem besonderen Busch. Sie werden in einen Sud getaucht, dessen Gift den Gegner lähmt. Zur Jagd benutzen sie zusätzlich etwas, das so ähnlich wie eine Bola aussieht."

Unterstützt von Gesten ihrer Arme erläuterte sie: „Das ist ein Strick, der aus Pflanzenstängeln zusammengedreht ist. An der Spitze teilt sich das Seil in vier Stränge auf, die an den Enden jeweils mit einem durchbohrten runden Stein verbunden sind." Dann grinste sie in Lucys Richtung und meinte spöttisch: „Zu deinen Bedenken von wegen Monstern und Ungeheuern kann ich nichts sagen. Aber ich hörte Katzenmenschen Geschichten von fliegenden Ungeheuern, schwimmenden Bestien und fleischfressenden Bäumen erzählen."

Wir standen mittlerweile alle um den Tisch herum und lauschten gebannt Annas Informationen.

„Auf unserer Expedition werden wir auch noch zu den Schimpansen-Menschen stoßen. Ich weiß, dass deren Dörfer und Siedlungen verstreut an den Küsten der Gewässer liegen. Dort werden wir uns dann, wie schon erwähnt, die Boote zur Überquerung der Meere mieten."

Als Annas Bericht endete, fragte Marc nach kurzer Pause in die Runde: „Seid ihr bereit oder hat dazu noch jemand eine Frage?"

Zwar schüttelten alle mit ernster Miene die Köpfe, aber ich hatte das sichere Gefühl, dass meine Gefährten über Annas Erzählungen noch länger nachdachten. Eigentlich waren wir mit unseren Waffen für mögliche Kämpfe ziemlich gut ausgerüstet. Egal welcher Gegner uns entgegentreten sollte, vor allem die Kampferfahrung jedes Einzelnen und das starke Team sprachen zu unseren Gunsten.

Um die ernste Stimmung ein wenig zu lockern, rief ich großspurig: „So lasset uns beginnen! Ihr braucht nur ‚Dirty Harry' zu folgen, dann kann nichts mehr schief gehen." Dabei klopfte ich auf das Bowie-Messer an meiner Seite, befühlte meine beiden entsicherten Glocks in den Schulterhalftern und streckte stolz die Brust heraus.

Reneé verzog ihr Gesicht zu einer Grimasse, klopfte mir freundschaftlich auf die Schulter und sagte: „Ja, ja, unser Dirty Harry macht das schon. Aber lass jetzt mal die Luft raus, sonst bekommst du noch einen Buckel."

Mit einem blasierten Ausdruck sah ich um mich und setzte ein imaginäres Monokel aufs rechte Auge. Dann meinte ich näselnd: „Meine Damen, meine Herren, wir können gehen." Es hatte vorher bereits eine große Diskussion gegeben, wer als Erster durch das Tor des Gargoyl gehen sollte. Marc meinte, es sei anzunehmen, dass Kraagen in der Ankunftsstation einige seiner Leute mit Schusswaffen postiert hat."

Somit war ich mit meinen Glocks ein Kandidat der ersten Wahl. Die zweite Person war dann schnell gefunden, obwohl alle außer Ahrens und Annas sich nach vorne drängten und mit mir als Erste kommen wollten. Die Wahl fiel auf Karen, da sie im Nahkampf allen überlegen war und somit dafür prädestiniert, mit mir zuerst durchs Tor zu gehen. Dann sollten Marc mit Kristanna und Reneé folgen und zum Schluss Lucy mit Nadowessiu, Annas und Ahrens. Nach einigem Hin und Her war es dann beschlossene Sache, unser Abenteuer konnte endlich beginnen.

Annas nahm den Gargoyl von Niihama, legte die feinen Drähte auf dem silbernen Torwächter zu verschlungenen Mustern, die sie aus dem Buch ablas, in dem die Frequenzen notiert waren. Sofort begann der ovale Wächter leicht zu vibrieren und ein elektrisches Knistern erfüllte den Raum.

Ich bemerkte, dass selbst die Raben Hugin, Frigga und Gritha auf ihrem Wohnplatz unter dem Kuppeldach, ebenso beeindruckt und gespannt zusahen wie alle anderen Gefährten. Sie aber mussten zurückbleiben und weiter die Ebene beobachten. Es war faszinierend, als das Tor zu einer anderen Welt sich langsam öffnete und die Konturen eines kleinen Raumes sich abzeichneten.

An ihren Gesichtern sah ich Nadowessiu und Ahrens an, dass sie dem Übertritt mit gemischten Gefühlen gegenüber standen. Genau wie ich, trotz aller gemeinsamen Erfahrungen, die wir bei unseren ungewöhnlichen Abenteuern schon gemacht hatten.

Marc nickte mir auffordernd zu und ich zog meine Pistolen. Karen trat mit dem Jitte in der Hand kampfbereit neben mich. Ihre Hände waren mit dem Tebukuro, dem Handschutz bedeckt. Sie lächelte mir aufmunternd zu, während sie ihren linken Daumen hochstreckte: „Ich bin bereit." Karen hatte meine Anspannung bemerkt. Bei dieser auch aufmunternd gemeinten Geste sah ich in ihrem Gesicht eine konzentriert entschlossene Miene.

Meine Gefährten machten sich ebenfalls mit blanken Waffen kampfbereit. Als sich das Portal fertig manifestiert hatte, sprang Karen sofort in das dahinter liegende menschenleere Zimmer. Mit einem leisen Fluch, weil ich etwas gezögert hatte, folgte ich ihr.

An einer Seite des etwa viermal vier Meter großen Raumes stand eine Tür halb offen. Wir konnten laute Männerstimmen vernehmen, die sich auf Englisch unterhielten und sich ziemlich betrunken anhörten. Also war Kraagens Bande schon hier! Vorsichtig drückten wir die Tür auf. In der Mitte eines großen Saales saßen drei Männer an einem langen Tisch; sie wandten uns den Rücken zu. An der Wand leuchtete ein rotes Licht auf, was aber zu unserem Glück von ihnen nicht beachtet wurde. Vorsichtig schoben wir uns in den Raum hinein.

Die Kerle waren so mit dem Alkohol beschäftigt, dass wir uns ihnen unbemerkt nähern konnten. Als wir bis auf zwei Schritte heran waren, blickt einer der Männer auf. Er stierte mich mit verquollenen Augen irritiert an. Bevor sein benebelter Verstand registrierte, dass ungebetener Besuch gekommen war, sprang Karen ihn an. Sie musste ihm in ihrer schwarzen Kluft sprichwörtlich wie ein Geist erscheinen. Mit dem Messingstab traf sie den völlig konsternierten Typen seitlich am Hals. Während er mitsamt seinem Stuhl nach hinten kippte und mit dem Kopf auf die Steinfliesen knallte, was ihm den Rest gab, war Karen schon über seinen Saufkumpanen hergefallen. Mit einem trockenen Rückhandschlag traf sie mit dem Jitte seine Schläfe und schickte ihn ins Land der Träume.

Der Dritte griff fluchend nach dem Revolver, dabei wurde er fast von seinen zusammenbrechenden Kumpanen umgerissen. Als er dann endlich an seine Waffe kam, schlug ich ihn mit meiner Glock nieder.

Einen Augenblick später stürmte ein vierter Mann in den Saal. Dieser aber war nicht betrunken und erfasste die Situation sofort. Er riss seine Pistole aus dem Gürtel, während er verbittert fluchte: „Diese besoffenen Idioten."

Karen reagierte wieder schneller als ich. Mit einem *Ukemi* in Richtung des Pistolenmannes brachte sie sich auf die richtige Distanz für ihre Wurfmesser. Die Hechtrolle vorwärts beenden, eine blitzschnelle Drehung machen und den Shuriken mit der linken Hand werfen, war wie eine einzige Bewegung. Karens *Kiai* schwebte noch in der Luft, als das Messer schon den Adamsapfel im Hals des Angreifers zerfetzte.

Mit ungläubigem Gesichtsausdruck ließ der Mann seine Automatik fallen. Beidhändig versuchte er den Blutstrom aus der Wunde einzudämmen. Röchelnd fiel er auf die Knie. Mit einem letzten lauten qualvollen Seufzer kippte er zur Seite und hauchte sein Leben auf den Steinfliesen aus.

Mittlerweile hatten alle unserer Gefährten durch die Kammer den Saal betreten. Das Gepäck abstellen, sich blitzschnell verteilen und die Türen bewachen; das war wie von einer Spezialtruppe eingeübt. Schnell durchsuchten wir die Kleidung der Gangster. Plötzlich quäkte das Funkgerät am Gürtel des Toten.

„Toni! Melde dich! Gibt's was Neues?"

Geistesgegenwärtig nahm ich das Funkgerät und plärrte hinein: „Was soll das! Wenn was anliegt, melden wir uns schon! Und lasst uns jetzt in Ruhe! Over and Out!"

Nach einem: „Sauft nicht so viel! Wenn ihr Scheiße baut, zieht euch Kraagen die Haut bei lebendigem Leibe ab!", blieb das Gerät stumm.

Ich atmete tief ein und ließ die Luft erleichtert entweichen. Es war geschafft. Gott sei Dank schien es so, als hätten wir die Ebene Shimabara ohne große Komplikationen betreten. Die erste Schlacht war gewonnen. Leider konnte der Tod des Wachmannes nicht vermieden werden. Als die Situation soweit geklärt war, machten sich Marc und Reneé mit dem Rest der Gefährten auf, um die Ankunftsstätte Burg *Guówáng* nach weiteren Schergen Gott Kraagens zu durchsuchen.

Annas und Kristanna schauten sich nach der siegreichen Übernahme auf dem Hochplateau vor der Burg um. Sie erkundeten ob es möglicherweise Jemanden gelungen war unbemerkt zu entkommen. Wir hofften, dass den Gegnern unsere Ankunft noch nicht aufgefallen war.

Ich blieb als Schutz bei Karen und half ihr bei der Verschnürung der Wächter. In einer Kommode hatten wir unter anderem Seile gefunden, mit denen wir unsere Gefangenen fesseln konnten. Die bewusstlosen Wachen waren mit blauen Overalls und Springerstiefeln bekleidet. Karen ging bei der Fesselung mit den von uns überwältigten Kerlen nicht gerade sanft um. Grimmig zog sie die Stricke sehr stramm an.

„Also hatte Marc Recht mit seiner Annahme! Kraagen ist uns mit seinem Überfall auf die Ebene leider zuvor gekommen", meinte ich verstimmt zu Karen, die dazu nur kurz bejahend schnaubte.

„Jetzt können wir nur hoffen, dass er ihren Vater noch nicht gefunden hat! Das wäre nicht gut für Reneés Seelenheil." Während Karen noch den letzten betrunkenen Ganoven verschnürte, sah ich mich im Raum um. Ich trat an den massiven ovalen Holztisch, um die goldenen Schriftzeichen zu betrachteten, die als Intarsien in die Oberfläche der Platte eingearbeitet waren. Ich rief Karen herbei und bat sie um ihre Deutung.

Als sie die Zeichen musterte erklärte sie mir: „Die ersten Zeichen bedeuten *Tàiyáng shén*, die letzten sind Robarths Initialen."

„Sonnengott", dachte ich bei mir, dass passt zu diesem Typen. Nachdenklich fragte ich Karen, während sie nochmals die Fesseln überprüfte: „Was machen wir jetzt mit diesen Verbrechern?"

Sie sah mich forschend an. Dann machte sie mit grimmiger Miene das Zeichen des Halsabschneidens. Bestürzt schaute ich sie mit runden Augen an. Sie musste über meinen anscheinend nicht gerade intelligenten Gesichtsausdruck so herzhaft lachen, dass sie fast keine Luft mehr bekam. „Das war ein Scherz", schnaufte sie, immer noch außer Atem.

In diesem Moment kamen Annas und Kristanna zurück. Sie schauten uns fragend an, was Karen zum Anlass nahm, feixend auf mich zu deuten. Als dann auch noch der Rest unserer Gefährten von der Durchsuchung der Burg zurückkam und Reneé mit hochgezogenen Augenbrauen fragte: „Haben wir etwas verpasst?", da war es um unsere Beherrschung geschehen.

Lachend versuchten wir unseren Zustand zu erklären, was zwar etwas länger dauerte, aber dann zur allgemeinen Erheiterung beitrug. Ich glaube, es war das erste Mal, dass ich Karen so aufgekratzt und zu Scherzen aufgelegt sah. Als wir danach langsam wieder ernster wurden, erzählte Reneé, dass sie in einem größeren Zimmer der Burg mehrere riesige Skelette gefunden hatten. Die saßen noch in ihren Stühlen an einem runden Tisch, vor sich die Reste von benutztem Tafelgeschirr.

Kristanna meinte nachdenklich: „Mein Vater hat mir erzählt, dass Robarth Experimente mit Affen durchführte. Diese sehr aggressiven Affenmenschen waren mindestens drei Meter groß. Die hat er dann als Wächter für seine Festungen eingestellt; unter anderem als Schutz vor den Akatsukis."

Annas entgegnete: „Robarth tat immer so, als wenn die Wächter die Burg noch beschützen würden. Wir sind damals mit einem Flugboot zu seiner Heimstatt geflogen. Jetzt erinnere ich mich, dass ich dort niemals wirklich welche gesehen habe. Erst viel später hörte ich Gerüchte, dass seine Wächter, bis auf einige wenige, an den Auswirkungen seiner Experimente gestorben waren. Die Überlebenden haben dann die Wächterfunktion aufgegeben und sein Refugium verlassen." Lucy murmelte etwas, was sich so anhörte wie „Typisch für diese Götter" und machte eine abfällige Handbewegung.

Annas schaute Lucy verstimmt an, offensichtlich fühlte sie sich betroffen. Sie erwiderte aber dann ironisch: „Du hast ja so Recht!", wobei ihre dunklen Augen blitzten. „Aber schau dir doch bitte mal eure so genannten „Herrgötter" an. Die waren oder sind bis heute auch nicht besser! Was wurde und wird im Namen des Fortschrittes noch immer für Unrecht an Menschen und Tieren begangen?"

Lucy machte ein betretenes Gesicht. Als sie darauf etwas erwidern wollte, unterband Annas dies mit einer Handbewegung. „Aber ich kann dich beruhigen, es gibt in der Gegend von Robarths Königspalast auch heute noch Nachkommen von Opfern dieser Experimente."

Nach einer kurzen Überlegung fügte sie an: „Sie nennen sich selber *Rénmín*, das Volk. Um zum Palast zu kommen, müssen wir durch ihr Gebiet. Wir haben leider kein Flugboot in der Burg gefunden. Somit sind wir etwas länger zu Fuß unterwegs."

Marc unterband weitere Diskussionen, auch hinsichtlich der Götter, indem er Reneé mit einer Geste seiner Hand am Sprechen hinderte. „Leider ist uns Kraagen zuvor gekommen", meinte er ärgerlich. „Das bedeutet, wir müssen sehr vorsichtig die Lage peilen. Erst dann können wir mit den Einheimischen in Ver-bindung treten."

Damit brachte er unsere Gedanken wieder zurück zu unserer Mission. Mit dem mitgebrachten Proviant stärkten wir uns während der aufkommenden Diskussion über unser weiteres Vorgehen. Einige probierten etwas von dem Gebräu, das die Verbrecher übrig gelassen hatten. Es schmeckte mir ganz gut, hatte aber einen sehr hohen Alkoholanteil. Deshalb beließ ich es lieber bei einem Becher.

„Ich habe unterhalb des Plateaus so etwas wie eine Festung gesehen. Vielleicht leben dort Einheimische, von denen wir ein paar Informationen erhalten", warf Kristanna in die Runde.

Das ist die Burg *Bōrō*, Robarths erster Ausguck, ein Wachturm für die Ankunftsstätte", erklärte Annas.

Lucy meinte zwischen zwei Bissen ihres Energieriegels: „Ich glaube aber nicht, dass die Verbrecher jemanden am Leben lassen, so nahe am Ankunftstor des Gargoyls. Ich denke eher, dass dort die nächste Ganoven-Clique Wache schiebt, siehe Funkgerät."

Ich unterband aber ein eventuelles Streitgespräch, indem ich die Frage stellte: „Was machen wir mit denen?" Ich deutete mit vielsagendem Blick auf unsere Gefangenen, die mittlerweile aufgewacht waren. Aber wenn man zu ihnen hinsah, stellten sie sich bewusstlos. Ich hatte aber in einem Spiegel an der Wand gesehen, wie sie sich gegenseitig Blicke zuwarfen, während sie unser Gespräch aufmerksam belauschten.

Karen wollte etwas antworten, als Lucy uns kurz mit ihren Augen und einer verdeckten Handbewegung signalisierte, dass sie einen ihrer Späße vorhatte. Sie stand mit einem Ruck auf, so dass ihr Stuhl krachend nach hinten umfiel. In ihrer schnoddrigen Art rief sie: „Die Ganoven machen wir jetzt fertig! Wir schicken sie scheibchenweise zu ihrem Boss zurück."

Feixend jonglierte sie mit zwei Wurfmessern vor unseren Nasen herum. Sie drehte sich zu den Gefangenen um und zog ein grimmiges Gesicht. Als sie auf die Gangster zuging, ließ sie ihre Wurmesser dicht vor den Augen der Dreien herumwirbeln.

Deren Gesichter wurden grau vor Angst. Ihre Vortäuschung einer Ohnmacht war damit aufgeflogen. Mit weit aufgerissenen Augen schauten sie auf Lucys Darbietung. Als dann auch noch Nadowessiu mit ihrem unnachahmlich grimmigen Gesichtsausdruck sich dazugesellte und mit dem Daumen theatralisch die Schneide ihres Tomahawks prüfte, da fielen die Drei fast wirklich in Ohnmacht.

Ich machte dann den Vorschlag, sie auf die Erde zurück zu schicken. „Wir verfrachten sie zusammen mit ihrem toten Kumpan nach Auckland ins Antiquitätenlager. Danach informieren wir die Polizei und hinterlassen einen Hinweis, dass diese Schwerverbrecher etwas mit dem Verschwinden von Marc, Lucy und Reneé vor sieben Jahren zu tun haben." Lucy und Reneé waren sofort von dieser Idee begeistert. Natürlich setzte Lucy noch einen drauf.

Grinsend fabulierte sie: „Auf den Zettel für die Polizei schreiben wir: Unterzeichnet von *NoHara*, der Rächer von Niihama! Damit sie etwas zum Nachdenken haben!" Sie fand ihren Gag richtig lustig. Als sie unsere feixenden Mienen sah, bekam sie fast einen Lachkrampf.

Nachdem wir uns wieder beruhigt hatten, meinte Marc: „Ich bin mir sicher, dass bei der Polizei einige Akten über diese Verbrecher vorliegen. Hinzu kommt noch, dass sie ihren Chef Kraagen nicht verraten werden, dazu haben sie viel zu viel Angst vor diesem Kerl. Außerdem würde ihnen kein Mensch die Geschichte abkaufen!"

Als sich dann die Gefangenen gegen die ‚Verschickung' sträubten, baute ich mich vor ihnen auf und schaute sie bewusst abschätzig an: „Ihr könnt wählen. Entweder krepiert ihr hier, oder ihr verbringt auf der guten alten Erde eine längere Zeit hinter schwedischen Gardinen bei freier Kost und Logis. Da könnt ihr euch dann die Nüsse schaukeln." Nach meiner klaren Ansage gaben sie ihren Widerstand auf und verrieten uns, dass in der Burg Bōrō noch mehrere Wachen postiert waren. Aber wo sich ihr Boss Kraagen gerade befand, wussten sie nicht.

Gesagt getan, mit Hilfe des Gargoyls von Niihama brachten Marc, Lucy, Reneé und ich sie zurück nach Neuseeland zum Lager in der Beaumont Street. Als ich wieder auf der Erde stand, registrierte ich bei mir, dass ich gar kein Heimweh verspürte. Bei dieser Gelegenheit fragte ich Marc, ob es in der Nähe des Lagers ein Waffengeschäft gäbe. Außer nur noch einem vollen Magazin hatte ich keine Munition mehr für meine Glocks.

„Du hättest eigentlich auf Niihama daran denken können!", meinte vorwurfsvoll Reneé, die meine Frage mitbekommen hatte. Entschuldigend hob ich meine Schultern. „Habe nicht daran gedacht, dass ich die ‚Wand' wie bei meinem Bowie-Messer um Patronen bitten könnte. Außerdem hast du mir ja erzählt, dass es auf Niihama keine Rohstoffe zur Herstellung von Schießpulver gibt!"

„Die Wand kann alles!" war ihre rotzige Antwort. Bevor ich darüber mit meiner verärgerten Prinzessin eine hitzige Diskussion anfing, meinte Marc beschwichtigend, er hätte etwas für mich.

„In meinem Safe habe ich in einen Revolver und dazu Munition deponiert. Ich hoffe, dass das Kaliber für deine Waffen passt."

An der Backsteinwand im Ausstellungsraum drückte er fest auf einen der Steine. Mit einem saugenden Geräusch schob sich eine fünfzigmal fünfzig Zentimeter große Steintafel zur Seite und gab die Tür eines Tresors frei. Nach Eingabe der Zahlenkombination öffnete Marc den Safe. Er gab mir zwei Schachteln Patronen in die Hand, die sich zu meinem Glück sich als 9x19 Millimeter Parabellum herausstellten.

Erleichtert grinsend zeigte ich Reneé den hoch gestreckten Daumen und füllte meine fünf Reservemagazine. Somit hatte ich für den Ernstfall wieder einhundertvierzehn, sehr durchschlagende Argumente.

Nachdem Marc den Urzustand wieder hergestellt hatte, brachten wir die Verbrecher in den Verkaufsraum. Ein paar Minuten später informierten wir die Polizei per Telefon. Lucy ließ es sich unter unserem Gelächter nicht nehmen, tatsächlich vorher noch den ominösen Zettel zu schreiben. Sie unterschrieb mit einem grünen Textmarker, den sie in einer Schublade fand, in großen Buchstaben: NoHara, der Rächer von Niihama!' Es amüsierte uns, da NoHara übersetzt tatsächlich Ebene bedeutete.

Natürlich verwischten wir unsere Spuren so gut es ging, um es der Polizei nicht allzu einfach zu machen. Vor allem vermieden wir DNA-Spuren von uns zu hinterlassen.

Danach ging es wieder zurück in die Ankunftsstation auf Shimabara, wo der Rest von uns ungeduldig wartete. Jetzt machten wir uns endgültig reisefertig. Bei einem Blick aus den Turmfenstern verwehrte uns dichter Nebel die Aussicht auf die Umgebung. Deshalb kamen wir überein, erst am nächsten Tag mit unserer Such- und Befreiungsmission zu starten.

Schon ziemlich früh am Abend schlugen Karen und ich im Ankunftszimmer ein Schlaflager auf, um dort etwaige ungebetene Gäste sofort gebührend zu empfangen. Die Übrigen machten es sich im großen Saal bequem. Wir wollten schließlich ausgeruht den morgigen Tag beginnen.

Karen übernahm die erste Wache. Gegen Mitternacht weckte sie mich. Ich war froh, dass sie mich aus meinen abstrusen Träumen befreite. Nach einem Schluck Wasser begann ich meine Wache. Karen war, nachdem sie sich hingelegt hatte, sofort eingeschlafen. Einige Minuten betrachtete ich die Schlafende, wie sich nach jedem leise pfeifenden Atemzug ihre Brust hob und senkte. Sie war schon eine faszinierende Frau mit einer starken, anziehenden Ausstrahlung.

Ich konnte mir schon vorstellen, dass man ihr mit Haut und Haaren verfallen konnte, vor allem wenn sich wie jetzt im Schlaf, ihre meist düstere Miene glättete und ihr schönes und ebenmäßiges Gesicht zum Vorschein kam. Umrandet war es von tiefschwarzen, seidenmatt glänzenden Haaren, die sie zu einem langen Zopf geflochten hatte, der ihr bis zu den wohlgeformten Pobacken reichte. Ihre schlanke Figur ließ nicht erkennen, welche Kraft in diesem Körper steckte.

Leise stand ich auf, ging zu der Wand, in der sich das Tor des Gargoyls bei unserer Ankunft geöffnet hatte. Dort setzte ich mich hin, mit dem Rücken an die Wand gelehnt. Wenn sich das Tor öffnen sollte, würde ich das sofort bemerken.

Nach einiger Zeit, in der meine Gedanken umherschweiften, schlummerte ich ein. Einen Moment eher als Karen wachte ich auf. Wir verscheuchten die Reste des Schlafs, indem wir ausgiebig unsere Körper streckten.

Karen schaute mich mit voller Tatendrang an. Aus ihren dunklen, leicht schrägen Augen strahlte mich eine Wildheit an und ich hatte das Gefühl, dass ihr Körper etwas Animalisches ausströmte. Grinsend erwiderte ich ihren Blick. Zusammen begaben wir uns zu den Gefährten, die sich ebenfalls den Schlaf aus den Augen wischten.

Unsere warme Kleidung tauschten wir gegen eine leichtere, die aus diesem wunderbaren Lederstoff bestand. Jacke und Hose waren anschmiegsam und bequem, vor allem aber atmungsaktiv wie die dazugehörige Unterwäsche. Auf der Erde wäre dieser Stoff der absolute Renner, weil fast unverwüstlich sowie wärme- und kälteresistent. Mit der Zustimmung aller Gefährten wurde ich dazu ausersehen, in meinem Rucksack den Gargoyl von Niihama zu tragen. Was natürlich meiner Bewaffnung geschuldet war, wie ich mir selber schmunzelnd sagte. Nach einem ausgiebigen Frühstück verließen wir die Burg. Wir betraten das Plateau, um mit dem Abstieg ins Tal zu beginnen. Der Nebel hatte sich über Nacht verzogen.

Ich hatte das Gefühl, ein Dampfhammer träfe mich. Das Spektakel, das sich über unseren Köpfen darbot, war schlechthin unbeschreiblich. Außer Annas und Kristanna hatte zuvor noch niemand die Burg verlassen, sodass wir auf diese Aussicht völlig unvorbereitet waren.

Marc, der hinter mir ging, hielt mich kurz am Arm fest, als ich durch die Stärke meiner Eindrücke zurückprallte. Mit offenem Mund blieb ich stehen. Erst jetzt wurde mir mit aller Deutlichkeit bewusst, dass ich mich irgendwo im Universum befand, weit weg von meiner heimatlichen Erde.

Der Anblick zweier Sonnen und des nahen roten Planeten mit seinen zwei Trabanten am Himmel, raubte mir fast den Verstand. Schon als Bub hatte ich daheim am Fenster stundenlang die Sterne beobachtet und als Jugendlicher mir gewünscht, wie Perry Rhodan von Stern zu Stern zu fliegen. Und jetzt schaute ich ungläubig auf dieses unwirkliche Szenarium.

Bei meiner Ankunft auf Niihama hatte ich immer noch das Gefühl auf der Erde zu sein, da sich dort der Himmel mit seinen Gestirnen nicht sonderlich von dem der Erde unterschied. Nur nachts fehlte mir halt der Anblick der Sterne, wie ich ihn in meiner Heimat immer geliebt habe. Mit erzwungener Ruhe atmete ich zweimal tief durch. Als ich mich wieder einigermaßen gefangen hatte, blickte ich in die Gesichter meiner Gefährten.

Nadowessiu und Ahrens standen mit bleicher Miene geschockt an der Mauer, während sie auf das ungeheuerliche Bild starrten. Selbst Lucy und Reneé brauchten einen Moment, um schwer atmend den Anblick zu verkraften. Reneé hatte mir nach unserer Ankunft auf Niihama, während des Abstieges vom Berg Chochokpi erzählt, wie sie Beide auf den Sternenhimmel reagiert hatten, als Marc ihnen in der Heimstätte den wirklichen Anblick des Universums frei gab.

Ihr Vater hatte den Bewohnern der Ebene die Sicht auf die Sterne verwehrt, weil die ersten Ankömmlinge Angst vor dem Unbekannten hatten. Reneé wollte sich nach unserer Rückkehr auf Niihama dafür einsetzen, dass der Sternenhimmel wieder sichtbar wurde.

Nachdem sich alle von dem Anblick erholt hatten, verließen wir das Hochplateau. Wir betraten den Pfad, der sich in vielen Windungen zum Urwald hinunter schlängelte. Unser Blick fiel auf zahlreiche Baumfarne, die sich in verschiedenen Grüntönen gegen den Himmel erhoben, umwabert von leichten Nebelschleiern, die sich langsam auflösten. Tautropfen glänzten wie Diamanten auf den Blättern in den Sonnenstrahlen. Die freie Sicht bestätigte mein Gefühl in einer anderen Welt zu wandeln, was ja auch tatsächlich so war, wie ich mir schmunzelnd eingestand.

Selbst hier oben spürte man schon die feuchte warme Luft. Als ich in die grüne Hölle unter mir schaute, konnte ich mir vorstellen, was uns dort an Hitze und hoher Luftfeuchtigkeit erwartete. Am Horizont konnte man ein blaues Band erkennen, das den ersten Ozean kennzeichnete. Annas hatte uns ja erklärt, dass wir zwei riesige Ozeane überqueren müssten, um die Heimstätte von Gott Robarth zu erreichen.

Wir befanden uns, der Vegetation nach zu urteilen, auf etwa zweitausend Metern Höhe. Sie beschränkte sich hier nur auf Flechten und kleine Palmen. Vereinzelte Eichen säumten den Weg, umgeben von immergrünen verholzenden Schlingpflanzen und Lianen, die das Buschwerk auf eine Höhe von etwa sechs Metern beschränkten.

Doch schon nach wenigen hundert Metern unseres Weges kamen wir erstmals an meterhohen Heidebüschen, Kreuzkraut und dazwischen liegenden großflächigen Moospolstern vorbei. Danach wurde der Urwald immer dichter. Riesige Baumfarne standen dicht an dicht, die sich bis zu zwanzig Meter hoch in den blauen Himmel reckten. An deren Stämme klammerten sich dutzende exotische orchideenähnliche Blumen. Ihre Luftwurzeln streiften unsere Köpfe, während die Blüten, in allen erdenklichen Farben und faszinierenden Formen betörende Düfte ausströmten.

Hohe Bäume mit riesigen Blättern und verschiedene Arten von Hart- und Weichholzbäumen, die noch über die Farne hinaus wuchsen, belebten die Flora des Urwaldes. Leichter Wind durchstreifte die Blätter, in deren Bewegungen umgaukelten handtellergroße Schmetterlinge mit farbenprächtigen Flügeln die Blüten. Über dem moosbedeckten Boden krabbelte und wimmelte eine sagenhaft vielfältige Fauna. Immer wieder bemerkte ich bizarr anmutende Pflanzen und Krabbeltiere.

Alles um uns herum vibrierte von gesundem Leben. So könnte die Fauna und Flora der Erde vor vielen Jahrtausenden ausgesehen haben; alles war echt und unverfälscht. Es war nicht zu vergleichen mit dem, was einem darüber in diversen Filmen und Büchern vermittelt wurde.

Ohne große Schwierigkeiten überstanden wir den Abstieg ins Tal. Der Pfad war zwar nass und rutschig, als hätte es kurz zuvor heftig geregnet, aber wir kamen gut voran. Wahrscheinlich war kurz zuvor einer dieser monsunartigen Regenfälle heruntergekommen, die hier öfters aufs Land prasselten.

Die Luftfeuchtigkeit nahm zu und machte mir langsam zu schaffen. Der Wald war voller seltsamer Geräusche, ein moschusartiger Geruch schwebte über allem. Leise wisperte der Wind durch die Kronen der Bäume, Windböen rieben Zweige und Äste aneinander. Es klang wie ein Stöhnen. Ich vernahm das Zirpen und Schwirren von Insekten, dazwischen das verschiedenartige Gurren und Singen unbekannter Wesen.

Plötzlich übertönte ein fürchterliches Brüllen die übrigen Dschungelgeräusche. Für eine kurze Zeit erstarb der Lärm zur furchtsamen Stille. Um danach sofort wieder zum lebenslustigen Getöse zu erwachen.

Das spärliche Sonnenlicht, das sich durch das dichte Blätterdach kämpfte, verwandelte manche Stellen auf dem Boden in leuchtende

Sprenkel. Die zartgelben Strahlen erzeugten fingergleich braungrüne Schatten. Oftmals waberten kleine Nebelschleier zwischen den Bäumen, so entstand der Eindruck ständiger Bewegung. Es verlieh dem Ganzen einen Glanz perfekter Schönheit und zugleich eine duftige Leichtigkeit.

Einen Urwald kannte ich bisher nur aus dem Fernsehen, aber Reneé meinte, dass er den urzeitlichen Wäldern unserer Erde ziemlich nahe käme. Besonders interessant waren ein paar bizarr aussehende Pflanzen und Büsche, wie ich sie noch nie gesehen hatte.

Die ansteigende Hitze und der hohe Wassergehalt in der Atmosphäre ließ mich schwerer atmen, je tiefer wir kamen. Hohe Luftfeuchtigkeit war mir schon immer ein Graus gewesen, ich konnte sie einfach nicht so gut vertragen. Das permanente Schwitzen ging mir jetzt schon auf den Geist. Meinen Gefährten schien das nicht so viel auszumachen, zumindest beschwerten sie sich nicht darüber.

Resignierend sprang ich über eine große Wurzel und kämpfte mich durch eine Ansammlung von Halmen der Riesenfarne, deren Verästelungen bei jeder Berührung hin und her zappelten. Als Letzter unserer Gruppe trat ich aus dem Urwald auf die Lichtung.

Die Festung, die wir vom Plateau aus gesehen hatten, entpuppte sich als eine Burg aus uralten grob behauenen Felsquadern. Den Eingang zur Anlage bildete ein mächtiger Turm, dessen wuchtiges Holztor durch dicke Eisenbeschläge verstärkt war. Mit einem stabilen Fallgitter konnte das Portal zusätzlich gesichert werden. Die Burg schien mir wie für die Ewigkeit gebaut und unbezwingbar. In der Mitte des Burgplatzes sahen wir ein Gebäude mit zwei spitzen Türmen, das ebenfalls aus diesen grauen Steinblöcken errichtet war; selbst das Dach bestand aus Steinen. Das Bauwerk war umgeben von Dornenbüschen und Rankgewächsen, die sich an die Wände klammerten.

Umfasst wurde die Burg von einer dicken, etwa drei Meter hohen Mauer, gekrönt mit kleinen Türmchen. Am hinteren Teil der Festungsanlage begann der Urwald bereits sein Revier zurückzuerobern. Dicke Wurzeln von mächtigen Bäumen umarmten im

Würgegriff die Wehrmauer des Verteidigungskomplexes. Reneé meinte ergriffen: „Das erinnert mich sehr an die Anlage *Ta Prohm* in Kambodscha; dort wie hier, holt die Natur sich ihren Raum zurück. Es war damals ein unbeschreibliches Erlebnis, als ich sie besichtigen durfte."

„Ha!", rief ich. „Ist das nicht die Tempelanlage, in der Angelina Jolie im Film als Lara Croft in den von Dschungel überwucherten antiken Ruinen so sexy herumturnte?" Beifall heischend schaute ich meine Gefährten an und grinste übers ganze Gesicht.

„Das war mir klar", entgegnete Lucy verächtlich: „Der Kerl denkt immer nur an Weiber!" Sie boxte Reneé leicht in die Rippen und meinte feixend: „Auf diesen Typ musst du aufpassen, damit er nicht von Blume zu Blume hüpft."

Reneés Wangen tönten sich leicht rosa. Doch ehe sie antworten konnte, kam ihr Marc zu Hilfe. Er fuhr uns ziemlich heftig an: „Hoffentlich geht ihr jetzt sofort in Deckung! Oder wollt ihr euch gleich mit einer Musikkapelle vors Burgtor stellen und –hier sind wir- rufen?"

Immer noch feixend, kauerten wir uns zu den Anderen. Hinter den mit Buschwerk bewachsenen Felsen beobachteten wir das Treiben auf der Burg. Auf den Wehrgängen der Mauer patrouillierten drei Wächter. Sie winkten gerade einer Gruppe zu, die mit Gewehren bewaffnet die Burg verließ.

Als der Trupp auf einem schmalen Pfad im Urwald verschwunden war, beschloss Karen die Umgebung zu erkunden. Nach kurzer Diskussion mit Marc und Reneé hatte Karen mich auserkoren, sie bei diesem Erkundungsgang zu begleiten. Sie schaute mich auffordernd an und da Lucy mir noch aufmunternd auf die Schulter klopfte, folgte ich ihr achselzuckend. Als ich an Reneé vorbeiging, schenkte sie mir ein Lächeln. Leise flüsterte sie: „Seid Beide vorsichtig!"

Während ich Karen hinterher schlich und jede Deckung am Waldrand nutzte, fragte ich mich insgeheim, warum Karen ausgerechnet mich ausgewählt hatte. Wahrscheinlich war es die Feuerkraft meiner Pistolen. Auf eine Entfernung von bis zu vierzig

Metern bin ich auf dieser Ebene der Chef im Ring, zumindestens von uns, erinnerte ich mich dann schmunzelnd.

Fast wäre ich, ganz in meine großspurigen Gedanken versunken, in Karen hineingelaufen. Plötzlich war sie vor mir stehen geblieben. Sie erstarrte zu einem schwarzen Schatten. Mit einer hastigen Handbewegung bedeutete sie mir, hinter einem Dornenbusch in Deckung zu gehen. Soweit zum „Chef im Ring", murmelte ich erschrocken, während ich gebückt im Gestrüpp verharrte.

Karen huschte lautlos weiter bis zum nächsten Busch. In dessen Deckung spähte sie gebannt in eine Mulde, die von Dornenbüschen und dichtem Gestrüpp umgeben war. Sie machte mir Zeichen näher zu kommen; also robbte ich über den grasbedeckten Boden zu ihr hin. „Wie in der Grundausbildung", murrte ich halblaut.

Neben Karen angekommen, bedeutete sie mir still zu sein. Als sie in die Mulde deutete, sah ich drei Männer, die sich dort versteckt hielten. Vorsichtig näherten wir uns ihrer Stellung. Plötzlich wurden unsere Gefährten von den drei Wächtern auf der Festungsmauer mit Gewehren unter Feuer genommen. Soweit wir erkennen konnten, brachten sich alle unverletzt hinter den Felsen in Deckung.

Wir Beide blieben geduckt am Busch hocken. Anscheinend waren wir noch nicht entdeckt worden, denn es kümmerte sich niemand um uns. Wir beobachteten von unserem Standort aus die drei Kerle in der Mulde. Dann wurde uns klar, dass wir nicht länger untätig abwarten konnten. Die Gangster hatten freies Schussfeld und legten mit ihren Waffen auf unsere Gefährten an.

Mit einem kurzen Blick verständigten wir uns. Blitzschnell sprinteten wir aus unserem Versteck hervor. Als wir in ihrem Rücken auftauchten, waren die drei Söldner völlig überrascht.

Der erste, ein großer blonder Strauchdieb, warf sich noch im Liegen herum. Bevor er jedoch mit seiner Pistole auf Karen schießen konnte, traf sie ihn mit einem Wurfmesser in die Brust. Verdutzt fasste er nach dem Messergriff. Mit ungläubigem Gesichtsausdruck blieb er zuckend am Boden liegen. Ich konnte gerade noch verhindern, dass der Zweite seinen Revolver benutzen konnte. Ich traf ihn mit einem Schuss aus meiner Glock hoch in die Schulter.

Durch die Trefferwucht wurde er herumgeworfen. Sein Pech war, dass er deswegen seinem Kameraden in die Schussbahn geriet. Der Dritte hatte im selben Moment seine Pistole abgefeuert, er traf seinem Kameraden in den Bauch. Blutüberströmt taumelte der Söldner stöhnend durch die Mulde, ehe er sterbend zusammenbrach.

Karen beendete den Kampf, indem sie ihren Tessen dem dritten Söldner quer über den Hals zog, bevor dieser noch einen weiteren Schuss abgeben konnte. Der Mann ließ seine Waffe fallen. Laut röchelnd presste er seine Hände auf die Wunde. Ungläubig starrte er mit weit aufgerissenen Augen auf Karen. Unterdessen verrann sein Leben mit dem hervorquellenden Blut zwischen seinen Fingern. Mit einem letzten Seufzer sank er auf die Knie, ehe er sterbend zu Boden fiel.

Schwer atmend war ich stehen geblieben. Bestürzt schaute ich mich um. Wie schnell kann ein Leben zu Ende sein, ging mir durch den Kopf. Immer noch umkrampfte ich die Glock in meiner Hand. Ich löste mich aus meiner Schockstarre und hastete zum ersten Söldner. Leider konnte ich nichts mehr tun für ihn, er war inzwischen gestorben. Kopfschüttelnd drehte ich mich zu Karen um. Leise meinte ich: „Ein schlimmes Ende für diese Verbrecher, so fern von der Heimat."

Sie klopfte mir leicht auf die Schulter und entgegnete kalt, bar jeglichen Mitleids: „Das war nicht zu vermeiden. Denk an die armen Bewohner hier auf der Ebene und was diese Typen hier alles anrichten." Hier kam wieder die „dunkle" Seite dieser gefährlichen Frau zum Vorschein. Sie wischte ihren Tessen am Hemd einer Leiche ab. Danach zog sie den Toten von dem Gewehr herunter, auf das er gefallen war. Sie zeigte darauf. „Kannst du damit umgehen? Wir sollten denen in der Burg ein paar Kugeln um die Ohren schießen und zwar noch bevor einer unserer Freunde getroffen wird."

Diese trauten sich nicht aus ihrer Deckung heraus, da sie noch immer heftig unter Feuer genommen wurden. Durch ihre wilde Ballerei hatten die Besatzer in der Burg nicht mitbekommen, dass wir inzwischen ihre Kumpane ausgeschaltet hatten.

Ich steckte die Glock zurück ins Schulterhalfter. Immer noch saß mir der Schock über den schnellen Tod dieser Männer in den Knochen. Tief durchatmend nahm ich das Gewehr näher in Augenschein. Ich erkannte es sofort und war erstaunt. Es war die Spezialausführung des Scharfschützengewehrs McMillan TAC-50. In meiner Ausbildung damals hatte ich neben dem G22 auch mit einem dieser Gewehre trainiert. Entschlossen nahm ich die schwarze Waffe fest in die Hand.

„Gott sei Dank konnten diese Verbrecher das Gewehr nicht mehr einsetzen!", meinte ich erleichtert. „Damit kannst du einen Kampfpanzer aufhalten", fügte ich hinzu. Mir wurde klar, selbst ein mittelmäßiger Schütze hätte uns alle mit dieser Waffe erledigen können. Nachträglich wischte ich mir einige imaginäre Schweißtropfen von der Stirn.

Karen wusste zwar nicht, was ein Kampfpanzer war, aber meiner Stimme und meinem Gesichtsausdruck entnahm sie, dass dies wohl ziemlich ernst für uns ausgegangen wäre. Ich legte mich auf den Boden und schaute durch das optische Visier mit der 16-fachen Vergrößerung.

Karen legte sich neben mich. Mit dem Fernglas, das sie einem der Toten abgenommen hatte, beobachtete sie unsere Gefährten. „Es ist keiner verletzt. Noch sind sie hinter ihrer Deckung in Sicherheit", murmelte sie erleichtert. Griemelnd bemerkte sie: „Die scheinen langsam unruhig zu werden!" Sie setzte das Fernglas ab, klopfte mir jovial auf die Schulter: „Dann zeig mal, was du kannst!"

Durch das Visier konnte ich die drei Gangster auf der Mauerzinne genau ausmachen. Ich prüfte den Wind mit einem Grasbüschel, justierte die Visiereinrichtung, zielte und drückte ab. Just in dem Augenblick drehte sich das Opfer zu mir um und schaute mir direkt ins Gesicht. Abdrücken und Treffen war fast eins. Durch diese Drehung traf ich ihn in den Kopf, was nicht meine Absicht war. Ich wollte ihnen nur begreiflich machen, dass sie auf verlorenen Posten standen und sich ergeben sollten.

Sein Kopf zerplatzte wie eine reife Melone. Sofort repetierte ich die nächste Patrone in den Lauf und belegte mit zwei weiteren

Schüssen aus dem 50er Kaliber die beiden anderen Verbrecher. Weil den konsternierten Gangstern die Steinsplitter nur so um die Ohren flogen, sprangen sie wie die Hasen auf und flüchteten in den Burgturm hinein.

Sofort stürmten unsere Gefährten auf die Burg zu. Während sie in das Kastell eindrangen, blieb ich noch eine Weile liegen und überprüfte mit dem optischen Visier die Umgebung. Um bei eventuellen Störungen mit den letzten beiden Patronen im Magazin für Ruhe zu sorgen. Karen beobachtete weiter die Angelegenheit mit dem Fernglas. Als ich Reneé und Lucy auf der Burgbrüstung winkend auftauchen sah, wollte ich aufstehen. Im selben Moment deutete Karen heftig auf den Urwaldrand. Durch das Visier sah ich unsere beiden Kandidaten im Hasenpanier in den Urwald flüchten.

Mit dem McMillan TAC-50 wäre es eine Kleinigkeit gewesen, beide noch zu erwischen. Ich zielte, ließ es aber dann doch bleiben. Ich stand auf und meinte zu Karen: „Lassen wir sie laufen, es gab für heute genug Tote!"

Mit undefinierbarem Gesichtsausdruck schaute sie mich an. Nach einigen Sekunden nickte sie nur kurz und antwortete: „Dann lass uns zur Burg gehen. Übrigens, man sollte so etwas verbieten!" Dabei deutete sie auf das Gewehr.

Ich brummte zustimmend, ließ es aber dann dabei bewenden. Das Gewehr mit seinem beträchtlichen Gewicht von fast zwölf Kilogramm legte ich mir in die Armbeuge und marschierte so mit ihr zur Burg. Um die Toten wollten wir uns später kümmern. Als wir mit unseren Gefährten zusammen trafen, hatten diese mittlerweile die Burg durchsucht.

Reneé schaute mich fragend an. Irgendwie hatte ich das Gefühl, mich vor meinen Gefährten für den Schuss rechtfertigen zu müssen. „Das war Pech. In dem Moment als ich abdrückte, bewegte sich der Mann - leider."

„Schon gut", entgegnete Reneé „Hauptsache euch Beiden ist nichts passiert. Diese Verbrecher hätten uns alle ohne viel Federlesen umgebracht." Zustimmendes Brummen auf ihre Worte klang wie ein Echo aus dem Freundeskreis. Marc gab Karen und mir einen Klaps auf die Schulter und meinte mit einem Blick auf das Gewehr: „Das Teil versteckst du am besten, oder noch besser du vernichtest es."

Er schaute nachdenklich in die Runde und meinte entschlossen: „Wir sollten uns nicht allzu lange hier aufhalten. Wenn die Schüsse von der Bande, die vorhin die Burg verlassen hat, gehört wurden, dann könnten wir in eine Falle laufen. Wir begraben noch schnell die Toten, dann brechen wir auf."

Alle waren einverstanden. Ahrend und Marc legten den Erschossenen in eine Plane und begruben ihn zusammen mit den anderen Leichen in der Mulde, wo diese den Tod gefunden hatten. Als sie zurückkamen mussten sie kurz verschnaufen.

Anschließend schulterten wir unser Gepäck. Spontan erklärte ich: „Ich werde euren Abmarsch von oben überwachen. Wenn ihr den Urwaldrand erreicht habt, komme ich nach."

Bewaffnet mit dem Fernglas blieb Reneé bei mir, mit wachen Augen beobachtete sie den Abzug aus der Burg. Gemeinsam warteten wir auf der Mauerbrüstung, bis die Gefährten die ersten Bäume erreichten, Gott sei Dank ohne weitere Kampfhandlungen. Mein Bedarf an Schießereien war jedenfalls gedeckt. Marc signalisierte uns durch Winken, dass wir nachkommen könnten. Nicht nur Reneé registrierte das aufatmend. Sie umarmte mich und schmiegte sich fest an meine Brust: „Ich bin froh, dass es weitergeht."

Ich musste das erste Mal nach langer Zeit in Ihrem Gesicht tiefe Erschöpfung feststellen. Aber wenig später, als sie sich aus meinen Armen löste, war die Schwäche aus ihrer Miene verschwunden. Im Turm ging sie mit federnden Schritten vor mir die Treppen hinunter. Unten im Burghof blieb sie plötzlich stehen.

„Was haben wir denn da?" Sie zog aus einer Ecke einen staubigen Stab hervor, der sich nach einer Säuberung als reich verzierter Bo-Stab herausstellte. „Ein schönes Stück." Nach ein paar Übungen, in dem sie den Stab über ihre Schultern wirbeln ließ, meinte sie aufgekratzt: „Den nehme ich mit!" Außerhalb der Burg versteckte ich noch schnell das Gewehr. Eingepackt in sein festes, schmutzabweisendes Futteral ließ ich es unterhalb der Burgmauer in einer Aussparung zurück, die ich mit Zweigen und Steinen verdeckte. Danach eilten wir zu den wartenden Gefährten.

Eine halbe Stunde später brachen wir auf zur Urwalddurchquerung. Die Spitze übernahmen Reneé und Marc, so wie ich es mir gedacht hatte. Ich ließ mich am Ende der Gruppe etwas zurückfallen.

Es ging stetig bergab. Nach der Hälfte des Tages, kamen wir an einem malerischen Wasserfall vorbei. Davor lag ein kleiner tiefgrüner See, an dessen Uferhängen etliche dunkle Höhlen zu sehen waren. Zwischen den Höhlen fand ein reger Flugverkehr von fledermausähnlichen Tieren statt. Ihre lederartigen, einer Schwimmhaut ähnlichen Flügel, klatschten beim Fliegen geräuschvoll zusammen. Flugkünstler waren sie nicht, denn es sah ziemlich tollpatschig aus.

Für einen Moment hatte ich nicht aufgepasst und stolperte prompt über eine Wurzel auf dem Weg. Dabei verdrehte ich mir mein linkes Knie; es schmerzte ziemlich heftig. Leicht humpelnd versuchte ich den Anschluss an meine Gefährten nicht zu verlieren. Da ich das Schlusslicht bildete, bemerkte niemand etwas von meinen Schwierigkeiten. Ich sagte aber keinen Ton, weil ich Reneé in ihrem Vorwärtsdrang nicht behindern wollte.

Leise murmelte ich vor mich hin: „Das wird sich gleich wieder geben, ein Indianer kennt keinen Schmerz. Außerdem, nur die Harten kommen in den Garten." Ich hatte sie fast schon wieder erreicht. Ahrens, als Letzter der Gruppe, verschwand um eine Wegbiegung. Da meldete sich ein körperliches Bedürfnis bei mir; ich nahm die Gelegenheit wahr und schlug mich kurz in die Büsche um meine Blase zu entleeren.

In Gedanken versunken, wollte ich mich gerade zurück auf den Weg begeben, als ich laute Schreie hörte. Kurz darauf fielen Schüsse. Wie angewurzelt blieb ich in der Deckung eines Busches stehen um auf weitere Geräusche zu horchen. Ich hörte laute Stimmen, danach erklang ein seltsames Summen, wie von einem starken Elektromotor.

Zuerst sprintete ich hastig los und ignorierte den Schmerz im Knie. Doch schnell besann ich mich und bewegte mich, nach allen Seiten sichernd, vorsichtig auf die Biegung zu. Oberhalb des Weges sah ich einige Felsbrocken, die von dichtem Buschwerk umrahmt wurden. Eventuell konnte ich von dort oben mit meinen Glocks in das Geschehen eingreifen.

Zwischen den Büschen warf ich mich schnaufend auf den Bauch. Dann robbte ich bis zur Kante des Abhanges. Was ich dann sah, ließ mir das Blut in den Adern gefrieren. Auf einer fast kreisrunden Lichtung lag Reneé bewegungslos am Boden. Neben ihr wurde Karen von zwei großen bulligen Kerlen traktiert. Durch einen Tritt in die Seite wurde sie zu Boden geschleuderte. Ein Schlag mit der Pistole traf sie am Kopf. Das hatte sie trotz ihrer Kampferfahrung nicht verhindern können. Als sie sich benommen wieder aufrichtete, konnte ich erkennen, dass sie an der Schläfe blutete.

Sie starrte ihre Kontrahenten mit unbewegter Miene an. Der eine Gangster bedrohte sie mit seiner Pistole und sie hob widerwillig die Hände. „Noch einmal so eine Aktion, du schwarzhaarige Schlampe, dann blase ich dir deinen Schädel von den Schultern!", schrie er sie wutentbrannt an. Während er mit der rechten Hand eine blutende Schramme an seiner Wange befühlte, wedelte er mit der Waffe in der anderen Hand vor ihrer Nase herum. „Und jetzt rutsch gefälligst zurück zu deinen Genossen, aber ganz langsam."

Die anderen Gefährten knieten mit hinter dem Kopf ver-schränkten Händen vor einer Gruppe Banditen, die sie mit ihren Waffen bedrohten. Im Hintergrund beobachteten zwei Männer das Geschehen von einer diskusartigen Scheibe aus, von der das seltsame Brummen stammte. Erst als die Beiden den Diskus verließen und näher kamen, erkannte ich sie.

„Kraagen und dieser vermaledeite Fischer", quetschte ich wütend zwischen meinen Zähnen hervor. Fast ohnmächtig vor Zorn erkannte ich, dass ich nicht eingreifen konnte, ohne meine Freunde zu gefährden. Ich schaute mich besorgt um. Zum Glück sah ich in der Nähe noch einige dichte Büsche, von denen aus ich besser die Gespräche der Verbrecher verfolgen konnte. Vielleicht ergab sich ja von dieser Position aus eine Möglichkeit etwas für meine Gefährten zu unternehmen.

Außerdem musste ich mich unbedingt davon überzeugen, dass mit Reneé nichts Schlimmes passiert war. Bei diesen Gedanken bildete sich ein dicker Kloß in meinem Hals und ich hatte Mühe ihn hinunter zu schlucken. Die Gangster waren so sehr in ihr Tun vertieft, dass ich problemlos und unbemerkt zu den Büschen huschen konnte. Angespannt bis in die Haarspitzen, legte ich mich zwischen den Sträuchern auf den Bauch. Meinen Rucksack stellte ich zur Seite, so dass er mich bei einer schnellen Aktion nicht behindert würde.

In der Zwischenzeit hatten Kraagens Männer meine Gefährten gefesselt. Da sie sich heftig wehrten, ging das nicht ohne weitere Blessuren für Karen und die anderen ab. Aber die Übermacht war zu groß und gegen die Waffen der Gangster besaßen sie keine Chance.

Auf Kristanna, Ahrens und Annas hatten sich gleich sechs Gangster gestürzt, sodass sie ebenfalls keine Gelegenheit bekamen sich zu wehren.

Als alle gefesselt am Boden lagen, baute sich Kraagen vor ihnen auf. An seiner Seite Fischer, der Reneé höhnisch grinsend in die Seite trat. Mit einem Schmerzenslaut begann sie sich zu regen.

„Gott sei Dank, sie lebte noch!" Erleichtert registrierte ich ihr Stöhnen.

„Ja wen haben wir denn da? Ist das nicht das liebe Töchterchen mit dem ach so gefährlichen ‚Hei Tai Kram'?" Dabei vollführte er wilde Bewegungen mit den Händen und gab spitze Schreie von sich. „Sicher bildet sie sich ein, sie könnte so ihren ‚Alten' befreien."

Alle lachten boshaft über seine hämischen Worte und seine nur für sie lustige Darbietung. Fischer bückte sich und fesselte ziemlich grob Reneés Arme auf den Rücken. Die alte Weisheit, dass Brutalität eine besondere Form der Dummheit ist, bestätigte sich hier wieder einmal. Als er sie hochriss, konnte ich eine blutende Stelle an ihrer Stirn erkennen. Wahrscheinlich war auch sie mit einer Pistole niedergeschlagen worden. Derb packten er und einer der Kumpane sie an den Armen. Taumelnd blieb Reneé zwischen ihnen stehen. Kraagen hockte sich vor Annas auf die Fersen nieder. Süffisant lächelte er ihr ins Gesicht, was sie mit einer wütend verzogenen Grimasse quittierte.

„Deinen Bruder habe ich schon vor langer Zeit in Gewahrsam genommen. Ihr hättet jetzt nichts Besseres machen können, als mir auch in die Falle zu laufen. Sehr zuvorkommend von euch." Dann lachte er laut und dreckig über die finsteren Mienen meiner Gefährten. Pflichtgemäß fielen Fischer und seine Kumpane in das Lachen ein. Bevor er aufstand, tätschelte er griemelnd Annas bleiche Wange. Danach ging er zu der ebenfalls finster schauenden Reneé. Fischer überprüfte nochmals bei allen meinen Freunden die Fesseln, dann blieb er mit Kraagen bei Reneé stehen. Unsanft schüttelte er sie: „Wo ist denn dein Busenfreund, dieser Irrenarzt, der Herr Doktor Barthels. Versteckt der sich etwa vor uns?"

Reneé schaute ihn regungslos an, dann antwortete sie kalt: „Herr Barthels hat es vorgezogen, auf der Erde zu bleiben." Fischer lachte kurz auf bevor er zu Kraagen meinte: „Ich wusste schon immer, dass dieser Typ ein Feigling ist!" Feixend drehte er sich wieder zu ihr um. „Mach dir nichts daraus, mein Schätzchen, er wird dich nicht sehr lange überleben."

Dann grinste er ihr ins Gesicht, um sie daraufhin grob auf den Mund zu küssen. Reneé trat Fischer blitzschnell gegen das Schienbein. Während er schmerzvoll aufheulte, spuckte sie ihm verächtlich vor die Füße. Unter dem schadenfrohen Gelächter seiner Kumpane hüpfte er herum und rieb sich mit der Hand das rechte Bein.

„Das wird dir noch leidtun!", zischte Fischer hasserfüllt. Anscheinend hatte er die Tracht Prügel, die er in Auckland von ihr bezogen hatte, nicht vergessen. „Den Tod unserer Freunde werdet ihr teuer bezahlen!"

Er gab drei seiner Kumpane einen Wink. Diese rammten in der Mitte der Lichtung einen Pfahl in den Boden. Danach fesselten sie zu dritt, die sich heftig wehrende Reneé roh an den Pfahl. Die anderen Gangster gaben johlend ihre Kommentare dazu ab. Fast wäre sie ihnen noch entwischt, aber ein heftiger Faustschlag von Fischer in ihren Magen beendete den Widerstand.

Danach befahl Kraagen seinen Leuten, meine Gefährten zum Basislager zu bringen. Unter lauten Protesten wurden Marc und Ahrens von mehreren Gangstern mit vorgehaltenen Waffen in Richtung Urwald weggetrieben. Bevor die übrigen Verbrecher, sieben an der Zahl, mit den Frauen aufbrachen, bellte Kraagen sie mit erhobenen Zeigefinger an: „Ihr bringt sie ohne einen Aufenthalt ebenfalls zum Lager. Dort könnt ihr euren Spaß mit ihnen haben, aber nicht vorher!"

„Ist das klar?", rief Fischer und stellte sich in eine arrogante Pose. Murrend bejahten die Verbrecher und nach kurzem Gerangel mit Lucy, bereiteten sie sich auf ihren Abmarsch vor. Wenige Minuten später folgten sie der ersten Gruppe und verschwanden im dichten Urwald.

Obwohl es mir in den Fingern juckte, konnte ich von meinem Standort aus noch keinen Befreiungsversuch riskieren, ohne dabei Reneé zu gefährden. Und so verfolgte ich ungeduldig aus meiner Deckung heraus das weitere Geschehen.

Kraagen schickte Fischer zur Transportscheibe. Während der sich hämisch lachend von Reneé verabschiedete, versprühte Kraagen rund um den Pfahl, aus einem Kanister eine Flüssigkeit. Dann schleuderte er den leeren Behälter ins Gebüsch. Eine leichte Duftwolke brachte den Geruch von Essig zu meinem Standort.

Mit einer geradezu zärtlichen Gebärde wischte er anschließend mit seiner Hand Reneé eine Haarsträhne aus dem Gesicht. Wie bei Liebenden strich er leicht mit seinem Finger über ihre Lippen. Danach schüttelte bedauernd seinen Kopf.

Ich konnte hören, wie er freundlich, fast entschuldigend zu ihr sagte: „Du hast mir zwar viel Ärger eingebrockt, aber es war interessant mit dir und gar nicht langweilig. Hat mir richtig Spaß gemacht. Aber jetzt ist Schluss mit Lustig. Ich werde deinem Vater schöne Grüße von dir ausrichten. Und wenn er dann richtig leidet, werde ich ihm erzählen, wie du mit den hiesigen Ameisen Freundschaft geschlossen hast."

Fast lustvoll plauderte er weiter: „Sie riechen den Duftstoff, den ich hier verteilt habe, über eine Entfernung von etlichen Kilometern. Es wird nicht lange dauern, dann wirst du mit ihnen Bekanntschaft schließen. Da diese Viecher unersättlich sind, wird es aber nur eine kurze Liaison werden. Die Einheimischen nennen sie gefräßige Monster!" Als er erbarmungslos lachte, zeigte er wieder sein wahres Gesicht. Danach streichelte nochmals ihr Antlitz: „Die ersten Stiche der *Tāotiè* spürst du, aber das säurereiche Gift lähmt dich langsam. Dann kannst du nur noch genau beobachten, wie sich die niedlichen Tiere an deinem zarten Fleisch gütlich tun."

Er hob seinen Kopf und sah zum Urwald hin, angespannt lauschend. Ich blickte ebenso angestrengt zum Waldrand. Plötzlich stieg schimpfend ein Vogelschwarm auf, ein Höllenlärm brach los. Darauf wurde es mit einem Mal totenstill. Dann hörte ich es. Ein unheimliches Rauschen, das sich in ein Getrampel verwandelte, als wenn eine Armee im Stechschritt durch den Urwald walzte. Meine Nackenhaare sträubten sich, während mir am Rücken ein kalter Schauer herunterlief.

Auf der Scheibe rief Fischer aufgeregt: „Sie kommen!" Kraagen verabschiedete sich mit den Worten: „Nochmals viel Spaß meine Liebe, ich muss dich jetzt leider verlassen. Ich habe noch eine Verabredung mit deinem Vater." Als er zu Fischer auf die Scheibe sprang, winkte er feixend in Reneés Richtung. Dann überlegte er kurz, sprang nochmals von der Scheibe herunter und lief zurück. Dort bückte er sich und hob die Katanas von Marc, Reneé und von ihrem Vater auf. Die Verbrecher hatten die Waffen dort einfach in das Gras geschmissen.

Boshaft rief er Reneé zu: „Die hätte ich doch fast vergessen!" Dreckig lachend eilte er zur Scheibe zurück und betätigte ein paar Schalter. Mit einem Summen erhob sich die Scheibe, danach flogen sie, nochmals winkend, schrill sirrend davon.

\*\*\*

*Wenn es Götter gibt die uns wegwerfen,*
*gibt es auch Götter,*
*die uns retten.*

Japanische Weisheit


\*\*\*

## II. Befreiung, Katzen und ein Fest

Darauf hatte ich nur gewartet. Hastig sprang ich aus meinem Versteck hervor und eilte mit riesigen Schritten den Hang hinunter. Reneé blickte mir mit großen Augen entsetzt entgegen. Mit überkippender Stimme schrie sie: „Beeil dich! Schneid mich endlich los!" Wild zerrte sie an ihren Fesseln.

Ich sprintete zu ihr hin, wobei ich fast noch ins Stolpern geraten wäre. Die Schmerzen in meinem Knie spürte ich jetzt nicht mehr. Während ich vorsichtig die sehr eng anliegenden Fesseln an ihren Händen zerschnitt, spähten wir beide in Richtung Waldrand, wo sich die ersten Gräser zur Seite bogen. Wie eine Flutwelle strömten die Ameisen aus dem Urwald hervor. Voller Entsetzen sahen wir die Bestien ziemlich schnell auf uns zukommen.

„Würdest du dich bitte beeilen!", schrie Reneé mit einem, angstvollen, schrillen Unterton. Während ich hastig am letzten Knoten herumsäbelte, zerrte sie sich mit der freien Hand die Stricke vom Körper. Als ich endlich ihre andere Hand von den Stricken befreit hatte, spurteten wir wie von Furien gehetzt den Hang hoch.

Keuchend ließen wir uns oberhalb der Lichtung auf den Boden fallen. Im gleichen Augenblick erreichten die Ameisen den Platz. Sie wimmelten um den Pfahl herum. Das schrille Summen, welches sie dabei erzeugten, schmerzte in meinen Ohren. Gebannt schauten wir zurück auf die Horrorszene. Im Nachhinein verursachte es uns noch eine zweite Gänsehaut.

Sie waren groß, richtig groß! Jedes Exemplar mindestens zwanzig bis dreißig Zentimeter. Es waren sogar zwei verschiedene Arten. Die eine war hellrot, auf dem Kopf zuckten zwei lange Fühler wild hin und her. Aus dem Hinterleib, der von einem Chitinpanzer geschützt wurde, ragte provozierend der von Kraagen erwähnte große Giftstachel.

Sie bewegten sich auf sechs kräftigen Beinen, unterhalb des Kopfes drohten zwei kräftige Arme mit rasier-messerscharfen Scheren. Jedoch in der Überzahl war die andere Ameisenart, sie war etwas kleiner und hatte einen dunkelroten Leib. Sie hatten zwar keinen Stachel, aber dafür waren ihre Scheren größer und ausgeprägter, das waren wohl die Arbeiterinnen. Einige wenige witterten in unsere Richtung, weil wir bei unserer Flucht ja auch in das Lockmittel getreten hatten.

Regungslos lagen wir in unserem Versteck und versuchten möglichst flach zu atmen. Ich konnte mir vorstellen, dass man keine Chance hatte, wenn man diesen Viechern in die Quere kam.

Dann erhob sich ein schrilles Pfeifen. Die ganze Horde drehte sich wie auf ein Kommando um und verschwand in Richtung Urwald. Nach wenigen Minuten war der Spuk vorbei.

Erleichtert stießen wir die Luft aus und rollten uns auf den Rücken. Für einen kurzen Augenblick blieben wir still liegen. Dabei versuchten wir, unseren Adrenalinspiegel auf normale Werte zu bringen. Kurz darauf hatten wir uns wieder etwas gefasst. Mit feuchten Augen schaute Reneé mich an. „Warum hast du eigentlich so lange gebraucht? Ich hätte mir fast in die Hose gemacht", brummelte sie.

Dann legte sie sich auf mich, nahm meinen Kopf in beide Hände. Ihr Engelsgesicht schwebte, leicht lädiert, über meinem Gesicht. Die grünen Augen bannten mich: „Du hast mir schon wieder das Leben gerettet. Also bist du jetzt und für alle Zeit dafür verantwortlich, dass mir nichts passiert. So steht es geschrieben!" Dann küsste sie mich heiß und innig.

Ich genoss dieses herrliche Gefühl. Meine Hände erforschten den weichen und äußerst weiblichen Körper, der auf mir lag. Meine Hormone machten Luftsprünge. Leider war diese schöne Situation zu schnell wieder vorbei; Reneé rollte sich von mir herunter. Schwer seufzend blieb ich noch einen Augenblick auf dem Rücken liegen. Nach einem Moment, in dem nur unser Atmen zu hören war, murmelte ich leise: „Jetzt bräuchte ich eine kalte Dusche!"

Sie musterte mich, dann stahl sich ein leicht vergnügtes Lächeln in ihr Gesicht. Ich setze mich auf, nahm ein sauberes Tuch aus meinen Rucksack und benetzte es mit Wasser aus meiner Trink-flasche. Ich gab die Buddel weiter an Reneé, die mit dankbarem Blick daraus trank. Vorsichtig tupfte ich ihr den Schmutz und das Blut von der Platzwunde über dem Auge.

„Ich hatte keine Chance einzugreifen, ohne euch zu gefährden", antwortete ich. Fügte leise hinzu: „Vor Angst bin ich fast verrückt geworden, als ich dich da unten liegen sah."

„Ich weiß", meinte sie. Nachdem sie mich nochmals umarmt hatte, äußerste sie sich mit funkelnden Augen: „Auf, auf, wir müssen unsere Gefährten befreien, wir haben nicht viel Zeit!" Ich salutierte zackig.

Wir sammelten die herumliegenden Waffen ein, darunter Karens Tessen, Lucys Langbogen und den Bo-Stab. Die japanischen Kurzbögen, die Hankyū, Reneés Saigabeln und Karens Jitte hatten die Kerle auch liegen gelassen. Erfreut entdeckte Reneé, dass sie Annas Wakizashi wohl übersehen und ebenfalls nicht mitgenommen hatten.

„Aber leider fehlen die Wurfmesser, Ahrens Armbrust und Kristannas Sternenklinge sind auch nicht da", stellte sie mit Bedauern fest. „Die Klingen werden wir uns wiederholen", meinte sie anschließend sofort grimmig. Sie setzte murmelnd hinzu: „Die Katanas werden euch Verbrechern kein Glück bringen und diesem Drecksack von Gott schon gar nicht!"

Ich konnte kurz den kalten Glanz in ihren Augen sehen, ehe sie mich wieder anlächelte.

Das Gepäck mit den Tauschwaren hatten die Verbrecher nur kurz durchwühlt, aber nichts davon mitgenommen. Selbst das Fässchen war noch da. Wir versteckten das Gepäck unter zwei Büschen, da wir für die Verfolgung schnell und beweglich sein mussten. Danach machten wir uns mit den Waffen auf den Weg. Die Fährte war leicht zu verfolgen. Ab und zu sahen die Spuren so aus, als würden unsere Gefährten versuchen, das rasche Fort-kommen der Banditen zu verzögern.

Ich sprach Reneé darauf an, die in Gedanken versunken still neben mir herlief. Sie antwortete nach einigen Sekunden: „Wir wussten, dass du uns beobachtest und mich befreist; klar war auch, dass wir anschließend ihnen folgen würden."

„Ja sicher, auf Supermann ist immer Verlass", meinte ich mit stolz geschwellter Brust, bis mich Reneé in die Seite boxte.

„Konzentriere dich auf unsere Freunde!", meinte sie mit einem etwas gequälten Lächeln. Wieder ernst geworden und in echter Sorge um die Verschleppten, hasteten wir den Verbrechern hinterher. Der Lärm, den wir dabei verursachten, wurde durch die vielfältigen Geräusche des Urwaldes und seiner Bewohner übertönt. Die Spuren wurden immer frischer. Plötzlich hörte ich vor mir Stimmen. Sofort blieb ich stehen, während ich in die Knie ging, zog ich Reneé zu mir herunter.

„Da vorne sind sie", raunte ich leise. Wir lauschten einige Sekunden, um zu prüfen ob wir bemerkt worden waren. Als keine Reaktionen erfolgten, schlichen wir vorsichtig weiter, bis wir zum Rand der Lichtung kamen. Zwischen den riesigen Farnen und Büschen hindurch, sahen wir unsere Freundinnen gefesselt vor den Verbrechern auf der Erde sitzen.

Ich hörte, wie Reneé erleichtert ausatmete. Sie lebten alle noch, zwar ziemlich zerzaust, aber immerhin. Ich bemerkte, dass sie alle angespannt die Gangster beobachteten. Zwei der Kerle standen etwas abseits bei unseren Gefährtinnen, während die anderen vier Ganoven erregt diskutierten. Es ging um die Frauen. Kraagen hatte ihnen verboten, sich näher mit ihnen zu befassen.

Dem Anführer, ein ziemlich hagerer Typ, passte das überhaupt nicht. Großspurig erklärte er, dass ihm der Befehl scheißegal wäre. Und wenn einer der Kumpane dem Chef etwas erzählen würde, dann bekäme er es mit den kleinen Messerchen zu tun. Er hatte sich Karens Weste übergezogen. „Und diesen arroganten Arschkriecher Fischer mache ich bei der nächsten Gelegenheit einen Kopf kürzer!"

Die zwei abseits Stehenden kamen hinzu, um sich ebenfalls in den Streit einzumischen. Dadurch wurde die Aufmerksamkeit der Wachen für einen Moment unterbrochen. Sofort nutzen wir die Gelegenheit. Wir ließen die Waffen zurück, lediglich Karens Kampffächer nahm ich mit. Ich huschte zu unserer Ninja, die mich mit ihren dunklen Augen anstrahlte. Schnell schnitt ich die Fesseln durch und steckte ihr dann den Tessen zu. Mit einem leichten Schlag auf ihre Schulter glitt ich in den Urwald zurück. Reneé war zu Lucy gekrochen und befreite sie ebenfalls von ihren Fesseln. Die Freundinnen blieben sitzen und hielten dabei die Stricke vor sich hin. Nur bei genauem Hinsehen konnte man erkennen, dass sie nur locker um die Hände hingen.

Ich beeilte mich inzwischen, in den Rücken der sich immer noch streitenden Männer zu kommen. Reneé versteckte sich im Busch hinter den Frauen. Gerade hatte ich es geschafft in ihren Rücken zu gelangen, als der Anführer den Streit mit einem Faustschlag gegen seinen Kumpan beendete. Der ging sofort k.o. Ich zog meine beiden Glocks und entsicherte sie. Dann wartete ich angespannt auf das, was nun kommen würde.

Lüstern grinsend stapfte der Anführer, gefolgt vom Rest der Truppe, hinüber zu den Frauen. Großspurig baute er sich vor ihnen auf. „Bevor wir euch ins Lager bringen, werden wir uns noch ein bisschen Freude mit euch gönnen."

Zu Annas gewandt höhnte er mit begehrlichem Gesichtsausdruck: „Mit einer Göttin habe ich es noch nie getrieben. Es soll wohl göttlich sein." Die ganze Bande lachte hämisch über diesen platten Witz. Dann warf er Kristannas gestohlenes Langschwert und die Saya auf den Boden. Drohend trat er auf Annas zu.

Bevor sie ihm etwas erwidern konnte mischte sich Lucy ein und meinte abfällig: „Ich glaube kaum, dass du uns mit deinem ‚Kleinen' eine Freude machen kannst." Dann spuckte sie ihm provozierend vor die Füße. Seine von Akne verseuchte Visage verzerrte sich vor Wut.

Brutal packte er Lucy an den Armen. Als er sie hochzog, fielen die Stricke herunter. Ehe der überraschte Gangster reagieren konnte, hieb Lucy ihm ihre rechte Handkante mit voller Wucht gegen die Schläfe. Wie ein nasser Sack fiel er rückwärts zu Boden, dort blieb er regungslos liegen. Verwirrt starrte die Bande auf ihren Anführer.

Im selben Augenblick sprang Karen hoch und stürzte sich auf den Nächststehenden. Mit offenem Mund stierte der bullige Kerl sie an. Mit einem *yoko-geri*, einem Seitwärtsfußtritt, trat sie dem Gangster krachend gegen den Kopf. Bevor auch dieser auf dem

Boden aufschlug, stürzte sie sich, einen *Zenpo Kaiten* ausführend, sofort auf den Nächsten. Nach der Vorwärtsrolle attackierte sie den völlig perplexen Verbrecher mit dem Tessen.

Währenddessen sprang ich den ersten mir im Weg stehenden Gangster von hinten an und schlug ihm mit der Pistole ins Genick. Ohne einen Laut von sich zu geben fiel er um. Da war ich schon beim nächsten Typen angelangt. Dem hielt ich meine Glocks unter die Nase.

„Ich würde jetzt keine falsche Bewegung machen", zischte ich ihn an. Mit großen angstvoll aufgerissenen Augen nickte er verstehend. Mittlerweile sprintete Reneé wie ein sprichwörtlicher Racheengel hinter dem Busch hervor. Mit zwei Sätzen war sie an Lucy vorbei, die einen der Banditen an der Gurgel gepackt hatte.

Ihre linke Hand umfasste die Saigabel. Laut ein ‚Kiai' ausstoßend, hob sie im Laufen Kristannas im Gras liegende Sternenklinge auf. Die hielt sie dem letzten noch stehenden Verbrecher an den Hals, noch bevor er seine Pistole auf uns richten konnte.

Es war der Gangster, der sich gerade von dem Niederschlag des Anführers erholt hatte. Mit hervorquellenden Augen starrte er auf die Klinge. Sein Adamsapfel hüpfte rauf und runter; seufzend ließ er seine Pistole ins Gras fallen.

Ich entwaffnete meinen Gefangenen und zerrte ihn dann rüber zu seinen Kumpanen, die bei ihrem immer noch bewusstlos im Gras liegenden Anführer hockten. Beide Gangster, die mit Karen Bekanntschaft gemacht hatten, darunter auch der bullige Verbrecher, der sie bei der Gefangennahme attackiert hatte, waren tot. Unsere *Kunoichi* kannte keine Gnade. Ich konnte Karen, unseren weiblichen Ninja gut verstehen, wenn man bedenkt, was diese Verbrecher Schlimmes mit ihr und den anderen Gefährtinnen vorhatten. Lucy erledigte noch ihren Gegner, um danach Nadowessiu, Kristanna und Annas von ihren Fesseln zu befreien. Mit den Stricken wurden die überlebenden Gangster verschnürt und zusammen mit ihrem bewusstlosen Anführer an einem Baum festgebunden.

Als nächstes holte ich die zurückgelassenen Waffen. Kristanna war froh, als sie ihre Sternenklinge wieder in den Händen hielt. Annas schnallte befriedigt ihr Wakizashi um, währenddessen Karen und Kristanna die japanischen Kurzbögen mit den Pfeilen entgegen nahmen.

Reneé konnte Nadowessiu gerade noch davon abhalten, einen der Gefangenen mit ihren Tomahawks zu massakrieren. Grimmig nahm sie dann ihr Tlingit in Empfang. Immer noch wütend steckte sie sich ihr Kampfmesser in den Gürtel.

Aus dem Gepäck der Verbrecher holte ich Ahrens Armbrust, die ich schulterte und vergaß auch nicht den Beutel mit den zugehörigen Bolzen. Erleichtert, dass wir die Befreiungsaktion ohne Verletzungen überstanden hatten, umarmten wir uns kurz. Dann rief Annas zur Eile auf: „Wir müssen noch Marc und Ahrens befreien. Ich habe gehört, dass sich Kraagen für Marc etwas Besonderes ausgedacht hat, er soll den fleischfressenden Büschen, den *Kazura oni*, geopfert werden."

Sofort machten wir uns auf den Weg. Karen bildete mit mir die Nachhut. Annas, Reneé mit Lucy und Nadowessiu verschwanden vor uns im Urwald. Am Rand der Lichtung blieb ich stehen. Zu Karen gewandt meinte ich: „Geh schon mal weiter, ich komme gleich nach." Sie nickte und folgte dann den Gefährtinnen.

Ich huschte schnell zu den Gefangenen zurück, die mich bittend anschauten. „Normalerweise müsste ich euch Schurken dem Schicksal überlassen. Aber zu eurem Glück stellen wir uns mit euch nicht auf eine Stufe."

Ich steckte vor den Gefangenen ein Messer ins Gras. Bevor ich wieder aufbrach, sah ich ihnen fest in die Augen und sagte: „Ihr solltet versuchen, so schnell wie möglich an das Messer zu kommen, bevor die hungrigen Bewohner des Urwaldes eure stinkenden Kadaver riechen. Und vor allem, lauft uns nie wieder vor die Füße. Denn nochmals sind wir nicht so gnädig."

Danach eilte ich meinen Gefährtinnen hinterher. Als ich Karen kurze Zeit später wieder erreichte, schaute sie mich mit ihren schwarzen Augen intensiv an: „Hoffentlich danken sie es dir."

Natürlich hatte ich mich gefragt, ob ich das eben wirklich richtig gemacht hatte. Die Gefahr, dass sie uns in den Rücken fielen, war gegeben. Aber eigentlich war ich mir sicher, dass sie nur noch Fersengeld geben würden. Nach ein paar Metern blieb ich abrupt stehen, um angestrengt auf die Geräusche hinter uns zu lauschen. Karen lief noch zwei Schritte weiter, ehe sie ebenfalls stehen blieb. Fragend schaute sie mich an. Leise rief ich, dabei immer noch lauschend: „Ich dachte, ich hätte Schreie gehört."

Beide standen wir einige Sekunden lang still, wir versuchten, zwischen den normalen Urwaldgeräuschen noch etwas anderes herauszuhören. Aber außer den Laufgeräuschen unserer Gefährtinnen vor uns, vernahmen wir nur Affengebrüll, Vogelgeschrei und das Raunen des Windes, der durch die Blätter der Büsche und Baumfarne strich.

Karen schüttelte den Kopf. Auf ihr Zeichen hin, setzten wir uns wieder in Bewegung. Nach etwa zehn Minuten blieb Karen stehen. Lauschend spähte sie den Weg, den wir gekommen waren, zurück. Sekunden später meinte sie leise: „Wir werden verfolgt!"

Kurz bedeutete sie mir, auf der anderen Seite des Pfades in Deckung zu gehen. Danach zog sie ihren Tessen und verbarg sich hinter den starken Stämmen zweier Baumfarne. Ich versteckte mich hinter einem Busch, holte eine meiner Glocks aus dem Schulterhalfter und entsicherte sie.

Gebückt wartete ich auf unseren Verfolger. Tatsächlich, nach ein paar Minuten hastete einer der Schergen keuchend und schwitzend den Pfad entlang. Es war derjenige, der vorhin vom Anführer wegen seiner Fürsprache für die Frauen niedergeschlagen worden war.

Stolpernd, sich immer wieder ängstlich umsehend, wollte er an uns vorbei. Karen sprang aus ihrem Versteck und hielt dem völlig perplexen Mann den Tessen an den Hals. Er war vollkommen fertig und in seinem Antlitz stand noch das Grauen des Erlebten geschrieben.

„Bitte nicht umbringen", stammelte er mit grauem Gesicht. Mit hoch erhobenen Händen blieb er zitternd stehen. Ich trat aus meiner Deckung heraus und schob die Waffe ins Halfter zurück.

„Wo sind deine Kumpane?", herrschte Karen ihn an, während sie den Tessen in den Gürtel zurück steckte.

„Nur ich konnte diesen Ungeheuern entkommen. Sie sahen aus wie Panther, aber mit einem großen Horn auf der Stirn", schluchzte er. Dann mit zitternder Stimme: „Alle sind tot, diese Viecher haben sie bei lebendigem Leib zerrissen."

Karen antwortete murmelnd: „Ich habe kein Mitleid mit diesen Mördern." Während sie mit grimmigen Gesicht den Gangster musterte, fragte sie mich: „Was sollen wir mit dem Kerl anstellen?"

Ich fixierte durchdringend das Häufchen Elend. Unterdessen versuchte ich, die Geräusche des Urwaldes um uns herum einzuordnen. Vor uns vernahm ich so gerade noch die Geräusche unserer Gefährtinnen. Karen blickte ebenfalls sichernd um sich, wobei sie auch den Dschungel links und rechts in Augenschein nahm.

„Pass auf Bàotú", fuhr ich den etwa 25 jährigen Spargeltarzan ziemlich rüde an. „Wir nehmen dich mit. Solltest du aber irgendwelchen Ärger machen, werde ich genüsslich zusehen, wie die Frauen dir bei lebendigem Leibe das Herz herausreißen."

Eingeschüchtert von dem Erlebten, gleichfalls vom grimmigen Gesicht welches Karen zur Schau trug, nickte er unterwürfig. Karen schubste ihn vorwärts: „Los jetzt, wir müssen Anschluss halten. Und immer schön daran denken! Ohne uns hast du im Dschungel keine Chance zu überleben."

Im Laufschritt machten wir uns an die Verfolgung. Er trottete vor uns auf dem Pfad. Karen folgte ihm, während ich nach hinten absicherte. Nach etwa einer halben Stunde erreichten wir unsere Gefährtinnen, die gerade eine Verschnaufpause eingelegt hatten. Fragend schauten sie uns an, als sie Bàotú bei uns bemerkten. Nadowessiu griff bei seinem Anblick reflexartig nach einem ihrer Tomahawks.

Beschwichtigten sagte ich zu den Frauen: „Er ist der einzige Überlebende, die anderen wurden vom Dschungel aufgefressen. Vielleicht kann er uns ja bei der Befreiung von Marc und Ahrens helfen. Er kennt diese Typen."

Zu Nadowessiu gewandt, die unseren Gefangenen scharf musterte, meinte ich leicht grinsend: „Wenn er Zicken macht, reißt du ihm das Herz bei lebendigem Leibe heraus."

Dabei konnte *Bàotú*, was Verbrecher bedeutete, meinen spöttischen Gesichtsausdruck nicht sehen. Nadowessiu nickte grimmig und ließ zur Unterstützung meiner Worte den Tomahawk durch die Luft wirbeln. Lucy, Reneé und Annas machten dazu beifällige Gesten; auch sie konnten nur mit Mühe das Lachen unterdrücken.

Kristanna stellte sich vor den armen Kerl hin und musterte ihn mit kaltem, angsteinflößendem Blick von oben bis unten. Lakonisch meinte sie: „Unsere Indianerin ist Meisterin im Herzen herausreißen! Ich würde an deiner Stelle alles vermeiden, was sie zu der Meinung veranlasst in Aktion treten zu müssen." Dann stellte sie sich mit ausdrucksloser Miene neben mich.

Unserem Flüchtling liefen die Schweißperlen über das kalkweiße Gesicht. Während er sich am Rand des Pfades auf einen umgestürzten Stamm setzte, murmelte er ergeben: „Ich werde bestimmt keinen Ärger machen."

Reneé gab dem Gefangenen etwas von unserem Wasser ab, was dieser dankbar entgegennahm. Während wir alle etwas Wasser tranken, hielten wir Kriegsrat.

Nachdem wir uns gestärkt hatten, brachen wir auf und folgten den Spuren der Gruppe um Marc und Ahrens. Die Beiden hatten sich bemüht, eindeutige Spuren zu hinterlassen. Denen konnten wir ohne Schwierigkeiten folgen. Einmal waren es die absichtlich umgeknickte Zweige eines Farnes, das andere Mal ein Tuchfetzen, den sie auf einen Ast oder Busch gelegt hatten. Es half uns, dass die Verbrecher ziemlich brachial durch den Urwald pflügten.

Wir mussten uns beeilen, denn der Tag neigte sich dem Ende zu und die Lichtverhältnisse wurden immer schlechter. Durch die hohen Farne mit dichtem Blätterdach herrschte sowieso ein diffuses Tageslicht. Die wenigen Sonnenstrahlen, die sonst auf den Boden trafen, wurden zudem von aufkommenden Regenwolken fast verschluckt.

Schweigend hasteten wir hintereinander den schmalen Pfad entlang; Kristanna lief an der Spitze. Dort wo die Pflanzen und Büsche sich hinter den vorauseilenden Verbrechern wieder geschlossen hatten, schlug sie mit ihrer Sternenklinge eine Bresche.

Für die Schönheit des Dschungels, die herrliche Blütenpracht der vielen Orchideensorten, die zwischen den Sträuchern und Baumfarnen durchblitzten, hatten wir leider keine Zeit. Wir mussten darauf achten, den Anschluss an unseren Vordermann nicht zu verlieren.

Gelegentlich fielen mir dennoch einige prächtige Blütenvariationen auf. Hin und wieder schwirrten Schmetterlinge und Insekten wie schillernde Farbtupfer in den ansonsten grünen und braunen Farbtönen herum. Mein Zeitgefühl war mir bei dem Hasten durch diese grüne Welt abhandengekommen. Es war sicherlich schon eine ganze Stunde vergangen, als Lucy, die Kristanna an der Spitze abgelöst hatte, ihren Arm hob und stehen blieb.

Im Wald vor uns lag eine kleine Schneise. Leise schlossen wir auf. Jetzt konnten auch wir leise Schreie hören; plötzlich vernahmen wir ganz in der Nähe Gewehr- und Pistolenschüsse. Entsetzt blickten wir uns an. Als Reneé und Annas losstürmen wollten, hielt Karen sie auf. Bevor beide protestieren konnten, hob Karen ihren Finger an die Lippen: „Psst! Da kommen mehrere Personen in unsere Richtung."

Jetzt hörten wir es ebenfalls. „Vielleicht sind es Marc und Ahrens", flüsterte Annas hoffnungsvoll.

„Wir wissen es nicht, aber zur Vorsicht sollten wir uns verstecken", antwortete Karen flüsternd. Eilig verbargen sich Beide hinter einem Baum. Lucy und Kristanna zogen blitzschnell den orientierungslos stehen gebliebenen Bàotú in ihre Deckung. Währenddessen liefen Reneé und ich schnell quer über die Lichtung, um uns dort mit gezogenen Waffen hinter einen Busch zu verstecken.

Augenblicke später hetzten zwei Katzenfrauen aus dem Urwald hervor. Auf allen Vieren überquerten sie mit weiten Sätzen die Lichtung. Kurz bevor sie wieder in den schützenden Dschungel eintauchen konnten, sprang ein Kerl zwischen den Bäumen hervor. Mit seiner Pistole schoss er auf die Flüchtenden.

Bevor ich noch reagieren konnte, jumpte Reneé mit einem Wutschrei aus der Deckung. Sie stürzte auf den Schützen zu, der sich überrascht zu ihr umdrehte. Bevor er auf sie schießen konnte, schleuderte Reneé ihre Saigabel, die tief in die Brust des Verbrechers eindrang. Mit starrem Blick schaute er verwundert auf die Waffe in seinem Körper.

Ungläubig starrte er uns an, ehe er zu Boden stürzte. Die Pistole rutschte aus seiner kraftlos gewordenen Hand. Sekunden später brachen seine Augen. Auch er fand den Tod fern seiner Heimat.

Mit gezogenen Pistolen stellte ich mich sichernd hinter Reneé und beobachtete den Urwaldrand, ob noch weitere Verbrecher auftauchten. Mittlerweile standen meine Gefährtinnen mit Bàotú bei den beiden Katzenfrauen und kümmerten sich um sie. Etwas abseits am Dschungelrand sicherte Lucy mit schussbereitem Bogen die Lichtung in der anderen Richtung.

Als akut keine weitere Gefahr mehr bestand, machte ich Lucy ein Zeichen und ging zu Reneé, die bei dem Verbrecher kniete. „Er ist tot", murmelte Reneé und ihre sonst so warmen Augen strahlten dabei Kälte aus. Und wie bei einem Chamäleon wechselte der Ausdruck in ihren Augen, als ich erwiderte: „Du hattest keine andere Wahl."

Die Gene ihres Vaters machen sich bei ihr immer stärker bemerkbar, so ging es mir in diesem Augenblick durch den Kopf und ich nahm sie für einen Augenblick in den Arm. Ein dankbarer Ausdruck zeigte sich in ihrem Gesicht. Ihre warmen grünen Augen strahlten mich wieder an.

Danach bückte sie sich, zog mit einem Ruck die Saigabel aus der Brust und säuberte sie im Gras. Wir liefen zu unseren Gefährten zurück. Annas und Kristanna kümmerten sich um eine der im Gras liegenden Katzenfrauen, während die andere gerade von Karen an der Schulter verbunden wurde. Anscheinend war sie von einer Kugel getroffen worden. Zum Glück stellte sich die Wunde als Streifschuss heraus.

Annas und Kristanna knieten neben der zweiten Liegenden. Mit traurigem Gesicht standen sie dann auf und den Kopf verneinend schüttelnd meinte Annas: „Wir konnten ihr leider nicht mehr helfen, sie ist tot."

Der überlebenden Katzenfrau flossen bei diesen Worten ein paar dicke Tränen aus den Augen. Annas nahm die sehr menschen- ähnlich aussehende Frau in die Arme und versuchte sie zu trösten.

„Das ist Kohi, die Königin der Katzenmenschen. Sie nennen sich *Dai shizen"*, erklärte uns Karen leise, während ich mir die Königin eingehender betrachtete. Dai shizen übersetzte mein Translator mit *,Mutter der Natur'*. Wieder einmal war ich von der Qualität des Translators begeistert, wie er danach die hellen Laute der Katzensprache sofort übersetzte.

Die Herrscherin der Dai shizen war etwa 1,60 Meter groß, hatte ein dichtes, dunkelbraun und rotbraun gestreiftes Fell. Ihr langer, buschiger Schwanz besaß am Ende eine dichte Quaste. Ein Kleid aus ganz feinem Leder, mit angedeuteten Ärmeln, kleidete die schlanke Gestalt der Königin. Sie trug dazu eine Perlenkette aus kleinen schwarzen Steinen um den Hals.

Sie kniete sich neben die Tote: „Usegiro, meine liebe Beschütze- rin, wir werden uns im Garten der Glückseligkeit wiedersehen." Dann stand sie auf, wandte sich an uns und sprach in einer sehr schön modulierten Sprache, deren hohe Töne wie der Gesang einer Sopranistin klang: „Ich bedanke mich bei euch für meine Rettung."

Zu Annas gewandt meinte sie sehr ernst: „*Wakanda*, du bist bei unserem Volke bekannt und wir begrüßen dich als unsere *shòu péngyóu*, unsere beschützende Freundin." Mit fast runden Ohren, aus denen feine Härchen herausschauten und den schrägen Augen mit goldgelben Pupillen sah ich ein sehr menschenähnliches Gesicht, mit leicht asiatischem Einschlag. Beim Sprechen zeigte sie an den Seiten des Gebisses zwei Reißzähne. Die Schnurrhaare zitterten und dabei waren die schwarze Nasenspitze wie auch die Ohren, ständig in Bewegung.

Sie verneigte sie sich tief vor Annas, die sich für die Begrüßungsworte bedankte. Annas deutete eine Verbeugung an und stellte ihr dann jeden Einzelnen von uns vor. Bei einem Blick auf Reneé, die mir gegenüber stand, bemerkte ich, dass sie sich richtig zusammenreißen musste, um nicht voller Ungeduld dazwischen zu reden. Wie auf heißen Kohlen stehend, zappelte sie unruhig neben Karen hin und her.

Als Annas die zeremonielle Vorstellung endlich beendete, wandte sich Reneé direkt erwartungsvoll an die Königin. „Bitte sage uns, Königin Kohi, haben sie, als die Verbrecher euch überfallen haben, zwei Gefangene bei ihnen gesehen? Einen großen schwarzhaarigen, schlanken Mann, dessen Haare zu einem Art Zopf gebunden sind und seine blauen Augen sind leicht oval? Der zweite Mann ist etwas kräftiger, langes blondes Haar und sein Gesicht ist voller Haare?"

Die Königin Kohi hatte sich mittlerweile wieder unter Kontrolle und antwortete gefasst: „Als diese Bàotú mit ihren fürchterlichen feuerspeienden Waffen in unser Dorf kamen, befahl mein Gatte, König Aśoka der ersten Beschützerin Ushiro mich in Sicherheit zu bringen. Leider habe ich auf unserer Flucht keinen eurer gefangenen Gefährten gesehen."

Es folgte ein betretenes Schweigen, und die Nachwirkung dieser Aussage hing wie ein Damoklesschwert über unseren Köpfen. Wieder war es Reneé, die sich als Erste aufraffte und aussprach, was uns alle beschäftigte: „Vielleicht haben sie Marc und Ahrens vor dem Überfall zurück gelassen. Oder die Königin hat sie nur nicht gesehen, warum auch immer. Wir sollten jedenfalls sofort aufbrechen!"

Irgendwie wirkten alle erleichtert, dass Reneé die Initiative übernahm. Sofort formierten wir uns zum Abmarsch. Karen lief an der Spitze, gefolgt von Kristanna, während Annas und Lucy die Königin zu ihrem Schutz in die Mitte nahmen. Ich blieb bei Reneé und unserem Gefangenen.

Nach wie vor war er ängstlich darauf bedacht war, der am Schluss laufenden Nadowessiu keinen Anlass zu geben, ihren Tomahawk zu gebrauchen. Und Nadowessiu traute ihm nicht über den Weg und machte fortwährend ein finsteres Gesicht. Lucy schien wie sie zu denken. Mit grimmigen Gesichtern ließen sie Bàotú nicht aus den Augen, obwohl er uns erzählt hatte, dass er durch seinen schlimmen Bruder in diese Lage geraten war. Er sei nur ein kleines Licht in der Hierarchie der Gangster gewesen und habe bisher nur wegen einem Autodiebstahl eingesessen.

Angeführt durch Karen, folgten wir den Spuren welche die Königin auf ihrer Flucht und der Verbrecher bei der Verfolgungsjagd hinterlassen hatten. Nach etwa zehn Minuten stiegen uns Qualm- und Brandgeruch in die Nase. Wenig später betraten wir eine Lichtung, auf dem sich das Dorf der Katzenmenschen befand. Trümmer und Chaos waren die ersten Eindrücke die sich uns boten.

Erschüttert blieben wir stehen und starrten fassungslos auf das Bild der Zerstörung und des Todes. Weinend sank Königin Kohi auf ihre Knie. Während wir versuchten den ersten Schock zu verarbeiten, meinte Reneé ergriffen: „Lasst uns nach Verletzten und Überlebenden suchen."

Ihre Stimme zeugte von Schmerz und Trauer, die sie beim Gedanken an all die unschuldigen Kinder, Frauen und Männer verspürte, die diesen skrupellosen Mördern zum Opfer gefallen waren. Wir lösten uns aus der Schockstarre und verteilten uns zwischen den brennenden Hütten auf dem Dorfplatz. Ich hörte wie Lucy das Gelände untersuchte und leise fluchte:

„Das werden mir diese gottverdammten Aasgeier büßen, ich werde sie eigenhändig in die Hölle schicken." Wütend stapfte sie durch das Gras, gefolgt von der tief erschütterten Kristanna.

Mit gezogenen Pistolen blieb ich in der Nähe von Annas und der Königin stehen. Ich ließ den Urwaldrand nicht aus den Augen und sicherte unsere Leute ab, falls die Verbrecher zurückkehrten. Annas versuchte die Königin, soweit es ging, zu trösten. Ihr Zorn und ihre Wut waren eins, als sie ihr mit rauer Stimme versprach, die Mörder zu bestrafen. Aber zuerst einmal ging es darum, die Überlebenden zu finden und zu versorgen.

Dann hörten wir Nadowessiu laut rufen und eilten zu ihr. Sie und Karen hatten Ahrens gefunden. Er lag im Gras und kam gerade langsam wieder zu sich. Eine dicke Beule zierte seine Stirn, aber auf den ersten Blick konnte ich äußerlich sonst keine weiteren Verletzungen erkennen. Er litt sichtlich unter starken Kopfschmerzen und ihm war übel. Lucy eilte hinzu und kümmerte sich um ihn.

Währenddessen suchten wir weiter. Ganz in der Nähe fanden Nadowessiu und Karen in einer Erdhöhle sechs Katzenkinder. Die hatten sich dort unter Palmenblättern versteckt. Ängstlich und verstört hockten sie in dem Erdbau. Erst als sie Königin Kohi sahen kamen sie heraus. Weinend klammerten sie sich fest an die Katzenregentin.

Während angestrengt weiter nach Überlebenden gesucht wurde, kamen vorsichtig fünf erwachsene, männliche Katzenmenschen hinter mir aus dem Urwald. Sie starrten uns misstrauisch an und richteten drohend ihre Blasrohre auf Annas und mich.

„Mein lieber Gatte!", rief Kohi überglücklich und fiel einem dieser Katzenmenschen um den Hals. Die Dai shizen senkten ihre Blasrohre. Nach ihrer liebevollen Begrüßung stellte Kohi uns einander vor: „Das ist mein Gatte *Aśoka*, König der Dai shizen und dies sind die Menschen, die mich gerettet haben."

Der König der Katzenmenschen erkundigte er sich besorgt nach der Art ihrer Verletzung und war nach der Antwort nur halbwegs beruhigt. Anschließend verbeugte sich vor uns und bedankte sich glücklich bei uns für die Rettung seiner Frau.

„Leider konnten wir aber für die Begleitung ihrer Frau nichts mehr tun", bedauerte Annas. König Aśoka drehte sich zu seinen Begleitern um. Er und seine Frau nahmen einen der ihn begleitenden Katzenmänner tröstend in die Arme. Einige Augenblicke später drehte sich Königin Kohi zu uns um und erklärte mit leiser und trauriger Stimme: „Das ist Ushiro date, der erste Beschützer des Königs. Er ist, nein war der Gatte meiner Beschützerin Usegiro."

Annas wandte sich an Ushiro date: „Ich verspreche Ihnen, dass wir die Mörder ihrer gerechten Strafe zuführen werden. Wir müssen sie sowieso finden, weil sie einen unserer Gefährten gefangen haben."

Mit grimmigen Gesichtsausdruck und einem kurzen Nicken reagierte der Dai shizen auf Annas Versprechen.

König Aśoka bedankte sich nochmals und sprach mit tiefer ruhiger Stimme: „Wenn es soweit ist, werde Ushiro date und ich euch begleiten. Aber jetzt muss ich mich erst um meine Leute und um die Überreste unseres Dorfes kümmern." Er schickte zwei seiner Krieger aus, um die Leiche von Usegiro ins Dorf zu bringen. Inzwischen waren noch weitere Überlebende aus dem Dschungel zurückgekehrt.

Zusammen mit seinen Stammesangehörigen versuchte er wieder Ordnung in das herrschende Chaos zu bringen. Annas winkte uns zu sich. Leise bat sie Karen, die Spur aufzunehmen und nach Marc auszuschauen. Karen nickte, Sekunden später war sie zwischen den Bäumen verschwunden.

„Und wir helfen den Dai shizen bei ihren Aufräumarbeiten", wandte sich Annas an die restlichen Gefährten. Wir räumten die teilweise noch rauchenden Trümmer der Hütten weg und leisteten Hilfe bei der Bestattung der Opfer. Dabei fand Bàotú, unser Gefangener, die Leiche seines Bruders, der anscheinend bei dem Überfall in eine Grube gestürzt war und sich dabei das Genick gebrochen hatte.

Mit bleichem Gesicht begrub er seinen Bruder. Danach hockte er apathisch am Rande des Dorfes auf einem Stein und starrte vor sich hin. Karen kehrte nach etwa einer halben Stunde von ihrem Erkundungsgang zurück. Trotz der Eile hatte sich ihre Atmung nicht beschleunigt, als sie aus dem Dickicht herausstürmte. Mit Genugtuung wandte sie sich an Annas und Reneé: „Ich habe ihre Spur wieder gefunden. Marc lebt noch und ist bei ihnen. Sie haben ihr Lager an einem See aufgeschlagen."

Annas seufzte erleichtert auf. Reneé, beide Arme vor der Brust verschränkt, schaute Karen voller Tatendrang mit funkelnden Augen an. Die verstand sie auch ohne Worte. Mit hochgezogenen Augenbrauen forderte Karen uns auf: „Wenn wir uns beeilen, können wir Marc noch vor dem Abend befreien. Es sind zehn Verbrecher, wie ich gesehen habe, drei von ihnen sind verletzt."

Dabei blitzten uns ihre dunklen Augen an. Dann fügte sie triumphierend hinzu: „Ich konnte Marc ein Zeichen geben, was er mit einem leichten Kopfnicken zur Kenntnis genommen hat. Er weiß jetzt, dass wir in seiner Nähe sind."

Wir besprachen uns kurz. Schnell zeigte sich unsere einhellige Auffassung, es sei am besten, zur Marcs Befreiung jetzt sofort aufzubrechen. Wir gingen zu König Aśoka. Annas teilte ihm mit, dass wir uns jetzt auf den Weg machen wollten. Er verabschiedete sich von seiner Frau, dann schlossen er und Ushiro date sich uns an.

Ahrens ließen wir bei den Katzenmenschen zurück, obwohl er eigentlich mitkommen wollte. Aber durch den Schlag auf seinen Kopf war er noch ziemlich wacklig auf den Beinen. Mit seiner Armbrust war er aber in der Lage, mitzuhelfen das Dorf zu beschützen.

Unter Karens Führung gingen wir los. Schon warfen die anfangs noch weit auseinander stehenden Farne und Bäume lange Schatten auf den Waldboden. Wenig später standen die Bäume wieder dicht an dicht und das Weiterkommen gestaltete sich schwieriger. Leider wurde es jetzt schnell dunkel. Ein nebliges Dämmerlicht musste genügen um der Fährte zu folgen. Wir mussten uns beeilen, wenn wir den Lagerplatz der Verbrecher noch vor der völligen Dunkelheit erreichen wollten.

An der Spitze war Karen zum gleichen Schluss gekommen, denn sie beschleunigte ihre Schritte, sodass wir Mühe hatten den Anschluss zu halten. Erschwerend begann es auch noch zu regnen. Innerhalb von wenigen Minuten waren wir durchnässt.

Bàotú neben mir schnaufte schon ziemlich angestrengt, er war anscheinend noch nicht an die höhere Luftfeuchtigkeit der Ebene angepasst. Vielleicht saß ihm ja auch noch der Anblick seines toten Bruders und all der anderen Toten in den Knochen. Aber er war wild entschlossen uns zu helfen, Marc zu befreien und seine ehemaligen Kumpane zu fangen. Er hatte sich beim Anblick des Massakers am Grabe seines Bruders von den Verbrechern und Mördern losgesagt.

Ich hing meinen Gedanken nach, da wurde Karen an der Spitze langsamer und blieb dann ganz stehen. Leise schlossen wir auf. Sie legte warnend den Finger auf ihre Lippen und deutete nach links vor uns. Zwischen den Farnen konnten wir auf einer Lichtung die Mörderbande erkennen. Sie hatte an einem kleinen See ihr Lager aufschlagen. Durch das Fehlen der Bäume war dort am See das Tageslicht noch ausreichend.

Mein Blick suchte nach Marc. Erst als Reneé mich anstieß und auf einen Baum deutete, bemerkte ich ihn. Sie hatten Marc an einen Stamm gefesselt, neben ihm an benachbarten Bäumen waren drei Katzenfrauen gebunden worden. Zu unserer und König Aśokas Freude schienen die Gefangenen unverletzt. Ushiro date stieß aus seinem Brustkasten ein tiefes Grollen aus.

Die Bande diskutierte heftig miteinander. In ihrem Streit hatten sie für ihre Umgebung keinen Blick übrig. Reneé und Karen wollten sich gerade diesen Umstand zu Nutzen machen, aber bevor sie los schlichen, hielt König Aśoka sie zurück.

Hastig deutete er auf die gegenüber liegende Seite der Lichtung. „Das ist nicht gut", flüsterte er aufgeregt. „Diese Mörder sind auch noch dumm. Sie rasten im Gebiet der *Kazura oni*", was mein Translator als *fressender Fängerdämon* übersetzte. Unbeachtet von den Verbrechern, tauchten am Rande der Lichtung mehrere, etwa drei Meter große buschförmige Gestalten auf und bewegten sich langsam auf die Banditen zu.

Wir beobachteten fasziniert diese Wesen, die stetig näher kamen. An ihren Tentakeln, die wie Zweige aus ihrem Körper herauswuchsen, hatten sie riesige, etwa fußballgroße, hellrote Auswüchse, die wie Blüten aussahen. Fragend schauten wir König Aśoka an.

Aśoka klärte uns mit hastigen Worten über die Kazura oni auf: „Diese Wesen sind eine Symbiose eingegangen mit einer spinnenartigen Kreatur. Immer auf Beute lauernd, wandern sie langsam am Rande des Urwalds entlang. Blitzschnell schießen sie aus den blütenähnlichen Auswüchsen kleine Stacheln auf ihre Opfer, um sie mit Gift zu lähmen. Mit ihren stark klebrigen Tentakeln umklammern sie die Beute und zerren sie zu ihrer Körpermitte hin; dort lauert die hässliche Spinnen-Kreatur."

Angeekelt sprach der König weiter: „Der Organismus hat einen huhngroßen Körper und besitzt keine Beine. Er ist also auf das buschartige Wesen angewiesen, weil er sich nicht selbst fortbewegen kann. Mit vier Greifarmen wird das arme Opfer umklammert. Die Kreatur hat am Kopf ein Saugrohr, damit saugt sie ihrer Beute dann das Blut aus. Unter Mithilfe von zwei Beißzangen verspeist sie anschließend ihr Opfer stückweise. Am Hinterleib dieses ekligen Lebewesens hat sich das wandernde Wesen angedockt, um seinerseits die Verdauungssäfte der Spinne als Nahrung zu verwerten."

„Igitt", murmelte Lucy und kommentierte in Reneés Richtung: „Dieses liebliche Wesen ist ja noch besser, als die Kreaturen deines Vaters."

Bevor Reneé darauf spitz antworten konnte, warf Marc ein: „Auf der Erde gibt es ebenfalls Fleischfressende Pflanzen. Man kann dieses Monster mit den Kannenpflanzen unserer Erde ver-gleichen, so genannte Nepenthes, die zur Gattung der Karnivoren gehören. Die Pflanzen sind hauptsächlich in den Tropenwäldern Asiens zu finden. Allerdings muss ich zugeben, die sind etwas kleiner und Pflanzen. Was das hier für Wesen sind, ist mir schleierhaft."

Marc schaute dabei Lucy, wegen ihrer spitzen Bemerkung über Reneés Vater, vorwurfsvoll an. Wir kümmerten uns wieder um das Geschehen auf der Lichtung. In den paar Minuten waren die Wesen schon ziemlich nahe heran gekommen, immer noch unbemerkt von den Verbrechern. Es war klar, dass wir sofort etwas unternehmen mussten. Schließlich wollten wir nicht riskieren, dass Marc und die Katzenfrauen ebenfalls Opfer dieser Killerwesen wurden. Wir besprachen kurz unser Vorgehen.

Karen nahm die Einteilung unserer ‚Angriffstruppen' vor. Lucy sollte mit ihrem Bogen die Gefangenen beschützen. „Gleichzeitig sorgst du dafür, dass die beiden Figuren, die Marc am nächsten sind, keinen Ärger mehr machen" fügte sie hinzu. Lucy nickte grimmig.

„Annas und Bàotú, ihr Beiden befreit, zusammen mit König Aśoka und Ushiro date, die Gefangenen." Der König und Annas bestätigten dies mit entschlossenem Gesichtsausdruck. Der erste

Beschützer hob zur Bestätigung sein Blasrohr mit den Giftpfeilen. Dann wandte sich Karen an Nadowessiu und Kristanna, die bisher stumm daneben standen und sich alles angehört hatten. „Wir drei umgehen die Bande bis zu diesem Gebüsch dahinten. Maik und Reneé bleiben hier und achten auf mein Zeichen. Wenn wir dort angekommen sind, beginnen wir gleichzeitig mit dem Angriff auf diese Mörderbande."

Bereit zur Befreiungsaktion lief Karens Truppe los. Ich zog meine Glocks aus den Schulterhalftern und entsicherte sie. Lucy spannte ihren Bogen, während Annas und ihre Mitstreiter in die Büsche verschwanden.

Ich stellte mich vor Reneé, die ihre Saigabeln gezogen hatte und ungeduldig auf das Zeichen zum Angriff wartete. Ein mulmiges Gefühl in meinem Bauch konnte ich nicht unterdrücken. Trotzdem grinste ich sie aufmunternd an und wedelte mit meinen Pistolen. „Meine beiden Freunde und ich werden auf dich aufpassen. Du wirst sehen, wie schnell wir mit dieser Bande fertig sind", meinte ich ziemlich forsch, obwohl mir doch ganz anders zu Mute war. Jedenfalls schaffte ich es, dass sich in ihrem Gesicht der verkniffene Ausdruck etwas entspannte.

Plötzlich bemerkte einer der Gangster die Wesen, die das Lager fast schon erreicht hatten. Wild deutete er auf die tödlichen Symbiosen, um seine Kumpanen darauf aufmerksam zu machen. Bevor diese aber begriffen was los war, verschossen die ersten Monster ihre giftigen Stacheln. Er wurde das erste Opfer der Kazura oni. Zuckend brach er zusammen und blieb im Gras liegen. Wie besessen hüpften die Mörder durcheinander, ehe der Erste seine Waffe zog und wild auf die Wesen feuerte. Die anderen folgten dem Beispiel ihres Kameraden und feuerten ebenfalls. Da lagen aber schon drei Männer gelähmt im Gras. Für uns war das natürlich ein Vorteil. In dem Chaos konnten wir in ihrem Rücken unbemerkt zu ihnen aufschließen.

Reneé und ich hatten die Ersten fast erreicht, als sich zwei der Ganoven umdrehten und uns ungläubig anstarrten. Ich feuerte noch ehe sie auf uns schießen konnten und traf beide in die Brust. Von der

Wucht der Treffer wurden sie zu Boden geschleudert. Wir rannten weiter auf die Bäume zu.

Dort befreiten Annas und die beiden Katzenmenschen die Gefangenen von ihren Fesseln. Lucy hatte eine der Figuren mit einem platzierten Schuss in den Hals ausgeschaltet. Blutüberströmt lehnte er am Baum, festgenagelt durch den Pfeil. Weiter abseits kämpfte Bàotú mit dem anderen Ganoven. Ich sah, wie beide zu Boden gingen.

Reneé lief an mir vorbei, um Annas bei der Befreiung der Gefangenen zu helfen. Aus meiner Sicht waren sie erst einmal außer Gefahr. So konnte ich mich um Karens Truppe kümmern. Doch ich brauchte nicht mehr einzugreifen, denn sie, Kristanna und Nadowessiu waren wie die sprichwörtlichen Furien über die Mörder hergefallen.

Die zwei Letzten der Mörderbande, die noch aufrecht standen, erkannten schnell, dass sie gegen unsere Übermacht keine Chance hatten. Wütend warfen sie ihre leer geschossenen Waffen weg und flüchteten in den dichten Wald.

„Lasst sie laufen", rief Annas. „Die überleben im Urwald sowieso nicht lange."

Wir zogen uns bis zum Rand der Lichtung zurück, um aus der Reichweite der Killerbäume zu kommen, die sich sofort über die im Gras liegenden Verbrecher her machten. Schaudernd wandten wir uns ab. Erst jetzt konnten wir Marc in die Arme schließen. Annas forderte ihr Recht und feixend ließen wir die Beiden einen Augenblick allein in ihrer innigen Umarmung. Als sich Marc aus Annas Umklammerung löste, stürmten seine glücklichen Gefährten lärmend auf ihn zu. Er wurde von Ihnen fast erdrückt.

König Aśoka und Ushiro date kümmerten sich um die befreiten Katzenfrauen, die dankbar ihren Befreiern um den Hals fielen. Gott sei Dank waren sie weiter nicht verletzt, außer ein paar kleineren Schrammen.

Ich schaute mich nach Bàotú um, weil ich ihn vermisste. Schon wollte ich losfluchen, als ich seine rote Jacke bei den Bäumen liegen sah.

„Er hat sich im Kampf gegen die Banditen schützend vor meine Leute geworfen und so ihr Leben gerettet", sagte König Aśoka leise zu mir. Ich hatte gar nicht bemerkt, dass er neben mich getreten war. Er fügte hinzu: „Ich konnte ihn nicht mehr retten, er war auf der Stelle tot. Er hat nicht gelitten, wenn das ein Trost für euch ist."

Er legte bedauernd seine Pfoten auf meine Schulter und ich musste zum wiederholten Male erkennen, dass diese großen Katzen sehr menschlich waren. Menschlicher noch, als viele andere meiner Spezies, die ich kannte. Als ich mich umdrehte und sah, was die Wesen mit den Opfern anstellten, wurde mir übel.

Würgend meinte ich zum König: „Wir sollten von hier verschwinden!" Wir eilten zu unseren Gefährten zurück. Dort klopfte ich erleichtert Marc auf die Schulter. „Schön, alter Junge, dich wieder bei uns zu haben."

„Was meinst du, wie froh ich erst bin", meinte er erlöst und deutete auf die Monster. Außer ein paar Kratzern und einem blauen Auge schien er keine Verletzungen davon getragen zu haben. Dann informierte ich meine Gefährten über das Schicksal von Bàotú, was allgemein, selbst bei Karen und Nadowessiu, großes Bedauern auslöste. Leider konnten wir wegen der Kazura oni die Toten nicht begraben, es war einfach zu gefährlich.

Lucy schaute sich um und rief dann laut: „Und jetzt lasst uns von hier verschwinden, ich kann das hier einfach nicht mehr ertragen." Ziemlich schnell schlossen wir uns ihrer Meinung an und folgten Karen zurück zum Dorf. Mit dem letzten Tageslicht erreichten wir die Ansiedlung, durchnässt aber letztendlich glücklich.

An den nächsten beiden Tagen unterstützten wir die Dai shizen beim Wiederaufbau ihres Dorfes. Zwischendurch holte ich mit Karen und Marc unser zurück gebliebenes Gepäck aus dem Versteck. Fast den ganzen dritten Tag prasselte ein monsunartiger Regen auf unsere Hütte. Wobei das mit Blättern bedeckte Dach keinen Tropfen durchließ, wie wir erfreut feststellten.

Am nächsten Morgen begannen die Dai shizen in aller Frühe mit der Vorbereitung zu den Feierlichkeiten. Freundlich und bestimmt teilte uns das Herrscherpaar mit, dass sie mit diesem Fest ihren

Dank ausdrücken für unsere Hilfe und ihre Rettung. Gegen Abend setzten wir uns mit allen Dorfbewohnern auf dem Dorfplatz vor einem flachen Holzpodium ins Gras.

Am großen Lagerfeuer warteten wir und die Katzenmenschen gespannt auf die kommenden Darbietungen und es herrschte eine fröhliche Ausgelassenheit, von der wir uns gerne anstecken ließen. Königin Kohi saß an meiner rechten Seite und erklärte uns, um die Aufführung nicht zu stören, flüsternd die Hintergründe über das Geschehen in den Tänzen und Gesängen.

Die Dai shizen nannten diese Art der Aufführung *Xìqu*, die mich stark an die Chinesische Oper erinnerte und übersetzt Schauspiel hieß. Auf einem Hohlkörper mit darauf gespannten Tiersehnen wurde die Musik erzeugt. Die sehr hohen und ab und zu quietschenden Töne klangen in meinen Ohren, gelinde ausgedrückt, ziemlich fremdartig.

Die Texte, teilweise in ihrer alten Sprache, wurden seit vielen Generationen mündlich weiter gegeben. Manches davon erklärte sich aber schon allein aus der Aufführungspraxis heraus.

Das Schauspiel mit Tanz und Akrobatik thematisierte die Legenden und Mythen der Dai shizen. Die spirituellen Aspekte ihrer Kultur wurden ebenfalls behandelt. Durch ihre Masken waren die dargestellten Charaktere sofort zu erkennen. Da gab es den König mit seiner Königin und deren Beschützer. Außerdem verschiedene Tiermasken, unter denen ich so etwas wie eine Libelle erkennen konnte, vor der anscheinend alle Angst hatten. Einen goldenen Hirschkäfer mit seinem ‚Geweih' konnte ich auch identifizieren.

Lucy saß links neben mir. Auf ihre Nachfrage erklärte uns die Königin in einer kurzen Aufführungspause mit ernster Stimme: „Die Libellen, wie ihr sie nennt, heißen bei uns *qīng zhuā*. Sie sind unsere Todfeinde. Unsere Jugendlichen müssen eine süße Graswurzel, die *shítáng*, auf der großen freien Wiese am Rande des Urwalds ernten. Nur da ist das Gras sehr dick und biegsam und es wächst ausschließlich dort. Durch den Wurzelsaft erhalten die Beinmuskeln und Sehnen unserer Kinder ihre Kraft und Schnelligkeit. Um zu überleben ist diese Ernährung für sie sehr wichtig."

Kohi seufzte leise. „Leider verfügen nur Kinder bis zum *Shojun*, dem 10. Lebensjahr über einen besonderen Geruchssinn, um diese Wurzel zu finden. Aber bei den Ausgrabearbeiten werden sie ständig von diesen Libellen angegriffen." Sie machte eine Pause und mit traurigem Gesicht erzählte sie weiter, dass bei der Ernte in jeder *Kōki*, was etwa einem Jahr entsprach, etwa zehn Kinder getötet werden. „Wenn ihr wollt, könnt ihr uns Morgen bei der Einholung zuschauen und diese Libellen verjagen, wenn sie uns wieder überfallen."

Sie erwartete wohl keine Antwort, denn sie sprach schnell weiter. „Die andere Figur ist der goldene Käfer, genannt *Jīnsè Dàobàng*. Er liefert uns den leckeren Nektar, den wir gerade trinken." Wieder fröhlich gestimmt fügte sie lachend hinzu: „Und der ist somit ebenfalls lebenswichtig!"

Danach hob sie ihren Becher und rief „*Gānbēi!*" Mein Translator übersetzte das Wort mit „trockne das Glas". Auf ihren Trinkspruch hin hoben wir ebenfalls unsere Becher und prosteten der Königin zu.

Fröhlich erklärte sie weiter: „Das Melken der Käfer ist sehr gefährlich und nur unsere besten Krieger sind dazu fähig. Das Insekt ist etwa zwei Meter lang. Es hat zwei große Schnittwerkzeuge am Kopf die so scharf sind, dass sie sogar unsere Knochen durchtrennen können. Deshalb fesseln wir die Schneidearme, indem wir Wurfstricke über sie werfen und binden. Dann kann der Sammler hinaufklettern und durch einen Rüssel den konzentrierten Saft des Tieres abzapfen. Er ist reif, wenn der Hinterleib des Käfers golden leuchtet. Der Nektar wird mit Wasser verdünnt, damit wir ihn trinken können."

Kurze Zeit später verließ uns Königin Kohi um sich unter die Schauspieler zu mischen, wie sie schmunzelnd anmerkte. Während der weiteren Aufführung betrachtete ich unsere Gastgeber etwas genauer. Dabei versuchte ich Nuancen auszumachen, an denen ich die Katzenmenschen voneinander unterscheiden konnte. Alle Kinder waren unbekleidet, die männlichen Erwachsenen trugen meistens nur eine kurze Hose und die Frauen ein knielanges Kleid aus dem wunderbar leichten und geschmeidigen Leder.

Die erwachsenen Dai shizen hatten ein dunkelbraun bis rotbraun gestreiftes Fell und nur an den Abstufungen in der Fellfarbe konnte ein guter Beobachter sie auseinander halten. Zwischendurch erläuterte uns Annas leise etwas über die Natur der Dai shizen.

„Dass sie sehr gute Kletterer, auch deshalb, weil sie ihren Schwanz wie eine dritte Hand benutzen können, habe ich euch ja schon einmal erzählt. Wenn sie sich verletzen, heilen die Wunden bei Ihnen sehr schnell. Sie haben zwar eine relativ lange Lebensspanne, aber wegen der zahlreichen Feinde ist die hohe Geburtenrate ebenso sehr wichtig für ihren Bestand."

Nach einem Schluck des wohlschmeckenden Nektars sprach sie weiter: „Wenn eine Dai shizen stirbt, bleibt ein nussgroßer Kern im Körper zurück. Die werden gesammelt und auf einem Steinaltar getrocknet. Beim *Jiāonáng-Fest* werden die Toten geehrt und dann die Kerne zu Pulver zermahlen. Anschließend wird der Staub in alle Winde verstreut."

Nach ihren Ausführungen konzentrierten wir uns wieder auf das bunte Treiben auf dem Podium. Während Kohi sich für ihren Auftritt bereitmachte, setzte sich König Aśoka zu uns. Stolz erzählte er uns, dass seine Frau zu unseren Ehren einen besonderen Tanz aufführen würde. „Es ist der Tanz der *Yìjì* gegen die drei Dämonen *Móguǐ*, *Biànsōu* und *Yuàn*. Bei der Aufführung benutzt meine Frau unser Heiligtum, dass uns vor langer Zeit übergeben wurde. Und nur der jeweiligen Königin ist es erlaubt, das *Chū Metsu* zu berühren."

Mit Spannung schauten wir zur Bühne. Nach den Umbauten betrat Kohi unter dem Jubel der Dorfbewohner die Szene. Bekleidet war sie mit einem bunten kimonoartigen Gewand. Sie setzte sich unter einem Baldachin auf einen Stuhl. Die Rückwand des Stoffhimmels war mit Motiven aus dieser Welt verziert. Erstaunt bemerkte ich die fast lebensechte Darstellung der aufgemalten Bäume und Flüsse. Auch die vielen verschiedenen Lebewesen des Planeten wurden aufgezeigt. Während auf der Dachplane unzählige Sterne zu sehen waren, thronten auf der Spitze des Zeltes die zwei Sonnen.

(*Yìjì* Geisha; *Móguǐ* Teufel; *Biànsōu* Verderben; *Yuàn* Hass.

Unter den schrillen Klängen der Musikinstrumente sprangen die drei Dämonen in wallenden Gewändern auf die Bühne. Der rotgekleidete Teufel fuchtelte wild mit einem Yari, ein etwa zwei Meter langer Speer, dessen Spitze in einem Stahlhaken endet, vor der Königin herum. Der Verderber, ganz in Schwarz gekleidet, war mit einem Kusarigama, einer Reissichel mit Kette, bewaffnet und der dritte Dämon, Hass', in Gelb gekleidet, hielt einen Tessen in der Hand.

Langsam stand die Königin auf und zog unter ihrem Kimono ein Katana, das sie an ihrem Körper verborgen gehalten hatte, hervor. Mit einer anmutigen Bewegung entblößte sie die Klinge aus der prächtigen, gelbgelackten Saya.

Sie schob langsam ihren rechten Fuß einen halben Schritt nach vorn, danach hob sie die linke Ferse leicht an. Die Spitze ihres Schwertes deutete in Brusthöhe auf die Dämonen, während sie etwa in der Körpermitte ihre linke Hand bereithielt. Diese Haltung bot ihr in jeder Situation unbegrenzte Variationsmöglichkeiten für einen Angriff oder eine Verteidigung.

„Das ist ja eine perfekte *Seigan no Kamae-Stellung*", flüsterte Reneé verwirrt, während sie ungläubig die Königin betrachtete. Marc quittierte ihre Worte mit einem beifälligen Nicken. Auf unsere fragenden Blicke antwortete Annas im gedämpften Ton, dass die Kultur der Katzenmenschen von einem Mischmasch aus japanischen und chinesischen Elementen beeinflusst sei.

„Ihr wisst ja, dass von den Japanern am Anfang ihrer Zivilisation die chinesische Schrift und einige andere Dinge übernommen wurden. Wann die Dai shizen dies nun in ihre Kultur übernommen haben, weiß ich nicht. Aber ich denke, die hat ihnen mein Kollege Robarth indoktriniert, der wie viele seiner Kollegen ein Faible für die beiden Kulturen hatte. Nur ein geringer Teil ihrer eigenen ursprünglichen Kultur und Sprache hat die Zeit überstanden."

Mit Laune verfolgten wir die Darbietung, in der Kohi das Katana schwang und die drei Dämonen bekämpfte. Die Flammen des Lagerfeuers tauchten das Ganze in ein magisches Licht. Als ich meine Prinzessin anschaute, sah ich, wie sich die Flammen in ihren grünen Katzenaugen widerspiegelten und ihr eine geheimnisvolle, zauberhafte Aura verliehen. Ihre Brust hob und senkte sich im Gleichklang der Atmung. Dann bemerkte sie, dass ich sie beobachtete.

Reneé bedachte mich mit ihrem bezaubernden Lächeln und flüsterte begeistert: „Alle Bewegungen von Kohi stammen aus dem Lehrbuch des Schwertkampfes. Derjenige, der ihnen ihr Heiligtum, das Katana *Zhēnxiàng*, die Wahrheit, übergeben hat, muss ein großer Schwertkämpfer gewesen sein! Einfach schön!"

Marc, der ihr zugehört hatte, ergänzte: „Die Person, die von der Königin darstellt wird ist *Yîjì*, eine Geisha. Früher nannte man auch große Schwertkämpfer so. Genauso wie die Geishas im alten Japan des 17. Jahrhunderts ihre Künste praktizierten, perfektionierten die Schwertkämpfer ebenfalls ihr Können bis zur Vollkommenheit.

Ich war wie alle Anwesenden von der Darbietung begeistert, trotz der kunstvollen Langsamkeit ihrer Bewegungen und der seltsamen musikalischen Begleitung. Obwohl oder gerade weil das Ganze auch etwas befremdlich auf mich wirkte. Königin Kohi, als Kämpferin Yîjì, beendete den Kampf gegen die Dämonen mit einem grandiosen Sieg.

Während sie unter unserem Applaus und dem fröhlichen Jubeln der Dorfbewohner winkend die Bühne verließ, fügte Marc noch an: „Angeblich soll es die chinesische Kriegerprinzessin *Yuh Niuy* gewesen sein, die von Robarth nach Shimabara verschleppt wurde. Die hat dann die damalige Herrscherin in der Schwertkampfkunst unterrichtete; von ihr stammt auch das Katana Zhēnxiàng. Einer ihrer Lehrsätze lautet: „Fechtest du, sei absolut aufmerksam, dein Auftreten sei so ruhig wie das einer Lady, in Aktion jedoch sei so bösartig wie ein plötzlich auftauchender Tiger."

Das war wieder ein gefundenes Stichwort für Lucy, die ironisch fragte: „Wie? Diese Yuh Niuy kannte unsere Prinzessin? Unsere RiKen, das scharfe Schwert?"

Das leise Gelächter der Gefährten begleitete Reneés aufsteigende Gesichtsröte, die daraufhin, weniger damenhaft, Lucy die Zunge herausstreckte. Marc erklärte lächelnd König Aśoka und seiner

Königin Kohi, die inzwischen wieder bei uns Platz genommen hatte, die Bedeutung von Reneés indianischem Namen und dessen Zweideutigkeit in unserem Sprachgebrauch.

Beide nickten verstehend und Kohi meinte, dass es bei ihnen auch für manche Personen sogenannte *Nìchēng*, Spitznamen gebe. Dabei schaute sie ihren Mann spitzbübisch von der Seite an, wollte uns aber dazu weiter nichts verraten.

Ich fand die Beiden jedenfalls süß. Nach den langen Feierlichkeiten bis in den frühen Morgen und reichlichem Nektargenuss, breitete sich in mir ein tröstliches Gefühl der Leere aus. Ich schleppte mich zu meinem Lager und schlief vor Müdigkeit sofort ein.

Am nächsten Morgen, nach dem Frühstück mit den letzten Resten unseres Proviants, begleiteten Lucy, Karen, Kristanna und ich die Königin zur Süßwurzelernte. Im Schlepptau hatten wir ein halbes Dutzend Katzenkinder, die sich lärmend an unseren Händen festhielten. Nach einem halbstündigen Marsch erreichten wir den Urwaldrand und betraten die große Wiese. Das Gras leuchtete in einer satten dunkelgrünen Farbe und war tatsächlich so dick, wie die Blätter eines irdischen Gummibaums.

Wir verteilten uns um die kleinen Racker herum. Ihre kleinen Pfoten fanden zwischen den Gräsern, für uns nicht erkenntlich, die länglichrunden, pflaumengroßen dunkelbraunen Knollen. Sofort begannen die Kinder die Süßwurzeln auszugraben. Alle bemühten sich die notwendigen Arbeiten möglichst schnell zu erledigen. Zwischendrin schaute jeder unruhig umher, zum Urwaldrand oder über die Wiese.

Kohi erklärte uns, dass das rötlichweiße und feuchte Fruchtfleisch der geschälten Knolle in einem dafür extra ausgehöhlten Stein zu Brei zerstoßen wird. Der Sud daraus wird mit Wasser aufgefüllt und den Kindern einmal am Tag zu trinken gegeben, bis zu ihrem zwölften Lebensjahr.

Sie bat uns, die dicken rundlichen Halme der Knollen, die sie mit einem Messer abschnitt, zu sammeln. „Wir Frauen flechten daraus wasserdichte Körbe."

Sie waren fast fertig mit der Ernte, die Kinder hatten die Knollen in den kleinen Körben auf ihrem Rücken verstaut, da ruckten alle Köpfe hoch. Die gelockerte Stimmung schlug um. Angestrengt lauschten die Dai shizen und ängstlich suchten alle Katzenaugen die nähere Umgebung nach den *qīng zhuā* ab. Dann hörte ich vereinzelt ängstliches Kindergeschrei.

Zunächst war da nur ein hohes Flirren von Flügelschlägen zu vernehmen, das bald zu einem dunklen Brummen anschwoll. Plötzlich erschienen zwei dieser gefürchteten Libellen. Dicht über dem Gras stürmten die Raubinsekten nebeneinander in Angriffsformation direkt auf uns zu und starrten uns tückisch mit ihren riesigen Facettenaugen an.

Die Tiere schillerten in allen Regenbogenfarben. Sie sahen, trotz ihres furchteinflößenden Aussehens, schon wieder fantastisch aus. Auf jeder Seite schwirrten zwei Flügel, jeweils mit einer Spannweite bis zu einem Meter.

Sie waren übereinander angeordnet und schlugen sehr schnell, was auch diesen brummenden Ton erzeugte. Der Libellenkörper maß in der Länge fast zweieinhalb Meter und im Umfang circa sechzig Zentimeter.

Am Körperende drohten die Viecher mit einem gekrümmten Giftstachel, der ihre Opfer lähmte. Sie besaßen zwei kleine Greifhände und zwei mit scharfen Krallen besetzte Füße. Sie rissen das Maul in ihrem schlangenähnlichen Kopf auf und zeigten uns zwei Reihen messerscharfer Zähne; womit sie ihre Opfer zerreißen konnten.

Ich zog meine Glocks und gab zwei Schüsse zugleich in die Luft ab. Der laute Knall und das Mündungsfeuer der Pistolen wirkten so, als wären die Biester gegen eine unsichtbare Wand geprallt. Die beiden bizarr aussehenden Monster schossen, knapp vor uns, senkrecht steil in die Höhe und nach einem Looping über unseren Köpfen verschwanden sie im Urwald.

Wir hatten gesiegt und sie ohne Blutvergießen verjagt. Lucy und Kristanna brauchten mit ihren Japanischen Kurzbögen, die sie schussbereit hielten, nicht mehr einzugreifen.

Nach dieser Flugschau der besonderen Art brachen wir alle in Jubelgeschrei aus. Fröhlich singend wurden wir von den Kindern ins Dorf zurück geleitet. Dort berichteten sie dann, unter wohlwollendem Interesse der Erwachsenen, von unserer Heldentat.

Nachmittags wurden wir zur Pirsch auf den Goldenen Käfer eingeladen. König Aśoka hatte uns lachend erklärt, dass gestern bei den Feierlichkeiten, fast der gesamte Nektarvorrat aufgebraucht worden sei. Dadurch fühlten wir uns aufgefordert, neuen Nektar heranzuschaffen. Karen, Reneé und ich folgten der Einladung, indem wir einen Trupp Dai shizen Krieger begleiteten.

Bevor wir loszogen, zeigten uns die Krieger, wie sie ein Ziel mit der ,Bola' einfingen. Zum Erklettern der Tiere benutzte man einen etwa meterlangen Stabhaken. Als Übungsobjekt diente ein nachgebauter Holzkäfer, an dem die Kinder und die jugendlichen Dai shizen ihre Fertigkeiten erproben konnten. Ihre Wurftechnik und Geschicklichkeit war jedenfalls einfach fantastisch.

Ich glaube, auch Karen besaß einfach eine Begabung für das Werfen von Gegenständen. Nach kurzer Zeit war sie fast so gut wie die Einheimischen. Sie erntete den Applaus der gesamten Dorfgemeinde. Bei unseren Fehlwürfen hatten die Leute aber viel mehr Spaß. Reneé wurde deshalb als amtliche Treiberin eingeteilt, während ich den Aufpasser spielen sollte.

Die Späher hatten eine Käferherde ausgemacht. Nach einem etwa halbstündigen Marsch durch den Urwald erreichten wir eine Lichtung, wo die Käfer auf einer üppigen Blumenwiese weideten. Die beiden goldenen Käfer in der Herdenmitte waren deutlich zu erkennen.

Sofort schwärmten vier Treiber aus, um die ,Goldenen' von der Herde zu trennen. Das war kein leichtes Unterfangen, denn die Treiber wurden sofort von den übrigen Käfern attackiert. Nur mit waghalsigen Sprüngen, manchmal über die Tiere hinweg und durch ihre Schnelligkeit konnten die Dai shizen gefährliche Zusammenstöße mit ihnen vermeiden.

Während ich die Aktionen der geschmeidigen Menschenkatzen bewunderte, behielt ich trotzdem immer auch einen Blick auf unsere

Umgebung. Reneé und die restlichen zwei Treiber nutzten die entstehenden Lücken in der Herde und trieben die „Goldenen" auf uns zu. Karen und der Dai shizen-Melker wirbelten die Bolas über den Köpfen und als die beiden Käfer an ihnen vorbei stürmten, warfen sie blitzschnell ihre Wurfstricke.

Beide Bolas trafen das Opfer im richtigen Augenblick und schnürten den Käfern die gefährlichen Schneidearme über den Köpfen zusammen. Gleich danach stürmten sie los und sprangen den Tieren auf den Rücken. Sie trugen vor dem Bauch das Sirupgefäß und mit dem Stabhaken hakten sie sich am Wulst zwischen Panzer und Kopf ein. Es war wie ein Ritt auf dem Bullenrücken. Sie mussten das Gleichgewicht halten und zugleich mit der Hand aus dem Rüssel des Käfers den puren dickflüssigen Nektar in den Behälter abzapfen.

Für einen Moment war Karen im Hochgefühl ihres Rittes unaufmerksam. Ein heftiger Sprung des Käfers schleuderte sie von seinem Rücken hinunter. Entsetzt schrie Reneé auf. Auch ich schnappte nach Luft, aber Sekunden später sah ich Karen wieder im hohen Gras auftauchen. Sie machte ein Viktory-Zeichen in unsere Richtung und bekundete damit, dass ihr nichts passiert war.

Im selben Augenblick jedoch änderten zwei Käfer flugs ihre Richtung und stürmten auf Karen zu. Die Positionen waren so ungünstig, dass die Treiber nicht mehr eingreifen konnten. Diese Schnelligkeit traute man den gepanzerten Tieren eigentlich gar nicht zu. Fluchend zog ich meine Glocks, wusste aber insgeheim, dass ich nicht mehr rechtzeitig auf die Käfer schießen konnte.

Reaktionsschnell, kurz bevor die heranstürmenden Kolosse Karen zwischen sich zermalmten, sprang unsere durchtrainierte Kunoichi im letzten Moment hoch. Dabei stützte sie sich mit dem rechten Fuß auf den Schädel des einen Tieres ab und machte einen Salto über den anderen Käfer hinweg. Danach landete sie ziemlich unsanft im Gras.

Es gab einen furchtbaren Bums, als die Rieseninsekten mit den Köpfen zusammenkrachten. Für einen Moment blieben sie zitternd und benommen stehen. Ein hoher brummender Ton war zu hören.

Nach einen Moment taumelten sie wie betrunken davon. Gott sei Dank tauchte da Karens Kopf wieder aus dem hohen zertrampelten Gras auf. Bei ihrem Anblick atmeten Reneé und ich tief ein und ließen erleichtert die Luft wieder zischend entweichen.

Karen hob die Hand, aber an ihrem Gesicht konnte man ablesen, dass die Landung ziemlich schmerzhaft gewesen war. Sie wäre aber nicht unsere weibliche Ninja gewesen, wenn sie nicht trotz ihrer Schmerzen versucht hätte, den Ritt zu wiederholen. Es war für sie Ehrensache den ‚Fehltritt" wieder gutzumachen.

Sie winkte den Treibern zu, die den Goldenen Käfer ein zweites Mal in Position brachten. Mit ein paar humpelnden Schritten sprang sie trotz allem behände auf das Tier, das mittlerweile durch die Jagd etwas erschöpft war. Der Ritt dauerte etwa vier Minuten, dann war das Gefäß gefüllt.

Karen warf den Behälter ihrem Partner zu, der sein ‚Geschäft' schon beendet hatte. Danach löste sie die Bola und den Stabhaken und sprang vom Käferrücken herunter. Sofort nahmen wir sie in Empfang und liefen in den Urwald zurück. Schnaufend blieben wir im Schutz der Bäume stehen. Nachdem sich die Herde wieder beruhigt hatte, umarmten wir uns fröhlich, weil die ganze Aktion ohne weitere Blessuren geendet hatte. Das war nicht immer so, erklärten uns die Dai shizen lachend; fast hätten wir es ja selbst erleben müssen.

Im Dorf wurden wir von der ganzen Bevölkerung gefeiert. Auch unsere übrigen Gefährten waren froh, uns ohne Verletzungen wieder zu sehen. Aber Karens Akrobatik war das Tagesgespräch in der ganzen Ansiedlung. Selten habe ich Karen so aufgekratzt gesehen. Trotz ihrer Schmerzen gab sie sich Mühe gelassen zu wirken.

Während wir ihren leicht verstauchten Fuß mit zerriebenen Kräutern der Dai shizen einschmierten und danach bandagierten, beschrieb sie immer wieder in glühenden Farben den Ritt auf dem Käfer. Am liebsten wäre sie wohl nochmals losgezogen. Aber Kohi erklärte ihr schmunzelnd, dass die Goldenen erst wieder in drei *gejun,* das waren zehn Tage, gemolken werden konnten.

Bei dieser Gelegenheit ließ ich mir vorsichtshalber auch einen Kräuterwickel um mein linkes Knie binden. Denn nach den ganzen Ereignissen meldete es sich wieder mit einem leichten Ziehen. Das geschah unter Reneés gestrengen Augen, die dazu leise mit mir schimpfte, weil ich nichts gesagt hatte.

Beim allgemeinen entspannten Geplauder erzählte Kohi uns, dass noch drei weitere Dai shizen-Stämme auf dem Westland lebten, mit denen sie alle zwei Jahre ein Sippentreffen feierten. Der ganze Stamm freute sich jetzt schon auf das ‚Kazoku kaige'. Zur Mittagsstunde nahmen die Dai shizen in einer fast heiteren Zeremonie unter dem Singen ihres Totenliedes Abschied von ihren getöteten Brüdern und Schwestern.

*„Mutter Natur, aus deinem Blut erschufst du die Meere, dein Kopf schuf den Himmel, dein Leibeskern die Seele der Welt! Freier Wind streichelt die Gräser der Felder, streift die Wipfel der Bäume, springt über des Berges Gipfel, kräuselt des Meeres Wellen. So kehren wir wieder zurück aus dem Dakkon!"*

Feierlich wurden in einer Prozession, an dem alle Dorfbewohner teilnahmen, die nussgroßen Kerne der Toten zum Steinaltar gebracht und dort in einer Kupferschale aufbewahrt. Am Abend danach, in geselliger Runde, teilte uns das Königspaar mit, dass König Aśoka uns mit zehn Katzenkriegern auf unserer Expedition begleiten würde. Es wäre einfach ihre Pflicht, uns damit für ihre Rettung zu danken. Außerdem wüssten sie den besten Weg zum Meer. Die dort lebenden Einheimischen, bei denen wir die Boote zur Überfahrt mieten könnten, würden sie zudem gut kennen.

Sie ließen sich davon auch nicht von Annas und Reneé abhalten, die höflich dankten und meinten, das wäre doch nicht notwendig. Zum Schluss gaben sich unsere Gefährtinnen geschlagen und dankten ihnen im Namen unserer Gemeinschaft nochmals von Herzen. Insgeheim waren wir aber froh, dass des Weges kundige Führer und Krieger uns begleiteten.

Am nächsten Tag legten wir im Dorf noch einige neue Fluchtwege an, die wir mit Fallen schützten, falls Kraagens Schergen hier nochmals auftauchten. Zur Vorsicht spielten wir auch noch mit den Dai shizen einige Überfall-Szenarien durch. Vor allem die Kinder waren mit Begeisterung dabei. Für sie war das alles nur ein schönes neues Abenteuerspiel.

Am Abend überreichte Königin Kohi in einer feierlichen Zeremonie, unter Beteiligung aller Dorfbewohner, Annas einen verzierten Holzstab, der dem Bo-Stab Reneés ähnelte. Er soll die Freundschaft der Dai shizen mit uns Menschen besiegeln. Mit ernster Miene und einer Verbeugung vor den Katzenmenschen nahm sie den Stab an.

Ushiro date erklärte uns während der Übergabe flüsternd, dass der Stab aus ihrem heiligen Weltenbaum dem *Sekai-ju* geschnitzt worden war. Der Eschenstab, wie Marc bemerkte, war etwa Einmeterfünfundsechzig lang und besaß einen Durchmesser von knapp vier Zentimeter. Das Holz war sehr hart, aber dabei geschmeidig und biegsam. „Er ist somit dem Bo-Stab Reneés aus dem harten Holz der chinesischer Weißeiche ebenbürtig", meinte Marc unter Reneés Zustimmung.

Nach dieser sehr feierlichen Angelegenheit begaben wir uns sehr früh in unsere Schlafstätten, da der weitere Weg noch sehr anstrengend würde, wie uns Annas prophezeite: „*Ashita wa ashita no kaze ga fuku,* Morgen bläst ein anderer Wind, morgen ist ein anderer Tag."

\*\*\*

*Mutig folgen wir unserem Weg,*
*ohne einen unterlegenen Feind zu verachten,*
*oder den überlegenen Feind zu fürchten.*
Voller Achtung vor der Schwäche und frei von Angst
*vor der Stärke.*

\*\*\*

# III. Aufbruch zum Dunklen Ozean

Wir verabschiedeten uns von Königin Kohi in aller Früh. Das ganze Dorf war auf den Beinen, um unseren Abmarsch bis zum Ende der Lichtung zu begleiten. Karens Fuß war durch die Kräuterpackung fast abgeschwollen. Marc legte noch eine Bandage an, so dass sie den Fuß wieder voll belasten konnte.

König Aśoka hielt sein Versprechen. Er begleitete uns mit seinem Beschützer Ushiro date und vierzehn weiteren Kriegern. Für die Reise zogen die Dai shizen zu einem längeren Beinkleid auch ein Hemd an. An der linken Hüfte trugen sie ein Messer mit einer langen, schlanken Klinge, während sie das Blasrohr mittels einer Schnur schulterten. Die kleinen Pfeile dazu steckten in einem Holzköcher an der rechten Hüfte.

Aśoka verabschiedete sich von Kohi und trug ihr seine Grüße an die Verwandten beim Stammestreffen auf, dass in zehn Tagen, am *Mutsuki*, dem Monat der Zuneigung, stattfindet. Während sie sich liebevoll umarmten, versprach er ihr, gesund heimzukehren.

„*Ài wū jí wū*", rief sie ihm hinterher. Mein Translator übersetzte wörtlich: *Liebe für jemanden schließt auch den Raben auf seinem Hausdach ein.*

Grinsend meinte ich zu Reneé: „Hört sich das nicht wirklich schön an: Wer jemanden liebt, liebt alles an ihm." Ihre Augen funkelten mich an, während sie ihre Lippen zu einem Kussmund formte. Nachdem wir die zurückbleibenden Dai shizen nochmals zur Vorsicht mahnten, und ihnen nahe legten Wachen aufzustellen in der Zeit bis zur Rückkehr des König, brachen wir auf.

Ohne größere Vorkommnisse erreichten wir über strapaziöse Pfade durch den Urwald nach zwei Tagen die Küstenregion, eine offene Busch- und Graslandschaft. Der Monsunregen, begleitet von starkem Sturm, hatte uns ziemlich geschlaucht. So waren wir froh, als wir den dichten Urwald endlich verließen und genossen den Sonnenschein. An einem kleinen See schlugen wir unseren

Lagerplatz auf. Dort ließen wir uns von den Sonnen die klammen Knochen wärmen. Außerdem mussten wir unseren Wasservorrat auffrischen, um für den Weg bis zum Ozean versorgt zu sein. Denn erst dort konnten wir unsere Wasser- und Nahrungsvorräte wieder auffüllen, wie Aśoka uns mitteilte.

Gegen Mittag kam bei unseren katzenhaften Verbündeten Unruhe auf. Ich hörte, wie sie untereinander den Namen ‚Kyūkan‘ flüsterten. Ängstlich deuteten sie auf ein Monstrum, welches ganz gemächlich auf uns zukam.

Alarmiert vom Verhalten der Dai shizen, die sich fluchtbereit zeigten, standen wir auf. Als selbst König Aśoka unruhig seine Krieger um sich versammelte, lockerten wir unsere Waffen. Reneé wandte sich an ihn. „Was ist das da für ein Lebewesen, welches euch so beunruhigt?"

Während wir dem Tier entgegenschauten, das ohne ersichtliche Scheu weiter auf uns zu stampfte, erklärte er uns stockend den tödlichen Feind aller Bewohner dieser Welt. „Der Kyūkan benutzt seine Opfer als Brutstätte für seinen Nachwuchs. Mit einem wurmähnlichen Organ befördert er sein Embryo-Samen in dessen Körper. Das unglückliche Wesen ernährt dann seine Brut. Das arme Opfer stirbt nach etwa einem Monat, wenn das Jungtier durch die Bauchdecke schlüpft. Dieses Monster kann seine Nachkommen nicht selber austragen."

Trotz seiner Angst sammelte er sich und ergänzte: „Mit seinem Rüssel stößt er sehr hohe, trompetenartige Laute aus. Diese Töne lösen bei den Opfern, zu denen wir leider auch zählen, eine Art Schock aus; sie bleiben einfach zitternd und wehrlos stehen."

Mittlerweile hatte der ‚Rüssler‘ uns erreicht. Er war fast so groß wie die Katzenmenschen; ein zweibeiniges Säugetier mit vier Greifarmen. Auf säulenartigen stämmigen Beinen mit tellerförmigen Elefantenfüßen trampelte er bis kurz vor uns hin. Mit großen runden und wimperlosen Augen glotzte er uns an wie eine Kuh auf der Weide. Im ersten Moment sah das Tier gar nicht so gefährlich aus, aber als ich die zitternden Dai shizen sah, wurde ich doch etwas vorsichtiger.

Vier Arme, die vorne aus der tonnenförmigen Brust herauswuchsen, tasteten in unsere Richtung, zwei von ihnen wiesen an den Händen vier kleine fingerartige Klauen auf. Zwei Fühler am Kopf richteten sich auf uns, mit seiner knollenförmigen Nase, direkt über seinem runden zahnlosen Maul, nahm er unsere Witterung auf.

Sekunden später richtete sich sein Rüssel hoch auf und mehrere, sehr hohe schrille Töne erklangen. Sofort breitete sich in meinem Kopf ein Schwindelgefühl aus. Ich fühlte, wie diese beiden glotzenden Augen versuchten in mein Bewusstsein einzudringen. Entsetzt wehrte ich mich dagegen. Leichte Übelkeit erfasste mich, ich kniff mich ins Ohrläppchen, schüttelte mich und war dann endlich wieder frei. Als mein Blick auf unsere Verbündeten Dai shizen fiel, sah ich sie mit glasigen Blicken und wie versteinert inmitten unserer Gruppe stehen.

Noch bevor die Töne im Wind verwehten, rollte der Rüssler sein zweites Armpaar aus, an dessen Enden sich zwei tellergroße Saugnäpfe befanden. Er packte damit den knapp zwei Meter entfernt stehenden Ahrens. Der war darauf nicht gefasst und erstarrte vor Schreck.

Im selben Augenblick sprangen Reneé und Marc mit gezogenem Katana auf den Kyūkan zu. Noch ehe die machtvollen *Kiai* der Beiden verklungen waren, blitzten in der Sonne ihre Klingen auf. Die abgetrennten Arme des Rüsslers fielen schlaff zu Boden.

Ahrend stolperte vorwärts und starrte mit weit aufgerissenen Augen angeekelt auf die beiden Saugnäpfe, die noch auf seiner Brust hafteten. Mit einem saftigen Fluch streifte er die widerlichen Dinger ab und sprang mit einem Satz rückwärts aus dem Bereich des Monstrums. Mit schrillen Schreien, die unsere Ohren malträtierten, taumelte der Rüssler hin und her. Seine kleinen Arme fuchtelten hilflos in der Luft herum, während aus den Armstümpfen stoßweise grünes Blut spritzte.

Mit einem weiteren Streich seines Katanas machte Marc dem Drama ein Ende. Seine Klinge trennte den Kopf vom Rumpf und beendete das offensichtliche Leiden des Kyūkan. Der Leib des Rüsslers sackte in sich zusammen und blieb im hohen Gras liegen, wobei die Nerven den Körpers noch eine ganze Weile vibrieren ließen.

Unsere Verbündeten brauchten fast eine Viertelstunde, ehe sie den Bann des Kyūkan abschütteln und wieder normal reagieren konnten. Alle klagten, auch meine Gefährten, über den anfänglichen Schwindelanfall, gefolgt von einem dumpfen Ziehen im Kopf. König Aśoka bedankte sich bei uns für die Rettung, denn der Rüssler hätte bestimmte einige der Betäubten mit seinen Embryo-Samen befruchtet. Bei diesen Worten wurden unsere Amazonen etwas blasser.

Lucy ging schimpfend zum Kadaver, mit dem Fuß prüfte sie ob der Rüssler auch tatsächlich tot war. Erleichtert über das Ergebnis schaute sie sich das Tier genauer an. Aśoka, der ihr gefolgt war, deutete auf die Klauenhände.

„Mit ihnen bricht er die Samenkapseln einer Pflanze auf, die als Parasit an einer bestimmten Baumart wuchert. Er ernährt sich ausschließlich von diesen Samenfrüchten. Für andere Lebewesen sind diese Kapseln durch ihren ekligen bitteren Geschmack ungenießbar."

Als die ersten kleinen Aasfresser beim Kadaver auftauchten, brachen wir unser Lager ab, die Lust nach einem längeren Aufenthalt an diesem Ort war uns vergangen. Also verzichteten wir auf ein Bad, füllten unsere Wasservorräte mit dem glasklaren Seewasser auf und marschierten weiter.

Nach drei weiteren Tagen erreichten wir den ,Dunklen Ozean', von den dort lebenden Affenmenschen *antai yō* genannt. Im Deltagebiet des Flusses ō *kawa*, Großer Strom, errichteten wir am flachen Sandufer unser Lager.

König Aśoka ging mit Annas und Marc in das nahe gelegene Dorf, um dort die Boote für unsere Meeresüberquerung zu besorgen. Drei Stunden später kamen sie zurück und berichteten, dass sie die *Lìngduì* für die Überfahrt angeheuert hatten. Lìngduì konnte etwa mit Bootsführer oder Kapitän übersetzt werden.

Bis spät in die Nacht diskutierten wir am Lagerfeuer über unsere weitere Reiseroute. Marc erzählte dabei, dass sie im Dorf gegen eine

Axt und eine Lage des kostbaren, strapazierfähigen Stoffes, weiteren Proviant, Nüsse und eine Art Fladenbrot eingetauscht hatten.

In diesen Diskussionen brachte ich bei meinen Freunden auch einmal meine Besorgnis in Bezug auf die Umwelt dieses Planeten zur Sprache. Sie war zwar noch intakt, wie eine jungfräuliche Erde. Ich fragte aber, ob dieser Zustand noch lange zu erhalten sei, bei all den fremden Einfluss? Schließlich griffen ja auch wir in dieses System ein, mal mehr, mal weniger. Eigentlich sind wir Menschen, wo wir auch auftauchen, auf diesem Planeten „Fremdkörper".

Vor allem unsere Dai shizen hörten sich unsere Geschichten darüber interessiert und teils ungläubig an. Reneé dagegen erinnerte uns gegen Ende daran, dass wir ja nicht zum Vergnügen auf diesem Urerde-Double herumspazierten, sondern dass wir hier ihren Vater finden wollten.

Am nächsten Morgen trafen unsere sechs Kapitäne mit ihren seltsamen ‚Booten' ein. Die Steuermänner, so stellte sich zum Erstaunen aller im Lager gebliebenen Gefährten heraus, waren etwa Einmeterzwanzig große Affenmenschen, die hier an der Küste siedelten. Erst im letzten Moment konnte ich mir bei ihrem Anblick ein Lachen verkneifen. Sie sahen richtig lustig aus.

Aus einem buntscheckigen Anzug mit grünen, braunen und roten Tuchflicken, schaute uns ein fröhliches Schimpansengesicht an. Auf dem Kopf trugen sie geckenhaft aber lässig, einen kleinen runden schwarzen Hut.

Ihre Boote entpuppten sich als grün-braun gescheckte Riesenschildkröten, genannt *Kàmĕilā*. Die waren etwa sechs Meter lang, hatten große muskulöse Vorderpaddel und kleinere Hinterfüße. Auf dem Rücken der Reptilien war in einer tiefen Kuhle des Panzers ein Holzgestell angebracht, in dem außer dem Bootsführer noch vier weitere Personen, etwas Proviant und Gepäck Platz hatten.

Gelenkt wurden die Tiere mit Zügeln, die wie bei Pferden, im Maul der Tiere mit einer Trense befestigt waren. Misstrauisch beäugten wir unsere Boote von allen Seiten. Aśoka versuchte unsere Bedenken zu zerstreuen: „Alle Güter und Personen werden auf

Shimabara mit den Kàměilā über die beiden Ozeane befördert. Sie sind die einzige Möglichkeit, etwas über Wasser zu transportieren. Das Fleisch der Schildkröten ist für die fleischfressenden Bewohner der Meere ungenießbar, so dass sie deshalb auch sehr selten angegriffen werden."

Weiter meinte er: „Praktisch sei auch, dass sie sich während der Reise ihr Futter selbst beschaffen. Im Wasser schwimmend, saugen sie mit geöffnetem Maul winzige Organismen und kleinere Quallenarten ein. Das ausgefilterte Wasser wird durch eine Körperöffnung am Stummelschwanz wieder ausgestoßen – „und das ist ja nicht unwichtig für uns: sie sind sehr friedfertig."

Er schaute uns prüfend an und fügte dann warnend hinzu: „Gefahr besteht nur, wenn einer dieser großen Wassersaurier eine Kàměilā umwirft, mit dem Ziel an die Insassen heran zu kommen."

„Was bedeutet denn hier groß?", fragte Nadowessiu argwöhnisch. Bevor Aśoka antworten konnte, meinte Lucy in ihrer typisch frotzelnden Art: „Sehr, sehr groß! Denn sonst könnten sie diese Kolosse nicht umwerfen!", während sie auf die Schildkröten deutete.

Nadowessiu schaute sie mit böse funkelnden Augen an. Bevor eine hitzige Diskussion begann, nahm ich unsere Indianerin in den Arm und drückte sie besänftigend. Anschließend fragte ich den König: „Wie sieht es bei einem Monsunsturm aus? Ich denke, wir bekommen dann auf dem offenen Wasser bestimmt Probleme!"

Nach seiner Rückfrage bei den Lìngduì antwortete Aśoka, jetzt selber mit einer nachdenklichen Miene: „Es ist die Sache des Kapitäns, dafür zu sorgen, dass beim Herannahen eines Sturms zur Sicherheit ein geschützter Ort, zum Beispiel eine Insel, aufgesucht wird."

Das ganze Hin und Her war unserer Prinzessin zu viel. Energisch rief Reneé: „Wir haben so viele Gefahren überstanden, da macht uns doch wohl so eine kleine Bootsfahrt nichts aus!" Marc gab ihr Recht. „Los ihr großen Kämpfer für Recht und Ordnung! Stellt euch nicht so memmenhaft an!" Grinsend fügte er hinzu: „Auf in die Boote und es wird nicht gejammert!"

Die Kapitäne hatten unsere Diskussion aufmerksam verfolgt. Einer der besonders bunt gekleideten Schimpansen, er hatte als einziger eine Feder im Hut stecken, anscheinend der Oberkapitän, sagte etwas in seiner schnatternden Sprache, was unser Translator mit: „Unsere Boote überstehen auch schwere Stürme. Die Passagiere müssen dann halt aus den Booten etwas Wasser herausschöpfen." Nach dieser Bemerkung hörte man von den Kapitänen Laute, die wir als Gelächter werteten.

Schmunzelnd verteilte Marc uns anschließend auf die Boote. Kristanna, Karen und Ahrens wurden mit den Menschenkatzen auf vier Boote verteilt, Nadowessiu, Lucy und Reneé teilten ein Boot mit mir, Marc und Annas belegten mit Aśoka und dem letzten Katzenkrieger das sechste Boot.

Nach dem Einladen von Gepäck und Verpflegung ging es los. Langsam schaufelten sich die Schildkröten über den Sandstrand in den Dunklen Ozean, wobei wir in dem Holzgestell ziemlich unsanft hin und her geschaukelt wurden. Erst als sie das Wasser erreichten, hörte das Schütteln auf. Danach zogen unsere Boote ziemlich flott eine Spur durchs Wasser.

Unsere Reise ging jetzt über einen Ozean, unsere Katzenbegleiter zeigten aber deshalb keinerlei Bedenken oder gar Angst. Ich wunderte mich etwas über sie, weil ihre Spezies normalerweise als wasserscheu gilt, aber anscheinend unsere Dai shizen keine Probleme mit dieser Phobie hatten.

Anfangs schauten wir immer wieder gebannt in das sehr grüne Wasser, um auftauchende Saurier oder sonstige Monster rechtzeitig zu entdecken. Aber nach einer längeren Zeit ruhigen ‚Fahrens' nahm unsere Konzentration ab und wir genossen nur noch die sanften Wellenbewegungen.

Ab und zu tauchte eine Art von Delfinen auf, die uns dann eine Weile mit hohen Pfiffen und klickenden Lauten begleitete. Dösend saß ich auf dem Boden des Holzgestells, als plötzliche Unruhe aufkam. Aufgeregt zeigte Nadowessiu auf vier dunkle Punkte am Himmel, die schnell größer wurden. Es waren Flugechsen, Pterosaurier ähnlich, wie Reneé uns mit leuchtenden Augen erklärte. Durch den grauen Himmel segelten sie auf uns zu. Der Führer unserer Schildkröte schnatterte angstvoll „*móguài, móguài*, Dämonen", und deutete panisch auf die geflügelten Echsen. Deren fledermausähnliche Hautflügel konnten durchaus eine Spannweite von zwölf Metern erreichen. Die Flugsaurier schlugen ein paar Mal mit den Schwingen und zogen gemächlich einen großen Kreis über unseren Köpfen. Plötzlich brachen zwei dieser Urviecher aus der Formation und stürzten sich pfeilschnell kopfüber ins Wasser, um Fische zu jagen. Mit ein paar kraftvollen Flügelschlägen, unterstützt von ihren mit Schwimmhäuten besetzten Füßen, tauchten sie wieder aus den Wellen auf.

Beide Saurier hatten dicke Fische gepackt, die sich selbst in den spitzen langen Schnäbeln immer noch wild zappelnd gegen ihre Jäger wehrten. Mit majestätischen Flügelschlägen segelten die Urzeitechsen ziemlich tief über unsere Köpfe hinweg, wobei ihre roten Augen uns genau betrachteten. Dann entfernten sie sich mit krächzenden Rufen in die Richtung einer Inselgruppe, deren Bergspitzen langsam am Horizont sichtbar wurden.

Unser kleiner Führer deutete auf diese Inseln. Mit immer noch ängstlichem Geschnatter erklärte er uns, dass wir dort rasten müssten, um unsere Vorräte aufzufrischen und um den Kàměilā eine Pause zu gönnen. Marcs Schildkröte an der Spitze hatte schon die Richtung auf die Inseln eingeschlagen und die übrigen fünf Boote folgten ihr.

Zwei Stunden nach der Begegnung mit den Flugsauriern erreichten wir die von dichtem Urwald überzogenen Inseln. Unsere Lìngduì steuerten die flache Hauptinsel an. Wie Drachenrücken streckten sich einzelne bewaldete Felsen in der Uferbrandung. Unser Führer deute auf das grüne Eiland und rief „*Lóng xiǎodǎo*", das mein Translator auch tatsächlich mit Dracheninsel übersetzte.

Reneé, die mit Lucy neben dem Lìngduì stand, nahm die Insel in Augenschein. Ich unkte: „Hoffentlich bezieht sich der Name auf die Drachenrückenfelsen und nicht auf tatsächlich auf der Insel lebende, womöglich sogar feuerspeiende Drachen." Unsere Prinzessin verdrehte bei diesem Spruch ergeben die Augen. Lucy nahm ihn zum Anlass für einen ihrer Späße. Mit ausgebreiteten Händen mimte sie ausgelassen einen Drachen. Wenn Nadowessiu sie nicht festgehalten hätte, wäre sie dabei sicherlich über Bord gefallen. Lachend nahmen wir wieder Platz, anschließend beobachteten wir die hektischen Bemühungen des Steuermannes in Marcs Schildkröte. Er musste einen geeigneten Anlegeplatz für uns finden.

In der Inselmitte konnten wir ein Felsplateau erkennen, dessen Spitze über die Bäume hinausragte. Schweigend betrachteten wir das grüne, dicht bewachsene Eiland. Nachdem wir die Insel umrundet hatten, schien Marcs Schildkrötenführer schließlich eine Möglichkeit zur Anlandung gefunden zu haben.

Zwischen den Felsen tauchte vor uns eine schmale Durchfahrt auf. Dahinter erstreckte sich flacher Sandstrand, der mehrere hundert Meter bis zur Urwaldgrenze reichte. Die Führer manövrierten die Kàměilā zwischen den Felsen hindurch und wir landeten endlich auf der Insel. Das ‚Andocken' am Strand dauerte eine ganze Weile, ehe die schweren Tiere sich im Sand eingegraben hatten.

Wir sprangen aus unseren Booten und streckten unsere Glieder. Endlich wieder festen Boden unter den Füssen zu spüren tat gut, auch wenn nur ein Tag Aufenthalt geplant war. Voller Freude über die glückliche Landung, lärmten die Katzenmenschen fröhlich auf dem Strand herum, während die Lìngduì gewissenhaft ihre Schildkröten versorgten.

Mit einer umfassenden Bewegung deutete ich auf die Umgebung, den Ozean, den Urwald, den Sternenhimmel, die vor uns ruhenden Schildkröten und ihre Führer.

Über diese surreale Ansicht fiel mir der Spruch meines Ausbilders ein: „Es gibt im Laufe eines Lebens NICHTS, was es NICHT gibt. Man muss nur daran glauben!" Mit ungläubigem Kopfschütteln meinte ich halblaut zu Reneé, die neben mir stand: „Wenn mir früher jemand hiervon erzählt hätte, dann hätte ich ihn postwendend in eine Anstalt eingewiesen." Ich grinste Reneé an, sie erwiderte mein Feixen; wir waren bereit zu allen Abenteuern die da kommen mochten.

Anschließend schaute ich mich nochmals um. Nur hundert Meter entfernt von unserem Landeplatz, fielen mir zwei riesige schwarze Obelisken auf, die zur Hälfte im Sand eingegraben lagen. Ich machte Reneé auf die Stelen aufmerksam. Neugierig geworden, sonderten wir uns von den Anderen ab und marschierten zu den behauenen Steinen. Sogleich entdeckten wir auf der Vorderseite des ersten Steines eingeritzte Zeichen. Sie schimmerten leicht gelblich und waren schon stark verwittert.

Reneé fuhr mit dem Finger die Konturen der Lettern nach und versuchte sie zu entziffern. Dabei murmelte sie nachdenklich: „Diese Zeichen sind den alten chinesischen Katakanas sehr ähnlich."

Beim Anblick der leicht gelblich schimmernden Hieroglyphen entfuhr es mir scherzhaft: „Das ist ein Warnwort!" Reneé schaute mich fragend mit leicht hochgezogenen Augenbrauen an. Ich gab mir Mühe ernsthaft zu bleiben, konnte es mir aber trotzdem nicht verkneifen hinzufügen: „Herr der Ringe!"

Sie schüttelte ihr Haupt, murmelte so etwas, das wie ‚kleiner Scherzbold' klang. Danach widmete sie sich wieder den Zeichen. Ich sah mich nach unseren Gefährten um. Mit der Hand signalisierte ich ihnen, dass wir etwas Interessantes entdeckt hatten. Sie ließen sich nicht lange bitten, selbst König Aśoka schloss sich an.

Zwischen unseren Göttinnen begann beim Anblick der Hieroglyphen sofort eine heiße Diskussion über deren Bedeutung, auch Marc beteiligte sich daran. Lucy, die erst später dazu kam, stupste mich an und wollte wissen, was los ist. Ich konnte es einfach nicht lassen, denn ich wusste, wie unser Spaßvogel Lucy auf so etwas reagierte. „Warnwort! Herr der Ringe!"

Sofort sprang ein Funkeln in Lucys Augen und ein schelmisches Grinsen überzog ihr Gesicht. Dann hüpfte sie Grimassen schneidend um die Obelisken herum und schrie krächzend mit verstellter Stimme: „Mein Schatz! Gollum! Gollum! Wo ist mein Schatz? Mein Schatz?"

Danach sprang sie auf Reneé und Annas zu, zerrte sie an den Armen und rief weinerlich: „Ihr werdet doch dem armen Gollum seinen Schatz wiedergeben?"

Ahrens, Nadowessiu und Karen schauten ihr befremdet zu. Reneé gab zuerst Lucy, dann mir eine Kopfnuss. Mit finsterem Blick meinte sie: „Ihr seid zwei alberne Spaßvögel. Ihr solltet diese Angelegenheit etwas ernster nehmen", konnte sich aber dann doch nicht ganz ein Schmunzeln verkneifen.

König Aśoka konnte mit unseren Albereien sichtlich nichts anfangen. Nachdem er die Felsen ausgiebig gemustert hatte, ging er zu stumm seinen Kriegern zurück.

Kristanna, Marc und Annas widmeten sich leise griemelnd wieder den Zeichen. Wir anderen erwarteten gespannt ihre Deutung. Nach kurzem intensivem Meinungsaustausch, drehten sie sich zu uns um. Annas meinte überzeugt: „Das heißt *kònghè shūsàn.*"

Die Translatoren übersetzten das Gesprochene mit: ‚Warnung'. Sofort hatte ich wieder Oberwasser. „Na, habe ich es nicht gesagt? Es ist ein Warnwort." Dabei grinste ich Reneé herausfordernd an. Lucy schlug mir auf die Schulter. „Unser Kleiner hier ist gut, habe ich doch schon immer gesagt." Sie schubste mich in Reneés Richtung, die ihre Augen verdrehte, während sie mich mit der rechten Hand auf Abstand hielt.

Karen schaute mit unbewegtem Gesicht unserem Treiben zu. Dann drehte sie sich herum und nahm den Urwaldrand genau in Augenschein. Nachdenklich sagte sie: „Der Begriff steht auch für Drohung, Einschüchtern und Verlassen. Wir sollten auf alle Fälle vorsichtig bleiben, bis wir hier unsere Vorräte ergänzt haben."

Wieder Ernst geworden gingen wir zu unseren Lingduì zurück. Marc meinte, dass wir den Schildkröten einen Tag Pause gönnen sollten und ergänzte: „Eine Rast wird uns selbst auch ganz gut tun." Der Vorschlag kam uns allen recht. Er wurde trotz Karens mahnender Worte begeistert angenommen. So schlugen wir am Strand unser Lager auf.

Danach teilte Marc einen Trupp zur Wassersuche ein, eine andere Gruppe sollte Jagd auf etwas Essbares machen. Karen, Kristanna und Marc wollten nach Trinkwasser suchen und dabei gleichzeitig die Insel erkunden. Lucy, Reneé, Nadowessiu und ich sollten auf die Jagd gehen. König Aśoka mit seinen Kriegern, Ahrens und Annas blieben zurück. Sie bewachten während unserer Abwesenheit das Lager und übernahmen den Schutz unserer Bootsführer und deren ‚Boote'.

Etwa eine Stunde lang schlugen wir uns mühsam durch das Unterholz des Urwalds. Dann kam unsere Gruppe unterhalb der Bergspitze aus dem grünen Dickicht heraus. Die letzten Meter kletterten wir mühsam über scharfkantiges und brüchiges Gestein, um endlich das Plateau zu erreichen. Schnaufend ließen wir uns zwischen hohen Gräsern auf ein paar Steinen nieder. Lucy atmete tief durch und entledigte sich des Bogens und des Köchers, die sie beim Klettern doch sehr behindert hatten.

Ich reichte ihr eine der beiden Wasserflaschen, sie nahm sie dankend entgegen und trank sofort gierig. Die andere Flasche reichte ich Reneé, die sich das Wasser mit Nadowessiu teilte. Lucy wischte sich den Mund ab und gab mir die Pulle zurück, so dass ich ebenfalls meinen Durst löschen konnte.

Nadowessiu stand auf und untersuchte mehrere kegelförmige Bauten aus Zweigen und Ästen, die in der Mitte des Plateau errichtet waren. „Das sind tatsächlich Nistplätze! Da liegen riesige Eier drin!", rief sie.

Im selben Moment erfüllte Rauschen und Krächzen die Luft. Auf dem Plateau landeten, über unsere Köpfe hinweg, drei Flugechsen vor ihren Nestern.

Erschrocken sahen wir, dass die Saurier der Lüfte, empört krächzend über unser Eindringen, auf Nadowessiu zuwatschelten. Die blieb wie erstarrt stehen. Die móguài hatten sichelförmig gebogene Hornkrallen an den Zehen sowie beschuppte Sohlen- und Fersenpolster. Und damit bewegten sie sich jetzt ziemlich schnell auf unsere ‚Kleine Schlange' zu.

Aggressiv stießen sie mit dem langen spitzen Schnabel nach ihr. Wir konnten aus der Nähe deutlich erkennen, dass die reusenartigen Zähne des Móguài-Gebisses sehr lang waren, also perfekt zum Packen und Halten von Fischen. Damit konnte sie unsere Indianerin böse zurichten. Nadowessiu löste sich aus ihrer Erstarrung und versuchte wegzulaufen. Erschrocken stieß sie einen gellenden Schrei aus. Beim Umdrehen war sie ausgerutscht und fiel den Flugechsen genau vor die Krallen. Reneé und ich stürzten laut schreiend, mit wild fuchtelnden Armen auf die Flugechsen zu. Die ließen verwirrt für einen Augenblick von unserer hilflosen Freundin ab.

Lucy nutzte sofort die Situation. Eiskalt schoss sie dem Tier, das Nadowessiu am nächsten war, blitzschnell zwei Pfeile in die Seite. Mit einem klagenden, schrillen Laut fiel der Móguài um und begrub Nadowessiu unter sich.

Durch unser Geschrei und Fuchteln zogen sich die beiden anderen Flugechsen mit Zischen und heißem Gezeter zurück. Böse taxierten sie uns mit ihren roten Augen. Reneé bewarf die Tiere mit Steinen. Aber erst, als ich sie nochmals laut anschrie und wild mit meinem Bowiemesser herumfuchtelte, hoben sie vom Plateau ab. Mit lauten, schnarrenden Rufen verschwanden sie in den Wolken.

Reneé kniete inzwischen bei Nadowessiu und versuchte, sie unter dem Kadaver hervorzuziehen. Nur gemeinsam schafften wir es, das tote Tier von der Indianerin herunterzuheben. Das Gewicht des Flugsauriers schätzte ich auf mindestens 100 kg. Mir erschien es wie ein Wunder, dass sie überhaupt fliegen konnten.

Außer einem kleinen Kratzer im Gesicht, der verdreckten Kleidung und sicherlich mit ein paar blauen Flecken, hatte unsere Freundin das Abenteuer unverletzt überstanden. Ich vermutete, dass in den nächsten Tagen ihr angekratztes Ego bestimmt wieder in Ordnung kommen würde. Sie bedankte sich bei uns und langsam kehrte die gesunde Farbe in ihr Gesicht zurück.

Auf meine Frage nach ihrem Befinden antwortete sie mit schiefem Grinsen: „Im Leben eines Indianers gibt es keine schlechten Tage. Auch wenn die Zeiten noch so schwierig sind – jeder Tag ist gut. Solange du am Leben bist, ist jeder Tag gut."

Bevor wir das Plateau wieder verließen, bewunderten wir die Aussicht auf die unter uns liegende Inselgruppe. Die insgesamt fünf Inseln in unterschiedlicher Größe, umgeben vom weiten dunklen Ozean, waren ein fantastischer Anblick. Von hier oben sahen die Felsklippen tatsächlich aus wie der Rücken einer Seeschlange oder eines Drachen, dessen Körper teilweise aus dem Wasser auftaucht.

„Lasst uns gehen", meinte Reneé nach kurzem Moment des Genießens. „Es ist schon spät, wir müssen noch etwas für unser Abendessen erlegen. Außerdem möchte ich eine weitere Begegnung mit den Flugechsen vermeiden." Dabei deutete sie vielsagend auf die verwaisten Nester.

Während des Abstieges fanden wir die Fährten verschiedener Tieren. Nadowessiu, als versierte Spurenleserin, fand Abdrücke von Huftieren, Spuren von Baumbewohnern die die saftigen Blätter in den Wipfeln bevorzugten und noch viele andere. Aber leider ließ sich keines dieser Tiere sehen.

Dann war uns das Jagdglück doch noch hold. Wir stöberten eine kleinere Herde einer Art von stacheligen Wildschweinen auf. Lucy konnte eines dieser Tiere erlegen. Das schwere Tier wurde mir, als neu ernannter Jagdaufseher, von meinen Amazonen feixend auf die Schulter gehievt.

In der Nähe unseres Lagerplatzes passierten wir eine kleine Lichtung, auf der drei ausladende Büsche standen. Ihre Früchte leuchteten goldgelb im Sonnenlicht; vorsichtig probierte Nadowessiu eine davon. Als sie das Obst für genießbar befand, probierte Lucy ebenfalls. „Das schmeckt ja wie frisch gegorener Cidre", äußerte sie erfreut.

Reneé meinte, dass Königin Kohi von solchen Früchten gesprochen hätte, die bei Feiern der Dai shizen gerne gereicht würden. Sie hätten eine durchaus berauschende Wirkung. Also füllten wir einen Beutel mit den gelben Birnen. Eine halbe Stunde später trafen wir fast gleichzeitig mit Marcs Gruppe ein, die Gott sei Dank frisches Trinkwasser gefunden hatte.

„Das sind Kanikus" riefen die Dai shizen begeistert, als sie die Früchte sahen. Sie erzählten uns, dass diese Obstbüsche auch in der Nähe ihres Dorfes wuchsen. Gegen Abend grillten wir das Stachelschwein, welches von den Bootsführern als *yama arashi* bezeichnet wurde. Beim Geruch des brutzelnden Fleisches über unserem Lagerfeuer lief uns das Wasser im Munde zusammen. Dazu kreisten einige Becher des mitgeschleppten Weines in der fröhlichen Runde, an der auch unsere ‚Kapitäne' teilnahmen.

Beim Abendessen erzählte Marc uns, wie Kristanna, Karen und er den kleinen Süßwassersee gefunden hatten. Begeistert berichtete Kristanna von dem tiefgrünen See, der einen smaragdfarbigen Schimmer an die Wände einer tiefen Grotte zauberte und von unzähligen Seeschlangen bewohnt war.

Unsere verbündeten Katzen waren nachmittags auf Fischfang gegangen. Den grillten und aßen sie nun mit einer Beilage von Pflanzen aus ihren Vorräten; dazu labten sie sich an den Früchten der Insel. Wegen der überstandenen Strapazen hatte ihnen König Aśoka, zur Belohnung, den Genuss der Delikatesse erlaubt. Durch die Kaniku-Früchte waren sie nachher ziemlich berauscht und fielen, dort wo sie gerade standen, einfach um.

Wir brachten sie ans Lagerfeuer. Es wurde langsam schon dunkel und wir teilten die Wachen ein, ehe wir uns selbst zum Schlafen niederlegten.

Ein schleifend zirpendes Geräusch, das vom Strand zu mir herüber klang, erregte meine Aufmerksamkeit. Ich hatte die dritte Wache übernommen und etwas widerwillig riss ich mich von der Betrachtung des fantastischen wolkenfreien Sternenhimmels los.

Als ich mit einem brennenden Holzscheit aus dem Lagerfeuer in die Richtung des Ursprungs der Geräusche leuchtete, sah ich Hunderte Krebse, die sich mit bedrohlich aufgerichteten Scheren auf unser Lager zu bewegten. Sie waren etwa einen Meter lang, hatten etwa die Größe eines irdischen Fuchses und drohten außer mit den gewaltigen Scheren noch mit einem etwa vierzig Zentimeter langen Stachel, so wie Skorpione.

Durch einen Sprung rückwärts konnte ich gerade noch meine Beine in Sicherheit bringen. Mein Schreien und die Schüsse aus meiner Glock weckten augenblicklich das ganze Lager. In der Not zeigte niemand auch nur ein Anzeichen von Schlaftrunkenheit.

Sofort waren alle in Kämpfe mit den Krebsen verwickelt. Wie ich sehen konnte, hatten sich unsere Kapitäne auf ihre Boote in Sicherheit gebracht. Mit Stäben stießen sie Krebse zurück, die versuchten, die Schildkrötenpanzer zu erklimmen. Karen sprang in ihrer schwarzen Montur an mir vorbei und wütete wie ein Derwisch zwischen den Krebsen. Mit akrobatischen Sprüngen und Saltos wich sie den zuschnappenden Scheren aus. Mit ihrem Jitte tötete sie ein Tier nach dem anderen. Sie machte wieder einmal ihrem Namen *Angeni,* der schwarze Geist, alle Ehre.

Aber es waren unzählige Tiere, die uns bestürmten. Mit Reneés Bo-Stab, den sie mir zugeworfen hatte, schlug ich wie ein Wilder auf die gepanzerten Rücken der Viecher ein. Unter den Schlägen mit dem harten Holz aus chinesischer Weißeiche, zerbarst das Chitin ihrer Körperhülle sofort.

Ein kurzer Blick nach links zeigte Reneé ebenfalls in Aktion mit dem *Sekai-ju*-Stab aus Eschenholz, flankiert von Kristanna, deren Sternenklinge reiche Beute unter den Viechern machte. Der Sandboden forderte seinen Tribut, langsam versiegten unsere Kräfte. Vor allem meldeten sich die Schmerzen in meinem linken Knie wieder.

Als ich sah, wie Lucy von mehreren Monstern eingekreist wurde, ließ ich den Stab fallen. Ich zog meine Glocks und mit gezielten Schüssen konnte ich im letzten Moment zwei der Tiere erledigen, die Lucy von zwei Seiten aus gleichzeitig bedrängten.

Dankbar schaute sie mich an. Ihrem Gesichtsausdruck konnte ich entnehmen, dass sie ebenfalls am Ende ihrer Kräfte angelangt war. In diesem kurzen Moment der Unaufmerksamkeit wurde Lucy von einem dritten Angreifer, der sich ihr blitzschnell von hinten genähert hatte, in den Oberschenkel gestochen.

Wütend und voller Schmerz schrie sie auf. Mit einem wilden Hieb ihres Messers konnte sie das Mistvieh gerade noch töten; doch danach sank sie taumelnd zu Boden. Ich feuerte aus beiden Automatiks und rannte laut fluchend auf die Stelle zu, wo Lucy bewegungslos im Sand lag. Eine große Anzahl Krabben kroch auf sie zu.

Reneé, Marc und Kristanna, die seitlich hinter mir in heftige Abwehrkämpfe verstrickt waren, erkannten die brenzlige Situation sofort. Erschrocken schauten sie auf Lucy, die zusammengekrümmt im Sand lag. Unter Aufbietung ihrer letzten Kraftreserven kamen sie mir laut schreiend zu Hilfe.

Wir schlugen gemeinsam eine breite Bresche in die Phalanx der Tiere, die aufgrund unserer verzweifelten Aktion langsam zurückwichen. Unter Führung Königs Aśoka schlugen und stießen Annas, Ahrens und ein paar der wieder nüchtern gewordenen Katzenkrieger mit brennenden Fackeln funkensprühend auf die Biester ein. Als uns dann Karen noch zu Hilfe eilte, zogen sich die Krabben endlich ganz zurück.

Ich steckte meine leer geschossenen Glocks in die Schulterhalfter zurück und ließ mich neben Lucy in den Sand fallen. Sie schaute mich mit schon glasigen Augen an und schrie hysterisch: „Eines dieser Scheißviecher hat mich gestochen!" Ich versuchte, sie zu beruhigen, schlitzte ihr dann mit einem ihrer Wurfmesser das Hosenbein bis zum Oberschenkel auf. Mit entkräfteten und steifen Fingern untersuchte ich die Stichwunde, die deutlich auf dem Schenkel zu sehen war.

Mit wachsbleichem Gesicht sah sie mich an. Dann murmelte sie, wobei ich Mühe hatte die Worte zu verstehen: „Versuche das Gift auszusaugen!" Sie verzog ihre Miene zu einer Grimasse, danach wurde sie ohnmächtig. Ich öffnete mit einem kleinen Messerschnitt die Wunde. Saugend presste ich meine Lippen auf die Verletzung und spuckte das vergiftete Blut in den Sand.

Reneé kniete sich neben mich und schob mich resolut zur Seite. Sie dachte dabei wohl an ihre ähnliche Lage auf Niihama. „Ich mache weiter! Was macht ihr Puls?" An ihrem Hals ertastete ich nur noch schwache Pulsschläge. „Sie lebt noch!"

Meine Unkenntnis über die restliche Giftmenge in der Wunde verbot mir jede weitergehende Auskunft. Wir alle sorgten uns über ihren tatsächlichen Zustand. Aśoka diskutierte erregt mit unseren Bootführern. Sie erzählten ihm, dass der Stachel der áizhòng giftig sei. Das Gift lähmt das gesamte Nervensystem, ohne Hilfe sterben viele Opfer daran. Aber eine bestimmte Kräuterart würde unserer Gefährtin helfen. Wenn man die Pflanzen zerkaut, den Speichel auf die Wunde spuckt und den Kräuterbrei aufstreichen würde.

Sofort schickte Aśoka seine Krieger aus, um die Kräuter zu sammeln. Einer unserer Bootsführer begleitete sie bei der Suche. In der Zwischenzeit versuchten Annas und Reneé im Schein mehrere Fackeln und des Lagerfeuers unsere Gefährtin zu versorgen. Sie war wieder aus ihrer Ohnmacht erwacht. Sie flößten ihr Wasser ein und legten meerwassergekühlte Umschläge auf die Stirn, um das Fieber runterzubringen. In Unkenntnis des Giftes hatte Karen ihr nur ein Schmerzmittel aus unserer ‚Apotheke' eingeflößt. Die Übrigen Gefährten standen Wache, um eine möglicherweise erneute Invasion der Krebse sofort abzuwehren.

Endlich, nach etwa einer halben Stunde, kamen die Suchenden zurück. Sofort wurden die Kräuter zerkaut, die aussahen wie unser heimischer Sauerampfer und so auch ähnlich schmeckten, nur etwas bitterer.

Der Pflanzenbrei wurde auf die Wunde, die schon einen schwärzlichen Rand bekommen hatte, gespuckt. Nachdem er über der Wunde verteilt war, legte Reneé den Verband an. Lucy fiel erneut in Ohnmacht. Ihr Puls schlug jetzt wieder kräftiger, aber noch sehr schnell. Nach meinem Empfinden sah sie schon nicht mehr so totenblass aus.

Als die ersten Sonnenstrahlen die Nacht beendeten, sahen wir mit ermüdeten Augen, dass der ganze Strand wie leergefegt war. Nur vereinzelte Spuren im Sand deuteten auf unseren Kampf mit den Krabben hin. Diese hatten sogar ihre getöteten Artgenossen mit ins Meer zurück genommen.

Gott sei Dank oder – wenn man so will - den Göttern sei Dank hatte es keinen erneuten Angriff gegeben. Karen und unsere Schwertkünstler huldigten dafür ihrem Kriegsgott *Bishamon*. Welchem Gott die Bewohner Shimabaras dankten, wusste ich nicht. Erschöpft blieben wir noch bis zum Nachmittag am Strand. Wir begannen langsam das Lager abzubauen. Die Reste des Stachelschweins packten wir als Proviant für die Weiterreise ein.

Plötzlich erstarben mit einem Schlag die üblichen Geräusche der Insel. Dann ertönte ein dunkles, sehr lautes Grunzen und Krachen. Wieder Sekunden später hörte es sich so an, als wenn ein riesiges „Irgendetwas" durch den Urwald brach und auf uns zuwalzte. Die hohen Bäume wurden hin und her geschüttelt, Holz splitterte.

„Los! Aufbruch!", schrie Marc. Wir flüchteten regelrecht von der Insel. Lucy wurde auf einer Trage festgebunden und tauschte mit Nadowessiu den Platz auf unserem „Wassertaxi". Unter dem anfeuernden Geschrei unserer Bootführer enterten wir die Schildkröten. Hastig brachten wir einige hundert Meter Wasser zwischen uns und den Strand. Aufgeregt beobachteten wir das Ufer; aber als wenn das „Etwas" unsere Flucht mitbekommen hatte, herrschte wieder Ruhe auf der Insel.

Ein Aufatmen ging durch unsere Reihen. „Wer weiß, was das wohl war", murmelte ich. Durch unsere überstürzte ‚Abreise' waren die Fahrzeug-Besatzungen etwas durcheinandergewirbelt und so befanden sich plötzlich Kristanna, Karen, Nadowessiu und Ahrens zusammen in einem Boot.

Unsere Boote pflügten wieder ruhig durch das Wasser. Wir hatten Lucy in die Mitte unseres lebenden Transporters gelegt, wo das Schaukeln der Wellen nicht so schlimm durchkam. Mit einem improvisierten Sonnensegel beschatteten wir die Trage, hielten abwechseln Wache und flößten ihr immer wieder Wasser ein. Sie hatte schweißnasse Schläfen, die ich mit einem Tuch trocknete. Dabei schloss ich aus dem Zucken ihrer Glieder und den nervös bebenden Augenliedern, dass sie tief in einem fiebrigen Traum gefangen war.

Nach zwei Tagen im Fieberdelirium hatte es Lucy geschafft. Erschöpft, aber fieberfrei, wachte sie auf und rang sich ein stummes Lächeln ab. „Unkraut vergeht nicht", murmelte sie. Zur Stärkung bekam sie eine der berühmten blauen Aufputsch-Tabletten, die ihre Kräfte wieder stabilisieren sollen. Dann erzählte sie uns von ihren entsetzlichen Jugenderlebnissen, die durch den Traum wieder neu in ihr hochgestiegen waren.

Von einzelnen Schluchzern und leisem Schniefen immer wieder unterbrochen, erzählte sie uns die Erlebnisse:

*„Ich habe von Linda, meiner Zwillingsschwester, geträumt. Unsere Eltern sind bei einem Flugzeugabsturz umgekommen. Im Traum sah ich es so, als würde es gerade passieren. Wir stehen am Grab; mit zehn Jahren können wir Zwei nicht begreifen, warum der liebe Gott das Unglück zuließ.*

*Linda war außer sich vor Wut, zornig auf die ganze Welt. Sie schüttelte bei den Worten des Priesters immer wieder wild ihre blonden Zöpfe und konnte kaum stillstehen. Sie war schon immer die Lebhaftere von uns Beiden.*

*Nach dem Begräbnis kam Tante Bärbel, die Schwester unseres Vaters, in Begleitung einer Frau und eines Mannes auf uns zu. Sie eröffnete uns, dass sie nur mich aufnehmen könnte. Linda aber sollte in ein Heim kommen. Als sie mich am Arm packte, riss ich mich los und schrie, dass ich bei meiner Schwester bleiben wollte. „Wir gehören zusammen!"*

*Weinend umklammerten wir uns. Später wurde mir klar, dass Linda unserer Tante einfach zu wild war.*

*„Dann kommt ihr halt Beide ins Heim!" Sie betrachtete uns nochmals mit ihren kalten Augen und ohne weitere Worte drehte sie sich um und verließ den Friedhof. Dort standen wir nun weinend, allein und verloren.*

*Wir wurden in das Heim „Zur helfenden Hand" gebracht. Das dunkle Backsteinhaus war von eine hohen grauen Mauer umgeben. Im rechten Hausflügel waren die Mädchen untergebracht, die Jungen im linken Flügel. Fast vier Jahre lang warteten wir auf eine Adoption, ehe sich eine Familie vorstellte, die Linda adoptieren wollte.*

*In den ersten Monaten kam fast jede Woche ein Brief von ihr. Sie schrieb mir, wie wohl sie sich dort fühlte. In ihrem letzten Schreiben stand, dass auch ich von der Familie aufgenommen werden sollte und wir dann wieder zusammen sein könnten. Plötzlich kamen keine Briefe mehr, unser Kontakt brach einfach ab. Ich versuchte etwas herauszubringen, aber der Heimleiter blockte alle Nachforschungen ab.*

*Bei meinem Versuch abzuhauen, um meine Schwester zu besuchen, erwischte mich die Aufsicht. Zu den zehn Schlägen mit der Rute auf mein Hinterteil, was dem „Pädagogen" anscheinend großes Vergnügen bereitete, bekam ich außerdem noch zwei Wochen Stubenarrest. In dieser Zeit musste ich, streng von ihm überwacht, auch den Speisesaal fegen.*

*Ich konnte seine geilen Blicke auf meinem Körper spüren. Ich war jedes Mal froh, wenn ich danach in mein Zimmer durfte. Seine Geilheit mussten auch andere Mädchen ertragen, aber Keine von uns traute sich etwas zu sagen. Es ging das Gerücht unter uns Mädchen umher, dass er sogar schon mit einigen intim gewesen wäre.*

*Nach etwa einem halben Jahr, es war der erste Weihnachtsfeiertag, wurde meine Schwester von der Polizei zurück ins Heim gebracht. In heimlichen Stunden erzählte sie mir ihre schlimmen Erlebnisse. Ihr Adoptivvater hatte sie missbraucht. Bei einem seiner obligatorischen Hausbesuche vertraute sich meine Schwester deswegen unserem Heimleiter an. Aber der tat das alles als Hirngespinste einer Halbwüchsigen ab und ließ sie weiter in dieser Gastfamilie.*

*Eine Woche später kam der Adoptivvater von einer beruflichen Reise zurück und wollte wieder über sie herfallen. Linda wehrte sich, auf ihrer Flucht stieß sie dabei den Christbaum mit den brennenden Kerzen um. Die Adoptiveltern kamen bei dem Brand ums Leben. Die Ursache des Feuers wurde von der Polizei einfach als Unfall abgetan und sie brachten meine völlig verstörte Schwester zurück ins Heim.*

*Der Heimleiter, der schon etliche Mädchen belästigt hatte, verfolgte nun meine Schwester ebenfalls mit seinen schlimmen Fantasien. Niemand glaubte unseren Klagen. Als er eines Nachts in unser Zimmer schlich, stach ich den Kerl nieder. Er wurde schwer verletzt. Gemeinsam türmten wir aus dem Heim. Auf unserer Flucht wurde Linda von einem Auto angefahren und starb in meinen Armen. Währenddessen machte sich der Unfallfahrer heimlich aus dem Staub.*

*Ich aber wurde von der Polizei in Gewahrsam genommen. Die Angelegenheit wurde erst restlos aufgeklärt, als der Heimleiter sich im Gebäudekeller erhängte und ein schriftliches Geständnis hinterließ. Er hatte viele Kinder, Mädchen und auch Jungen, an andere Pädophile vermittelt und dafür Geld kassiert. Ich wurde entlastet und kam im Alter von 15 Jahren zu einer netten Familie.*

*Jahre später traf ich meine Tante, ich warf ihr die Schuld an Lindas Tod vor, danach habe ich sie nie wieder gesehen. Meine neue Familie ermöglichte mir eine Ausbildung zur Polizistin. Später verließ ich den Polizeidienst und ging als Privat-ermittlerin zur Versicherung Lloyds."*

Plötzlich flossen Tränen in ihrem bleichen Gesicht. „Ihr seid die Ersten, denen ich diese schlimmen Erlebnisse erzähle." Ich konstatierte still bei mir, dass sie erst jetzt begonnen hatte ihr lange verdrängtes Trauma zu verarbeiten.

Schniefend sagte sie in unsere ergriffene Schweigsamkeit: „Ich habe schon lange nicht mehr an meine Schwester gedacht! Wir waren ein Team, haben zusammen aus Steinen kleine Männchen gebastelt. Alle hatten Namen und erzählten eine Geschichte. Linda konnte sehr schön Geschichten erzählen." Wieder lief ein Tränenstrom über ihre Wangen. Reneé nahm sie tröstend in die Arme, wo Lucy dann nach einiger Zeit auch einschlief.

Als ich sie so in Reneés Armen schlummern sah, ging mir durch den Kopf, dass man dieser großen und starken Frau, die mit ihrem pechschwarzen langen Haar dem Begriff des Vollblutweibes absolut gerecht wurde, so eine zarte Seele eigentlich nicht zutraute. Mit ihren Schnoddrigkeiten und dem coolem Gehabe, welches sie so oft an den Tag legte, schützte sie ihre empfindsame Seele. Sie umgab sich mit der Aura einer gefestigten, durch nichts zu erschütternden Frau.

Schon am nächsten Tag war sie schon wieder zu Scherzen aufgelegt. Relativ gut erholt sagte sie zu mir: „Reneé hat mir erzählt, wie du mich gerettet hast. Danke! Mit dem Kurieren von vergifteten Bisswunden hast du ja Erfahrung, vor allem mit dem Aussaugen." Sie spielte damit auf meinen damaligen Erste-Hilfe-Erfolg bei Reneé an.

Anzüglich grinsend erwiderte ich: „Ich muss schon sagen, es sind schon erhebende Momente, wenn man seine reichhaltige Erfahrung an den Mann beziehungsweise an die Frau bringen kann. Aber während der Behandlung hatte ich doch ein bisschen Angst davor, dass du aufwachst und ich deine Faust auf meiner Nase zu spüren bekäme." Lucys Augen wurden einen Tick dunkler als sie süffisant entgegnete: „War ja nicht erforderlich, du hast dich ja leider benommen." Leises Lachen erklang aus den angedockten Booten und Karen ließ es sich nicht nehmen, ihren Kommentar dazu abzugeben.

Frotzelnd meinte sie: „Ja unser lieber Maik weiß was Frauen wünschen", und grinste mit Lucy um die Wette.

\*\*\*

Gefühle sind treue Begleiter
und spiegeln sich in unseren Träumen.
Erlebte Vergangenheit oder wirres Geschehen?
Sehnen wir uns nach einer heiteren Welt,
dem Glück des Vollbrachten?

Könnten wir doch auf den Schwingen unserer Traumdrachen
dorthin entfliehen.

\*\*\*

# IV. Schlangenmonster und Vogelbestien

Die nächsten beiden Tage auf dem Ozean gingen ereignislos vorüber. Nur ein andauernder Nieselregen vermieste uns langsam die Laune. Unser Gepäck und auch wir waren schon völlig durchnässt. Erst am dritten Tag kamen beide Sonnen wieder hinter den schweren Wolken zum Vorschein. Aber nach ein paar Stunden unter ihren brennenden Strahlen, waren wir schon wieder für ein paar Wolken dankbar, die sich ab und zu vor die Sonnen schoben.

Plötzlich wurden wir von ängstlichen Rufen und Geschrei aus dem letzten Boot aufgeschreckt. Ein riesiger dunkler Körper wuchtete sich aus dem Wasser und stürzte sich mit seinem ganzen Gewicht auf die Schildkröte. Bei seinem Wiedereintauchen schoss eine riesige Wasserfontäne haushoch in die Luft. Die folgenden hohen Wellen breiteten sich kreisförmig um die Wassersäule aus. Sie waren so hoch, dass wir fast gekentert wären.

Der gewaltige Hai, „ein Megalodon", wie Reneé entsetzt rief, war mehr als doppelt so lang wie die Schildkröte. Seine zwei Meter hohe Rückenflosse stach aus dem Wasser, während die fast vier Meter große Schwanzflosse durchs Wasser peitschte. Ehe wir zu irgendeiner Reaktion fähig waren, war das schreckliche Schicksal seiner Besatzung schon besiegelt.

Unfähig zu helfen, mussten wir mit ansehen, wie der Bootsführer und die vier Katzenkriegern mitsamt der Schildkröte unter Wasser gedrückt wurden. Das Wasser färbte sich blutrot, im aufgewirbelten Wasser taucht einer der Krieger wieder auf. Er spuckte Wasser, brachte gurgelnd ein paar verzweifelte Laute hervor und schwamm verzweifelt auf das nächste Boot zu. Aber bevor wir ihn retten konnten, wurde er mit einem Ruck unter Wasser gezogen.

Wenig später tauchte der blutige Rumpf der Schildkröte aus den aufgewühlten Wellen auf. Der Hai hatte ihr mit seinen Monsterzähnen den Kopf abgerissen. Während wir noch starr vor Schreck ins blutige Wasser starrten, schoss unter unserem Boot ein zweiter gigantischer Schatten heran. Das Drama hatte ein weiteres Fischmonster angelockt.

Während unsere Bootsführer panisch die Schildkröten aus der Gefahrenzone lenkten, beobachteten wir voller Angst die gefährlichen Turbulenzen und Strudel um uns herum. Das durch den Blutgeruch angelockte, etwa vierzehn Meter lange Monster, griff den Hai brachial an. Mit Schaudern sah ich, dass es eine größere Rückenflosse und eine noch imposantere Schwanzflosse als sein Gegner besaß.

Als die beiden Kämpfenden ineinander verbissen aus den gischtenden Wellen auftauchten, sah ich, dass der zweite Gigant am Körper, fast wie Beine, über vier weitere Flossen verfügte. Die kräftigen, sehr scharfen und spitzen Zähne des Ungeheuers hatten sich im Körper des Riesenhaies festgebissen. Wir waren uns ziemlich sicher, dass der Hai uns nochmals angegriffen hätte, wenn nicht dieser Kontrahent aufgekreuzt wäre.

Das Auftauchen des zweiten Monsters war letztendlich unsere Chance, schnellstens und ohne weitere Verluste das Gebiet der Schlacht zu verlassen. Es war eine riesige Fischechse, wie unser Kapitän hinterher mit bleicher, noch von den schrecklichen Ereignissen gezeichneter Miene, erklärte.

Gegen Abend erreichten wir ein von einem Korallenriff umgebenes, kleines Atoll. Es lag etwa eine Tagesreise vor unserem Ziel, dem Land *Idaina shima*, die Große Insel. In der Lagune fanden wir einen sicheren Hafen für die Nacht, da uns hier wegen der geringen Wassertiefe, keine Killergiganten angreifen konnten. Erst nachdem alle Schildkröten miteinander vertäut waren, konnten wir König Aśoka unser tiefes Mitgefühl zum Tode seiner Krieger ausdrücken.

Den Bootsführern sprachen wir unser Bedauern zum Ableben ihres Kollegen aus. Die Lìngduì waren tief betrübt über den Verlust ihres Kameraden und dessen Schildkröte. Nach ihrer Ansicht waren Beide ehrenvoll im Dienst ums Leben gekommen. Noch immer stand uns allen der Schreck in den Gesichtern geschrieben über diesen tödlichen Angriff. Ahrens war noch ruhiger als sonst, mehrmals bekreuzigte er sich an diesem Abend. Mir ging auf, dass er normalerweise auch in dieser Schildkröte gesessen hätte; was mir im Nachhinein nochmals einen Schauer über den Rücken jagte.

Nach und nach, nur mit Hilfe von zwei Bechern der mitgeführten Alkoholikas, verbannte ich das fürchterliche Erlebnis in die unterste Schublade meines Gedächtnisses. Ich vermute, meinen Gefährten erging es ebenso. Für die Dai shizen fanden wir in unserem Vorrat noch einige Kanikus-Früchte. Zu unserem großen Erstaunen gingen sie mit dem Verlust ihrer Kameraden recht pragmatisch um. Annas gab uns deshalb einen kleinen Einblick in ihre Religion.

„Über den Brauch des Jiāonáng-Festes habe ich euch ja schon erzählt. Aber ein Krieger der Dai shizen, der im Kampf fällt, wechselt in die Gestalt eines Totengeistes über. Er lebt in der Geisterwelt des Westens weiter, auf der ‚Wiese der Seligen', die *Dakkon*. Dort genießen alle gefallenen Helden ihr neues Leben. Denn die Seele ist unsterblich. Über die Dakkon herrscht der Gott *Mitama.*"

Aha, dachte ich bei mir, jetzt habe ich wieder ein wenig mehr über die Götterwelt der Dai shizen dazugelernt. Lucy, bereits wieder gesund, sprach ihre Überlegungen aus: „Diese Art von Religion scheint bei den Völkern, die der Natur sehr nahe stehen, überall ähnlich. Ob es hier nun die Elysischen Felder sind, oder dort die Unterwelt ist, mir scheint es fast das Gleiche zu sein. Zum Beispiel unsere Indianer reiten mit Manitu in die Ewigen Jagdgründe", dabei schaute sie unsere Häuptlingstochter an.

Diese erwiderte zu ihrer These nichts, sondern schwieg mit leicht nachdenklicher Miene. Nach einigen Minuten stiller Einkehr, in der nur das gleichmäßige Rauschen der Meereswellen zu hören war, ließen wir den Abend ausklingen und legten uns auf dem schmalen Strand aus Muschelkalk schlafen.

Die Lìnguì übernahmen die Wachen, wohl auch um ihre Schildkröten nach dem Zusammentreffen mit ihren Todfeinden wieder zu beruhigen. Neue Krabben oder anderes Getier hat uns in dieser Nacht jedenfalls nicht wieder besucht. Frühmorgens verließen wir vorsichtig unseren sicheren Hafen.

Nachmittags erreichten wir erleichtert und ohne weitere Zwischenfälle die Große Insel, die zweite Etappe unserer Reise. Wir landeten in einer seichten, weit geschwungenen Bucht, die zwischen atemberaubend steilen Küstenabschnitten eingebettet lag. Das Ufer war mit dichtem Schilf bewachsen, dazwischen standen Palmengewächse und Mangrovenbäume, deren ausladende, dunkelgrüne Fächerblätter bis ans Wasser reichten.

Die Schildkröten kämpften sich durch einen dichten Schilfgürtel, ehe wir festen Boden erreichten. Herden von bunten Schmetterlingen tanzten in den Sonnenstrahlen, Schwärme von Mücken und farbenreiche Libellen umschwirrten uns; dazu wehte uns ein undefinierbarer Duft um die Nasen.

Gott sei Dank ließen uns die Mücken weitgehend in Ruhe, dazu half uns eine Flüssigkeit, die unsere Lìngduì vor der Landung auf uns verspritzt hatten. Eine Gruppe blauschwarzer, kreischender und schimpfender Rabenvögel schreckte durch unser Eindringen ins Schilf auf.

Froh, wieder festen Boden unter den Füßen zu haben, waren wir anhand der idyllischen, friedlich erscheinenden Bucht etwas unaufmerksam. Bei der Verabschiedung unserer Bootsführer schoss ein enorm großes Krokodil aus dem dichten Schilf heraus und griff blitzschnell eine der Schildkröten an. Die beiden davor stehenden Katzenmenschen konnten im letzten Moment zur Seite springen. Sie wurden aber trotzdem noch vom gigantischen Schwanz der Echse getroffen und zu Boden geschleudert.

Bevor das riesige Maul, in dem ein mittelgroßer Mensch stehend Platz gefunden hätte, die Schildkröte schnappte, reagierte Marc blitzschnell. Als Einziger hatte er die Schleifgeräusche gehört, die das Krokodil beim Anschleichen verursachte.

Er hatte sein Katana bereits in der Hand, als das Monster auf die Schildkröte zuschnellte. Im dem Moment, als die vor Zähnen starrende Schnauze bereits zuschnappte, steckte er sein Schwert in den Schlund des Biestes. Er packte Annas, die neben ihm zur

Salzsäule erstarrt war, und zog sie mit sich. Mit einem waghalsigen Sprung brachten sich Beide aus der Gefahrenzone des tödlich peitschenden Echsenschwanzes.

Die Panzerechse presste im Fressreflex die Kiefer zusammen. Das scharfe Schwert durchdrang das Maul des Tieres und trat oberhalb der Nasenöffnung aus. Es folgte ein markerschütterndes Kreischen. Wild schlackerte das Krokodil mit seinem Schädel hin und her. Aber das Schwert, das ihm die Schmerzen zufügte, konnte es dadurch nicht mehr loswerden. Sein Schwanz peitschte wütend durch die Luft. Wie mit einer Sichel mähte es im ganzen Umkreis das Schilf nieder. Erst mit der Hilfe von Ahrens Armbrust, unterstützt von Lucys und Kristannas Pfeilen, konnte das gigantische Krokodil endgültig erlegt werden.

Erschaudernd betrachteten wir den mindestens elf Meter langen Kadaver. Um sein Katana wieder aus dem Maul des Tieres herauszuziehen, benötigte Marc die Unterstützung von Ahrens, Kristanna und mir. Nur gemeinsam und mit aller Kraft, konnten wir das Maul öffneten. Die spitzen Krokodilzähne, von unseren Bootsführern, denen der Schreck noch im Gesicht stand, „gen yō" genannt, flößten uns noch nachträglich einen Heidenrespekt ein.

Aufgeregt baten uns die Lìngduì darum, aus dem Maul der Echse ein paar der enormen Zähne herauszubrechen. Weil sie, als Glücksbringer an einer Kette getragen, ihr Ansehen bei den Stammesgenossen stark erhöhen würden.

Verschmitzt schnatternd ergänzte einer der Kapitäne, dass die Beißer zu Pulver zermahlen, eine lange Potenz ermöglichten. Karen und Nadowessiu taten ihnen den Gefallen und brachen ein paar der Hauer aus dem Gebiss. Unsere Indianerin steckte sich selbst einen großen Zahn ein. Aber nur für eine Kette, wie sie errötend den schmunzelnden Zuschauern erklärte.

Beide Katzenkrieger, die vom Echsenschwanz Gott sei Dank nur gestreift wurden, hatten trotzdem Rippen- und Armbrüche davongetragen. Wir versorgten sie so gut wie möglich mit Schienen, Salben und Bandagen. Weil wir schon dabei waren, versorgte ich zur Vorsicht mein linkes Knie gleich mit.

Anschließend verabschiedeten wir uns von unseren Bootsführern. Für Ihre ausgezeichneten Dienste und den Verlust Ihres
Kameraden und seinem Tier, entlohnte Annas sie zu ihrer Freude
mit dem Doppelten der vorher ausgehandelten Bezahlung. Die
bestand aus zwei Blasrohren der Dai shizen, sowie drei Äxten und
einem ausziehbaren Fernrohr aus unserer Ausrüstung.

Das Teleskop war für die Lìnguì ein Highlight, das eingehend
bewundert wurde. Von Karen erhielten sie zusätzlich noch ein paar
Messer, die bei ihnen heiß begehrt waren. Aus Dank nahmen sie die
zwei verletzten Katzenmenschen mit, die dann im Dorf der
Kapitäne auf die Rückkehr von König Aśoka und seinen Mannen
warten sollten. Nochmals winkend, brachen wir auf und ließen die
Krieger und unsere Lìnguì mit ihren Schildkröten beim toten
Krokodil zurück.

Unser Weg über die Insel zum ‚Grünen Meer' begann mit der
Durchquerung der sich vor uns ausbreitenden Steppe. Hohes Gras,
darin verstreut einige dichte Büsche die eine Ähnlichkeit mit
Heidekraut hatten, begleitete uns in den nächsten Tagen.

Wir beobachteten Schwärme von Zitronenfaltern und Bienen,
die über den Zweigspitzen des Heidekrautes schwebten. Sie labten
sich an den gelben Blüten, die wie Nuggets in der Sonne glitzerten.
Die Tierwelt schien uns aus dem Wege zu gehen, denn bis auf kleine
Säugetiere die leise davonhuschten, begegneten uns nichts.

Am Vormittag des dritten Tages zog im Westen eine schwarze
Wolkenwand auf, die sich am Horizont sehr schnell hochtürmte.
König Aśoka deutete auf die dunkle Wetterfront. „Osoroshii!", rief
er aufgeregt und trieb uns besorgt zur Eile an. „Wir müssen
schnellstens einen Unterschlupf finden, denn da kommt ein
furchterregendes, schweres Unwetter auf uns zu."

Nach etwa einer Stunde spürten wir die ersten starken
Windböen, die uns das Haar zerzausten. Sie pfiffen durch die
Kronen der vereinzelt stehenden Bäume und bogen sie hin und her.
Das hohe Steppengras wurde, wie in Wellen, flach auf den Boden
gedrückt und das Tageslicht verdunkelte sich zusehends. Das tiefe
Schwarz der Wolken, aus denen vereinzelte Blitze hervorzuckten,

drohte uns ein mörderisches Gewitter mit wolkenbruchartigen Regenfällen an.

Wir erhöhten nochmals unsere Marsch-Geschwindigkeit und versuchten eine Felsengruppe zu erreichen, die in einer Entfernung von etwa zwei Kilometern zu sehen war. Die Durchquerung des Flussbettes mit einem zurzeit noch geringen Wasserstand war riskant, da es auf einer Breite von fast einem Kilometer wegen der zahlreichen Steine schwer zu durchwaten war.

Ich konnte mir ausmalen, mit welch großer Wucht die Wassermassen, die sich in Kürze aus den dunklen Wolken ergießen würden, brüllend durch das Flussbett tobten und alles darin mit sich rissen. Der Sturm peitschte die ersten schweren Regentropfen in unsere Gesichter und wir erhöhten nochmals unsere Anstrengungen, die schützenden Felsen zu erreichen. Wir mobilisierten die letzten Kräfte – und schafften es so gerade noch. Fast gleichzeitig mit unserer Ankunft bei den Felsen brach die volle Wucht des Unwetters über uns herein.

Wie aus Eimern schütteten die Wassermassen auf uns herunter. Dicht gedrängt hockten wir im Schutze der Steine zusammen und harrten auf das Ende des Sturmes. Nach einigen Stunden verflüchtigte sich das Gewitter und die Geräusche des Sturmes änderten sich.

Das Grollen des Donners wurde schwächer und das Wüten des Windes ließ nach. Die beiden Sonnen brachen durch die Wolken und wenige Minuten später war der ganze Spuk vorbei. Wir hörten die tosenden Wassermassen, die sich jetzt durch das Flussbett wälzten. Durchnässt standen wir staunend am Ufer des ehemaligen Rinnsals und sahen, wie die braune Brühe entwurzelte Bäume und Äste mit sich führte.

Es war völlig ausgeschlossen, den reißenden Fluss heute noch zu überqueren. Verärgert über die neuerliche Verzögerung, stapfte Reneé am Ufer entlang und schimpfte missmutig vor sich hin. Ich wollte sie ein wenig aufmuntern und meinte flapsig: „Wir könnten ja ein paar Baumstämme zu einem Floß zusammenbinden und uns damit bis zum Meer treiben lassen."

Dabei zeigte ich auf einen Haufen Baumstämme, die noch vom letzten Hochwasser angeschwemmt wurden und hier gestrandet am Uferrand lagen.

Sie blieb irritiert vor mir stehen und schaute mich stirnrunzelnd an. Ich hob abwehrend beide Hände, trat zwei Schritte zurück und rief Grimassen schneidend: „Es war ja nur ein Vorschlag!" Reneé bedankte sich mit einem säuerlichen Blick, drehte sich auf dem Absatz herum, murmelte etwas Unverständliches und ging zu den Anderen.

„Puh, da habe ich aber noch mal Glück gehabt, fast hätte sie mich gefressen", meinte ich erleichtert zu Lucy, die schmunzelte und sich gleichzeitig ins Fäustchen lachte. Während ich mir mit einem Tuch die imaginären Schweißtropfen von der Stirn wischte, antwortete Lucy sarkastisch: „So ist das, wenn man eine Katze am Schwanz packt. Man muss halt damit rechnen, dass sie ihre Krallen ausfährt." Mit nachdenklicher Miene meinte sie mehr zu sich: „Unsere kleine Tigerin hat sich in letzter Zeit ganz schön gewandelt."

Gemeinsam gingen wir zu den wartenden Gefährten zurück. Reneé hatte inzwischen meinen Vorschlag in die Runde geworfen und es entstand darüber eine rege Diskussion. Ich musste lächeln, denn anscheinend fand mein Vorschlag breite Zustimmung.

König Aśoka meinte zwar, dass wir es bis zum Meer nicht schaffen würden, da der Strom *Shānhóng*, reißender Fluss, zwischendurch unter der Erde verschwand. Aber wir könnten schon eine längere Wegstrecke auf ihm zurücklegen, zumal er genau in unsere Richtung weiterfließt.

Ich grinste Reneé an, die mich zerknirscht anschaute. „Entschuldige bitte, aber ich war mal wieder zu ungeduldig. Kannst du mir noch einmal verzeihen?" Dabei klimperte sie bezaubernd mit den Augenlidern.

„Aber selbstverständlich, meine Angebetete, wie könnte ich dir etwas verwehren." Mit geschlossenen Augen hielt ich ihr meine rechte Wange hin. Lachend gab sie mir einen dicken Schmatz.

„Wenn ihr mit eurem Gesülze fertig seid, könntet ihr uns dann eventuell beim Bau des Floßes helfen?", ließ Marc sich laut vernehmen. „Aber nur, wenn ihr dafür etwas Zeit erübrigen könnt!" „Jawohl Chef, sofort!", antworteten wir grinsend.

Zu unserer Ausrüstung gehörten zwar immer Seile für Notfälle oder etwaige Klettertouren, doch hatten wir den Lìngduì noch zusätzliche Stricke abgekauft. Hier erwiesen sich die Leinen als sehr praktisch. Während ein Teil von uns das Schwemmholz mit Tomahawk und Messer bearbeitete, banden andere am Ufer im flachen Wasser stehend, lange Baumstämme mit Tauen hintereinander zusammen. Danach wurden die Querstämme zur Stabilisierung ebenfalls darauf mit Seilen befestigt.

Während Marc und ich eine Vorrichtung aus drei starken Ästen am Heck befestigten, hielt der Rest unserer Gefährten das Floss mit Seilen am Ufer fest. Als Steuerruder steckten wir eine lange Stange, die Nadowessiu nach meiner Beschreibung aus einem Stamm geschnitzt hatte, in das Gestell. Zufrieden betrachteten wir unser Werk.

Aśoka hatte die Idee, drei dicke Steine zusammenzubinden und mit einem langen Strick vorne am Bug zu befestigen. Die konnte man dann, wenn man sie ins Wasser warf, als Anker oder Bremse benutzen; was bei einem Notfall ganz praktisch sein konnte.

Als der Fluss sich am nächsten Tag einigermaßen beruhigt hatte, bestiegen wir das Floß und lösten die Seile vom Ufer. Als letzter sprang Marc auf das Gefährt und stellte sich neben mich an die Ruderstange. Wir steuerten unsere schwankende Plattform in die Mitte des Fahrwassers.

Unser Gefährt schoss ziemlich schnell voran, über Strudel und Untiefen hinweg. Zeitweise hatten wir Probleme, uns auf den glitschigen Baumstämmen zu halten. Aber nach einer Weile hatten wir uns an das Schlingern gewöhnt und freuten uns über das einigermaßen bequeme, schnelle Vorankommen. Ahrens erwies sich später als der geborene Flößer, als er von uns die Ruderstange übernahm und mit viel Geschick und auch Glück, alle ‚Klippen' des Flusses umschiffte.

Bis kurz vor Einbruch der Dunkelheit fuhren wir auf dem Fluss, bis uns dann König Aśoka anwies, das linke Ufer anzusteuern.

Unsere Riverboat-Party endete hier. Mit dem letzten Tageslicht machten wir am Ufer fest und errichteten unser Abendlager zwischen zwei Felsen, die von einem buchenähnlichen Baum und mehreren Wacholderbüschen umgeben waren.

Am nächsten Morgen genossen wir alle zusammen ein ausgiebiges Frühstück; anschließend besprachen wir unser weiteres Vorgehen. Danach bauten wir das Lager ab und nahmen das Floß auseinander; sicherlich konnten wir die Seile noch einmal gut gebrauchen. Wir schulterten das Gepäck und brachen auf.

Wir verließen jetzt die Grassteppe; die Landschaft änderte sich allmählich. Sie wurde abgelöst von riesigen Moos- und Flechtgebieten, die wie grüne Teppiche den Boden bedeckten. Das Gehen auf diesen Flächen gestaltete sich angenehm. Auf dem nachfedernden Untergrund kamen wir sehr schnell voran.

Die grünen Flächen wurden häufig von einer Art Heidekrautbusch unterbrochen, deren violette Blüten die Zweige wie kleine Tropfen zierten. Ab und zu sah ich auch großflächige Silberdisteln, die in den Sonnenstrahlen glitzerten und auch etwa 20 Zentimeter hohe Buschwindröschen mit ihren weißen und rosa Blüten schmückten den grünen Teppich. Ihre gelbe Nektarien wurden von bunten Schmetterlingen und Insekten umwimmelt.

Mittags stießen wir auf einzelne Grasinseln, die wie überdimensionale Nistplätze aussahen. Es waren tatsächlich Nester, wie wir beim Näherkommen erkannten. Ihre Erbauer stellten sich als übergroße, fleischfressende libellenartige Vögel heraus. Sie waren verwandt mit den räuberischen Libellen aus den Gebieten der Dai shizen. König Aśoka bezeichnete sie als *Tāotiè*, was unser Translator mit dem Begriff Bestie übersetzte!

Die buntschillernden Flügel der Vögel zitterten nervös bei unserem Vorbeimarsch; aber zum Glück blieben sie in ihren Nestern hocken. Wahrscheinlich war unsere Gruppe zu groß für einen Angriff.

Der größte von ihnen, anscheinend das Leittier, beobachtete uns mit seinen roten Augen. Dieser bösartige Blick verursachte bei mir ein ungutes Gefühl in der Magengegend. Allein, oder eine kleinere

Gruppe, hätte wohl Probleme mit diesen Viechern bekommen. Der Anführer tat dann so, als würden wir ihn überhaupt nicht interessieren. Seelenruhig zerriss er mit seinen Klauenhänden ein kleines maulwurfähnliches Tier, etwa so groß wie eine Hauskatze von der Erde.

In der Nähe der Nester trafen wir häufig auf diese Vierbeiner, sie lebten dort in Erdbauten, die wie kleine Termitenhügel aussahen. Von den Dai shizen wurden diese Tiere *mózhuà* genannt, was „Klaue des Teufels" bedeutete. Sie hatten ein braun geflecktes Fell, so dass sie zwischen den Gräsern fast nicht auszumachen waren. An den Vorder- und Hinterpfoten hatten sie vier scharfe Klauen, der schmale Kopf endete in einem etwas längeren Rüssel und aus dem Maul schauten zwei Giftzähne hervor. Das Gift schien für die Libellenvögel nicht gefährlich zu sein.

König Aśoka warnte, für uns sei es aber durchaus problematisch. Mit ein paar gezielten Steinwürfen hielten wir uns die mózhuà vom Leib. Wir verschärften unsere Gangart, um schneller aus dem Wohngebiet dieser ‚lieblichen Tierchen' zu kommen.

Die Landschaft wurde jetzt von einzelnen filigranen Blumenteppichen unterbrochen, deren Blüten mich an Tulpen erinnerten. Sie prangten in allen erdenklichen Farbkombinationen. Überragt von violetten und roten glockenförmigen Blütenhüllen auf langen, blattlosen Stängeln.

Vereinzelt entdeckte ich auf unserem Weg purpurn leuchtendes Heidekraut, das etwa bis zur halben Mannshöhe empor wuchs. Bewässert wurde diese füllige Natur von unterirdischen Flussläufen, die alle in den anderen Ozean, dem Grünen Meer mündeten. Manchmal kamen wir aber auch an kleinen Biotopen vorbei, wo das Grundwasser offen bis zur Erdoberfläche hochstieg.

Gegen Abend erreichten wir die Steinwüste, die von König Aśoka ehrfurchtvoll *Yánshí* geheißen wurde. Wir bauten unser Lager zwischen mehreren Findlingen auf, so dass wir mit zwei Wachposten vor Angriffen jeglicher Art einigermaßen geschützt waren. Unser Schlaf wurde nicht durch nächtliche Vorkommnisse gestört.

Deshalb saßen wir schon in aller Frühe, gut gelaunt am ‚Frühstücksbuffet'. Bevor wir zur Durchquerung der Wüste aufbrachen, wies uns Aśoka auf Gefahren hin, die hier auf ahnungslose Reisende lauerten.

Mit ernster Stimme meinte er: „Die Steinwüste wird von Schlangenmonstern, den „Kai butsu" bewohnt. Sie greifen unaufmerksame Opfer blitzschnell an. Diese ausgewachsenen Nattern werden bis zu fünf Meter lang. Im Maul hat die Kai butsu vier Zähne, aus denen sie beim Biss ein Nervengift absondert. Die Opfer werden sofort bewegungsunfähig."

Schnell fügte er an: „Zusätzlich verfügt sie über zwei Krallenklauen zum Festhalten der Beute. Die Schlange spritzt nach dem Biss aus dem Schwanzende heraus ein Sekret auf den Unglücklichen. Dies bewirkt eine langsame Auflösung des Fleisches, so kann das Monster anschließend seine „Mahlzeit" leichter herunterwürgen."

Er machte eine kurze Pause, um das Gesagte wirken zu lassen. Unseren Gesichtern konnte er entnehmen, dass seine Warnung bei uns einen großen Eindruck hinterließ.

„Der schenkeldicke Körper ist mit roten und braunen Schuppen bedeckt, so dass die Kai butsu wegen ihrer Tarnfärbung zwischen Steinen und Büschen kaum auszumachen ist. Die Bauchseite ist mit vielen kurzen Borsten besetzt, damit verwischt das Reptil seine Kriechspuren. Mit Nachdruck fügte Aśoka hinzu: „Weil bei einem Angriff die Schlange aber erst nach dem Biss die Säure mit ihrer Schwanzspitze verspritzt, hat man in einer solchen Situation also nur eine einzige Chance: ihr Biss muss unbedingt verhindert werden! Ist das Opfer erst einmal durch das Gift gelähmt, ist es verloren."

Ich fand, dass diese Logik nicht zu leugnen war. Bevor wir losmarschierten warnte Marc noch einmal: „Also denkt daran, seid vorsichtig und bleibt zusammen."

Dicke Felsbrocken lagen irgendwie planlos in der Gegend herum, so als ob ein Riese mit ihnen gespielt hätte. Dazwischen hatte sich eine Art Buschkakteen breit gemacht, die das natürliche

Nest der Kai butsu darstellten, wie uns Aśoka erklärte. Vorsichtig passierten wir die ersten Findlinge mit den buschartigen Kakteen. Ihre roten Blüten bewegten sich wie Fühler im Wind hin und her und wurden von tausenden bunten Schmetterlingen umgaukelt. Kleine Vögel mit langen spitzen Schnäbeln pickten Insekten von den Kakteen; ihr Flügelschlagen erzeugte ein hohes zirpendes Geräusch.

Auf den ersten Kilometern war jeder in der Gruppe angespannt und beobachtet die Gegend sehr genau. Aber mit den Stunden ließ die Aufmerksamkeit langsam nach. Nach einiger Zeit ließ sich Karen etwas zurückfallen. Als ich mich nach ihr umdrehte, sah ich, wie sie an der Felsengruppe, die wir kurz zuvor passiert hatten, stehen blieb. Interessiert betrachtete sie einen farbenfrohen Busch, der die Findlinge überwucherte.

Ich blieb beunruhigt stehen. Aber als sie mir signalisierte, dass alles in Ordnung wäre, marschierte ich weiter. Kristanna, die ebenfalls aufmerksam stehen geblieben war, meinte zu mir, dass Karens Neugier ihr irgendwann einmal den Hals kosten würde. Ich zuckte nur mit der Schulter; wir folgten den anderen hinterher. Als kein weiterer Kommentar kam, schaute ich nach ein paar Metern nochmals über die Schulter zurück. Karen konnte ich aber nicht mehr sehen.

Alarmiert schrie ich: „Karen!" Sofort sprintete ich zu dem Busch zurück, wo ich sie zuletzt gesehen hatte. Als ich keuchend die Stelle erreichte, sah ich sie am Boden liegen. Unsere Ninja war in einen Kampf mit einer riesigen Schlange, im wahrsten Sinne des Wortes, verwickelt.

Die Kai butsu umschlang ihre Beine und hatte sie so weit auseinander gespreizt, dass sich unsere Gefährtin nicht mehr bewegen konnte. Sie umwand mit ihrem schuppigen Leib den Körper wie bei einem Liebesakt, während ihr Kopf langsam über Karens Bauch und Brust nach oben kroch. Die gespaltene Zunge zuckte hektisch und gierig aus ihrem Maul. Der Schwanz des Reptils stand zwischen ihren Schenkeln kerzengerade hoch, wie ein Phallussymbol. Die schuppenfreie, eingekerbte Schwanzspitze pulsierte leuchtendrot. Helles Rasseln vermischte sich mit Karens angestrengtem Keuchen. Mit letzter Kraft versuchte sie verzweifelt, das weit aufgerissene Schlangenmaul von ihrem Hals und Gesicht fernzuhalten. Die Klauenhände der Natter versuchten währenddessen, ihre Hände zu packen. Karens Gesicht war vor Anstrengung verzerrt; Schweißtropfen liefen ihr an den Wangen herunter.

Ich stürzte hinzu, nahm den Kopf des Reptils in den Schwitzkasten. Mit einem kräftigen Ruck, im letzten Augenblick vor dem Biss, riss ich das Schlangenhaupt zurück. Kristanna kam mir zu Hilfe und mit vereinten Kräften hielten wir die sich windende Kai butsu fest.

Marc und mehrere Katzenkrieger stürzten sich ebenfalls auf das Biest. Gemeinsam zerrten wir das Monster von Karens Oberkörper weg und erst jetzt konnte Reneé mit ihrer Klinge der Schlange den Kopf abtrennen.

Es dauerte noch einige Minuten, ehe wir Karen vom Leib der Kai butsu befreien konnten. Das blaue, ekelhaft stinkende Blut war glücklicherweise fast gänzlich ins Gras geflossen und nur wenig davon war über ihre Beine gelaufen. Mittlerweile hatte sich unsere gesamte Gruppe eingefunden und bestaunte den toten Körper des Monsters.

Der Schreck saß uns allen in den Gliedern. Ich atmete tief ein und ließ die Luft erleichtert entweichen, das war gerade noch einmal gut gegangen. Vorwurfsvoll schaute Marc unseren Schwarzen Engel an. Als sie ihn mit einer matten Geste beruhigen wollte, erntete sie von ihm dafür einen strafenden Blick.

Schuldbewusst murmelte sie: *„Baka wa shinanakya naoranai,* -Ein Dummkopf wird erst durch seinen Tod geheilt-." Danach bedankte sich sie sich zähneknirschend bei uns. Langsam verlor sich die Blässe des Schreckens und eine rötliche Farbe der Scham zog in ihr Gesicht.

„Es gibt kein Heilmittel gegen Dummheit, da hast du wohl Recht", schimpfte Reneé, als sie ihr beim Säubern der Kleider half. „Du dummes Weib! Gott sei Dank ist nichts passiert." Um die harten Worte ihrer Angst um Karen zu entkräften, schnappte Reneé sie sich nochmals und drückte sie fest an sich.

„Können wir jetzt weiter?", moserte Lucy. Man konnte aber ihrem schiefen Grinsen entnehmen, dass sie ebenfalls heilfroh war, dass Karen alles gut überstanden hatte.

Unser Tross erreichte in den späten Nachmittagsstunden den Rand einer Senke, in der ein kleiner See lag. Umgeben von dichtem Buschgewirr, spiegelte sich silbern die Oberfläche des Gewässers im Sonnenlicht.

Wir waren froh, nach der anstrengenden Wanderung durch die Steinwüste, einen solchen, augenscheinlich schönen Lagerplatz für die Nacht gefunden zu haben. Nach der ständigen Angst vor weiteren Begegnungen mit den Kai butsu, sehnten wir uns nach etwas Ruhe.

Der König zeigte aufs Wasser und murmelte nachdenklich: „Wenn das der Ashizama-See ist, dann ist das ein böser und sehr schlechter Platz. An diesem Ort habe ich gar nicht mehr gedacht." Sein Tonfall hatte sich schlagartig verändert und er schaute uns bestürzt an. Bei der Erwähnung des Seenamens wurden plötzlich alle Katzenkrieger unruhig. Sie beobachteten ängstlich die Umgebung, während sie wild durcheinander redeten.

Mittlerweile waren wir am Dickicht der Büsche vorbei und machten am Seeufer halt. Veranlasst durch das Benehmen des Königs und seiner Dai shizen, ließ ich mein Gepäck fallen. Langsam öffnete ich meine Lederjacke, um besser an meine Glocks zu kommen. Irgendetwas Bedrohliches lag in der Luft. Ein Prickeln kroch mir langsam die Wirbelsäule hoch. Aufmerksam behielt ich meine Umgebung im Auge, konnte aber keine Anzeichen einer Gefahr entdecken.

Gleichzeitig sicherte ich Reneé mit meinem Körper ab. Sie quittierte das mit einem Schmunzeln. Aber dann stellte sie sich neben mich, um ebenfalls mit angespanntem Gesichtsausdruck die Umgebung zu prüfen. Meine Gefährten musterten ebenfalls kampfbereit die Landschaft. Annas drehte sich fragend zum König um. Aber bevor sie ihn ansprechen konnte, schrillte aus den

Gebüschen ringsum ein unheimliches Kreischen. Unsere menschlichen Ohren wurden schmerzhaft malträtiert. Für unsere Dai shizen aber, mit ihrem noch viel empfindlicherem Gehör, war es die Hölle. Sie krümmten sich auf der Erde und hielten sich jammernd die Ohren zu. Dann verstummte das Kreischen wieder schlagartig.

Aus den Büschen brach eine Meute kleinwüchsiger Gestalten heraus, die uns im Abstand von etwa acht Meter umringte. Mit glühend roten Augen starrte uns die Horde stumm und drohend an. Dabei konnten wir das ausgeprägte gelbe Gebiss dieser Affen mit zwei scharfen Eckzähnen bestaunen.

Sie erinnerten mich an Paviane, nur dass sie etwas kleiner waren. Das braune Fell mit grünen Streifen war perfekt an die Umgebung angepasst. Deshalb hatten wir sie auch vorhin im Gebüsch nicht bemerkt.

Langsam, jede schnelle Bewegung vermeidend, verteilten wir uns um unsere Katzengefährten, die mittlerweile bewusstlos am Boden lagen. Wir wollten die mittlerweile auf etwa einhundert Tiere angewachsene Affenhorde nicht provozieren. Dann bemerkte ich, wie die Affen unruhig wurden. Die Vorderen in der Reihe fletschen die Zähne. Dann begann der erste Affe von einem Bein auf das andere zu hüpfen. Dabei kam aus seiner Kehle ein dumpfer, hoch aggressiver Ton, bei dem sich mir die Nackenhaare hochstellten.

Die ganze Meute nahm den Ton auf und begann ebenfalls mit der Hopserei. Es sah grotesk aus, als die ganze Horde im Gleichtakt von einem auf das andere Bein hüpfte. Jetzt intonierten sie einen Laut, den ich im ersten Moment nicht einordnen konnte. Ein eisiger Wind blies durch meine Seele, als ich überrascht den unheimlichen Ton als ein einziges Wort identifizierte.

„Huímiè!", „Huímiè!", „Töten!", „Töten!", grölte die Affenhorde aus hunderten Kehlen.

Im selben Moment zog Kristanna neben mir mit einem flirrenden Geräusch ihr Schwert aus seiner Scheide. Bei einem kurzen Blick über die Schulter sah ich, dass meine Gefährten ebenfalls ihre

Waffen bereithielten. Annas Wakizashi blitzte im Sonnenlicht, Karen hielt ihren Kampffächer bereit, Ahrens hatte sein Schwert Bauernwehr umklammert und Nadowessiu hielt ihre beiden Tomahawks fest in den Händen. Reneé legte Ihr Gepäck ab und packte seufzend ihre Bo-Stange mit festem Griff, während Marc neben ihr sein Kurzschwert Friedensstifter in die Hand nahm.

Mit einer schnellen Bewegung zog ich beide Glocks aus den Schulterhalftern und entsicherte sie. Dann drehte ich mich kurz zu Lucy rüber; sie hatte nur Nadowessius Kampfmesser Tlingit bekommen, welches sie kampfbereit umfasste. Sie schaute mich fordernd an. Nach kurzem Zögern warf ich ihr mit der linken Hand eine meiner Glocks zu und ließ noch zwei Magazine folgen.

Mit befriedigtem Gesichtsausdruck fing sie die Automatik auf, steckte die Magazine in die Jackentasche und meinte dann trocken zu den Affen: „Meine kleinen Freunde werden euch heftig in den Hintern beißen, wenn ihr euch nicht verzieht!"

Die Affen waren jetzt in eine kollektive Raserei verfallen. Sie bewegten sich laut kreischend, erst langsam dann immer schneller auf uns zu. Lucy und ich feuerten fast gleichzeitig. In meinen Schrei hinein trafen wir die ersten Angreifer. Durch das Dauerfeuer und den Lärm unserer Glocks stoppte der Angriff auf unserer Seite. Die ersten Affen zogen sich in die Büsche zurück.

Ich sah, wie Lucy ohne sichtliche Regung die Automatik leerte und ein Reservemagazin nachschob. Auch ich entfernet mein leeres Magazin und lud nach. Dann drehte ich mich auf die Seite, wo Reneé und Marc kämpften. Mit mehreren Schüssen konnte ich sie im letzten Moment von einem Rudel Affen befreien, die sie trotz dem Bo ‚Sekai-ju' und dem Schwert ‚Friedenstifter' fast schon erreicht hatte. Vor Nadowessiu und Ahrens stapelten sich schon einige Kadaver. Nachdem Lucy bei Kristanna und Annas ihre Automatik zum zweiten Mal leerte, zogen sich die Affen endlich zurück. Sie verschwanden fast lautlos wieder in den Büschen. Ihre toten Artgenossen nahmen sie mit.

Der ganze Spuk hatte nicht länger als ein oder zwei Minuten gedauert. Die gespenstische und blutige Szenerie verwandelte sich wieder zurück in eine friedliche Umgebung. Nur die Blutflecken im Gras und die Blutspuren auf den Klingen meiner Gefährten zeugten noch vom vorangegangenen Gewaltausbruch. Mein Adrenalinspiegel normalisierte sich langsam.

Tief seufzend drückte ich meine Erleichterung aus, beobachtete aber immer noch misstrauisch die Büsche. Mit einem neuen Magazin aus den Laschen meines Holsters, lud ich die Waffe nach. Ein weiteres warf ich Lucy zu, die die Automatik ebenfalls sofort nachlud. Auch sie nahm dabei wachsam unsere Umgebung in Augenschein.

Reneé, Marc und Annas kümmerten sich um die Dai shizen, die langsam wieder zu sich kamen. König Aśoka stand auf und schüttelte seine Benommenheit ab. Während seine Krieger noch mit großen Augen verständnislos um sich blickten, murmelte er: „Entschuldigt bitte."

Annas legte ihm mitfühlend die Hand auf die Schulter. „Es ist gut gegangen, niemand von uns wurde verletzt!" Danach kümmerte sie sich gemeinsam mit Marc, Reneé und Nadowessiu um die Katzenkrieger. Auch Ahrens hielt, mit der gespannten Armbrust im Anschlag, die Umgebung im Auge. Karen und Kristanna machten ihre japanischen Kurzbögen schussbereit und überwachten mit Lucy und mir die Versorgung der Menschenkatzen. Ab und zu konnte man im Gebüsch das Gesicht eines Affen entdecken, das uns wütend mit roten Augen anstarrte.

Nachdem sich die Dai shizen wieder etwas erholt hatten, zerlegen Lucy und ich schnell die Glocks, was ziemlich leicht zu bewerkstelligen ist. Wir reinigten sie von Pulverstaub und Dreck. Anschließend verließen wir mit den schon ungeduldig wartenden Gefährten den See. Obwohl in Kürze die Dämmerung einsetzen würde, war es uns lieber dieser ‚anheimelnden' Gegend sofort den Rücken zu kehren.

Nach etwa anderthalb Stunden zügigen Marsches errichteten wir am Rande der Steinwüste unser Nachtlager. Vor unseren Augen öffnete sich in den letzten Sonnenstrahlen die karge Steppenlandschaft. Soweit wir blicken konnten, wogte das silbrig glänzende

Gras im stetig wehenden Wind in Wellen hin und her. Dazwischen erhoben sich in unregelmäßigen Abständen blanke Felsen. An ihnen lehnten kleinwüchsige Büsche, mit dunkelroten, ins violette changierende Blüten.

In den zahlreichen Spalten der aufgebrochenen Erde klammerten sich Flechten; sie blühten in allen nur erdenklichen Farben, von dunkelrot bis hellgelb, auch einzelne blaue Farbtupfer sah man darunter.

Unsere Dai shizen erklärten uns, dass es in diesem Landstrich nur selten regnete. Aber wie so oft, hatte die Natur dafür gesorgt, dass Lebewesen in dieser trockenen Gegend überleben konnten.

Vereinzelte Kakteen, von den Katzenmenschen *yínshuǐjī*, Wasserspender genannt, wurden von der Tierwelt und von Wanderern als Wasserreservoir genutzt. Man bohrte ein Loch in den Pflanzenstamm hinein und für etwa eine Minute konnte man sich an einem Wasserstrahl laben. Dann schloss sich die „Wunde" im Kaktus wieder.

Nach der Wacheinteilung kehrte ziemlich schnell Ruhe ein. Der Tag, der Kampf und die anstrengende Durchquerung der Steinwüste forderten ihren Tribut von unseren Kräften. Vor meinem inneren Auge lief nochmals das Ganze wie in einem Film ab. Innerlich seufzend hoffte ich, dass die nächsten Tage ohne solche Vorkommnisse vorbei gingen. Mit einem letzten Blick in den fantastischen Sternenhimmel schlief ich sehr schnell ein.

Am nächsten Morgen, nach einer Stärkung aus unseren Proviantbeständen und einer kurzen Besprechung, brachen wir zügig auf. Unsere Katzenmenschen hatten keine Probleme damit, sich unterwegs von der heimischen Flora zu versorgen.

Unter dem unermesslich hohen Himmel erstreckte sich die Steppe, bis sie sich an ihrem äußersten Rand unmerklich zu den zerklüfteten Ufern des Meeres absenkte. Nach zwei Tagen Marschierens ohne besondere Vorkommnisse, - mein Gebet war anscheinend erhört worden - hatten wir die Steppe mit ihrem trostlosen Einerlei endlich durchquert. Selbst bei unseren Katzenmenschen zeigten sich die ersten Anzeichen von Erschöpfung.

Auf einer Erhöhung blieben wir stehen. „Ein Fluss", kommentierte Lucy trocken, während sie auf ein blaugrünes Band deutete. Vor unseren Augen schlängelte es sich wie eine Riesenschlange durch die Weite der Ebene. Die Schlichtheit ihrer trockenen Worte war nicht zu übertreffen. Sie zauberte ein Schmunzeln auf unsere teilweise sehr erschöpften Gesichter. Vereinzelt hörte man sogar ein leises Lachen.

Reneé, die zwischen ihr und mir stand, lächelte ebenfalls. Lucy schaute sie verdutzt an und fragte: "Was ist? Habe ich etwas Falsches gesagt?"

Das löste herzhaftes Gelächter aus und mit einem Mal fiel alle Anspannung von uns ab. Reneé klopfte der etwas konsternierten Lucy auf den Rücken und meinte: „Deine Aussagen sind, wie immer, einfach herrlich. Wie du siehst, hast du zumindest erreicht, dass wir uns jetzt besser fühlen."

König Aśoka zeigte mit seiner rechten Pranke auf den Fluss. „Wenn wir den *Aobikari kawa* entlang gehen, kommen wir in etwa zwei Tagen ans große Wasser, *Aosa ō Unabara*, das weite Grüne Meer."

Eine ausgedehnte Pause am Ufer des ‚blaugrünen Flusses' nutzten wir, um in den Fluten ausgiebig zu baden. Zwischenzeitlich artete der Badespaß in eine ausgelassene Wasserschlacht aus. Als Lucy und Reneé mich untertauchten, kämpfte anschließend jeder gegen jeden. Nadowessiu zeigte sich dabei als Meisterschwimmerin und nur mit vereinten Kräften gelang es uns zum Schluss, sie ebenfalls unterzutauchen.

Das war nach langer Zeit endlich mal wieder ein unbeschwerter Spaß, ausgepumpt aber überglücklich lagen wir anschließend im Gras. Die Dai shizen, die unser Toben im Wasser belustigt verfolgten, erwiesen sich als wahre Meister des Fischfangs. Sie standen im Wasser und schlugen einfach mit der Pfote in die Fluten und warfen dann die Beute an den Strand. Der Verzehr der nahrhaften Fische, war eine willkommene Bereicherung unseres Speiseplanes. Das brachte uns allen ein wenig von den verbrauchten Kräften zurück.

Gestärkt und ausgeruht brachen wir am nächsten Tag auf und folgten dem Flussverlauf in Richtung zum Meer. Gegen Abend erreichten wir ein Kakteenfeld, dessen Durchquerung verschoben wir aber lieber auf den nächsten Tag. Zur Vorsicht, denn wegen den eng zusammenstehenden, bis zu siebzehn Meter hohen Pflanzen, war unser Weg nicht ungefährlich. Besonders vor den etwa zehn Zentimeter langen spitzen Stacheln hatten wir gehörigen Respekt.

Und wir wollten die kleinen Drachenvögel mit den spitzen rüsselähnlichen Schnäbeln, nicht bei ihrer Futtersuche stören. König Asóka erklärte, dass die goldgelb glänzenden Tiere nur gegen Abend in den Kakteen ihren Hunger stillten.

Wie unsere heimischen Kolibris schwebten sie vor den kopfgroßen, sternförmigen violetten Kelchblüten und labten sich daran. Ihre filigranen Flügel erzeugten dabei ein leises flirrendes Geräusch. Sie saugten den Nektar heraus, indem sie mit ihrem biegsamen Schnabel bis in die Tiefen der feucht schimmernden Blütenkelche vordrangen.

Von den Dai shizen hatten wir gelernt, dass die Natur die Kakteen auch als ergiebige Wasserspeicher geschaffen hat. Wir ergänzten unsere Wasservorräte, indem wir einzelne lange Stacheln vorsichtig herauszogen und das reichlich herausfließende Wasser auffingen. Nach etwa einer Minute schloss sich das Loch wieder von selbst. Genauso, wie die Dai shizen es uns beschrieben hatten.

An einigen Kakteen hatten sich Schmarotzer, medizinballgroße grüne Kugelkakteen angehängt. Erfreut stachen die Katzen-menschen mit einem Rohr diese Kugeln an. Aus dieser ‚Wunde' saugten sie dann einen zuckerhaltigen Sirup, der allen wirklich gut schmeckte.

Jedoch bei übermäßigem Genuss wurde das „Gleichgewicht" empfindlich gestört, wie ich bei einigen Katzenkriegern bemerken konnte. Mir persönlich war das Getränk einfach zu süß, sodass ich es bei einigen Schlucken beließ. Wir errichteten am Rande des Kak-teenfeldes unser Lager. Im Rücken waren wir durch die wehrhaften Pflanzen relativ gut geschützt; deshalb genügten zwei Wachposten. Erfreulicherweise übernahmen die Dai shizen diese Aufgabe.

Die nächste Etappe sollte uns nochmals an den Rand unserer physischen Grenzen bringen. Ein breiter Wüstenstreifen erwartete uns. Der Sand, der sich stellenweise zu hohen Dünen auftürmte verlängerte den Weg, da wir sie umgehen mussten. Um diese Sandberge herum war der Boden ziemlich hart und deshalb gut zu begehen.

An einzeln stehenden riesigen Gesteinsbrocken, die die Zeit überdauert hatten, machten wir Rast. Sie boten uns Schutz vor der sengenden Hitze der beiden Sonnen. In den kalten Nächten gaben uns die Felsen, als willkommener Wärmespeicher, die gespeicherte Tageshitze zurück. Ein Sandsturm, der brausend über uns hinweg zog, malträtierte uns mit feinen Sandkörnern. Zwischendurch glaubte ich einen erfrischenden See zu sehen. Er glitzerte blau am Horizont, leider stellte er sich als Fata Morgana heraus.

An den beiden anstrengenden Tagen gingen wir zwar riesigen Ameisen und lauernden Skorpionen aus dem Weg, aber trotzdem waren wir froh, die Wüste wieder gegen eine weitere Kakteensteppe eintauschen zu können. Unsere Wasservorräte waren bei der schweißtreibenden Marschiererei zusammengeschmolzen, so dass wir als Erstes die Kakteen ‚zur Ader' ließen.

Am nächsten Morgen begannen wir mit der Durchquerung des zweiten Kakteenfeldes. Wir gingen bei sengender Hitze einzeln hintereinander und es dauerte fast den ganzen Tag, ehe wir das Gebiet im gleißenden Licht der Sonnen hinter uns ließen.

Während wir begannen das Nachtlager aufzuschlagen, erklommen Nadowessiu und einer der Katzenkrieger den Hügel, der uns die Sicht auf die weitere Umgebung verstellte. Erfreut kamen sie zurück mit der Nachricht, dass von der Hügelkuppe aus schon der Ozean zu sehen wäre.

Nach kurzer Debatte entschlossen wir uns dafür, nun auch noch über die letzte Kuppe zu steigen, um dann auf der anderen Seite unser Lager zu errichten. Nach etwa zwei Stunden erreichten wir beim letzten Tageslicht das Ufer des Ozeans *Aosa ō Unabara*.

In einer Senke, unweit der steil ins Meer abfallenden Klippen, bauten wir unser Nachtlager auf. Von unserem Lagerplatz aus konnte man schon die flackernden Feuer der Fackeln und die Lichter vereinzelter Laternen des Dorfes erkennen, in dem wir am nächsten Tag erneut Bootsführer anheuern wollten.

Nach langer Zeit suchte mich wieder ein Alptraum heim. Mein alter Bekannter, der *Todesvogel* tauchte darin auf. Auch giftige Monster und ein sterbender Gott mit einem riesigen Horn geisterten durch meinen Traum. Ich versuchte ihnen zu entkommen, aber egal wo ich mich in dieser unwirklichen Traumwelt versteckte, sie fanden mich. Immer begleitetet vom sardonischen Lachen des Todesvogels: *„Du entkommst mir nicht!"*

Ich war heilfroh, als der Dai shizen mich zur nächsten Wache weckte und von dem Alptraum befreite. Schweißgebadet lief ich meine Runden um das Lager, doch lange Zeit ging mir dieser blöde Traum nicht aus dem Kopf.

Am nächsten Morgen, gleich nach dem Frühstück, brachen Marc, Annas und König Aśoka zum Dorf auf, während wir anderen noch müßig herumsaßen. Reneé und Karen waren natürlich, wie immer, mit ihren Dehnübungen beschäftigt.

Ein paar Katzenkrieger führten mit einem Ball, auf der Wiese vor dem Lager, Kunststücke vor. Der Spielball war aus Federn gemacht und hatte einen Durchmesser von etwa zehn Zentimetern. Nachdem wir uns interessiert hinzu stellten und zuguckten, fragten die Dai shizen, ob wir bei ihrem Lieblingssport, *Kyūgi,* mitspielen wollten.

Die Regeln waren einfach: Zwei Mannschaften aus je sechs Spielern wurden gebildet. Beiden Parteien ging es darum, den Ball mit geschickten Fußstößen oder mit anderen Körperteilen – außer mit den Händen – durch einen Ring zu befördern, der in gut drei Metern Höhe hing.

In unserem Fall befestigten die Dai shizen ein zum Ring geflochtenes, eingefettetes Seil am Ast eines Baumes, der am Spielfeldrand stand. Jeder Spieler durfte seinen Kopf, die Schultern, Ellenbogen, Knie oder Füße einsetzen. Der Federball musste mindestens sechs Spielzüge lang ununterbrochen in der Luft gehalten werden, ohne dass der Gegner ihn berühren oder erobern konnte. Danach durfte er endgültig durch den Ring getreten werden. Nadowessiu war sofort dabei; wie sie begeistert erzählte, gab es bei ihrem Stamm ein ähnliches Spiel, das *ulama*.

Als ich die Dai shizen bei den ersten Übungen mit dem Federball sah, rief ich schnell: „Ich mache den Schiedsrichter", was meine Gefährten zu allgemeiner Heiterkeit veranlasste.

Lucy pflichtete mir bei, während Karen grinsend meinte: *„Zhǐláohǔ, xià buzhù rén"*, was mir der Translator mit: „Ein Papiertiger kann niemanden erschrecken" übersetzte. Ich schnitt ihr eine Grimasse; ich war aber nicht beleidigt und erwiderte: „Jeder tut, was er am besten kann", was sie wiederum lachend quittierte.

Nadowessiu bildete mit Reneé, Karen und drei Katzenkriegern eine Mannschaft und trat gegen sechs Katzenkrieger an. Sie schlugen sich wirklich sehr tapfer, das Spiel wogte hin und her. Ab und zu konnten sich unsere Amazonen nur mit einem kleinen Foul helfen, worüber ich als Schiedsrichter dann großzügig hinweg sah. Letztendlich hatten sie aber gegen diese Sprungkünstler keine Chance. Sie verloren mit 10:6 Ringen.

Gegen Mittag kamen unsere Bootsbeschaffer aus dem Dorf zurück. Erfreut teilten sie uns mit, dass sie mit den hier ansässigen Lìngduì handelseinig geworden waren. Nach dem Spiel hatten wir unser Lager abgebaut, so dass wir sofort aufbrechen konnten. Den Abstieg von den Klippen zum Strand hinunter brachten wir schnell hinter uns. Wir wurden von den Kapitänen mit ihren ‚Booten' schon erwartet. Im Gegensatz zu ihren Verwandten waren diese Lìngduì etwas größer und hatten rostbraunes Fell. Gekleidet waren sie mit einem roten Kaftan, der ihre Zugehörigkeit zur Bootsführergilde signalisierte.

Auch die Schildkröten waren voluminöser und im Gegensatz zu ihren Artverwandten, war ihnen am Kragen der Panzerung ein etwa drei Meter langes Horn gewachsen, das sie aufrichten konnten. Dort wurde bei Bedarf dann ein Tuch wie ein Segel angebracht. Die Reisegeschwindigkeit erhöhte sich dadurch enorm.

Bei Angriffen von Haien oder Echsen, setzten die Tiere das Horn wie eine Lanze ein. Aus diesem Grunde würden sie auch sehr selten angegriffen, teilte uns einer der Schildkrötenführer leutselig mit. Jede Schildkröte hatte Platz für den Kapitän und sechs Personen. Nachdem wir uns auf die drei Boote verteilt hatten, stachen wir in See. Einige Seevögel, die über unseren Köpfen kreisten, begleiteten uns mit heiserem Geschrei. Auf dem offenen Wasser setzten die Lingduì die Segel, um die aufkommende steife Brise zu nutzen.

Mit rascher Fahrt nahmen wir Kurs auf unser Ziel, das Ostland. Der starke Wind taufte uns mit der Gischt der Wellenkämme, die sich vor uns manchmal bis zu drei Metern auftürmten. Durch die flotte Fahrt sollten wir am nächsten Tag, so gegen Mittag, unser Ziel schon erreicht haben. In den Zeitrahmen war eine Über-nachtung auf einem kleinen Eiland eingeplant, wie uns unser Kapitän schnatternd erläuterte.

Ich war nicht der Einzigste, dem das Auf und Ab zu schaffen machte. Einige unserer Katzenfreunde zeigten gewisse Anzeichen der Seekrankheit, auch unsere Reneé hatte mit den schaukelnden Bootsbewegungen so ihre Probleme. Gott sei Dank waren es nur die leichten Ausläufer eines Unwetters, das am Horizont mit dunklen Wolken zu sehen war. Nach etwa einer Stunde flaute der Wind langsam ab und das Meer beruhigte sich wieder.

Kurz bevor wir unseren Rastplatz erreichten, das Eiland war schon zu sehen, da kreuzte eine Flossenechse unseren Weg. „Kaigyo Nodo!", rief unser Kapitän. „Das ist ein Pflanzenfresser!" beruhigte er uns, als er unsere Anspannung bemerkte. Er schnitt eine Grimasse. „Sie weidet das Seegras auf dem Meeresboden ab", fügte er dann noch erklärend hinzu. Lucy ließ ihren schussbereiten Bogen sinken, während ich meine Glock zurücksteckte. Meine Gefährten atmeten vor Erleichterung laut aus.

Die Flossenechse tauchte mit dem Kopf etwa acht Meter hoch aus dem Wasser auf, während der fast sechs Meter lange Körper sich dunkel im Wasser abzeichnete. Mit dem langen Hals sah sie aus wie eine Seeschlange. Mich erinnerte diese Szenerie an einen der vielen Filme über ‚Nessie', die im schottischen Hochland gedreht wurden. Mit großen Kuh-Augen beäugte sie unseren Konvoi, ehe sie mit lautem Grunzen wieder abtauchte.

„Ha! Dein Bruder schwimmt bei uns zu Hause im Loch Ness!", rief Lucy übermütig der Seeschlange hinterher. Dabei wäre sie fast ins Meer gestürzt, als unsere Boote über die Wellen ritten, die die Seeschlange beim Abtauchen erzeugt hatte. Reneé und ich konnten sie gerade noch festhalten. Immer noch griemelnd wandte sich Lucy an Reneé. „Hast du uns nicht vorgeschwärmt, wie du im Hochland bei Inverness am Loch Ness deinen Urlaub verbracht hast? Und? Was war mit Nessie?"

Lächelnd klopfte Reneé ihr auf die Schulter. „Das einzige Tier dass ich im See schwimmen sah, war eine Gummi-Ente!" Feixend setzten wir uns wieder auf unsere Bänke.

Mit der einbrechenden Dämmerung erreichte unsere kleine Flotte das Eiland. Eine ungefähr einhundert Quadratmeter große Insel, auf der vier einsame Palmen bei Sonnenschein dem Sandstrand etwas Schatten spendeten. Am Lagerfeuer ließen wir den Tag mit Gesprächen und Erzählungen ausklingen.

Reneé teilte mit mir die Begeisterung für Shimabara. „Das hier sind Bedingungen, wie sie einstmals auf unserer urzeitlichen Erde herrschten. Jedes Gebiet, welches wir bisher durchquerten, hat seine eigene Artenvielfalt in Fauna und Flora, voller bunter Akteure mit wechselndem Repertoire. Ob es nun der Urwald, die Wiesen, oder die Steppen auf Shimabara sind." Mit nachdenklicher Stimme fügte sie hinzu: „Eine schöne, aufregende und nicht zuletzt gefährliche Welt." Ich stimmte ihr zu, obwohl die hohe Luftfeuchtigkeit mir immer noch zu schaffen machte. Hier am Meer war es durch den stetigen Wind aber erträglich.

Lucy gab brummend ihre Zustimmung, während der Rest unserer Gemeinschaft zu Reneés Worten bejahend nickte. Die Kapitäne übernahmen nach der Versorgung ihrer Boote die Wache, obwohl das eigentlich nicht nötig wäre, wie sie uns versicherten.

„*Yudan taiteki* - Nachlässigkeit ist ein großer Feind", murmelte Marc seinen Lieblingsspruch und erhielt von Karen Beifall, die solche Dinge auch äußerst ernst nahm. Bevor ich einschlief sah ich sie zwischen den Palmen sitzen und das Meer und die Schildkröten beobachten.

\*\*\*

*Ein Flüstern und Raunen hallt durch den uralten Wald.*
*Ein Gegner, wild entschlossen zum Kampfe bereit.*
*Reiche ihm als Freund die Hand,*
*ein Bündnis, geschmiedet durch einig Band.*

\*\*\*

# V. Gorillas im Urwald

Tatsächlich erreichten wir am Mittag des nächsten Tages unser Ziel. Endlich hatten wir Ostland erreicht. Dort wo sich der Palast *Taiyō shin*, die Heimstätte des Gottes Robarth befand; wo Reneé ihren Vater als Kraagens Gefangenen vermutete. Wir landen an den Ufern eines riesigen Deltas, das der *Ōkawa*, der „Große Fluss", wie ihn unsere Lìnguì nannten, im Laufe der Jahrhunderte geformt hatte. Durch mitgeführtes Material waren Schlick- und Sandbänke entstanden, so dass sein eigentliches Bett sich in viele Wasserläufe aufspaltete.

Vorbei an schwimmenden grünen Grasinseln, glitten die Schildkröten in die Mündung des Ōkawa hinein. Begleitet wurden wir von rosafarbenen Delfinfischen, die um unsere Boote herum schwammen und dabei verspielt ihre Kapriolen schlugen. Die Mangrovenbäume wurden nach einigen Kilometern von einer Auenlandschaft mit einzelnen Weiden und Ulmen abgelöst.

Hier traf sich der *Burū*-Ōkawa und der *Chairo*-Ōkawa, wie unser Bootsführer erklärte. Tatsächlich konnte man beide Wasserläufe deutlich an ihrer unterschiedlichen Verfärbung erkennen. Wahrscheinlich führte der braune Fluss mehr Sand und Erde mit sich. Wir folgten linker Hand dem fast blauen Strom.

Das Ufer stieg leicht an, auf beiden Seiten flankiert von einem immer dichter werden Urwald. Bedächtig und ruhig floss Burū-Ōkawa in Richtung Meer, so dass die Schildkröten nacheinander eine Naturanlegestelle ansteuern konnten. Ein flacher Felsen reichte in den Fluss hinein und bildete so eine kleine Bucht.

Ohne Schwierigkeiten konnten wir unser Gepäck ausladen und das Ufer betreten. Wir bedankten uns bei den Kapitänen für die reibungslose Überfahrt. Als Bezahlung wechselten vier Messer, zwei Äxte und eine Bahn des roten Stoffes die Besitzer. Sie gaben uns den Rat, flussaufwärts in einem Dorf Führer anzuheuern. Dort lebten die *Jinba*, ein kleinwüchsiges Volk. Die würden uns dann bis zum Gebiet der Rénmín bringen.

Es war schon ziemlich spät und wir wollten nicht im Dunklen durch den Urwald stolpern, also blieben wir an der Anlegestelle. Vor allem wäre es unklug gewesen, um diese Zeit noch in ein uns unbekanntes Dorf ‚einzufallen'. Während wir das Lager aufbauten, gingen die Katzenmenschen fischen. Am Abend gab es leckeren, frisch gefangenen Fisch und zur Belohnung für die Strapazen gönnten wir uns die letzten Tropfen Alkoholika aus unseren Feldflaschen.

In aller Frühe brachen wir auf. Zum Glück fand Karen einen kleinen Pfad, der in den dichten Urwald hinein führte und anscheinend häufig benutzt wurde. Nach nur etwa einhundert Metern führte er aus dem Urwald wieder heraus und lief am Rande der Bäume entlang und folgte bergauf dem Ufer des Flusses, der sich immer tiefer in den Boden gegraben hatte.

Lautes Vogelgekreische verfolgte uns inständig, während wir dem schmalen Pfad folgten, der direkt am Abhang entlang führte. Die stellenweise steil abfallende Böschung boten den Vögeln anscheinend ausreichend Nistplätze. Es waren zwei verschiedene Arten, die hier nisteten.

Die größeren Vögel hatten einen länglichen, stromlinienförmigen Rumpf und lange, spitze Flügel. Der gesamte Vorderbauch war reinweiß; das durch ein scharf abgesetztes, dunkles Brustband unterbrochen wurde. Der Rest des Seglers war fahl beige, der Schnabel und die Füße, die sehr scharfen Krallen besaßen, schwarz waren. Ihre lang gezogenen Trillerrufe unterschieden sich von dem dunklen *arrah-arrah* der etwas kleineren schneeweißen Vögel, die eine gewisse Ähnlichkeit zu unseren irdischen Tölpeln besaßen, wie Reneé meinte.

Die beiden Sonnen standen schon hoch am Himmel. Der Pfad schlängelte sich mehreren Kilometer den Flusslauf entlang. Als unser Weg wieder in den Urwald einbog, erreichten wir nach einer relativ kurzen Strecke endlich das Dorf.

Die Ansiedlung, in einer gerodeten Lichtung, zählte etwa zwanzig Hütten. Einige eingezäunte Wiesen, auf denen die Bewohner ihr Vieh hielten, umrahmten den Flecken. König Asóka,

Annas und Marc gingen in den Ort hinein, während der Rest unserer Gemeinschaft am Dorfplatz wartete. Nach wenigen Minuten kamen unsere Gefährten in Begleitung eines Affen zurück.

Er war stark menschenähnlich, aber nur etwas größer als unsere Schimpansen auf der Erde. Ein bauschiger weißer Bart zierte sein Gesicht, aus dem uns kluge Augen musterten. Auf seinem Kopf trug er einen Federbusch, den sogenannten *oyabun*, das Zeichen seiner Chefposition.

Das Fell wies eine grünbraune fleckige Tarnfärbung auf und eignete sich hervorragend für Streifzüge durch den Urwald. Um den Hals trug die Jinba eine Knochenkette, zusätzlich führte er eine Art Keule mit sich, die ebenfalls aus einem großen Knochen geschnitzt war. Um den Unterkörper hatte er sich ein gelbes Tuch gewickelt und mit einer geflochtenen Lederschnur befestigt.

In einer Art Singsang stellte er sich uns als Clan-Chef vor. Er war auch der Verhandlungsführer, der im Dorf mit Marc dann den Lohn für die Führung aushandelte. Als Bezahlung für die Weiterreise auf pferdeähnlichen Reittieren wurden letztendlich vier Messer und drei Blasrohre von den Dai shizen vereinbart. Die Verhandlung dauerte gefühlt etwa eine Stunde. Wie Marc und König Asóka uns hinterher erzählten, wurde ihnen in den Pausen eine undefinierbare milchige Flüssigkeit angeboten, die ziemlich scharf schmeckte.

Nach dem Vertragsabschluss wurden uns die Führer vorgestellt. Die benannten sich selbst als *Kishu*, was mit Reiter übersetzt werden konnte. Ihr Lederrock war leuchtend rot eingefärbt, an der rechten Hüfte trugen sie ein sichelförmiges Messer, während an der linken Hüfte ein Horn aus Knochen befestigt war.

In einer ,Prozession', an der sich das ganze Dorf beteiligte, wurden wir zum Gatter geführt, in dem eine Herde unserer Reittiere stand.

Mir fielen fast die Augen aus dem Kopf, als ich die monsterartigen riesigen ,Reittiere', *Akutō* genannt, zu Gesicht bekam. In den Augen meiner Gefährten sah ich das gleiche ungläubige Staunen. „Teufelsbrut, das passt", murmelte Lucy neben mir mit verkniffener Miene.

Misstrauisch beäugten wir die Monster während die Kishu die Tiere reisefertig machten. Den Viechern, mit etwa Zweimeterfünfzig Schulterhöhe, wurde mit zwei breiten Bauchgurten eine Gondel aus Holz auf den Rücken geschnallt. Mindestens vier Personen hatten darin bequem Platz. Es erinnerte mich verteufelt an die Prozessionen oder Touristenführungen mit Elefanten durch Urwälder im asiatischen Raum.

Die Tiere bewegten sich auf sechs Beinen; an den beiden vorderen saß oberhalb der tellerförmigen Hufe jeweils ein etwa zehn Zentimeter langer Sporn. Seitlich aus dem Kopf sprossen zwei spitze Hörner, die fast einen halben Meter lang waren. Die Krönung des Ganzen aber war der irgendwie unpassende Tigerkopf mit zwei Reihen spitzer Reißzähne.

Das zum Reittier bestimmte Monstrum scheute zurück, als Reneé, Karen und ich zu zwei Dai shizen in die Gondel steigen wollten. Die Augen der riesenhaften Bestie glommen glutrot und bösartig. Heftige Wut schwang in ihrem Knurren mit und mein Nacken versteifte sich.

„Qiào, qiào"! Mit diesem Ruf beruhigte der Affenreiter das Tier und mit festem Griff riss er den riesigen Tigerkopf am Zügel zurück. Unter lautem Röhren knickte das Tier nochmals auf den Vorderbeinen ein, so dass wir in die Gondel klettern konnten. Schnaubend stellte sich unser Reittier wieder auf die Beine. Es dauerte ziemlich lange, ehe alles verstaut war; eines der Tiere wurde mit unserem Gepäck beladen.

„O tachi! O tachi!" rief der Führer und so begann unsere schaukelnde Weiterreise. Für ihre Größe bewegten sich die Tiere erstaunlich geschmeidig durch den Urwald.

Sie folgten einem uralten Pfad, den die Natur sich immer wieder zurück eroberte. Das Schaukeln der Gondel machte mich schläfrig und so verging mir die Zeit wie im Fluge. Für die Nacht machten wir auf einer Lichtung Rast, einen Steinwurf vom Stromufer entfernt.

Die Führer betreuten ihre Tiere. Wir trauten diesen Ungeheuern nicht über den Weg. Es war für mich unverständlich, wie das kleine Volk diese Bestien zähmen konnte. Wir hielten mit unseren

Schlafplätzen einen gehörigen Sicherheitsabstand zu ihnen ein. Trotz dem ständigen Schnauben dieser Viecher, den anderen Geräuschen des Urwaldes und dem Rauschen des Flusses schlief ich letztendlich doch ein.

Es war ein sehr unruhiger Schlaf und auf den Gesichtern meiner Gefährten konnte ich nach dem Aufstehen das gleiche Dilemma eines schlechten Schlafes erkennen. Nur unserem schwarzen Engel schien die Nähe der monströsen Reittiere nichts ausgemacht zu haben. Voller Tatendrang machte sie ihre Dehnübungen, während wir noch unseren Schlaf aus den Augen wischten.

Kurz bevor wir nach einem schnellen Frühstück früh morgens weiter wollten, spielte plötzlich das Lasttier verrückt. Es keilte aus, nur mit einem riesigen Satz zu Seite konnte der Führer ernsthafte Verletzungen vermeiden. Mit rotglühenden Augen stürzte das Akutō auf mich zu. Ich riss meine beiden Glocks aus den Halftern.

Bevor ich abdrückte, griff der Betreuer des Tieres zu seinem kleinen Horn und blies hinein. Der helle Ton schwebte noch in der Luft, als das Monster alle seine Beine in den Boden stemmte und etwa einen Meter vor mir stehen blieb. Wie im Fieberanfall schüttelte es sich, seine Augen verdrehten sich, der massige Körper zitterte.

Als der Führer das Horn von den Lippen nahm, hörte die Raserei auf. Das Mistvieh schnaubte nochmals wütend, dabei fixierte es mich tückisch mit blutunterlaufenen Augen. Erst nach den „modo~ru! modo~ru!"-Rufen seines Treibers drehte es sich herum, um danach wie ein lahmfrommer Gaul zurück zu seinem Herrn zu traben.

Aufatmend steckte ich meine Glocks wieder ein und murmelte: „Jetzt weiß ich auch, wie sie diese Bestien beherrschen." Ein Blick auf meine Gefährten zeigte mir ihre blass gewordenen Gesichter. Sie ließen ebenfalls ihre Waffen wieder sinken.

Lucy klopfte mir wohlwollend auf die Schulter: „Nette Tierchen, das muss ich schon sagen." Sie ließ sich weiter nichts anmerken, als sie daraufhin die Gondel bestieg. Mit gemischten Gefühlen kletterten wir auf unsere Transporter. Um uns ein wenig zu beruhigen rief Annas laut: „Mein Führer sagt, es ist nicht mehr weit; die Akutō werden keine Probleme mehr machen!"

„Das beruhigt mich ungemein", murmelte Reneé neben mir. Ihre rechte Hand umklammerte den Bo, während ihre linke nervös ein etwas größeres Insekt verjagte, das mit lautem Brummen um den Kopf schwirrte. Die Weiterreise gestaltete sich Gott sei Dank tatsächlich problemlos. Der Weg, begleitet von den vielfältigen Geräuschen der Tierwelt, führte uns eine lange Strecke durch den Wald.

Zwischendurch erspähte ich einige der Waldbewohner, die in den Wipfeln der Urwaldriesen zu Hause waren. Auch wenn es nur Sekunden waren, in der ich einen braunen Körper oder einen langen Schwanz ausmachen konnte. Einmal schauten mich riesige runde Augen an, ehe sie nach einmaligem Blinzeln blitzschnell in den Zweigen verschwanden. Beide Sonnen strahlten gnadenlos vom Himmel, als wir gegen Mittag aus dem Wald herauskamen.

„Tomari! Tomari!" Hell erklang der Ruf unserer Führer. Wir wurden in den Gondeln durchgerüttelt, als die Reittiere nach einem, diesmal sehr dunklen Signalton aus den Hörnern, stehen blieben. Die Tiere schüttelten wild schnaubend ihre riesigen Schädel, während wir uns staunend am Geländer der Gondeln festhielten und auf das Naturschauspiel schauten, welches sich uns darbot.

Vor unseren Augen breitete sich ein riesiger Landbruch aus, der das ganze Gebiet durchzog. Gegraben vom *Burū*-Ōkawa, der sich in etwa zweihundert Meter Tiefe schäumend durch den entstandenen Canyon zwängte. Der Fluss hatte einen steinernen Übergang zur gegenüberliegenden Seite geformt, der dort am Urwald endete. In Jahrtausenden hatte sich der Fluss seinen Lauf durch einen Felsen hindurch gegraben und eine Felsenbrücke über die Schlucht hinterlassen. Staunend standen wir vor dem Naturwunder. Gischtwolken stiegen aus der Tiefe empor und badeten uns mit feinem Sprühregen.

Über dem Ganzen schwebte ein Regenbogen, wie ihn wohl kein irdischer Sterblicher jemals zuvor gesehen hatte. Die Schlucht-wände waren durchsetzt von Spalten, Nischen mit Moos, in denen mehrere salamanderartige Tiere durch unser Eintreffen aufgescheucht, in einem der zahlreichen Verstecke verschwanden.

Nach einer Pause, in der wir uns erleichtert von unseren Führern mit ihren Reittieren verabschiedeten, begannen wir die Überquerung der Schlucht. Der Weg war etwa zwei Meter breit und durch die Feuchtigkeit sehr rutschig. Vorsichtig bewegten wir uns im Gänsemarsch über die Naturbrücke. Immer noch stand ich unter dem Eindruck des fantastischen Naturschauspiels. Ich richtete starr den Blick auf den moosbedeckten Boden, um etwaige Stolperfallen rechtzeitig zu erkennen. Ein, zweimal riskierte ich einen Blick in den Furcht einflößenden Abgrund; stets zuckte ich schwindelnd zurück.

Nach einer halben Stunde erreichten wir glücklich die andere Seite. Wir standen vor einer riesigen Felsenbarriere, deren Ausläufer links und rechts mehrere Kilometer lang die Urwaldgrenze bildeten. Über die Kante der Schlucht pfiff ein Luftzug leise hinauf und strich uns um die Köpfe. Annas deutete auf einen riesigen steinernen Kopf, der in den Felsen hinein gemeißelt war.

Es war das meterhohe Gesicht eines Affenmenschen; sein Maul weit aufgerissen zu einem stummen Schrei. Fast hätte man bei der filigranen Arbeit meinen können, dass einzelne Haare im Wind flatterten. Die Skulptur markierte den Durchgang zum Gebiet der großen Affenmenschen. Es war zugleich eine Warnung für alle Reisenden, wie unsere Göttin betonte.

Unter dem Kopf waren auf einer Steintafel mehrere Worte eingeritzt, sie waren mit roter Farbe unterlegt. Laut las Annas die Wörter vor: „*Keikoku! Bù zóu!*", was von unseren Translator mit „Warnung! Nicht weitergehen!", übersetzt wurde. Für einen Moment gewann ich den Eindruck, die Farbe würde zu Annas Worten für einige Sekunden zu leuchten beginnen, als ob sie gerade frisch aufgebracht worden wäre.

Wir machten eine längere Rast, um vor dem Eintritt in das Gebiet der Rénmín noch einmal zu verschnaufen. Dabei erzählte uns Annas etwas über die dortigen Einwohner.

„Die Affenmenschen nennen sich selbst *Rénmín*, das heißt so viel wie ‚Das Volk'. Sie leben sehr zurückgezogen in der Nähe eines Vulkans, der von ihnen *Huókēng*, der Feuerhöllenschlund genannt wird. Das gesamte Volk umfasst etwa zweihundert Individuen, die

Hälfte davon ist weiblich. Sie sind äußerlich unseren Gorillas ähnlich. Sie sind aber keine reinen Vegetarier, ab und zu verzehren sie auch Fleisch. Sie können über hundert Jahre alt werden. In ihrem Gebiet reagieren sie sehr aggressiv auf Eindringlinge. Trotz ihrer Größe können sie sich sehr schnell bewegen und verfügen über eine enorme Körperkraft. Die Farbe ihres langen Felles wechselt von Schwarz ins Silbergraue. Sie benutzen aus Holz gefertigte Keulen und Speere als Waffen."

Wir ließen das Gehörte zuerst einmal eindringen. Nach einer Schweigeminute ergänzte Annas: „Fast hätte ich etwas Wichtiges vergessen. Die Ältesten und der Häuptling der Rénmín leben mit kleinen Drachen zusammen, den *Pashiri*. Bei meinem letzten Besuch erzählte mir Robarth, dass es immer nur fünf Exemplare gäbe. Die flugfähigen Reptilien seien etwa so groß wie irdische Adler, hätten einen langen Schwanz, zwei stämmige Füße und zwei Greifhände, die wie die Füße mit scharfen Krallen bewehrt sind.

Die Pashiri suchen sich nach dem Schlüpfen eine Bezugsperson aus. Der Drache geht mit seinem auserwählten Rénmín eine Symbiose ein und begleitet ihn sein Leben lang. Sie verständigen sich mit ihrem Partner mittels Telepathie. Sobald der geistige Bruder tot ist, stirbt auch der Drache. Kurz vor ihrem Tod legen sie noch ein Ei, nach etwa einem Jahr schlüpft ein neuer Drache."

Nach Annas Beschreibung schilderte König Asóka zur Ergänzung noch seine Begegnung mit diesem Volk vor etlichen Jahren. Plötzlich wies Reneé mit der Hand auf den Abgrund. „Habt ihr das auch gehört?"

Wir schauten sie fragend an und hörten aufmerksam zu.

„Das war, als wenn kleine Glöckchen geklingelt hätten. Es kam von dort." Bevor jemand antworten konnte, sprang sie auf und lief zur steinernen Brücke. Mit schräg gelegtem Kopf lauschte sie in die Tiefe hinunter.

„Da! Da ist es wieder!"

Sie machte noch einen weiteren Schritt zur Böschungskante und beugte sich vor. Plötzlich rumpelte es vernehmlich, ich sah noch, wie Reneé sich umdrehte. Als sie zurück springen wollte, gab die

Böschung unter ihren Füßen nach. Ohne einen Laut von sich zu geben, verschwand sie im Abgrund. Ich erhaschte gerade noch einen letzten Blick ihrer weit aufgerissenen Augen, dann war sie weg. Nur ein paar kleinere Erdbrocken und Steine polterten ihr hinterher in die Tiefe. Alle stürzten zur Abbruchkante. Um nicht auch abzurutschen, legten sich Kristanna und Karen auf den Bauch, von uns Männern an den Füßen festgehalten. Verzweifelt schrien sie nach Reneé.

„Reneé! Reneé! Antworte uns, sag was!"

Als nach einigen bangen Momenten aber immer noch keine Antwort kam, zogen wir Beide von der Kante zurück. Wir holten die Seile aus unserem Gepäck. Marc versuchte uns alle zu beruhigen: „Reneé hat den Sturz bestimmt lebend überstanden!"

Karen, Nadowessiu und ich seilten uns in die Schlucht ab, bis zu einer kleinen Naturterrasse. Drei unserer Katzenfreunde begleiteten uns, als geübte Kletterer schafften sie den Abstieg auch ohne Seil. Marc hatte zuvor zwei selbstgebastelte Fackeln hinunter geworfen, die nun auf dem Vorsprung lagen und die Umgebung etwas beleuchteten.

Auf der vorstehenden Felszunge sah ich einen Baumstumpf, von Erdbrocken halb verschüttet. Wir entzündeten eine dritte Fackel. Im flackernden Lichtschein konnten wir aber keine Spur von Reneé entdecken. „Sie muss den Abgrund noch weiter hinunter gerutscht sein!", rief Karen entsetzt. Sie zeigte auf den Baumstumpf. Vorsichtig näherten wir uns der Kante. Mit den Fackeln versuchten wir den Abgrund auszuleuchten.

„Reneé! Reneé!" Von unten kam als Echo nur das beständige Rauschen des Flusses zurück. Wahrscheinlich kamen unsere Rufe gegen diesen Geräuschpegel nicht an. Wir befestigten ein weiteres Seil an dem Baumstumpf und kletterten nacheinander daran hinab bis zum nächsten Vorsprung. Die Dai shizen sicherten uns dabei. Unsere Katzenfreunde sollten hier warten, bis wir mit Reneé wieder zurückkehrten.

Wir fanden dort einen platt gedrückten Busch, nur unsere Prinzessin war nirgendwo zu entdecken. Kurz darauf stießen wir im Schlamm auf Tierspuren.

„Die Abdrücke ähneln Wolfsspuren!", rief Nadowessiu aufgeregt. Zuerst liefen die Fährten anscheinend im Kreis herum, als hätte das Rudel etwas gewittert. Dann führten die Abdrücke zum Abgrund, danach zielstrebig nach rechts, einen Weg entlang. Dem schmalen Pfad folgten wir und riefen dabei laut nach Reneé.

Wir beeilten uns, denn wir befürchten, dass Reneé von Raubtieren verfolgt und angegriffen würde. Um die Tiere von einem eventuellen Angriff abzuhalten, veranstalteten wir einen Höllenlärm. Wir hasteten weiter den Weg hinunter. Ein schlimmer Gedanke drängte sich in mein Hirn: Vielleicht lag sie sogar verletzt im Abgrund? Aber siehe da, nach nicht einmal einer Stunde kam uns eine verschmutzte, aber glückliche Reneé entgegen. Trotz dem bösen Absturz war sie heil geblieben.

**

*Wie auf einer Eisscholle liegend, schoss Reneé in die Schlucht hinab. Ihr Fall wurde erst von einem mächtigen Baumstumpf endgültig gebremst. Sie wurde durch die Luft geschleudert und landete in einem Busch. Dabei schlug sie mit dem Kopf auf und verlor das Bewusstsein.*

*Wenig später erwachte sie in den Zweigen eines Gebüschs. Das hatte ihren Sturz abgefangen und sie damit wahrscheinlich vor schwerwiegenden Verletzungen geschützt. Stöhnend befreite sie sich aus dem Buschwerk. Als sie schmerzhaft auf den Hosenboden plumpste, blieb sie ein paar Augenblicke sitzen, um sich zu orientieren. Und auch um in ihren Körper hineinzuhören, ob sie sich verletzt hatte.*

*Dabei schaute sie sich aufmerksam um. Silbrig glitzerndes Licht, das von Kristalladern in den Schluchtwänden stammte, erhellte etwas die Umgebung. Vorsichtig humpelte sie zwei Schritte voran und spähte in die Tiefe. Tief unten toste der Fluss in einer Kehre gischtend um eine Felsbarriere.*

*Schaudernd dachte sie daran, dass sie wirklich großes Glück gehabt hatte, denn bis zum Abgrund war es nur ein Schritt. Von der Kante aus ging es steil nach unten und nur der Busch, in dem sie gelandet war, hatte sie vor dem Verderben gerettet.*

*Plötzlich hörte sie die hellen Töne wieder. Erstaunt sah sie schemenhaft vor sich eine grüne Bewegung, so als ob der Busch vor ihr lebendig würde. „Wer oder was bist du?" fragte Reneé wachsam. Der Schemen wechselte die Farbe in tiefes Grün und die Töne wurden lauter. Es hörte sich an wie: ‚Qīndián'.*

*Mit Kopfschmerzen und leichtem Schwindelgefühl folgt sie der schattenhaften Erscheinung. Irgendwie war sie sich sicher, dass ihr keine Gefahr von diesem Wesen drohte; anscheinend wollte es ihr helfen. Der glitschige Pfad wurde breiter und führte leicht bergauf. Nach einigen Minuten, in denen Reneé versuchte mehr Kontakt mit ihr aufzunehmen, verhielt das schemenhafte Etwas plötzlich auf der Stelle.*

*Reneé schaute an dem Wesen vorbei und sah an einer Biegung, wo der Weg sich nach oben und unten teilte, ein Rudel hundeähnlicher Raubtiere auftauchen. Aus ihren Schnauzen ragten zwei mächtige Hauer hervor. Sie schnupperten und rannten auf sie zu.*

*Erschrocken stellte Reneé fest, dass sie nicht bewaffnet war. Sie war der Meute schutzlos ausgeliefert. Aus den Mäulern sah die Wehrlose den Geifer tropfen und war sich im Klaren darüber, dass sie einen Angriff des Rudels nicht überleben würde. Fieberhaft suchte sie nach einer Deckung. Ihr Blick fiel auf ein paar Büsche in der Nähe des Abgrundes, die in der brenzligen Situation nur einen dürftigen Schutz darstellten.*

*Das Wesen hingegen blieb ungerührt stehen. Es wechselte wieder in dieses Dunkelgrüne und die Töne erklangen lauter. Für Reneé sah es so aus, als dehnte sich die Gestalt dabei etwas aus. Zugleich verströmte sie einen Blumenduft, den Reneé partout nicht zuordnen konnte. Das Rudel stoppte unschlüssig und irgendwie verwirrt vor dem Wesen. Planlos wuselten die Tiere umher und die Mordlust in ihren rotglühenden Augen verflüchtigte sich zusehends. Dann stieß das Leittier ein heiseres Bellen aus. Die ganze Meute drehte um und trottete den Weg zurück, um an der Biegung den Weg nach unten zu nehmen.*

*Reneés Beine zitterten wie Espenlaub und es dauerte einen Moment, ehe sie ihrer jetzt wieder hellgrün schimmernden Lebensretterin folgen konnte. Die Gestalt leitete sie weiter auf den Weg, der weiterhin stetig aufwärts führte. Dabei kommunizierte das Wesen mit ihr, und zwar ausschließlich mit den hellen Tönen. Nach einer Weile, es kam Reneé wie Stunden vor, machte der Fußweg eine scharfe Kehre.*

*Der wieder schmaler werdende Pfad stieg weiter hinauf, jetzt aber in entgegengesetzter Richtung.*
*Minuten später hörte sie lautes Rufen und erkannte die Stimmen Ihrer Gefährten. Kurz darauf sah sie Fackelschein, der sich auf sie zubewegte. Bevor die Gefährten sie erreichten, und ehe sie sich bei ihrem schemenhaften Führer bedanken konnte, verschwand er mit einem letzten Ton, so wie er gekommen war.*

**

Ich stürzte auf sie zu und nahm sie erleichtert in die Arme: „Gott sei Dank ist dir nichts passiert!" Karen und Nadowessiu umarmten sie ebenfalls stürmisch: „Bist du in Ordnung? Nichts gebrochen?" Jetzt wieder ganz obenauf antwortete Reneé lachend, dass eigentlich alles gut gegangen sei.

„Es war eine absolut geile Abfahrt auf einer Erdscholle und danach ein Flug durch die Luft mit einer Buschlandung. Ja, mir geht's jetzt wieder gut, bis auf meine Kopfschmerzen; und wegen der harten Notlandung tut mir mein Hintern weh", fügte sie leicht griemelnd hinzu. Sie schnitt eine Grimasse, während sie ihr Hinterteil leicht massierte.

Sie liefen den Weg zurück und kletterten am Seil zu den wartenden Dai shizen hoch. Während ich den oben ungeduldig wartenden Gefährten zurief, dass wir Reneé unversehrt gefunden hatten, bedankte sie sich bei den Dai shizen herzlich für ihre Hilfe. Nacheinander wurden wir hochgezogen, zuerst natürlich unsere Bruchpilotin. Nachdem wir ihr das Gesicht mit Trinkwasser aus unseren Feldflaschen vom Schmutz befreiten und die Schmarren an der Stirn begutachteten, säuberten wir ihre Kleidung. Reneé erzählte uns dabei von Ihrer mysteriösen Begegnung.

Annas und Kristanna meinten nach einigem Überlegen, dass dieses Wesen einer der alten Götter gewesen sein könnte, der nach der Transformierung wieder zu einem Energiewesen geworden war. Und *Qīndián* würde Auserwählte heißen, dabei schauten sie Reneé mit nachdenklicher Miene an.

„Auserwählte hin oder her! Das ist mir egal", meinte Lucy in ihrer burschikosen Art. „Hauptsache dir ist nichts passiert! Ich freue mich jedenfalls über den glücklichen Ausgang." Dann drückte sie Reneé heftig. Von Karen und allen anderen Gefährten kam ein zustimmendes Echo.

Als plötzlich Nebel aufkam und es leicht zu regnen begann, erinnerten wir uns an die Höhle am Eingang des Sperrgebietes. Deshalb beeilten wir uns und suchten Schutz zwischen den spitzen mannshohen Zähnen des steinernen Affenkopfes. Einstimmig beschloss die Gemeinschaft, nicht weiter zu marschieren und in der Höhle unser Abendlager zu errichten.

Ein kleines Lagerfeuer und mehrere Fackeln erhellten die Grotte und spendeten uns etwas Wärme für die Nacht. Es wurden Wachen eingeteilt, die das Feuer und unseren Schlaf bewachten. Leider wurde mein Schlaf wieder einmal von Alpträumen und Visionen durchzogen, sodass ich in der Frühe ziemlich müde und zerschlagen aufwachte.

Zu meinem Erstaunen war Reneé ebenfalls schon aufgestanden. Auch sie hatte keinen ruhigen Schlaf gefunden, wie sie mir mit zerknittertem Gesicht erzählte. „So siehst du auch aus", meinte ich neckend.

„Willst du einen Spiegel? Hier stellt sich nämlich die Frage, wer von uns Beiden sieht schlimmer aus?", erwiderte sie mit schiefem Grinsen. Als sich unsere Gemeinschaft langsam den Schlaf aus den Augen wischte, kochten wir einen heißen Tee über dem Lagerfeuer. Dankbar wurde er von allen angenommen.

Unsere Katzenfreunde wärmten für sich ein milchiges, dick-flüssiges Getränk auf. Bei unserer ersten gemeinsamen Mahlzeit an diesem Tage genossen wir heiße Getränke, Brot, die Reste unseres Trockenfleischvorrats und einige Beerenfrüchte. Nachdem wir gefrühstückt hatten brachen wir auf.

Der Nebel hatte sich endlich gelichtet und frohen Mutes folgten wir dem Weg hinein in den dunklen Durchbruch. Zuerst bauten wir uns zwei neue Fackeln. Wir umwickelten trockene Äste mit Tüchern und Karen schmierte sie dann mit ihrer Brennpaste ein. Im

Fackellicht folgten wir etwa eine halbe Stunde lang dem Pfad, der sich in vielen Windungen zwischen die Felshänge schlängelte.

Am Ausgang des Durchbruchs erwartete uns ein kleiner, aber tiefblauer See, der von einem Wasserfall gespeist wurde. Wie ein Schleier aus feinen silbrigen Fäden floss das klare Wasser in Kaskaden über moosbedeckten Felsen und dicken Steinen in den See. Wohl vor Urzeiten wurden die Felsbrocken bei der Entstehung des Gebirges dort abgelagert.

Am Rande des Wasserfalls krallten sich Büsche mit groß-blättrigen, dunkelgrünen Blättern in die Lücken des Gesteins. Hellrosa Blüten wurden von vielerlei Insekten umschwirrt, die sich am Blütennektar erquickten. Hinter dem Wasservorhang ver-schwanden kleine bunte Vögel mit Schnäbeln voller Futter, anscheinend um ihre Brut zu versorgen.

Der See lag inmitten einer einzigartigen Oase, sie präsentierte uns als ein Feuerwerk schillernder Farben. Die Blüten der Sträucher, die Blumen, der azurblaue Himmel und das strahlende Grün der Gräser mit silbernen Spitzen, diese üppige Pracht berauschte jeden Betrachter. Der herrliche Farbkontrast und unzählige Nuancen boten uns ein ‚Festmahl' für die Augen. Dieses einzigartige Paradies wurde von dichtem Urwald umschlossen. Es war eine eigene atem-beraubende Landschaft für sich.

Nur zögernd rissen wir uns von diesen Eindrücken los. Wir setzten unseren Weg fort, er führte uns auf einem verschlungenen Pfad in den dichten Urwald, mit all seinen Geräuschen. Das Gebrüll von unbekannten Tieren jagte uns Schauern den Rücken hinunter. Über unseren Köpfen schwirrte ein bunter Schwarm Federvieh. Einige der Vögel hatten vielfarbige, knapp meterlange Feder-schwänze. Tellergroße gelbe Schmetterlinge flatterten über Büsche mit großen tulpenartigen Blüten. Dazu summten und schwirrten recht große Insekten um uns herum.

Sonnenstrahlen drangen durch den dichten Blätterwald. Der Wind ließ Zweige und Blätter hin und her wogen; so bildeten sich ständig verändernde Lichtvorhänge. Nach langen Stunden schwie-rigen, anstrengenden Marsches durch den Dschungel, kamen wir auf eine Lichtung. Am Waldrand vor uns, halb verdeckt von zwei riesigen Farnen, entdeckte ich mehrere dunkle Objekte. Dann kam es mir so vor, als hätten sie sich kurz bewegt.

„Was sind das für merkwürdige Gebilde?" Doch bevor ich die Frage ausgesprochen hatte, rasten wahre Kolosse auf uns zu. Die Ungetüme wurden immer größer und ragten keulenschwingend vor uns auf. Und das alles lautlos, bei einer Körpergröße von knapp drei Metern.

Bevor die Katastrophe eintrat, stellte sich Annas vor uns hin, hob beide Arme und zeigte den Affenmenschen die Innenflächen ihrer Hände. „Haltet ein! Großes Volk vom Vulkan Huòkēng, wir kommen in Frieden! Wir bitten euch, gewährt uns freie Passage durch das Land der Rénmín zum Palast Taìyo shin, das Haus des Gottes Robarth", rief sie laut und deutlich. Dann verbeugte sie sich leicht vor den Giganten.

Es hätten Berggorillas, wie auf Federzeichnungen von Dian Fossey sein können; nur erschienen mir die hier wesentlich gewaltiger und von der Körperform her weitaus menschlicher. Feindselig versperrten die Kämpfer der Urwaldpatrouille uns den Weg.

Mit ihrer ledernen Kluft erinnerten sie mich an den Film ‚Planet der Affen'. Der silberne Brustschutz war wunderbar ausgearbeitet und mit breiten Lederriemen befestigt, so dass die beeindruckenden Muskeln noch deutlicher hervortraten. Die Rüstung war deutlich in einem Warnrot mit dem chinesischen Zeichen für Wächter gekennzeichnet.

Der Anführer der Gruppe stellte sich knapp als *Shiraga*, der Grauhaarige vor. Als einziger trug er eine prächtige Kopfbedeckung aus Silber; oben lief sie spitz zu und reichte ihm seitlich bis zum Kinn. Ich bemerkte, dass der Helm über und über mit feinen Schriftzeichen ziseliert war. Der Rénmín sah sehr wütend aus und nur widerwillig hielt er seine erbosten Krieger von Übergriffen auf unsere Truppe zurück. Trotz Annas förmlicher Vorstellung und einem Einspruch von Katzenkönig Asóka forderte er uns auf, sofort alle Waffen abzulegen.

Als ich als Letzter meine Pistolen aus den Schulterhalftern ziehen wollte, schrien die Rénmín beim Anblick der Waffen wutentbrannt auf. „*Geshunin!*" Mörderbande", brüllte Shiraga und bevor ich etwas sagen konnte, schlug er mit seinem Knüppel zu. Ich versuchte mich unter dem Schlag wegzudrehen, deshalb streifte er zum Glück meinen Kopf nur, aber das genügte. Vor meinen Augen explodierten Sterne, ich fiel auf die Knie. Das Letzte was ich hörte, bevor ich bewusstlos umkippte, waren die Protestschreie meiner Gefährten.

Stöhnend wachte ich auf. Mit den Händen rieb ich mir die Schläfen, bis die Kopfschmerzen etwas nachließen. Langsam stand ich auf und versuchte mich zu orientieren. Ich befand mich in einem Käfig und war ganz allein. Meine Gefährten waren vermutlich an einem anderen Ort untergebracht. Als ich mich an den hölzernen Gitterstäben meines Zwingers hochzog, marschierte eine Gruppe Affenmenschen, angeführt durch Shiraga, auf mein Gefängnis zu.

Unsanft wurde ich zu einem Holzhaus geschleppt, vor dem sich viele Rénmín versammelt hatten. In der Hütte daneben, die wohl ebenfalls als Gefängnis aus dicken Baumstämmen erbaut worden war, saßen meine Gefährten. Erregt sprangen sie auf und fragten mich nach meinem Befinden. Lediglich über meinen Gesundheitszustand konnte ich sie beruhigen. Nebenan in einem anderen Verschlag, saßen von drei Affen bewacht, die Dai shizen. Sie beobachteten, soweit ich das ihren Gesichtszügen entnehmen konnte, aufgewühlt mein Dilemma.

Die Rénmín inszenierten eine Gerichtsverhandlung über mich. In der Anklage forderte Shiraga meinen Tod. Aufgrund meiner Pistolen folgerte er, dass ich einer der Mörder seiner Familie sei. Anscheinend hatten Kraagens Männer vor ein paar Tagen die Rénmín überfallen und dabei seine Frau und eines seiner Kinder erschossen.

Meine Unschuldsbeteuerungen verpufften in der gereizten Stimmung wirkungslos und so wurde ich ohne viel Federlesen zum Tode durch die *Aribachi* verurteilt. Wer oder was das auch immer war. Das Urteil sollte sofort verstreckt werden. Mein letzter Blick erhaschte die entsetzten Gesichter meiner Gefährten, die verzweifelt mit den Fäusten gegen das Gitter trommelten und laut protestierten.

An ihnen vorbei, wurde ich gebunden aus dem Dorf geführt. Etwa eine halbe Stunde lang trieben sie mich gefesselt vor sich her. Unterhalb einer Anhöhe, weit außerhalb des Dorfes, wurde ich samt meiner Pistolen in eine Sandgrube geworfen.

Während ich halb in den Sand einsank, tauchten die ersten Aribachi auf. Meine ‚Mörder' waren eine Art Spinnenameisen, etwa vierzig Zentimeter groß, mit zwei sehr groß aussehenden Kieferklauen, die vorne aus dem Maul der Tiere herauskamen. Auf dem Rücken konnte ich einen Chitinpanzer erkennen, der in allen Regenbogenfarben schillerte.

Sie sollten also das Urteil vollstrecken. Langsam krochen sie auf mich zu. Für einen kurzen Moment hielten sie mit ihren Bewegungen inne, ihre antennenartigen Fühler vibrierten suchend und richteten sich auf mich. Danach näherten sie sich weiter mit Furcht einflößendem Zischen. Sie ließen sich viel Zeit, so als ob sie wüssten, dass ihre Mahlzeit ihnen nicht entkommen konnte.

Nachdem die ersten Tiere auftauchten, waren meine Henker mit zufriedenem Grunzen verschwunden. Verzweifelt riss ich an meinen Fesseln. Und tatsächlich, bevor der erste Aribachi mich erreichte, konnte ich meine Hände befreien. Vielleicht hatte einer meiner Wärter es gut mit mir gemeint, oder er war nicht vollständig von meiner Schuld überzeugt. Möglicherweise war er aber auch nur nachlässig gewesen, jedenfalls hatte er den Strick um meine Hände nicht fest genug zugezogen. Mit Schwimmbewegungen versuchte ich von den Tieren wegzukommen, aber es waren einfach zu viele um mich herum.

Adrenalin schoss durch meine Adern und verzweifelt erhöhte ich meine Bemühungen, aus der Kuhle heraus zu kommen. Gedanken wirbelten mir durch den Kopf. So durfte mein Abenteuer doch nicht zu Ende gehen; lebendig zerfetzt von diesen Biestern. Ein schmerzhafter Biss raste durch meinen rechten Oberschenkel. Im letzten Moment, bevor es mich nochmals mit seinen Kieferklauen biss, packte ich dieses ekelhafte Geschöpf mit den Händen und beförderte es aus der Grube. In Panik verdoppelte ich meine Anstrengungen und ruderte wild mit den Armen.

Ich hatte fast den Rand erreicht, als plötzlich eine Meute wiesel-artiger Geschöpfe auftauchte, die sich mit heiserem Gebell auf die Aribachi in der Mulde stürzten. Diese Tiere, in deren spitzen Mäulern eine Reihe scharfer Zähne aufblitzten, packten sich die Spinnenameisen mit den Vorderpfoten und knackten den Panzer mit einem einzigen Biss. Dann rissen sie die Aribachi auseinander und schmissen sie über den Rand der Grube auf die Wiese. Drei meiner Lebensretter bezahlten den Angriff mit ihrem Leben, aber nach etwa fünf Minuten waren alle Spinnenameisen im Sand verschwunden.

Ich hatte mich mittlerweile aus der Grube ins hohe Gras gerettet. Die Wiesel musterten mich nur kurz mit gelben Pupillen in ihren klugen Knopfaugen und sprangen an mir vorbei. Sie schnappten sich ihre Beute und mit heiserem Bellen verschwanden sie im Unterholz, so schnell wie sie gekommen waren. Ihr dichtes braun-gelb gestreiftes Fell gab dort eine perfekte Tarnung ab.

Schnaufend ruhte ich mich noch einen Augenblick aus. Dabei fiel mein Blick auf einen meiner toten Retter in der Sandgrube. Neben seinem braunen Fellkörper sah ich meine Pistolen liegen. Suchend blickte ich mich nach einem Stock um, mit dem ich meine Waffen aus der Grube angeln konnte. Unter gar keinen Umständen wäre ich nochmals in das Loch geklettert, lieber hätte ich die Pistolen zurückgelassen.

An einem Busch in der Nähe brach ich einen Ast ab und wenige Minuten später hatte ich mir meine Glocks aus dem Sand geholt. Nach dem Säubern und Einführen meiner letzten beiden Magazine brach ich auf.

Ich war mir sicher, dass meine Gefährten versuchen würden, bei ihrer Gerichtsverhandlung zu fliehen. Im waffenlosen Kampf, bei den Fähigkeiten von Karen, Marc und Reneé, würde es bestimmt Tote geben, bevor sie wahrscheinlich selbst getötet würden. Aber auch Lucy, Annas, Kristanna, Nadowessiu und Ahrens würden ihr Leben so teuer wie möglich verkaufen. Vielleicht konnte ich das Massaker an ihnen noch verhindern; ich rannte los.

Nach etwa zwanzig Minuten merkte ich, dass meine Beine unheimlich schwer wurden und mein Puls raste. Auf einer Anhöhe musste ich erst einmal stehen bleiben; ich rang um Atem. Keuchend legte ich die Hände auf meine zitternden Knie. Langsam machte sich in meinem Unterbewusstsein die Erkenntnis breit, dass der Biss des Aribachi giftig war. Und dass ich nicht mehr viel Zeit hatte meine Freunde zu befreien, bevor ich selbst zusammenbrechen würde. Als ich mich wieder in Bewegung setzte und den Hügel hinunter rannte, hörte ich Schreie.

Sofort aktivierte ich meine letzten Kräfte und stürmte in diese Richtung. Je näher ich kam, desto lauter hörte ich die verzweifelten Hilferufe. Mehrere Meter kämpfte ich mich durch eine dichte Buschreihe. Mehr stolpernd als laufend erreichte ich eine Wiese, auf der ein weiblicher Rénmín zwei schwarze, sehr große Panther mit den bloßen Händen abwehrte. Ein kleines Pelzknäuel klammerte sich panisch schreiend an ihr Bein. Ich zog meine Pistolen und lief mit lautem Geschrei auf die Kampfstätte zu.

Irritiert ließen die Raubkatzen von ihren Opfern ab und wandten sich nun mir zu. Ich nahm meine letzten Kräfte zusammen und kniete ich mich ins Gras. Ich musste mich konzentrieren, denn Fehlschüsse konnte ich mir jetzt nicht leisten. Mit ruhig ausgestreckten Armen hielt ich zweihändig die Pistolen und zielte auf die Panther.

Konzentriert wartete ich auf den Angriff. Als die beiden Biester gleichzeitig auf mich zusprangen, gab ich beidhändig eine Salve ab. Innerhalb von zwei Sekunden verfeuerte ich acht Schuss, die alle trafen. Das heisere Brüllen der beiden Panther wechselte in helles Quieken, dann herrschte Stille. Bevor ich umfiel, sah ich noch die Katzen zusammenbrechen. Erleichtert ließ ich mich ins Gras sinken und für einen Augenblick wurde mir schwarz vor Augen und es rauschte in meinen Ohren.

Ich kam wieder zu mir, als leicht an meine Schulter geknufft wurde. Ein riesiger Kopf geriet in mein Sehfeld; neugierig und fragend schauten mich große runde Augen an. „Aribachi! Gift! Ich muss meine Gefährten retten!", murmelte ich und kämpfte mit einer Bewusstseinstrübung. Sofort hob mich die Rénmín-Frau sanft auf und meinte fürsorglich: „Ich bringe sie in mein Dorf. Dort können wir sie behandeln!" Sie trug das Kind auf ihren Schultern und zugleich stützte sie mich. So schleppte sie mich ins Dorf zurück. Schwarze Gewitterwolken, die sich am Himmel auftürmten, trieben uns zusätzlich zur Eile.

Wir kamen gerade rechtzeitig, um das Gerichtsverfahren gegen meine Gefährten zu unterbrechen. Nachdem sich der Aufruhr über unser Erscheinen wieder gelegt hatte, berichtete die Rénmín-Frau, wie ich sie und ihr Kind vor den *Kaijūhyō* gerettet hatte. Als sie endete, brach ich mit meinen Kräften am Ende, in einem Fieberanfall auf dem Dorfplatz zusammen.

Trotz leichter Fieberphantasien bekam mit, wie sich auf der Platzmitte ein riesiger Silberrücken vor uns aufbaute; er stellte sich selbst als Häuptling *Hitoka* vor. Er rang noch immer um Fassung und drückte mir durch Gesten seine Dankbarkeit dafür aus, dass ich seine geliebte Frau und sein Kind vor dem sicheren Tod gerettet hatte. Dieses waren aber seine ganz privaten und keine offiziellen Handlungen.

Meine Gefährten, die unter diesen neuen Umständen sofort freigelassen wurden, folgten ihm in die Platzmitte. Reneé drängelte sich nach vorne durch und beugte sich sorgenvoll über mich. Während sie sich um mich kümmerte, übernahm Annas unsere Vorstellung und wiederholte unser Begehr, durch das Land der Rénmín ziehen zu dürfen.

Der Häuptling fixierte uns mit seinen intelligenten Augen. Nach kurzer aber eingehender Musterung und einer leichten Verbeugung, sprach er mit tiefer dunkler Stimme, die über den ganzen Platz schallte: „Mein Volk begrüßt euch in Frieden."

Er schaute Annas intensiv an. Dann sprach er weiter: „Wakanda, dein Name ist uns nicht unbekannt; du und König Asóka vom Volk der Dai shizen, ihr Beide und eure Begleiter, seid unsere willkommenen Gäste. Bedauerlicher Weise gab es bei unserem ersten Zusammentreffen ein tragisches Missverständnis. Für das Unrecht, das euch angetan wurde, bitte ich auch im Namen meines Volkes um Vergebung. Wir werden uns alle zusammensetzen und über euer Anliegen reden."

Hoheitsvoll drehte er sich um. Dann rief er zwei seiner gigantischen Gefolgsleute zu sich, die uns zu einer blätterüberdachten Hütte führten. Marc und Ahrens mussten mich tragen, da ich nicht mehr auf den Beinen stehen konnte, geschweige selbst gehen.

Die Gewitterfront zog sehr schnell heran und mit ihr der Regen. Auf die ersten Tropfen folgten rasch dichte Regenstreifen, die wie Vorhänge den Blick aus der Hütte auf die Umgebung verschleierten. Das dichte Blätterdach schützte uns recht gut vor den Wassermassen, die vom Himmel stürzten.

Während mir Fieberschübe in Wellen durch den Körper schossen, wurde ich von zwei Heilkundigen unter den besorgten Augen meiner Gefährten untersucht. Sie stellten fest, dass ich durch Bisse in die Wade und den Oberschenkel vergiftet worden war. Sie legten mir einen Blätterverband an, der mit einem Kräutersud getränkt war. Mit grollender Stimme erklärte einer der Medizinkundigen, dass ich in den nächsten Tagen wieder gesund sein würde.

Reneé hob meinen Kopf an, währen Marc mir eine Feldflasche an den Mund hielt. *„Sake wa hyaku-yaku no chō:* Sake ist unter hundert Arzneien die Beste!" Er hatte wohl doch noch einen kleinen Alkoholvorrat zurückbehalten. Nach mehreren Schlucken ließ ich mich erschöpft aufs Lager sinken und schloss die Augen. Ich merkte noch, wie Reneé meine heiße Stirn mit Wasser kühlte, dann fiel ich in ein tiefes schwarzes Loch.

Wirre Fieberträume quälten mich. Verzweifelt versuchte ich mich näher an das rettende Ufer zu kämpfen, dort wo Reneé mir irreal verloren zuwinkte. Meine Glieder brannten, sie erschienen mir unendlich schwer. Ich wollte schneller schwimmen, aber ich kam nicht voran, so als wäre das Wasser eine zähe klebrige Masse die mich festhielt. Aber ich schaffte es einfach nicht. Das Wasser schwappte über mir zusammen, mein Mund füllte sich mit der zähen Masse und ich bekam keine Luft mehr. Schweißgebadet wachte ich auf.

Meine Angebetete saß neben mir und hielt mit geschlossenen Augen meine linke Hand. Leise Schlaftöne kamen aus ihrem leicht geöffneten Mund, während sich ihre Brust und der Atem im

Gleichklang bewegten. Erleichtert schlief ich mit einem Lächeln wieder ein. Ein anderes Mal erwachte ich nach einem erneuten Alptraum und erkannte Kristanna, die meine Stirn mit einem nassen Lappen kühlte.

Nach zwei Tagen und Nächten im Fieberdelirium wachte ich tatsächlich wieder fieberfrei auf. Ich fühlte mich zwar noch sehr schlapp, aber nach Reneés Küsschen und der freudigen Begrüßung durch meine Gefährten fühlte ich mich fast schon wieder fit. Gemüse und ein heißer Sud, von den Rénmín verabreicht, gaben mir schnell meine verlorenen Kräfte zurück; und natürlich die blaue ‚Pille'. Wahrscheinlich hatte mir die Zeit auf Niihama auch zusätzliche Widerstandskräfte verliehen.

Während des Frühstücks erzählte Marc, dass sich nach meiner Rettungstat die anfänglich feindselige Haltung der Affenmenschen gedreht hatte. Schmunzelnd meinte er: „Unterhäuptling Shiraga hat sich an deinem Lager bei uns allen zerknirscht entschuldigt. Hitoka wollte mit der Besprechung noch warten, bis ich wieder vollständig auf den Beinen war."

Wie auf Stichwort erschienen zwei Rénmín-Giganten vor unserer Hütte, die mich fragten, ob ich wieder bei Kräften wäre. Als ich bejahte, baten sie uns höflich, sie zum Häuptlingspalast zu begleiten.

Häuptling Hitoka saß in vollem Häuptlingsornat an einem langen Tisch. Er bat uns dort ebenfalls Platz zu nehmen. Sein Brustpanzer war golden, genauso fein ausgearbeitet wie der Brustpanzer seines Unterhäuptlings Shiraga, aber geschmückt mit den Katanas des Clanführers. Auf seinem Kopf thronte ein goldener Helm, der auf der Spitze eine Drachenfigur trug.

Der silbergraue Gigant nahm seine Kopfbedeckung ab und verbeugte sich ansatzweise, als er sich bei mir nochmals für die Rettung seiner Gattin *Shóulíng* und seiner Tochter *Guīnü* bedankte. Bescheiden wehrte ich seinen Dank ab und erklärte mein Eingreifen als selbstverständlich.

In der Besprechung über unseren weiteren Weg durch sein Gebiet erklärte uns der Häuptling, dass vor wenigen Tagen eine mörderische Menschenhorde einige seiner Stammesangehörigen getötet hatte. Grollend und erregt brachte er diesen gemeinen Überfall nochmals zur Sprache, dabei spannte er seine Muskelpakete an und entblößte für einen Moment sein furchteinflößendes Gebiss. Einen Augenblick später hatte er sich jedoch schon wieder in der Gewalt.

Annas erklärte ihm, dass wir eben gerade diese Mörderbande verfolgten, um sie und ihren Anführer Kraagen, der sich in der Festung *Taìyo shin* befand, zu fangen und zu bestrafen. Sie versicherte ihm, dass wir ihre Aufregung und die anfängliche Feindseligkeiten gut verstehen könnten. Bei der Erwähnung der Bastion blitzte es kurz in Hitokas Augen auf. Ich hatte ich das Gefühl, dass er das Kastell Robarths kannte. Nachdem er uns länger, stillschweigend musterte, antwortete er ohne sichtbare Regung und mit ruhiger Stimme: „Wir werden sehen!"

Um uns anschließend wohlwollend als neue Freunde der Rénmín zu einer besonderen Zeremonie, dem *Chénglóng*, einzuladen. Bei dieser Gelegenheit übergab Annas dem Häuptling unser Mitbringsel. Das kleine Holzfass mit dem erlesenen Cognac wurde von ihm dankend angenommen. Seine Körpersprache ließ selbst jetzt noch keine Rückschlüsse darüber zu, was er wirklich von uns und über unsere Expedition dachte.

Zwar immer noch ein wenig misstrauisch, aber insgesamt freundlich, wurden wir jetzt von den Stammesangehörigen behandelt. Ab und zu sahen wir auch einige Kinder, kleine braune Wollknäuel die schüchtern an ihren Müttern vorbeilugten und uns neugierig betrachteten.

Wie sich herausstellte, sollten wir Zeuge der Geburt eines neuen Drachen, dem Chénglóng, werden. Einer der Ältesten war zusammen mit seinem Symbionten vor etwa einem Jahr gestorben. Annas wertete unsere Einladung als hohe Auszeichnung. Am nächsten Tag nun fand sich der gesamte Hitoka-Clan zum bevorstehenden Ereignis ein.

Der Häuptling hatte als Statussymbol und zum Zeichen seiner Würde und der besonderen Bedeutung des Festes eine Rüstung aus vielen Platten, die mit Lederriemen zusammengebunden waren, angelegt. Die Platten waren sehr leicht und aus einem Metall gefertigt, das ich nicht kannte. An einem breiten Gürtel, der mit goldgelben Zeichen versehen war, die ich nicht entziffern konnte, hing ein großes Zweihandschwert. Majestätisch saß ihm sein Drache *Ryū ō*, der Königsdrache, auf der Schulter. Seine Leibwache war mit Speeren bewaffnet, dazu führte sie Schilde aus dickem Leder.

Reneé und Kristanna saßen schräg vor uns, neben Shóulíng und ihrer Tochter Guīnü. Der kleine rotbraune ‚Kindskopf‘ wollte nicht mehr von Kristannas und Reneés Seite weichen. Sie hatte an den Beiden einen Narren gefressen. In der zweiten Reihe hatten wir, neben König Asóka und seinen Kriegern, eine gute Sicht auf das Geschehen.

In der Platzmitte stand ein großer Steinaltar, auf dem sich ein Nest aus Zweigen befand. Der verstorbene alte Drache hatte ein rundes Ei von etwa zwanzig Zentimetern Durchmesser gelegt und das lag dort jetzt vor unseren Augen. Es war abwechselnd von den anderen Pashiris beschützt worden. Ein Ausbrüten war aber nicht erforderlich.

Durch die zwei Sonnen, die fast senkrecht über dem Altar standen, wurde der Stein des Altars ständig erwärmte, der die Energie dann gleichmäßig abgab. Von oben wurde das Ei durch Nistmaterial, wie Erde, Zweige und Laub abgedeckt, das jetzt zur Geburt aber entfernt worden war.

Ich betrachtete den riesigen Baum, der neben dem Altar wuchs. „Dieser fast eintausendjährige Drachenbaum ist das zweite Heiligtum der Rénmín", flüsterte Annas mir zu, die meine Blicke bemerkt hatte. „Der Saft des Baumes, Drachenblut genannt, wird von ihnen als Heilmittel gegen viele Krankheiten genutzt."

Unter der dichten, schirmförmigen dunkelgrünen Baumkrone saßen majestätisch die vier Ältesten, einschließlich des Häuptlings Hitoka. Auf ihren Schultern thronten die etwa fünfzig bis sechzig Zentimeter großen Pashiri und schlugen leicht nervös mit den zarten goldenen Flügeln. Es herrschte eine nahezu gespenstische Stille, selbst die sonst so vielfältigen Geräusche des nahen Urwaldes waren gänzlich verstummt.

Als ob die Tierwelt aufgrund der kommenden Ereignisse den Atem anhielt.

Langsam bewegte sich das Ei im Nest und die ersten Stücke der Schale wurden weggesprengt. Durch das entstandene Loch drückte der kleine Drache sein Köpfchen heraus. Dann schlüpfte das Neugeborene ganz in die Sonnenstrahlen hinaus, damit es trocken wurde. Es dauerte nicht lange und das herrliche Tier schüttelte auf dem Altar seine goldfarbenen Flügel aus.

Ich sah einen roten Striemen, der vom schlanken Hals über die Brust bis hin zu den Hinterbeinen lief. Die goldgelben Stacheln reichten vom Kopf bis zum Schwanzende und wiesen rote Spitzen auf. Die anwesenden Pashiri wiesen jedenfalls diese roten Markierungen nicht auf. Ich wusste nicht, ob alle jungen Drachen diese Körperzeichnungen besaßen und vielleicht diese dann im Alter verblassten.

„Ein Weibchen!" hörte ich die anwesenden Rénmín ehrfurchtsvoll flüstern. „Seit drei Jahrhunderten endlich wieder ein weiblicher Drache", kommentierte hinter mir ein Rénmín. Somit denke ich, hatte sich meine Frage von selbst beantwortet.

Der lange Hals des Drachen streckte sich zur Sonne und ein heller Schrei fuhr in den Himmel, der von den vier anderen Pashiri beantwortet wurde. Sofort danach gesellten sie sich zu dem neugeborenen Weibchen. Nacheinander wurde es von ihnen mit ihren langen, dunkelroten Zungen abgeschleckt. Dann schwang sich das Kleine anfangs etwas unbeholfen in die Höhe, aber nach einigen Augenblicken sahen seine Flugmanöver anmutig und elegant aus.

Seine Artgenossen erhoben sich ebenfalls in die Luft und umkreisten die neue, etwas kleinere Drachin. Zusammen schlugen sie am Himmel Kapriolen und vollführten einen wilden Tanz, der die Zuschauer in seinen Bann schlug. Mit einer tiefen Schleife über unsere Köpfe hinweg, landeten die älteren Tiere wieder bei ihren Meistern.

Die neugeborene, etwa einen Kopf kleinere Pashiri landete jedoch auf dem Steinaltar. Ihre leuchtend grünen Augen musterten die Anwesenden; die immer noch schweigenden Rénmín, die Menschen und die Dai shizen. Ich spürte ein leichtes Ziehen und einen Druck im Kopf, dann ertönte direkt im Ohr ein Grummeln und langsam bildete sich daraus fragend das Wort: „Mutter?!"

Mit zwei grazilen, gezielten Sprüngen landete die Drachin vor der verblüfften Reneé. Das kleine Pashiriweibchen musterte sie lange, als wäre es mit Reneé in einem intensiven Gedankenaustausch verstrickt. Wie aus einem tiefen Traum erwacht, schaute Reneé sich verwirrt um.

Sie realisierte, dass sie sich auf dem Dorfplatz zwischen ihren Gefährten und den Affenmenschen befand. Ungläubig schüttelte sie den Kopf. Der weibliche Pashiri hüpfte ganz nahe an meine Prinzessin heran und hauchte sie an. Reneés Körper begann von innen heraus zu leuchten und im selben Moment bemerkte ich auf ihrem Rücken die Kontur eines Drachen. Nach kurzer Zeit verschwand sie aber wieder.

Überraschtes Gemurmel erfüllte den Platz. Die Rénmín schauten perplex auf die Szene. König Asóka neben mir murmelte erstaunt: „Noch nie hat sich ein Pashiri einen Menschen als Begleiter ausgesucht."

Reneé stand auf und verbeugte sich tief vor der Drachin, dann ebenso vor den wartenden anderen Drachen. „Vielen Dank! Ich kann das Angebot nicht annehmen. Meine Gründe habe ich euch mitgeteilt", sagte Reneé tief bewegt und verbeugte sich nochmals.

Anscheinend hatte die Neugeborene und die anderen Pashiri telepathisch Zwiesprache mit ihr gehalten. Die junge Drachin leuchtete plötzlich für einen Moment noch heller und ihr Kopf berührte kurz Reneés Stirn. Mit hellem Schrei drehte sich sie sich danach um und bewegte sich hüpfend zu Guīnù und verhielt vor dem Kind.

Die Tochter des Häuptlings strahlte den Drachen an, strich ihm liebevoll über die feinen Härchen auf dem Kopf und rief ganz laut vor Freude: „*Hina tatsu*, mein kleiner süßer Drache."

Die bisher herrschende angespannte Stille entlud sich in einem einzigen freudigen Schrei aller Anwesenden. Wild trommelten die männlichen Affenmenschen auf ihrer Brust, während sich die weiblichen Rénmín aufgeräumt und fröhlich umarmten. In dem ganzen Tumult trat dann Häuptling Hitoka an Reneé heran, die sich wieder zu unserer Gruppe gesellt hatte.

Voller Hochachtung schaute er sie mit seinen klugen Augen an. Nach kurzer Musterung unserer Gemeinschaft sprach er mit grollender Stimme: „Das Volk der Rénmín spricht mit Respekt von der Menschenfrau, die das Geschenk der Pashiri abgelehnt hat und trotzdem von ihnen in die Gemeinschaft der Pashiri aufgenommen wurde. Ich danke Dir für das Geschenk an meine Tochter."

Danach hängte er Reneé ein Drachenamulett um den Hals. „Ein Zeichen von den Pashiri, es soll dich begleiten und schützen auf deiner Suche." Nach einem Augenblick fügte er leise hinzu: „Die Pashiri sind einverstanden, dass wir dich bei der Suche nach den Verbrechern und Mördern begleiten werden." Mit einer tiefen Verbeugung bedankte sich Reneé beim Häuptling.

König Asóka bezeugte ebenso wie Annas, dass diese Sache mit dem goldenen Drachen ein einmaliger Vorfall war. Unsere Prinzessin war in der Achtung der Dai shizen und der Rénmín enorm gestiegen. Ich denke, dass Reneé dies alles genau registrierte, aber mit ihrer angeborenen Nonchalance wischte sie eventuelle Überheblichkeiten einfach weg. Sehr wahrscheinlich hatten ihre Eltern ihr dieses Verhalten mit den Genen vererbt.

Abends in unserer Schlafhütte teilte Reneé uns den Entschluss des Häuptlings mit, uns auf der Suche nach Kraagen zu begleiten, was erleichtert und fröhlich von uns aufgenommen wurde. Danach zeigte sie uns das runde, im Durchmesser etwa fünf Zentimeter große Drachenamulett. Das anthrazitfarbene Material war sehr leicht, als ich es in die Hand nahm. Ein Drache war um einen Ball verschlungen, auf dem nach meiner Meinung die Landmassen Shimabaras dargestellt wurden. Es war eine sehr feine, außerordentliche kunstvolle Arbeit, die von allen Anwesenden anerkennend gewürdigt wurde.

Danach erzählte Reneé von ihrem Drachenerlebnis mit Hina tatsu, dem neugeborenen goldenen Drachen. Während ihrer Erzählung strahlten ihre Augen voller Freude.

„Mutter?" Lautlos formte sich die Frage in meinen Kopf. Ich blickte in die Augen des Drachen und plötzlich nahm ich die Umgebung um mich herum nicht mehr wahr, fühlte mich frei von allen Zwängen. Ich erhob die Augen und blickte in einen wolkenlosen, strahlend blauen Himmel, in dem zahlreiche Drachen schwebten und ihre Kapriolen schlugen. Einer dieser goldenen Schatten näherte sich mir.

„Komm!", rief der Pashiri mir zu, drehte eine Spirale und flog davon. Ich schaute ihm hinterher und konnte plötzlich ebenfalls fliegen. Meine goldenen Flügel flatterten im Wind und juchzend schraubte ich mich, den Aufwind nutzend, höher und höher. Um dann mit triumphierendem Schrei im Sturzflug dem goldenen Drachen zu folgen. Als ich ihn erreichte, tanzten wir miteinander durch die Lüfte, flogen Kreise und schwebten eine lange Zeit über der paradiesisch anmutenden Landschaft. Ein nie dagewesenes Glücksgefühl übermannte mich und ich hätte mich noch stundenlang treiben lassen können.

Mein Begleiter zog eine weite Schleife, flog danach eine Weile neben mir her, ehe er mich mit seinen grünen Augen liebevoll anschaute. Er stieß einen heiseren Schrei aus, die Szenerie verblasste langsam, ehe sie ganz verschwand. Dann fand ich mich wieder, zwischen euch auf dem Platz."

Ehrfurchtsvolles Schweigen erfüllte die Hütte, bevor plötzlich alle durcheinander redeten. Jeder unserer Gefährten beglückwünschte sie zu ihrem außergewöhnlichen Erlebnis. Ich muss sagen, dass ein wenig Neid in mir hochkroch, den ich aber dann sehr schnell wieder vergaß. Ich denke, dass manch einer unserer Freunde auch gerne dieses Erlebnis genossen hätte.

Als wir uns zum Schlafen legten, sah ich bei einem flüchtigen Blick auf Reneés nacktem Rücken, die sich gerade umzog, dort für einen Moment die feinen Konturen eines goldenen Drachentattoos. Verwundert rieb ich mir die schläfrigen Augen; Sekunden später war es wieder verschwunden. Ich nahm mir vor, Reneé am Morgen darüber zu befragen.

Nachdem ich spät abends endlich doch einschlafen konnte, schwirrten mir Drachen durch den Kopf, Monster und Riesenaffen tobten durch den Urwald in meinem Schädel.

\*\*\*

*Leise säuselnd entflieht die Nacht,*
*ihr grauer Mantel deckt zu*
*der Träumenden letzten Geheimnisse mit Macht.*
*Auf! Auf! Ruft der beginnende Tag!*
*Hoch oben, neben der goldenen Sonne,*
*ein Schloss über den Wolken, aus meinen Wünschen gebaut.*
*Wir wollen die Reise zu Ende bringen!*

\*\*\*

# VI. Zwischenfall

Am nächsten Morgen, nach dem Frühstück, wollten wir uns mit den Rénmín-Führern treffen, um den weiteren Verlauf unserer Reise zu besprechen. In der Nacht hatte es geregnet, nein es goss wie aus Kübeln; aber das pflanzengedeckte Dach war erstaunlich dicht, kein Tropfen störte unseren Schlaf.

„Hat jemand Nadowessiu gesehen? Unsere Besprechung mit Häuptling Hitoka und König Aśoka beginnt gleich." Marc schaute uns fragend an.

Annas erwiderte, ohne von der Lektüre der alten Schrift, die ihr die Häuptlingsgattin Shóulíng gegeben hatte, aufzublicken: „Sie wollte ein paar Heilpflanzen sammeln. Sie meinte, ihr Kräutersäckchen wäre leer und die ortskundige Heilerin hätte ihr einige außergewöhnliche Kräuter für die Reiseapotheke gezeigt."

Einen Augenblick später hob sie den Kopf und während sie in die Runde schaute, fügte sie nachdenklich hinzu: „Das ist aber eine ganze Weile her, sie wollte eigentlich rechtzeitig wieder zurück sein."

Wir verarbeiteten die Information und bevor wir darauf reagieren konnten, hörten wir vor unserer Hütte zornige Stimmen. Neugierig traten wir vor die Tür. In der Mitte des Dorfplatzes standen mehrere Rénmín zusammen und führten eine erregte Diskussion. Kurz darauf löste sich Häuptling Hitoka aus dem Pulk und eilte auf uns zu. Besorgt sahen wir sein grimmiges Gesicht: „Unsere Posten hörten Schreie und als sie zum Ort des Geschehens kamen, fanden sie dort nur noch die Waffen eurer Begleiterin vor."

Er zeigte uns Nadowessius blutbefleckte Tomahawks. Sofort begann eine aufgeregte Diskussion über eine sofortige Suchaktion. Mittlerweile wurden wir von mehreren Rénmínkriegern umringt; in ihrem Schlepptau unsere Freunde, die Dai shizen. Mit sorgenvoller Miene lauschten sie unserer Debatte. Annas mutmaßte sofort, dass nur Kraagens gedungene Mörder Nadowessiu verschleppt haben könnten. Heftig stampfte sie mit den Füßen auf den Boden.

„Immerhin ist es möglich, dass sich diese Verbrecher hier herumtreiben!", rief sie aufgebracht. Während Marc und Karen versuchten, sie zu beruhigen, gebot Häuptling Hitoka, mit seiner tiefen grollenden Stimme Ruhe:

„Mein Pashiri Ryūō hat die Fährte aufgenommen und wird uns sofort berichten, wenn er eure Gefährtin gefunden hat. Ich kann euren Wunsch, sofort aufzubrechen, gut verstehen. Aber ohne unsere Hilfe werdet ihr sie im Urwald niemals finden."

Ehe wir darauf antworten konnten, erschien der Drache. Der Häuptling hob seinen Arm und horchte in sich hinein. Einen Moment später deutete er auf vier seiner Krieger und befahl ihnen mit harter Stimme: „Holt eure Waffen, wir brechen sofort auf. Die *Rai Kanja* haben unseren Gast überfallen und verschleppt!"

So wie er die Bezeichnung für diesen Stamm ausspie, stellten sich mir die Nackenhaare hoch und ein kalter Windhauch streifte meinen Nacken. Ich blickte zu Reneé, die aber anscheinend mit der Charakterisierung „Aussätzige" auch nicht viel anfangen konnte.

Kurz vorm Aufbruch des Suchtrupps kam Unterhäuptling Shiraga, um sich nochmals für sein anfängliches Verhalten uns gegenüber zu entschuldigen. Dies wohl, damit keine weiteren Unstimmigkeiten innerhalb unserer Befreiungsexpedition entstanden. Dann ging es endlich los. Der Pashiri Ryūō stieß einen hellen Schrei aus und schwang sich hoch in die Baumwipfel. Er führte den Suchtrupp, zwischen den Bäumen hindurch, tiefer in den Urwald hinein.

An der Spitze liefen Hitoka, Shiraga und seine vier gewaltigen Krieger, denen sich Karen, Marc, Reneé, Lucy, Kristanna und Ahrens eilig anschlossen. Meine Prinzessin hatte sich mit Annas Wakizashi *shin nyo* und der Saigabel bewaffnet, während Marc zu seinem Kurzschwert Friedensstifter noch Karens Jitte mitnahm.

Da ich noch nicht im Vollbesitz meiner Kräfte war, blieb ich auf Reneés Anordnung „und du bleibst hier!" im Dorf zurück; zusammen mit Annas und den Dai shizen. „Sie werden es schon schaffen", meinte ich auf-munternd zu Annas, die immer noch mit einer geschockten und besorgten Miene dem Befreiungsteam hinterher schaute. Ich wusste aus Gesprächen mit Reneé, dass Nadowessiu eine sehr lange Zeit ihr persönlicher Bodyguard gewesen war. Es soll gefühlsmäßig, von Seiten Nadowessius, wohl auch noch etwas mehr gewesen sein.

„Wir werden unsere Freundin gesund und munter wiedersehen. Unkraut vergeht nicht!" Voller Zuversicht schaute ich ihr in die Augen und endlich wichen die Zweifel aus ihrem aristokratischen Gesicht. Unsere Katzenfreunde nickten zustimmend zu meinen Worten und ich umarmte kurz meine göttliche Gefährtin. Mit guten Wünschen blickten wir dem Befreiungstrupp hinterher und nach wenigen Augenblicken waren sie im dichten Urwald verschwunden.

Den nachfolgenden Verlauf der Befreiungsaktion beschrieb uns Reneé später ausführlich.

Die Rénmín schlugen ein hohes Tempo an, dem die Menschen kaum folgen konnten. Nur Karen schien die Geschwindigkeit nichts auszumachen. Nach etwa einer Stunde gab an der Spitze Häuptling Hitoka ein Zeichen zum Anhalten. Die Gefährten schlossen zu den Affenmenschen auf und während sie ausschnauften, erklärte Hitoka flüsternd, dass das Lager der Rai Kanja, der Aussätzigen, kurz vor ihnen lag.

Ohne ein Wort schlich Karen weiter und wurde kurze Zeit später vom Unterholz zwischen den hier noch dicht stehenden Bäumen verschluckt. Der oberste Rénmín blickte verärgert hinterher, zuletzt auf die Stelle, wo die Ninja-Kämpferin verschwunden war. Reneé legte beschwichtigend ihre Hand auf des Häuptlings Arm: „Sie weiß was sie tut", flüsterte sie.

Hitoka brummte etwas unwillig, zeigte sich aber dann einverstanden. Nach einigen Minuten, in denen sie nur auf Geräusche aus dem Urwald lauschten, dröhnten plötzlich dumpfe Trommelschläge vom Lager herüber. „Wir müssen los!", rief der Häuptling und an der Spitze seiner Krieger brach er durch das Dickicht. Dicht gefolgt von Reneé, Kristanna und Marc, der zuvor noch Lucy und Ahrens gebeten hatte, etwas zurückzubleiben und mit ihren Waffen den Angriff und den späteren Rückzug zu sichern.

Sie stürmten entschlossen aus dem Urwald. Wenige Meter vor ihnen lag das Lager der „Aussätzigen". Auf einer Lichtung bildeten zehn Hütten einen großen Kreis. In der Platzmitte war ein großer Haufen Holz aufgeschichtet worden, über dem an zwei Stangen eine nackte Gestalt festgebunden war. Mit Schrecken erkannten die Gefährten Nadowessiu.

Davor saßen nahezu ein Dutzend Rai Kanja, auf den ersten Blick nur Kinder und Weiber. Sie begleiteten die dumpfen Trommel-Klänge mit unheimlich klingenden Gesängen. Dahinter hockten vielleicht fünfzehn Erwachsene, die sich in Trance dem Rhythmus hingaben. Drei riesige Rai Kanja kamen betont feierlich aus einer Hütte. Der Größte, mit einem Federschmuck auf dem Kopf, rief seinen Leuten etwas zu, dann entzündete er eine Fackel.

Bevor er Feuer an den Scheiterhaufen unter Nadowessiu legen konnte, erschien wie aus dem Nichts, dicht vor ihm aus dem dichten Gras eine schwarze Gestalt. Die stürzte sich blitzschnell auf den völlig überraschten Giganten. Ein machtvolles *Kiai* übertönte den Gesang und das dumpfe Trommelgedröhn.

Der Tessen, kraftvoll nach tessen-jutsu Kampfkunst geführt, zerriss die Kehle des Rai Kanja. In einer hohen Fontäne spritzte Blut aus der Wunde, der Koloss brach zusammen. Die Fackel entglitt seiner Pranke und rollte funkensprühend bis kurz vor den aufgeschichteten Reisighaufen, verlöschte dann aber ohne die Zweige zu entzünden.

Mit dem qualvollen, tierischen Schrei des tödlich verwundeten Anführers brach der Gesang ab; die Trommeln verstummten. Für einen Augenblick herrschte gespenstische Stille. Die Rai Kanja starrten fassungslos auf die Szene.

In diesem Moment stürzten sich unsere Rénmín auf die wie paralysiert wirkenden Gegner. Kristanna, Reneé und Marc folgten dem Angriff mit gezogenen Schwertern. Sofort waren auch sie in Kämpfe mit den aus ihrer Erstarrung erwachten, wütenden Rai Kanja verwickelt. Vom Urwaldrand aus beobachteten Ahrens und Lucy, wie Karen versuchte, Nadowessiu loszuschneiden. Zwei Gegner hasteten mit drohend erhoben Keulen zum Holzstapel.

Karen kehrte ihnen den Rücken zu; ängstlich weiteten sich die Augen unserer indianischen Freundin. Drei Schritte hinter unserer Ninja-Kämpferin wurden beide Angreifer Opfer von Lucys Langbogen. Noch vom Schwung ihres Laufs getrieben, krachten sie in den Scheiterhaufen hinein. Einen Dritten, der sich ihnen anschließen wollte, erwischte Ahrens mit seiner Armbrust. Karen hob nur kurz die Hand, dann hatte sie Nadowessiu endlich befreit.

Kristanna, Marc und Reneé hatten sich mittlerweile bis zum Holzstapel hindurchgekämpft. Ihre Schwerter nötigten den Rai Kanja großen Respekt ab, denn sie trauten sich nicht mehr in die Nähe der Klingen. Kristannas riesige Sternenklinge *Shinbatsu o kōmuru*, machte den größten Eindruck auf sie. Nadowessiu taumelte ein paar Schritte zu ihren Rettern hin, doch dann übermannte sie der Schock und sie verlor das Bewusstsein.

Marc packte sie sich wie einen Sack auf die Schulter. Reneé nahm Marcs Wakizashi *hikeshi yaku* in die Linke und hielt, beidhändig kämpfend, die tobenden Aussätzigen in Schach. Kristanna kam ihr auf der linken Seite zu Hilfe und Karen unterstützte sie mit ihrem Tessen auf der rechten Seite.

Der Drache Ryūō schwebte über ihren Köpfen und manch einer der Aussätzigen schloss mit seinen Krallen schmerzhafte Bekanntschaft.

Als Hitoka sah, dass Nadowessiu befreit war, gab er das Signal zum Rückzug. Beide Gruppen trafen am Waldrand wieder zusammen, die meisten Kämpfer bluteten aus mehreren Wunden. Aber zum Glück wies niemand ernsthafte Verletzungen auf. Lucy erledigte mit ihrem Bogen zwei nachsetzende Rai Kanja und Ahrens mit seiner Armbrust einen weiteren. Dann endlich konnte die Rettungsexpedition im Urwald untertauchen.

Lucy und Ahrens sicherten bis zuletzt den Rückzug. Als sie nach einigen Minuten die Gefährten im Urwald einholten, berichteten sie, dass die Aussätzigen auf eine weitere Verfolgung verzichteten; vermutlich wegen dem hohen Blutzoll, den sie entrichten mussten.

In ausreichendem Abstand zur Lichtung wurde eine kurze Marschpause eingelegt. Nadowessiu war aus ihrer Ohnmacht erwacht und wurde wieder auf die Beine gestellt. Reneé reichte ihr eine Jacke, mit der sie ihre Blöße bedecken konnte. Langsam kehrte auch wieder Farbe in ihr wachsbleiches Gesicht zurück. Nach ein paar Schlucken aus dem Wasserbeutel, den Ahrens mitschleppte, konnte sie auf eigenen Füßen laufen.

Ihr ganzer Körper war mit einer Art Fettsoße eingeschmiert. Sie stammelte leise: „Die wollten mich bei lebendigem Leibe braten und auffressen!" Wortlos nahm Karen sie in den Arm; schluchzend klammerte sich die geschockte Indianerin an sie. Nachdem alle Wunden notdürftig versorgt waren ging es weiter. Gegen Abend erreichten sie wieder Hitokas Dorf und wurden von uns bangenden Hiergebliebenen freudestrahlend in Empfang genommen. Spontan veranstalteten die Rénmín ein Freudenfest, an dem auch wir gerne teilnahmen.

Beim Festschmaus berichtete Reneé über die Befreiungsaktion, dabei unterbrach Lucy sie immer wieder mit Ausschmückungen.

Von Häuptling Hitoka erfuhren wir während der Feierlichkeiten genauere Einzelheiten über die Aussätzigen. Sie waren demnach direkte Nachkommen der letzten Refugiums-Wächter. Doch durch Drogenmissbrauch und Robarths Genmanipulationen mutierten sie zu Kannibalen. Es gibt drei voneinander unabhängige Gruppen, die sich sogar bis heute noch gegenseitig bekriegen.

Als Psychologe war ich fassungslos, solche Ausreißer hätte ich bisher nur im Verhalten einzelner Individuen vermutet. Die perverse Entwicklung einer ganzen Gruppe vernunftbegabter Wesen hatte ich vor dieser Eröffnung schlichtweg für unmöglich gehalten.

Ich begriff aber auch, dass für die Rénmín die Bezeichnung Aussätzige, eine ausgrenzende Bedeutung hatte. Durch ihre Abartigkeit hatten sich diese Cliquen selbst aus der Gemeinschaft der Affenmenschen ausgeschlossen.

Nadowessiu stand noch ganz unter den Eindrücken ihrer Verschleppung und Befreiung. Nachdem sie sich etwas beruhigt hatte, lösten nur wenige Schlucke Alkohol ihre Zunge. Befreit von ihren Ängsten, konnte sie uns berichten, wie sie bei der

Kräutersuche von den fremden Menschenaffen angegriffen und überwältigt worden war.

„Ich hatte keine Chance gegen diese Kolosse. Einen konnte ich mit meinem Tomahawk verletzen, aber dann gingen bei mir die Lichter aus. Als ich im Lager dieser Bande aufwachte, musste ich feststellen, dass meine Entführer kannibalische Sitten pflegten und mich als Hauptspeise vorgesehen hatten." Gerührt bedankte sie sich nochmals bei ihren Befreiern; dabei verdrückte sie auch heimlich ein paar Tränen.

Durch den ganzen Rummel um Nadowessiu hatte ich meine Frage vom vorigen Abend völlig vergessen. Als sie mir in der späten Nacht wieder einfiel, kam es mir einfach zu banal vor, Reneé jetzt zu ihrem goldenen Drachentattoo zu befragen. Wahrscheinlich hatte ich mich sowieso getäuscht; es waren wohl meine letzten Fieberfantasien gewesen.

Am nächsten Tag, nachdem sich alle von der gestrigen Feier erholt hatten, verfolgten wir in der Versammlungshütte einem Zweikampf zwischen Annas und Hitoka.

Sie spielten *Chū-Shōgi*, ein Brettspiel, das dem Schachspiel stark ähnelt. Selbst die Startpositionen waren nahezu identisch. Jeder Spieler hatte zu Beginn 46 Figuren; wie beim Schach war das Ziel den König schachmatt zu setzen. Einer der großen Unterschiede zwischen den beiden Spielen war, dass es im Gegensatz zum Schachspiel, bei den Figuren des Chū-Shōgi keinen Springer gab.

Das mit kunstvollen Verzierungen ausgestattete Spielbrett war in zwölf mal zwölf Felder unterteilt. Die elfenbeinfarbigen Spielsteine, wie mir Unterhäuptling Shiraga während des Spieles flüsternd erklärte, waren kunstvoll aus den Knochen des ersten Rénmín-häuptling geschnitzt worden.

Bei dieser Eröffnung lief mir ein zwiespältiges Kribbeln den Rücken herunter. Ehrfurchtsvoll fügte er hinzu: „Häuptling *Shirubā*, der Ergraute, war ein großer Krieger, der unser Volk von der Sklaverei der Götter in die Freiheit führte. Dieses Spielbrett wird von Häuptling zu Häuptling weiter vererbt. Es ist unser *Saiden*, eines unserer Heiligtümer!"

Ich konzentrierte mich wieder aufs Spiel. Marc hoffte natürlich, dass sein Liebchen Annas die Partie gewinnen würde. An seinem Mienenspiel erkannte ich, wie stark er mitfieberte. Zwischendurch erklärte er uns immer wieder einzelne Züge und ihre Auswirkungen. Es war spannend bis zum Schluss, aber letztendlich musste sie sich dem fintenreicheren Spiel Hitokas geschlagen geben. Der Häuptling lobte Annas Spiel und auch die zuschauenden Rénmín zollten ihr Respekt. Nach diesem Duell der Intelligenzen trödelten wir die restliche Zeit bis zum Abend herum und gingen dann früh schlafen.

Am nächsten Tag, nach einem kräftigen Frühstück, brachen wir in aller Frühe auf. Häuptling Hitoka, Unterhäuptling Shiraga und sieben Krieger begleiteten uns. Auf verschlungenen, für Fremde fast unsichtbaren Pfaden, folgten wir den Rénmín, den Herrschern des Urwalds.

Von der Tierwelt sahen wir nicht viel, bis auf die üblichen Kleintiere die über den Boden krochen. Ich konnte mich des Gefühls nicht erwehren, dass die Fauna uns mied. Der Marsch war für uns durch die schwüle Lufttemperatur sehr anstrengend. Oftmals verringerten unsere Führer deshalb ihr Tempo, damit wir den Anschluss halten konnten.

Nach dem für uns Menschen sehr langen Tag in der Hitze der zwei Sonnen und den feuchten Ausdünstungen des Dschungels, verließen wir den Urwald, um auf einer größeren Lichtung unser Nachtlager aufzuschlagen. Ein Lager im Urwald war zu gefährlich, da viele nachtaktive Tiere sich im Schutze der Bäume anschleichen könnten.

In aller Frühe am nächsten Morgenzogen zogen während des Lagerabbaus, tiefschwarze Wolken auf. Der Drache Ryūō kam von seinem allmorgendlichen Erkundungsflug zurück und setzte sich auf die Schulter von Häuptling Hitoka. Dieser deutete auf die heranstürmenden Wolken.

„Ein Osoroshii!", rief Ushiro date, der sich wie immer im Schatten seines Königs Asóka befand. Die Rénmín bestätigten die Einschätzung des Dai shizen. Sofort steuerten die ortskundigen

Rénmín zu einem Platz, an dem wir das Unwetter unbeschadet überstehen konnten.

Nach einer kurzen Suche, ich schätzte, dass wir etwa einen Kilometer in den Urwald hinein gelaufen waren, blieben wir an drei nebeneinander stehenden Baumriesen stehen, deren Stämme selbst von mehreren Rénmín nicht umfasst werden konnten. Hastig rissen die Rénmín Zweige mit großen Blättern von umstehenden Bäumen, die sie zu einem stabilen Dach zusammenfügten und an den dicken unteren Ästen der drei Baumgiganten befestigten. Die Dai shizen beteiligten sich tatkräftig an diesen Arbeiten, daraus schloss ich, dass auch sie bittere Erfahrungen mit tobenden Orkanen hatten.

Unsere mitgeschleppten Seile erwiesen sich hier wieder einmal als nützlich. Gerade noch rechtzeitig wurde der Unterstand fertig und alle schlüpften schnell unter das Dach, dicht zusammengedrängt. Die Unwetterfront zog sehr schnell über unseren Köpfen heran. Der Aufruhr der Elemente begann mit heftigen Windstößen, die durch die Kronen der Bäume fegten.

Dicht über den Baumwipfeln rasten schwarze Wolkenfetzen dahin, die enorme Regenmengen wasserfallartig auf unser Schutzdach herunterkippten. In dichter Folge zuckten grelle Blitze durch das trübe diffuse Licht und krachende Donnerschläge ließen unsere Trommelfälle pausenlos vibrieren.

Die Sturmwirbel rissen mit Titanenkräften Blätter, Zweige und Äste in die Höhe, die dann wie Geschosse wieder zu Boden stürzten. Einmal schlug, direkt neben uns, ein Blitz mit ohrenbetäubendem Krachen in einen mittelgroßen Baum ein. Die Holzsplitter schossen wie Projektile durch unsere Blätterwand. Zum Glück wurde dadurch niemand ernstlich verletzt.

Dicht zusammengedrängt, beobachteten die Rénmín stoisch den Kampf der Naturgewalten. Was sie dachten oder fühlten ließen sie nicht erkennen. Die armen Dai shizen kauerten daneben auf dem Boden. Starr vor Qual hielten sie sich die Ohren zu. Wie wir wussten, hatten sie mit dem Kreischen der Gewalten, dem Heulen des Sturms und Dröhnen des Donners viel größere Probleme als wir, da sie über ein wesentlich empfindlicheres Gehör verfügten. Ihr Vorteil einer schärferen Sinneswahrnehmung erwies sich in dieser Situation als Nachteil. Damit wurde mir die alte Weisheit vor Augen geführt, dass im Leben alles seinen Preis hat.

Derweil schmusten Annas und Marc engumschlungen; sie hatten die Welt um sich herum vollkommen ausgeblendet. Kristanna versuchte intensiv wegzuschauen und schaute in das Inferno hinaus. Nadowessiu blickte abwechselnd sehnsuchtsvoll auf die Liebenden und dann ebenfalls wieder nach draußen in den kleinen Weltuntergang.

Ahrens drehte dem Unwetter den Rücken zu. Er wollte das Rasen der Hexen und Dämonen nicht sehen. Er war fest davon überzeugt, gemäß der Weltsicht einer Zeit, der er entstammte, dass bösartige Gestalten aus der Finsternis diese zerstörerischen Wetterphänomene herbeizauberten.

Da war es nur gut, dass ihm jemand immer wieder moderne Erklärungen für unbegreifliche Dinge lieferte. So ergänzte er sich ideal mit seiner pragmatischen Freundin, die äußerlich so burschikos tat, ihm aber rätselhafte Phänomene ganz unnachahmlich auf eine sehr persönliche Art erklärte. Lucy und Ahrens klebten förmlich aneinander, vermutlich nahmen auch sie gerade die Vorgänge in ihrer Umgebung nicht wahr.

Ich stand, den Rücken nach außen gewandt, ganz am Rande des Wetterdachs; so bot ich Reneé und Karen, die zusammengekauert zu meinen Füßen saßen, noch etwas zusätzlichen Schutz. Das Wasser floss in kleinen Bächen meinen Rücken hinunter und sammelte sich zwischen meinen Stiefeln zu kleinen Rinnsalen. Darum war ich Svansons magischem Warenautomat dankbar für unsere wasserfeste Kleidung.

Irgendwie genoss ich die Situation, trotz des Höllenszenarios rundum. Schon in meiner frühesten Jugend war ich in Garmisch von diesen Urgewalten fasziniert, die dort zwischen den Bergen wüteten, konnte stundenlang den Blitzen und dem Toben des Wetters zusehen.

Der Osoroshii wütete eine ganze Stunde, ehe er sich langsam nach Westen verzog. Die Wassermassen, die vom Himmel herunterschütteten, versiegten allmählich. Plötzlich herrschte gespenstische Stille; dann setzte zögerlich die Geräuschkulisse des Dschungels wieder ein. Noch lange zeugte leiser Donnerhall aus der Ferne von dem Gewitter. Der ganze Wald troff vor Nässe. Das mächtige Unwetter hatte richtig gewütet, Bäume entwurzelt; selbst einige Baumriesen in unserer nächsten Nähe waren vom Sturm geknickt und ihre zerborstenen Stammhälften richteten die Splitter wie Finger anklagend in den Himmel.

Wir sammelten unsere Siebensachen auf und machten uns wieder auf den Weg. Die frisch umgestürzten Bäume, abgerissene Äste und das viele Unterholz erschwerten jetzt unser Vorankommen auf dem ohnehin fast gänzlich überwucherten Pfad.

Nach Stunden erreichten wir eine Lichtung. Der Waldboden war hier völlig aufgewühlt und schlammig; eine Herde *Yachos* hatte ihn so hinterlassen, wie Shiraga uns erklärte. Ernst meinte er zu Nadowessiu, die gebückt die Spuren der Tiere betrachtete: „Diese Yachos sind sehr angriffslustig, vor allem wenn sie Jungtiere dabei haben. Die beiden Eckzähne sind bei den Männchen als sehr spitze Hauer ausgebildet."

Wir bekamen aber keines dieser Exemplare zu Gesicht. Achtsam umrundeten wir die Lichtung und folgten den führenden Rénmín an der Spitze. Den Schluss unserer Gruppe bildete Shiraga und ich. Dabei hatte ich das Gefühl, dass er mir gegenüber noch eine Schuld begleichen wollte, indem er besonders auf mich aufpasste.

Gegen Mittag erreichten wir ein Sumpfgebiet, die *Numachi*. Hitoka erklärte uns, dass die Durchquerung dieses Gebietes zwei Tagesmärsche einsparen würde, es aber nicht ganz ungefährlich sei. Deshalb stimmten wir über das Wagnis untereinander ab. Die zwei Tage Zeitersparnis gaben den Ausschlag, ganz in Reneés Sinne.

Um uns Menschen vor Mückenschwärmen und sonstigen stechenden und saugenden Insekten zu schützen, erhielten wir von den Dai shizen Salben, mit denen wir unsere Hände und Gesichter einrieben. Zusätzlich bereiteten sie für sich und uns ein sehr bitteres Getränk zu; dessen ‚Ausdünstungen' und der Salbengeruch würden wohl die Viecher etwas von uns abhalten.

So gerüstet sollte uns die Durchquerung des Sumpfgebietes schon gelingen. Die Rénmín waren gegen diese Insekten- und Mückenplage mit ihrer Behaarung und durch ihre dicke Hautschicht ausreichend geschützt.

Fremdartige Pflanzen, die ich zuvor niemals gesehen hatte, riesige Mückenschwärme, allerlei, teilweise bis zu fünf Zentimeter großes fliegendes Getier, und riesige Käfer auf dem Boden empfingen uns. Wir marschierten sehr zügig, trotz erdrückender Feuchtigkeit und schwüler Wärme.

Nur Häuptling Hitoka kannte den Weg durch diesen unwirklichen Landstrich. Kein Schritt war sicher, tiefgründiger Boden entpuppte sich ohne Kenntnis des Weges als Morast, in dem man leicht versinken konnte. Setzten wir auch nur einen Fuß vor den anderen, dann patschte oder gluckerte es unter unseren Stiefeln. Doch wir folgten im Gänsemarsch vertrauensvoll und konzentriert unserem Führer.

Auf einer kleinen festen Insel, mitten im Moor, errichteten wir unser Lager. Über dem Sumpfgebiet waberten bleiche Nebelfetzen, glucksende Laute der bis jetzt unsichtbaren Tierwelt, einzelne verkrüppelte Bäume und Büsche, dies fügte sich zusammen zu einer unheimlichen Szenerie.

Dicht gedrängt saßen wir um das Lagerfeuer herum und manch furchtsamer Blick beobachtete die Umgebung im diffusen Licht. Stets schien es mir, als würden die Baumäste, die im Wind aussahen wie Arme, plötzlich nach uns greifen. Zusätzlich brachte der Wind einen grauenhaften Geruch von Moder und Verwesung mit, den ich tagsüber so nicht bemerkt hatte. Auf dieser Bühne konnte selbst einem furchtlosen Kämpfer durchaus unheimlich zumute werden.

Zum Glück blieb es bei dieser einen Übernachtung, denn am Mittag des nächsten Tages hatten wir es geschafft, die Numachi zu durchqueren.

Nach zwei weiteren Tagen anstrengenden Marsches erreichte unsere Gemeinschaft das Gebiet des Vulkans Huókēng. Hin und wieder sahen wir Rauchwolken über dem feuerspeienden Berg aufsteigen, ein Zeichen dafür, dass es tief in seinem Inneren noch heftig brodelte.

In der zweiten Nacht bot uns der Höllenschlund ein pyrotechnisches Schauspiel. Eine Eruption schleuderte leuchtende Lava-Kaskaden in den Himmel und ein feuriger Glutstrom wälzte sich wie ein riesiger Glühwurm an den Bergflanken hinunter. Dort gingen Bäume und Unterholz in Flammen auf. Drei Tage später erreichten wir am Fuße des Vulkans, die mittlerweile erstarrte Magma, die sich zu sechseckigen Basaltsäulen verfestigt hatte.

„Das liegt, so wie ich mich erinnere, an der kieselsäurearmen Lava", erklärte Reneé nachdenklich: „Das habe ich vor langer, langer Zeit an Bord eines Flugzeuges in einer Zeitschrift gelesen, ich glaube in der GEO, eine klasse Zeitschrift mit vielen interessanten Artikeln." Als wir sie erstaunt und fragend ansahen, winkte sie seufzend ab: „Erzähle ich euch ein anderes Mal."

Nach einer kurzen Pause auf dem immer noch ziemlich heißen Boden unter unseren Füßen, marschierten wir am teilweise verkohlten Urwaldrand weiter. Den Feuerberg ließen wir linker Hand liegen. Einige Kilometer weiter, erreichten wir einen kleinen, am Abhang eines Berges gelegenen See. Was von uns Menschen begeistert begrüßt wurde. Denn unsere strengen ‚Ausdünstungen', teilweise der Salbe und dem Getränk geschuldet, ließ uns die Nasen über uns selber rümpfen. Erfreut nahmen wir ein Bad in dem relativ warmen Wasser, um anschließend die Kleidung nebst Unterwäsche zu säubern.

Interessiert und ein wenig amüsiert beobachtet von unseren heimischen Gefährten. Die ‚Waschung' gab uns verlorene Kräfte zurück; so sauber und erfrischt kann man sich selber einfach besser leiden. Wir schlugen unser Nachtlager auf, um am nächsten Morgen leidlich ausgeruht, die Reise hatte uns Menschen viel Substanz gekostet, die letzte Wegstrecke in Angriff zu nehmen.

Mir ging ein japanisches Sprichwort durch den Kopf, das ich vor langer Zeit bei meinem Freund Professor Ralph Meierhoff auf einem Rollbild in dessen Villa gelesen hatte: *„Nai dōro wa gawa ni tomodachi to, nagaidesu* - Kein Weg ist lang, mit Freunden an der Seite."

Ich seufzte, wie mochte es ihm und seiner Frau Mirelle gehen? Und meinen anderen Freunden? Michael, Günter, Angelika, Karl Heinz und seiner Frau Christa? Mit den Gedanken an sie schlief ich dann ein.

\*\*\*

*In Gedanken vermag ich diesen furchtbaren Schmerz spüren, dessen*
*scharfe Klinge tief und tiefer in mein Fleisch dringt.*
*Schmerz wurde mir ein dunkler Freund auf meinen Wegen,*
*verlor schon so vieles in meinem Leben, was gab man mir dafür?*
*Freunde boten mir trauernd und tröstend die Hand,*
*und nur wenn ich zum Loslassen,*
*zu Aufbruch und Neubeginn bereit bin, kann ich mich ohne Trauer*
*mit Tapferkeit in andre, neue Bindungen geben.*
*Denn jedem Neuanfang*
*wohnt ein Zauber inne, der uns beschützt und hilft,*
*wieder neu zu leben!*

\*\*\*

# VII. Verlust und Rückkehr

Die letzte Wegstrecke führte uns zuvor nochmals etwa eine Stunde lang durch den Urwald. Mitten auf einem Hochplateau, zwischen den letzten Bäumen hindurch sahen wir, von einer hohen Mauer umschlossen, unser Ziel: Gott Robarths Palast und Refugium *Taiyō shin*.

Davor breitete sich eine wunderschöne Blumenwiese aus, die bis an die Befestigungsbauten heranreichte. Unsere müden Augen betrachteten staunend die gelbe Pracht. Es gab viele Variationen gelbblühender Blumen, deren heiteres Leuchten uns verzauberte. Vom sanften Gelb, über strahlendes Sonnengelb hin zum satten Goldgelb.

„Das könnte eine Feenwiese aus dem Märchen sein. Es fehlen eigentlich nur noch die kleinen Tinker Bells mit ihren bunten Kostümen", meinte Reneé andächtig. Erst auf den zweiten Blick erkannte ich, dass die Blumen in der Form von Robarths Wappen arrangiert waren.

„Die ersten beiden Zeichen sind Robarths Embleme", erklärte Karen den staunenden Dai shizen. Das Hoheitszeichen war von einer strahlenden Sonne umgeben; die einzelnen Segmente wurden gerahmt von tiefblauen Sternenblüten.

„Sonnenkönig Robarth", murmelte ich. Diese Darstellung hatte ich auch schon als Intarsienarbeit, im Thronsaal in der Ankunftsburg, auf dem großen ovalen Holztisch gesehen. „Ein zweiter Sonnenkönig", frotzelte Lucy.

„Du musst aber zugeben, es sieht fantastisch aus", antwortete ich ihr. Selbst unsere Einheimischen waren von dem herrlichen Anblick angetan. Ich schaute zu Häuptling Hitoka hinüber, erneut hatte ich das Gefühl, dass er genau wie Annas, dieses Bauwerk schon kannte.

Die Festung hinter der Mauer entpuppte sich als prächtiger Palast. Im aufgehenden Morgenlicht glänzten die weißen Steinquader wie Alabaster. Eine stilisierte Sonne zierte das unzerstörbar wirkende, gewaltige Steintor. Dort, über dem Gestirn, waren noch einmal Robarths *Katakanas,* die chinesischen Schriftzeichen eingemeißelt. Doch je näher wir kamen, umso deutlicher erkannte ich, dass der Palast von langsamem Zerfall gezeichnet war. Er präsentierte die etwas verblichene bizarre Pracht, mit einem melancholisch stimmenden Gesamteindruck. Aber es war immer noch ein prächtiges, imposantes Bauwerk, das den morbiden Charme seiner vergangenen Blütezeit verstrahlte.

Dann nahm ich die gewaltige Energieblase aus zartem Licht wahr, die über der gesamten Anlage flimmerte. Blassgelb, mit einem Stich Grün, schimmerte die Sicherheitskuppel wie hauchfeines Gewebe. Sie verriet uns, dass die Festung von einem undurchdringlichen Schutzschirm umgeben war.

„Wie Nordlichter über dem Polarmeer", meinte Lucy ergriffen. „Nur gefährlicher und absolut tödlich", ergänzte Annas. Damit endete abrupt unsere andächtige Betrachtung. „Das hat Robarth aber alles nichts genutzt", meinte Annas. „Mein Bruder berichtete mir, dass seine Kumpane Kraagen und Judro ihn umgebracht haben."

„So! Lange genug geredet!", rief Marc. „Wir müssen weiter. An dem zerfallenen Gebäude vor der Festung machen wir eine Rast, bei der wir gemeinsam überlegen, wie wir es angehen wollen."

Geduckt sprinteten wir über die Wiese. Wir waren die letzten beiden Tage stets den Berg hinauf gerannt und hatten uns durch dichten Urwald gekämpft. Immer von Reneé angetrieben, die aus Angst um ihren Vater nicht ruhen wollte.

Wir sammelten uns hinter den Mauerresten des Gebäudes und setzten uns in den Schatten der Ruine, um die dringend nötige Erholungspause einzulegen. Wie zu erwarten, war Reneé es, die nach der Verschnaufpause als Erste ungeduldig aufstand. Sie war voller Tatendrang; vorsichtig schlich sie sich zur eingestürzten Mauer. Einige Minuten lang beäugte sie von dort aus den Palast.

Als sie zurückkam, um weitere Maßnahmen mit uns zu besprechen, folgte eine kernige Debatte. Beide, Häuptling Hitoka, auf dessen Schulter der Drache saß und König Asóka diskutierten lebhaft mit. Während dieser Erörterung erzählte ihnen Reneé, wie wir Judro in Auckland fingen und dass dieser Gangster uns beim Verhör verraten hatte, Reneés Vater sei nach Shimabara geflüchtet. Deswegen hatte Kraagen mit seinen Schergen die Ebene überfallen, um ihren Vater gefangen zu nehmen.

„Aber das Beste war, der Verbrecher hat uns in der Angst um sein erbärmliches Leben, einen groben Plan von diesem Palast gezeichnet." Weiter berichtete sie: „Er verriet uns auch, wie man durch einen geheimen Eingang hinter die Mauern kommt, um den Schutzschirm auszuschalten."

In Kürze würde sich ja zeigen, ob dieser „Jammerlappen Judro" damals in Neuseeland seinem Gottkollegen Kraagen wirklich etwas am Zeug flicken wollte. Oder ob er uns nur Theater vorgespielt und belogen hatte; und wir darauf hereingefallen waren. Aber natürlich hofften insgeheim alle Zuhörer, dass er die Wahrheit gesagt hatte.

Ich konnte nicht anders, setzte ein breites Grinsen auf und frotzelte: „Ich würde auch alles Mögliche erzählen, wenn so eine rothaarige Furie mit einem scharfen Messer vor meiner Nase herumfuchtelt und dabei Gift und Galle spuckte."

Das brachte mir einen strafenden Blick Reneés ein. Leises Gelächter brandete auf. Lucy hieb ebenfalls in die Kerbe: „Ja, ja, so kennt man sie! Nicht umsonst nennt man sie *Das scharfe Schwert* und als i-Tüpfelchen war sie da auch noch rothaarig!" Reneé ließ sich nicht provozieren. Sie schnitt nur eine Grimasse, musste dann aber, aufgrund unserer feixenden Gesichter, selber schmunzeln. Dann wurde sie wieder ernst. Sie lenkte unsere Auf-merksamkeit auf unser Vorhaben, indem sie uns mit bedeutsamem Blick anschaute.

Nachdem sie unsere ganze Aufmerksamkeit hatte, meinte sie: „Wir sollten nicht länger warten. Häuptling Hitoka könnte mit seinen Kriegern vor dem Haupttor warten, bis wir den Schutzschirm ausgeschaltet und das Festungstor geöffnet haben. Das wäre dann auch das Startsignal für König Asóka und seine Krieger, um über die Mauer zu klettern und von der Seite her in das Gebäude einzudringen."

Reneé schaute den Häuptling und den König bittend an, nach einer Gedenkminute stimmten beide dem Plan zu.

„*Zhài xièxie*", sagte Reneé mit bewegter Stimme und verbeugte sich tief vor den Führern der beiden Rassen. Es bedeutete so viel wie Schuld, Verpflichtung und Dank. Wir taten es ihr nach. Ein leichtes Kopfnicken und Häuptling Hitoka sprang lautlos über Felsbrocken und schritt geschmeidig durch die Büsche zu seinen acht Kriegern, die dort auf ihn warteten.

König Asóka schaute uns alle nacheinander an und verbeugte sich dann vor Reneé. Leise sagte er: „Wir sind auf dieser gefahrvollen Reise zu Freunden geworden. Euer Kampf ist auch unser Kampf. Wir werden euch nicht im Stich lassen und die Verbrecher der gerechten Strafe zuführen."

Dann verschwanden die neun Dai shizen, mit ihrem rotbraun gestreiften Fell fast unsichtbar, zwischen den Bäumen. Aber kurze Zeit später tauchten sie an der hinteren Mauer wieder auf, wo ein stämmiger, verkrüppelter Sequoiabaum sich an die Mauer lehnte. Die riesige Baumkrone reichte bis an die obere Mauerkante. Hier warteten sie auf ihren Einsatz. Die Blasrohre, mit denen sie ihre vergifteten Pfeile verschossen, hielten sie schussbereit in den Pfoten.

Karen und Lucy nickten zustimmend, während sie den davoneilenden Kriegern nachsahen. Es war schon seltsam, dachte ich, wie sich alle Reneé widerspruchslos unterordneten.

Selbst Marc und die beiden Göttinnen sprachen ihr die Führung nicht ab. Und Nadowessiu war im Widerstreit mit sich selbst, auf der einen Seite mochte sie Reneé, auf der anderen Seite war sie ihr immer noch ein wenig gram wegen Annas und Marc. Ahrens hielt sich sowieso meistens heraus, gab selten zu irgendetwas einen Kommentar ab. Es war halt so, mit ihrem Wesen nahm diese Frau alle für sich ein.

Nachdem unsere Verbündeten ihre vorgesehenen Stellungen erreicht hatten, sahen wir uns alle tief in die Augen. Schweigend reichten wir uns die Hände, dann führte Reneé uns zum Geheimeingang, den Urbansky ihr verraten hatte.

Vor dem ehemals mächtigen Redwood, der von einem Blitz bis auf den Boden gespalten war, blieb Reneé stehen. Auf ihrem Wink hin räumten wir das Gestrüpp beiseite. An der von Urbansky bezeichneten Stelle in der Festungsmauer wischte Reneé dann mit der Hand über den verwitterten Stein. Nach mehrmaligem Putzen, kam unter dem Schmutz ein Zeichen zum Vorschein.

Zufrieden murmelte Reneé: *„kai mon! Öffnen!"* Als nichts passierte, wiederholte sie den Spruch und diesmal zeichnete sie mit dem Finger die Konturen des Zeichens nach. Plötzlich flimmerte es und unter unseren staunenden Augen öffnete sich in der Mauer ein schmaler Durchgang.

Der sich dahinter befindende äußere Ring des Schutzschirmes gab an dieser Stelle einen etwa zwei Meter mal zwei Meter großen Ausschnitt frei. Reneé grinste zufrieden und mit einer nonchalanten Handbewegung deutete sie auf den entstanden Durchgang.

Aufatmend schlüpften wir leise nacheinander durch die Öffnung. Ahrens als Letzter, er zog das Gestrüpp wieder vor die Passage, sodass die Stelle etwas verdeckt wurde. Auf der anderen Seite des Gemäuers, hinter einem Gebüsch geschützt vor eventuellen Blicken aus dem Palast, sammelten wir uns.

Reneé drehte sich zurück zum Durchgang, zeichnete mit dem Finger das Zeichen nach, sprach dabei leise: *„hei mon"*, der Durchgang verschwand und die Mauer war wieder unversehrt. Ebenso schloss sich der Schutzschirm, der bis an die Mauer reichte, teilweise verschwand er sogar in den Quadersteinen.

Ahrens strich skeptisch mit den Händen über die Stelle und zog hastig seine Hände zurück, als diese kribbelnder Weise mit den Schutzschirm in Kontakt kamen. Kopfschüttelnd murmelte er: „Schöner Trick", danach bestaunte er wie wir den Prachtbau.

Vor unseren Augen erhob sich ein prächtiger Palast, dessen Fassade durch hohe, tief hinabreichende Bögen unterteilt war. Der Hof hatte das Flair eines königlichen Lustgartens, links und rechts standen etliche Springbrunnen, augenblicklich leider ohne Wasserspiele oder Fontänen. Mannshohe steinerne Skulpturen, die teilweise Menschen oder Götter, manchmal aber auch Tiere dar-stellten, wirkten täuschend lebensecht. Dazwischen standen formgeschnittene Bäume und Sträucher. Dazu Pflanzen, die mir teilweise unbekannt waren. Kleinere Steinbänke vervollständigten

das Arrangement. Der gelblich schimmernde Schutzschirm überspannte das Ganze.

Reneé deutete auf ein viereckiges Wärterhäuschen, das sich
linker Hand an die Mauer anschloss. Leise liefen Karen und
Kristanna auf die Hütte zu, während wir in Deckung blieben. Als
Karen, gefolgt von Kristanna, im Hütteneingang verschwand,
schickte Marc Ahrens zum Haupttor, um von dort aus die Beiden zu
schützen. Lucy übernahm diesen Part von unserem Platz aus. Mit
ihrem Bogen konnte sie gleichzeitig auch noch den gesamten
Vorplatz überwachen.

Ahrens erreichte in demselben Augenblick das Haupttor, als wir
aus dem Wärterhaus Kampfgeräusche vernahmen. Sekunden später
erlosch der Schutzschirm. Kristanna erschien in der Tür und zeigte
uns das Viktory-Zeichen. Wenige Augenblicke später waren die
Göttin und unser weiblicher Ninja wieder zurück. „Zwei Verbrecher
weniger", meinte Karen mit kaltem Lächeln.

Danach gab sie Ahrens ein Zeichen, das Haupttor zu öffnen, um
Häuptling Hitoka und seine Krieger einzulassen. Sofort verteilten
sich die Krieger auf dem Innenhof, die schweren Keulen und Speere
hielten sie kampfbereit in den Fäusten.

Reneé war inzwischen auf die Mauer geklettert. Von dort aus gab
sie den wartenden Katzenmenschen das verabredete Signal.
Unverzüglich erklommen die Dai shizen ohne Schwierigkeiten den
Sequoiabaum. Oben auf der Mauer hob König Asóka noch einmal
grüßend die Hand. Sekunden später waren sie schon hinter den
Gebäuden verschwunden.

Ahrens blieb bei den Affenmenschen, sie sollten uns den Rücken
freihalten, falls unangemeldeter Besuch von außen kam. Ich sah, wie
Häuptling Hitoka mit seiner Keule blitzschnell in einem Tor
zwischen zwei dicken Marmorsäulen verschwand. Ich fand das
merkwürdig. Sein Pashiri Ryūō blieb bei den Kriegern im Vorhof
zurück. Er setzte sich auf eine der Skulpturen und verschmolz
regelrecht mit ihr.

Reneé sprang von der Mauer herunter; mit gezückten Saigabeln
führte sie uns leichtfüßig über den Hof. Ich bewegte mich näher an

sie ran, um ihr bei Bedarf mit meinen Pistolen Feuerschutz zu geben oder nötigenfalls den Weg frei zu räumen. Während ich neben ihr herlief, informierte ich sie über meine Beobachtung.

Sie kommentierte nur kurz: „Ich weiß!" Anscheinend fühlte sie sich dann aber doch genötigt, mir eine genauere Erklärung zu liefern: „Der Häuptling hat mir erzählt, dass er von seinen Vorfahren über einen Geheimgang informiert wurde. Die Überlieferung stammte aus einer Zeit, als die Rénmín noch die Wächter von Robarths Refugium waren. Und er hat vor einiger Zeit, zusammen mit seinem Vorgänger Häuptling *Míngzhì*, der Weise, den Palast einmal genauer angeschaut. Unseren Geheimgang hatten sie aber nicht gefunden."

Ich lag also richtig mit meiner Annahme, dass Hitoka den Palast kannte. Hinter Reneé und mir folgte Marc, der sein Kurzschwert Friedensstifter in der Hand hielt. Annas hielt sich dicht neben ihm, ihre blankgezogene Klinge *shin nyo*, Göttin, blitzte wie Diamanten im Sonnenlicht. Links neben mir lief Karen und hielt ihren Tessen in der Hand; auf dem Rücken trug sie den japanischen Kurzbogen und an der Seite hing der Jitte.

Auf der anderen Seite schützte uns Kristanna mit ihrer riesigen Sternenklinge. Den Schluss bildeten Nadowessiu mit ihren beiden Tomahawks und Lucy, die ihren Langbogen gegen Kristannas japanischen Kurzbogen getauscht hatte. Die Bo-Stäbe ließen Annas und Reneé bei den wartenden Rénmín, da sie in engen Räumen und Gängen des Palasts hinderlich waren.

Wir überquerten den Platz, der übersät war mit Blättern und kleinen Zweigen, die unter unseren Tritten leise raschelten und knackten. Ab und zu brach auch ein zertretener Ast unter unseren Füßen. Jedes Mal blieben wir erschrocken stehen und lauschten; dann schlichen wir vorsichtig weiter.

Endlich langten wir beim Palast an. Über eine Treppe, flankiert von dicken Marmorsäulen, erreichten wir den Eingang. Das reich mit verschiedenen Tier- und Menschenmotiven verzierte Portal stand weit offen. Neben dem Tor lag ein Mann im Todeskampf, die entsetzte Miene und die verkrümmte Haltung zeugten von seinem unerwarteten Zusammenstoß mit Häuptling Hitoka. Er war nicht mehr dazu gekommen sich zu wehren. Als ich ihn erreichte, hauchte er gerade mit einem letzten Seufzer sein Leben aus.

Die unnatürliche Stille machte mich nervös. Da sich keiner um uns kümmerte, hatte er anscheinend auch niemanden mehr alarmieren können. Insgeheim wunderte ich mich schon, dass der Ausfall des Schutzschirmes keinerlei Reaktion von Kraagen und seiner Leute hervorrief.

Bis in die Haarspitzen angespannt huschte ich an Reneé vorbei, meine Glocks hielt ich schussbereit in den Händen. Erstaunt stand ich in einer höhlenartigen, weitläufigen und luftigen Halle. Da ich keine menschliche Seele erblickte und auch keine unmittelbare Gefahr erkannte, winkte ich erleichtert den Gefährten zu, mir zu folgen.

Zu beiden Seiten sah man bogenförmig gerahmte Durchgänge, die zu weiteren Türen und den dahinter liegenden Räumen führten. Wir sammelten uns hinter einer gewaltigen Drachenskulptur aus Granit, welches uns in der Höhe um das Doppelte überragte. Das gläserne Kuppeldach warf von bunten Glasscheiben verzauberte Lichtstrahlen auf das Gebilde. Ich gewann den Eindruck, dieser Drache würde sich gleich auf uns Eindringlinge stürzen. Doch unbeeindruckt von diesem Zauber wollte Marc von Reneé wissen, wie es nun weiterginge.

„Judro sprach von einem weiteren Geheimzimmer. Von dort aus werden mit Monitoren Robarths persönliche Bereiche überwacht. Auch die Schutzschirme können von dort aus gesteuert werden", flüsterte Reneé. Sie zeigte uns den Grundriss, auf dem die Haupthalle eingezeichnet war. „Vom Drachen aus sollen wir dann dem dritten Gang nach rechts folgen. Dort finden wir das Zimmer", ergänzte sie und faltete den Plan wieder zusammen.

Annas, die ja vor sehr langer Zeit einmal Robarths Palast besichtigt hatte, meinte sich an dieses Zimmer erinnern zu können. „Wo genau das ist, weiß ich nicht mehr, aber im Zusammenhang mit dem Zimmer spukt mir etwas im Hinterkopf herum. Irgendetwas von speziellen Wächtern, oder so ...!"

„Stimmt!" Erregt flüsterte Reneé: „Oh, das hätte ich fast vergessen! Judro warnte mich vor den Wächtern Robarths, die Kraagen ja sehr wahrscheinlich aktiviert hat. Es sind kleine künstliche Schlangen, die ein optisches Bild in die Zentrale senden und auf Befehl Giftpfeile verschießen können."

Einen Augenblick später schickte Reneé noch hinterher: „Seid vorsichtig, die kleinen Biester sind gerade mal fünfzehn Zentimeter lang und passen sich farblich der Umgebung an."

Voll konzentriert und kampfbereit liefen wir los; unser Adrenalinspiegel puschte hoch. An unserer Spitze Reneé, die endlich ihre Suche zu Ende bringen wollte. An einer Gabelung des Ganges trennten wir uns. Marc lief mit Annas, Kristanna, und Nadowessiu nach links; während Reneé, Karen, Lucy und ich uns nach rechts orientierten. Vorsichtig huschten wir dicht an den Wänden entlang, Reneé und ich links, Lucy und Karen auf der rechten Seite. Wir passierten zwei leere Zimmer und stießen auf einen großen Spiegelraum voller blinkender Armaturen. Nach einem kurzen Blick in das menschenleere Zimmer wollten wir weiter.

Plötzlich bewegte sich vor uns der schwarz-weiß gefliese Fußboden. Bevor ich einen Warnruf loswerden konnte, stieß mich Reneé gegen die Wand. Zwei kleine Pfeile verfehlten mich nur knapp. Ehe die beiden Schlangen nochmals Pfeile abfeuern konnten, trat Lucy blitzschnell mit ihrem Fuß auf den Kopf des metallischen Tieres. Wild mit dem Körper hin und her zuckend, versuchte die Schlange zu entkommen. Aber als Lucy nochmals fest auf den Kopf trat, zersplitterten die Linsenaugen.

Nochmals kurz zuckend, blieb der Körper der Metallschlange regungslos liegen. Karen hatte sich auf das zweite Biest gestürzt. Sie klemmte das künstliche Reptil kurz hinter dem Kopf mit dem Tessen auf dem Fußboden fest. Mit dem stählernen Knauf meines Bowiemessers zerschmetterte ich schließlich dem Biest den Schädel.

Erleichtert schnaufend schlichen wir weiter. Nach einer Biegung sahen wir eine halbgeöffnete Tür, aus der kaum hörbare Sprachfetzen herausdrangen. Leise bewegten wir uns bis zur Tür, Karen zeigte uns mit vier Fingern ihrer Hand die vermeintliche Anzahl der in dem Zimmer befindlichen Gangster an.

Nach einem kurzen gegenseitigen Zunicken stürzten wir ins Zimmer. Lucy war sofort in ein Gerangel mit einem schmächtigen Mann verstrickt, der versuchte seine Pistole auf sie zu richten. Karens Tessen machte einem pickelgesichtigen Typen den Garaus und Reneé entwaffnete mit ihrer Saigabel einen dicklichen Gangster und schickte ihn dann mit einem Schlag an die Schläfe zu Boden.

Leider konnte ich den Schuss des letzten Verbrechers nicht verhindern. Er traf Lucys Gegner, der in die Schusslinie geriet, weil sie sich im letzten Moment von ihrem Angreifer wegdrehte. Ich stoppte den Pistolenheld, bevor er nochmals abdrücken konnte, mit einem Treffer in die Brust. Gurgelnd fiel er nach hinten und blieb röchelnd liegen.

Der Kampf hatte höchsten eine halbe Minute gedauert. Reneé drehte sich zu mir um und sah mich erleichtert an. In diesem Augenblick flog an der Zimmerseite die Tür eines kleinen Nebenraumes auf. Ein schlecht rasierter Kerl mit einer Schrotflinte tauchte auf und feuerte sofort los. Brüllend entlud sich die Waffe und die Schrotmunition traf Reneé in den Rücken.

Entsetzt sah ich, wie sie durch die Garbe auf den Boden geschleudert wurde. Die Geräusche im Zimmer verschwammen zu einem Brausen in meinem Ohr und Eiseskälte umklammerte mein Herz. In fassungsloser Bestürzung entfuhr ein Schrei meiner Kehle: „Reneé!"

In einer Art von Raserei lief ich brüllend auf den Verbrecher zu, der nun seine Waffe nun auf mich richtete. Mit beiden Glocks schoss ich gleichzeitig. Wie in Zeitlupe zerplatzte sein verzerrtes Gesicht vor meinen Augen. Durch die Wucht meiner Geschosse wurde er regelrecht, zusammen mit der Tür, in das Zimmer zurück geschleudert und blieb verkrümmt in den Teilen der zerborstenen Tür liegen.

Karen fiel wie eine Furie über den letzten Verbrecher her, der von Reneé bereits entwaffnet, aber sich nun wieder in den Kampf einmischen wollte. Sie tötete ihn mit ihrem Tessen.

Ich warf mich vor der laut stöhnenden Reneé auf den Boden. Ein eisiger Wind blies durch meine Seele als sich der Schockschleier vor meinen Augen lichtete. Verstört kniete ich mich neben ihr nieder. Die Schrotgarbe hatte die Lederjacke hinten völlig zerfetzt.

Verwirrt bemerkte ich, dass kein Blut zu sehen war und ihr Rücken zwischen den Jackenfetzen golden hindurch schimmerte. Es waren die Konturen eines Drachentattoos, die in einem goldenen Licht pulsierten. Reneés gesamter Körper strahlte in einem hellen Schein. Während ich sie in meine Arme nahm, fühlte ich, wie ihr Körper eine ungewöhnliche Hitze ausstrahlte.

„Reneé", stammelte ich und wollte sie aufrichten. „Schon gut", murmelte sie. Reneé umklammerte fest meine Arme und richtete sich langsam mit schmerzhaftem Keuchen auf. „Was ist passiert?" Ihre grünen Augen blickten mich voller Schmerz fragend an: „Ich habe das Gefühl, als wenn mir jemand mit beiden Füßen ins Kreuz gesprungen wäre."

„Liebes, der Gangster hat dich mit einer vollen Schrotladung in den Rücken getroffen! Dein Drache hat dir das Leben gerettet." Die Jacke und das Shirt bestanden nur noch aus Fetzen; zart strich ich ihr mit der Hand über den entblößten Rücken. Auf der Haut sah ich lediglich einen großen roten Kreis. Das Tattoo war jetzt nur noch als verwischter Umriss zu erkennen.

Karen und Lucy knieten mittlerweile ebenfalls neben uns und ihre Blicke waren entsprechend ungläubig, als sie Reneés Rücken sahen. Kollektiv stießen sie, kopfschüttelnd aber erleichtert, einen Seufzer aus. Ich half meiner Prinzessin hoch, die sich leicht benommen an meiner Schulter festhielt. Mit noch wackligen Knien schaute sie sich um und holte tief Luft. Karen nahm Reneé in die Arme und flüsterte erleichtert: „Wir sind froh, dass dir nichts passiert ist."

Anschließend herzte Lucy sie. Reneé schüttelte sich, während sie ihre zerfetzte Lederjacke samt Shirt auszog. Sie murmelte etwas unverständliches, als sie die zerschredderten Kleidungsstücke betrachtete. Dankbar nahm sie meine Jacke, um ihre Blöße zu bedecken.

Im hinteren Gebäudeteil peitschten Schüsse, offenbar war Marcs Gruppe ebenfalls auf Kraagens Gangster gestoßen. Karen schaute fragend Reneé an: „Wir müssen weiter, geht's denn wieder?"

„Ich bin in Ordnung", antwortete Reneé. Obwohl ihr Gesichtsausdruck Schmerzen verriet, gab sie sich Mühe gelassen zu klingen. Bei einer flüchtigen Untersuchung stellten wir fest, dass alle fünf Gangster tot waren. Einer der Gangster hatte eine Smith & Wesson, deren 9mm Parabellum-Munition ich für meine Glocks gebrauchen konnte. Schnell steckte ich die zwei Magazine ein; die Patronen konnte ich später in meine Magazine einführen.

Wir packten unsere Waffen und liefen den langen Gang entlang, in die Richtung der Schüsse. Kurze Zeit später stießen wir auf unsere Dai shizen, die mit mehreren Banditen kämpften. Unser Eingreifen entschied den Kampf zu Gunsten unserer Partei. Leider wurden bei dem Gefecht zwei der Menschenkatzen tödlich verletzt. Zwei der Verbrecher konnten flüchten; drei ihrer toten Kameraden ließen sie zurück.

Etwa eine halbe Minute später hörten wir Schreie und dann einen Schuss. Kurze Zeit später traf Marc mit seiner Gruppe bei uns ein. Die beiden Geflüchteten waren weiteren Schlangen über den Weg gelaufen; diese stoppten ihre Flucht endgültig. Unsere Freunde konnten die Schlangen vernichten, ehe sie Opfer unter den Gefährten fanden.

Zusammen durchsuchten wir die übrigen Zimmer. In einem Nebenzimmer, am Ende des Ganges, fanden wir dann endlich Reneés Vater. Er lag in einer Zelle, die von einem separaten Energieschirm abgeschirmt wurde.

„Vater!" rief Reneé erregt. Auf der Liege drehte sich Gott Svanson herum. Kraftlos hob er die Hand. „Reneé! Endlich bist du da." Seufzend, wie erlöst, kamen die Worte über seine Lippen.

Karen hatte inzwischen den Schalter gefunden und schaltete den Schutzschirm aus. Sofort stürzte Reneé ans Lager ihres Vaters, dicht gefolgt von Annas und Kristanna. Nachdem Marc uns bedeutete das Zimmer zu sichern, näherte er sich ebenfalls langsam seinem Protegé und langjährigen Freund.

Svanson war wachsbleich und die Konturen seines Gesichtes traten scharf hervor. Seine Augen veränderten sich wie bei einem Chamäleon, zeitweilig waren gar keine Pupillen zu sehen. Die Augen erschienen dann tiefschwarz.

„Mein Liebes! Endlich!" Er versuchte sich aufzurichten, aber kraftlos sank er wieder zurück auf die Liege. Reneé fiel auf die Knie und nahm erschüttert seine Hand in die ihre. „Vater!" Als sie weiter sprechen wollte, legte er ihr den Finger auf die Lippen.

Man konnte es ihm ansehen, wie viel Kraft es ihn kostete, als er flüsterte: „Ich habe nicht mehr viel Zeit, deshalb höre mir genau zu. Im meinem Refugium, im Privatzimmer, gibt es ein verstecktes Fach. Du öffnest es mit dem Passwort *jìyào*. Dort findest du alle Geheimnisse von Niihama und auch meine."

Zu seiner Schwester gewandt sagte er, für uns Umstehende kaum hörbar: „*Yūdoku.*" Sein Körper in Reneés Armen erzitterte unter Krämpfen. Er stöhnte leise: „Sei mir nicht böse! Ich habe dich immer geliebt." Nach diesen geflüsterten Worten versank er in tiefe Ohnmacht. Reneés innerer Konflikt zeichnete sich deutlich auf ihrem Gesicht ab. Ihre Augen füllten sich mit Tränen. Hilflos und stumm standen wir vor dem Drama und waren nicht in der Lage sie zu trösten.

„Wir müssen doch irgendetwas unternehmen! Sonst stirbt er!", rief sie gequält.

Erschüttert sah ich auf meine Prinzessin, die schluchzend neben ihrem Vater kniete. Was hatte sie nicht alles überstanden, um ihn zu finden. Kämpfe, Monster, Entführungen und Tod waren ihre Begleiter; Verletzungen an Leib und Seele. Und dann diese Tragödie hier!

Als ich in die Gesichter meiner Gefährten blickte, spiegelten sich die gleichen Empfindungen in ihren Mienen wieder. Mit einer verstohlenen Bewegung wischte sich Lucy eine Träne aus dem Auge, während ich mit einem dicken Kloß kämpfte, der sich in meinen Magen gebildet hatte.

Annas kniete sich vor die Liege hin: „Wir können ihm nicht mehr helfen ... und auch sonst niemand." Kristanna gesellte sich hinzu und beide legten ihr tröstend die Hand auf die Schulter. Eine bedrückende Stille breitete sich aus.

Annas schaute Reneé lange in die Augen, resigniert flüsterte sie mit brüchiger Stimme: „Kraagen hat ihn mit Yūdoku-Saft vergiftet. Wir können ihn nicht mehr retten. Außerdem bewirkt das Gift, dass seine Matrix nicht in die *Sphäre*, die Todeswelt unserer Rasse, eintreten kann." Weinend umarmte Reneé ihre Tante.

Im selben Augenblick bemerkte ich, dass das Drachenamulett am Hals von Reneé zu leuchten begann. Wie in Trance löste sie sich aus Annas Armen; sie beugte sich über ihren Vater und küsste ihn. Der Kuss dauerte nur ein paar Sekunden, aber danach verharrte ihr Gesicht dicht über seinem. Ihre Lippen berührten sich fast, diese innige Nähe beeindruckte tief unsere Empfindungen. Ruhig atmete Reneé ein und aus.

In dieser Zeitspanne nahm ich eine unmerkliche Bewegung zwischen den beiden Lippenpaaren wahr. Ein feiner Hauch, in dem funkelnde Punkte schwebten, wechselte aus Gott Svansons Mund in den ihren. Wir Umstehenden beobachteten verstört die unwirkliche Szene.

Annas stand auf und trat verblüfft einen Schritt zurück, ehe sie mit erstaunter Miene murmelte: „Sie atmet seine Matrix ein."

Langsam sank Reneé neben ihrem Vater auf die Liege. Kristanna kniete sich und nahm Reneés Kopf schützend in beide Hände, während Annas kniend das Haupt ihres Bruders in ihre Armbeuge bettete.

Wir Außenstehende hofften, dass Reneé bei diesem Akt keinen Schaden nahm. Ein kurzer Blick auf meine Gefährten zeigte mir ihre Sorge, die sich in der Anspannung ihrer Gesichter widerspiegelte. Karens Mimik glich einer dieser schneeweißen Nō-Masken, während sie ihre Hände ineinander verkrampfte. Nach wenigen Atemzügen verfiel Reneé in einen Tiefschlaf.

\*\*

*Reneé schaute durch Svansons Augen auf Bilder von unermesslicher Schönheit, die wie in einem Film vorüberzogen. Es waren Sternbilder eines unbekannten Universums. Eine strahlende Energiewolke, die aus unzähligen Einzelwesen bestand, bewegte sich durch Zeit und Raum und nahm jegliche Form der Lebewesen an, auf die sie traf. Wie ein trockener Schwamm saugten sie alles Wissen dieser Geschöpfe in sich auf.*

*Nach langer Wanderung trafen sie auf ein Volk, dass sich Jisshitsu nannte. Das uralte kollektive Bewusstsein der Energiewesen wusste, dass ihre Gemeinschaft bald sterben musste. Sie befanden, dass für sie dieses Volk die letzte Möglichkeit bedeutete, ihr Wissen weiterzugeben und so in ihnen weiterzuleben. Sie verschmolzen mit den Jisshitsu und erhoben sie so zu Göttern.*

*Sie sprangen mit Uigōru im Universum von Stern zu Stern um ihren Machtbereich zu verbreitern. In wahnhafter Überheblichkeit löschten sie Hochkulturen aus. Sie unterjochten Völker, töteten Rassen die ihnen nicht gehorchen wollten; ließen Planeten explodieren und Völker untergehen.*

*So, als wenn sie sich in einer Luftblase befände, stürzte Reneé in freiem Fall, in geistiger Kommunikation mit den Göttern, auf einen jungfräulichen blauen Planeten zu. Sie erkannte die charakteristischen Formen der Landmassen, es war die Erde. In der Mitte eines großen Kontinents lag ein tiefes weitläufiges Becken. In dessen Zentrum sah sie eine riesige Stadt, deren weiße Mauern und Gebäude sich unwirklich aus der Landschaft hervorhoben. Goldene Turmspitzen spiegelten sich in der Sonne.*

*Aus heiterem Himmel beobachtete sie, dass auf einmal die Landschaft erzitterte. Die prächtige Stadt löste sich urplötzlich aus dem Festland heraus, in einer enormen Staubwolke erhob sie sich und stieg hoch in die Erdatmosphäre. Der Himmel öffnete sich mit Blitz und Donner, ein riesiges Tor in eine andere Dimension entstand und im Nu verschwand die gesamte Stadt darin. Die Jisshitsu hinterließen ein furchtbares Chaos, gewaltige Erdbeben erschütterten die Erde, riesige Tsunamis überschwemmten die Landmassen. Auf dem zerstörten Kontinent füllte sich das entstandene tiefe Loch mit Wasser und bildete ein großes Meer.*

*Reneés Blickwinkel wechselte und ließ sie teilhaben an Gedanken und Wahrnehmungen des Gottes Svanson. Sie wurde in der Blase weitergewirbelt und befand sich plötzlich über einem unbekannten Planeten, dessen Sternbilder ihr vollkommen unbekannt waren. Aus den Gedanken Svansons heraus wusste sie, dass es der Heimatplaneten der Jisshitsu war. Sie sah auf dem erdähnlichen Planeten eine riesige Stadt, deren Türme in* den Himmel zu wachsen schienen. Svanson wusste, dass das ,Erste Tor' der ,Altvorderen' hier zu finden war. Er musste es unbedingt besitzen, bevor einer seiner widerlichen Götterkollegen es sich unter den Nagel reißen konnte.

Wie ein Vogel bewegte sich der Betrachter über die Landschaft. Er flog zu einer golden irisierenden Energieblase, die in der Luft schwebte und sich langsam drehte. Der energetische Raum öffnete sich an einer Stelle und er wurde hineingezogen. Außer einer rotierenden Hülse in der Mitte konnte er nichts erkennen. Triumphierend packte er das Behältnis. Bei seiner Berührung verschwand es und ein Artefakt, an dem ein schmaler Gegenstand hing, schwebte vor seinen Augen. Gierig griff er mit beiden Händen zu. Er fühlte, wie die Energie durch seinen Körper pulsierte. „Uigōru! Jetzt gehörst Du mir! Mir allein!" Nach seinem leichten Fingerdruck baute die Sōseiki eine Bildfläche auf. Beim Studium der erscheinenden Schriftzeichen freute er sich diebisch: „Die Liste aller Frequenzen! Wie passend!" Er fügte die feinen Silberfäden zu einem Muster auf dem Uigōru und drückte den Knopf. Der Gargoyl erschien und öffnete ein Tor, das sich langsam in der Energieblase manifestierte.

Er durchschritt das Tor und bevor es sich wieder ganz schloss, warf er eine Bombe in den energetisch umschlossenen Raum. „Spurenverwischung nennt man so etwas!", lachte er höhnisch.

Die Bilder wechselten, sie blickte in ein gewaltiges Laboratorium. Dort lagerten in riesigen Glasbehältern allerlei Urtiere in Nährlösungen. In anderen gläsernen Kästen lagen Eier, bestrahlt von einer kleinen Sonne. Auf zwei Tischen lagen Kreaturen, von ihm geschaffene Monster wie Reneé sie noch nie gesehen hatte, wie Ausgeburten der Hölle. In einer separaten Zelle richtete sich eine wunderschöne nackte Frau auf und trat an die Gitterstäbe.

„Warum hast du mir DAS angetan? Ich habe dich doch geliebt!" Sie hob anklagend ihre Arme, die Finger waren mit langen spitzen Krallen versehen. Auf ihrem Rücken entfalteten sich zwei mächtige Federschwingen. Ihre flaumbedeckten Beine endeten in starken krallenbewehrten Vogelfüßen. Sie war etwa drei Meter groß; ihre Gestalt strahlte, trotz des monströsen Aussehens, etwas Erhabenes aus. Dazu trugen insbesondere das ebenmäßige aristokratische Gesicht und ihr bis zum Unterleib wohl geformter Frauenkörper bei.

Plötzlich schlug sie wild mit den Flügeln gegen die Zellengitter und das Gesicht verzerrte sich zur hasserfüllten Maske: „Svanson, Du bist das einzige Monster hier!", schrie sie mit überkippender Stimme, die in ein heißes, wahnsinniges Gekrächze umschlug. Ihre laute Wut übertönte sein höhnisches boshaftes Lachen.

Wieder wechselten die Bilder. Reneé sah eine riesige Glaskuppel, in der sich etwa zwei Dutzend Individuen versammelten, die teils menschliche, teils außerirdische Gestalten angenommen hatten. Sie schwebten auf stuhlähnlichen Vorrichtungen unter einem Schutzschirm. Wütend und aufgebracht debattierten sie über Svansons Rede, in der er mehr Toleranz für andere Lebewesen forderte. Diesen Anspruch dehnte er auch aus, auf den Umgang untereinander. „Ausgerechnet der, der aus seiner Geliebten ein Monster gemacht hat", kam die höhnische Antwort aus einer kleineren Gruppe, der Kraagen vorstand.

Zwei Schutzschirme weiter tobte Robarth in seinem Sitz und keifte, dass alle Anwesenden ihm feige nach dem Leben trachteten. Ausnahmslos versuchten sie alle, ihm seine Schätze zu rauben und ihn anschließend zu ermorden. Lachend erhielt er von Judro die Antwort, er besäße doch gar nichts mehr. Boshaftes Gelächter war zu hören. Dann explodierte Robarths Sitzvorrichtung. Sein Blut und Exkremente verschmierten die inneren Wände des Schutzschirmes. Angewidert verließ Svanson die gläserne Kuppel mit den Worten: „Dann bringt euch doch gegenseitig um oder lasst zu, dass der wahnsinnige Lookken und seine Akatsukis euch umbringen!" Ein hasserfüllter Blick traf ihn, als er in Kraagens Augen schaute.

Abrupt verblassten die Szenen. Als die Bilder aufklarten stand Svanson auf einem Berghügel. Unter ihm leuchtete der Energieschirm seines Refugiums. Er drehte sich um, bückte sich und drückte auf die Unterseite eines Felsens. Sekunden später öffnete sich vor ihm eine Luke im Boden. Eine lange, steile Treppe führte hinunter, bis tief in den Berg hinein. Nach etwa vier Minuten blieb er stehen und drückte auf dem scheckkartengroßen Paneel, das er um den Hals trug, mehrere Tasten. Es knisterte elektrisch und nach einem Augenblick wurde vor ihm eine Stelle in der Wand durchsichtig.

Danach gab der Felsen eine etwa zwei Meter hohe und ein Meter breite Spalte frei, in der kurz darauf eine Tür erschien, die sich geräuschlos öffnete. Er betrat er sein Laboratorium, dort waren alle Käfige bis auf zwei

Zellen leer. In einer befand sich ein junger Höhlenbär und in der anderen befand sich eine Riesenschlange, aus deren Leib Füße wie bei einem Tausendfüßler herauswuchsen.

Als Svanson am Schlangenkäfig vorbei ging, richtete die Schlange ihren mannsdicken Oberkörper auf. Mit ihrem weit aufgerissenen, mit spitzen Zähnen bewaffneten Maul zischte sie ihren Schöpfer an. Zwei Hände mit spitzen Krallen, die kurz hinter dem schlanken Kopf aus ihrem Körper herauswuchsen, rüttelten wütend an den Käfigstreben. Svanson blieb stehen, um die Schlange zu beruhigen, als plötzlich Sirenen schrillten. Aus einer Seitentür traten vier schwer bewaffnete Cyborgs.

„Gott Lookken ist mit seinen Akatsuki in die Vorhalle des Labors eingedrungen", meldete einer. „Dieser vermaledeite Idiot! Wie ist der in den Besitz des Ersten Tores, dem Uigōru gekommen?" fluchte Svanson. „Dann besitzt er auch das Sōseiki, die Liste!"

Mit einem Wink schickte er die Wächter los. Minuten später dröhnten die ersten Explosionen. Er startete das Selbstzerstörungsprogramm und eilte aus dem Laboratorium. Während er den Gang weiter zur Heimstätte hinunterrannte, gab er hastig auf dem Paneel seine Befehle ein. Er verschloss die Tür, durch die er seinen Experimentierraum betreten hatte. Gleichzeitig versiegelte er beide Zugänge zum Laboratorium und sperrte deren Öffnungsmechanismen. Er hoffte, dass nun alle seine Angreifer in der Forschungsstätte eingesperrt waren.

Eine Minute später erreichte er den Raum mit dem fast drei Meter großen Torbogen aus Metall. Wieder flogen seine Finger über das Paneel und nach dem Aktivierungscode löste sich der diffuse Schimmer vor dem Tor auf. Dann öffnete sich das Portal mit dumpfem Seufzen. Einzelne Glieder des Tores verschoben sich und gaben einen kreisförmigen Durchgang frei. Er betrat sein Refugium und während sich das Tor hinter ihm mit einem leisen metallenen Klacken wieder schloss, eilte er weiter in die Zentrale.

Gebannt starrte er auf die Monitore, um schimpfend festzustellen, dass vor dem Berg ein Flugboot der Akatsukis stand, besetzt mit vier Leuten. Beim Heranzoomen erkannte er Lookken darunter.

Svanson befahl seinen Cyborgs das Schiff anzugreifen. In diesem Moment hörte er über die Außenmikrofone ein tiefes Grummeln und dann rülpste der Berg. Der Gipfel schleuderte mit einer Stichflamme Gestein und

Rauchwolken in die Atmosphäre. Die Besatzung des Amphibienflugzeugs entwickelte heftige Aktivitäten und noch bevor die Cyborgs es erreichen konnten, öffnete sich vor dem Fluggerät ein Tor. Die letzten Schüsse aus den Strahlenkanonen der Cyborgs zischten dem Boot ins Tor hinterher. Ob es getroffen wurde, konnte er nicht feststellen.

Er verließ seinen Beobachtungsposten und aktivierte die Sprengfallen und Sicherheitsvorrichtungen. Nachdem er sich von den Schwarzen Gesellen verabschiedet hatte, öffnete er ein Tor. Wie ein kurzer Blick auf die Landschaft zeigte, führte es direkt zur Erde. Dorthin verschwand er, während sich das Tor zu seiner Heimstätte langsam wieder schloss.

In den nächsten vorüberziehenden Bildern erkannte Reneé einen Hügel bei Flodden in Northumberland. Auf ihm formierten sich etwa 30.000 schottische Krieger zum Gefecht. Es waren die letzten der 60.000 Männer, die mit dem schottischen König James IV aufgebrochen waren, um die Engländer zu besiegen.

Svanson musterte den sehr intelligenten und gebildeten Regenten, der rechts neben ihm auf einem Pferd saß. Das kühne Gesicht wurde umrahmt von schulterlangem braunem Haar. Er blickte aus klugen Augen besorgt auf seine Truppen herunter. Lange hatte Svanson versucht, ihn von diesem Krieg abzuhalten, aber der König war mit der ‚Auld Alliance' an Frankreich gebunden.

An Svansons linker Seite saß auf seinem Streitross, sein enger Freund Alexander Hisholm Strath I. Er hatte sich ebenfalls, wie die Clans der Praters, der Hentsiees, der Mantreés und die der Mackenzies, seinem Souverän angeschlossen um gegen die Truppen des englischen Königs Heinrich VIII zu kämpfen.

Als die Engländer den Fluss Till unter der Führung von Thomas Howard, 1. Earl of Surrey überquerten, eröffneten die Schotten das Feuer. Doch die meisten Kanonenkugeln verfehlten ihr Ziel. Die englischen Kanonen- und Bogenschützen antworteten mit konzentriertem Beschuss. Pulverdampf waberte empor und verschleierte den Blick auf das Kampfgeschehen.

Explosionen, Schreie und das Stöhnen der verwundeten schottischen Krieger quälten seine Ohren. Dann kam der Befehl, den Hügel hinunter zu stürmen. Damit gelangten sie in die Reichweite der Engländer. Die englischen Hellebardiere mit ihren mehr als zwei Meter langen

Hellebarden, hatten gegen die schottischen Pikeniere wenig Mühe. Es gab ein grässliches Massaker unter den Schotten. Viele ranghohe Adlige und über 10.000 schottische Soldaten wurden getötet.

Die entsetzten Augen sahen, wie die Haken der Hellebarden die Reiter von den Pferden zogen, um dann mit der umseitigen Beilklinge die Rüstung der Krieger zu durchschlagen. Überall spritzte das Blut im hohen Bogen ins Gras. Mit der scharfkantigen Rückseite der Beilklingen wurden die verletzlichen und kaum durch Rüstungsteile geschützten Beinsehnen der Pferde attackiert. Die Schmerzensschreie der Menschen und Tiere klangen entsetzlich.

Als ihr König inmitten des Getümmels von einem Hellebardier aufgespießt wurde, rissen Alexander Hisholm und Svanson ihre Pferde herum und flohen aus dem Grauen. Mit einem verwegenen Ritt erreichten sie unbeschadet das Gebiet der Clans. Mit Engelszungen redete Svanson auf seinen Freund ein, wegen der zu erwartenden englischen Repressalien, mit ihm nach Niihama zu gehen. Er überzeugte Alexander Hisholm. Der rief anschließend eilig eine Zusammenkunft der Clans der Praters, der Hentsiees, der Mantreés und der Mackenzies ein. Dort überredete Svanson auch sie dazu, auf seine Ebene überzusiedeln. Es waren fast nur Kinder und Frauen, die den Weg nach Niihama antraten.

Dann fokussierte sich Reneé erneut auf weitere Bereiche in Svansons Erinnerungen. Er schlenderte durch das Musée du Louvre in Paris. Sein Blick folgte einer jungen adretten blonden Frau. Svanson spazierte hinter ihr her und ließ kein Auge mehr von ihr. Sie drehte sich um und fragte ihn spitzbübisch: „Mein Herr, folgen Sie mir etwa?" Wobei sie ihn mit den blauen Augen in ihrem hübschen Gesicht anstrahlte.

Die Szene wechselte: Svanson spazierte mit Marc über das Gelände der Weltausstellung und sie blieben am Manchu-Sommerpalast der chinesischen Delegation stehen. Ein Teil des riesigen Gebäudekomplexes war hier nachgebaut worden. Kraagen trat hinter einem Pavillon hervor und grinste die Freunde herausfordernd an. Begleitet wurde er von zwei zwielichtigen Kerlen, die Annas zwischen sich festhielten. Während Marc ihnen eine prall gefüllte Tasche zuwarf, lief Annas auf Svanson zu. Plötzlich rannte Alexandra mit einem Fotoapparat hinter einem Schaustellerwagen hervor und rief irgendetwas. Eine wilde Schießerei begann.

Annas wurde getroffen und fiel zu Boden. Schreiende Menschen liefen in Panik durcheinander. Marc hob Annas auf und trug sie durch die gaffende Menschenmenge. Svanson schnappte sich die konsternierte Alexandra und folgte Marc zu einer vierspännigen Kutsche, mit der sie eilig davonfuhren.

Wieder änderte sich die Szene. Es war Mittag in Hollywood; Svanson betrat am Hinweisschild ‚Route 66' vorbei das ‚Barney´s Beanery' am Santa Monica Boulevard. Er durchquerte die Bar und setzte sich an den Einzeltisch, von dem aus er freie Sicht zum Eingang und durchs Fenster nach draußen hatte. Rechts neben ihm an der Tür, hing ein Toilettenschild. Durch seine Besuche in letzter Zeit wusste er, dass dies der Hinterausgang war.

Milly, braun gebrannt von der Sonne Kaliforniens, brachte ihm mit einem einstudierten Filmbranchenlächeln das obligatorische Glas Whisky an den Tisch. Sie hoffte immer noch, dass sie entdeckt wurde von einem der zahlreichen Regisseure, die das Barney´s besuchten. Forschend ließ er die Augen durch die Bar schweifen. Eine Meute Journalisten umlagerten den großen Tisch in der Mitte des Ladens, wo der Schauspieler John Barrymore gerade Hof hielt.

Fürs Erste war er mit seiner Wahl des Treffpunktes zufrieden, es sah gut aus und er hatte noch etwas Zeit. Er nahm die Daily Times und studierte den groß aufgemachten Artikel über Charles Lindbergh, der seinen Nonstop-Flug von New York nach Paris am 21. Mai 1927 glücklich beendet hatte. Die Gazette überschlug sich darüber in Lobeshymnen.

Plötzlich fühlte er einen Kältehauch, als wenn ein Fenster geöffnet worden wäre. Er schaute hoch und sah, wie seine göttlichen Kollegen Kraagen und Judro die Bar betraten. „Schau an! Unser ‚Kollege' ist schon da", tönte Kraagens Stimme durch den Raum. Betont selbstsicher faltete Svanson die Zeitung zusammen und legte sie auf den Tisch. Er setzte als Fassade ein freundliches Lächeln auf und bat sie mit einer Handbewegung an den Tisch; wobei er die Tür und durch das Fenster die Straße genau beobachtete.

Kraagens Augen blickten hinterlistig und sein Grinsen war auch falsch, als er ablehnte: „Ich will mich hier nicht länger als nötig aufhalten! Ich traue dem Frieden nicht so ganz!" Judro wischte sich den Schweiß von der Stirn und schaute ziemlich bedröppelt aus der Wäsche.

Nonchalant antwortete Svanson: „Wie ihr wollt!" wobei er einen leisen spöttischen Ton mitklingen ließ. „Wie ihr wisst, sind nicht mehr viele von uns übrig geblieben. Deshalb sollten wir schnellstens unsere Streitigkeiten beenden. Jeder geht seinen Weg und versucht dabei den anderen nicht umzubringen!"

Kraagen warf ihm einen heimtückischen Blick zu, erwiderte aber betont freundlich: „Unsere Forderung lautete schon immer so. Leider haben sich einige der unsrigen dazu nicht durchringen können." Judro an seiner Seite räusperte sich und beeilte sich ihm zuzustimmen.

Reneé konnte die Gedanken Svansons lesen, als er Judro in die unstet flackernden Augen schaute. Bāgē de zuíba, -Papageienschnabel! Er würde in Kraagens Gegenwart sowieso nur das Nachplappern, was dieser ihm vorsagte, -suí rén shuō! Man sollte ihn aber auch nicht unterschätzen, denn in die Enge getrieben, beißt eine Ratte sogar die Katze.

Schließlich nickte Kraagen und meinte: „Also Waffenstillstand! Wir gehen uns von nun an aus dem Wege und werden alle noch sehr alt!" „Akzeptiert", erwiderte Svanson, worauf die beiden Kanaillen sich auf dem Absatz umdrehten und Barney's Beanery eilig durch die Tür neben ihm verließen. Andauernd schauten sie dabei nervös um sich, so als vermuteten sie in jedem Anwesenden einen potentiellen Attentäter.

Svanson war die Nutzlosigkeit seines Versuchs klar, die Beiden von seinen Einsichten zu überzeugen. Ihm war bewusst, dass sie nur ein Lippenbekenntnis abgelegt hatten, aber er hatte es wenigstens versucht. Als er ihnen nachblickte, verscheuchte er mit einem leisen Seufzer das aufkommende Gefühl der Ohnmacht. Er legte fünf Dollar für den Whisky auf den Tisch und verschwand ebenfalls eilig durch den Hinterausgang. Wo Marc, scheinbar lässig an die Wand gelehnt, auf ihn wartete und die Umgebung im Auge behielt.

Die Szenerie in Svansons Erinnerungen wechselte erneut. Es erschienen die Bilder einer Landstraße, die durch eine grüne Hügellandschaft führte. Von einer Anhöhe aus beobachtete Svanson zwei Autos, die mit hohem Tempo über die Straße rasten. Es schien so, als würde der erste Wagen vom zweiten verfolgt, denn dieser fuhr immer sehr dicht auf. Er nahm das Fernglas, das um seinen Hals hing. Nach einem Blick durch das Objektiv erkannte er die blonde Fahrerin im ersten Wagen.

Überrascht murmelte er: „Freyja!" Hastig richtete er das Glas auf den Verfolger, der andauernd die Lichthupe betätigte. Den Fahrer erkannte er nicht, aber das fuchsgesichtige, verkniffene Gesicht des Beifahrers kannte er genau: Fischer, Kraagens rechte Hand. Fluchend sprang er auf und rannte zu seinem Cross-Motorrad. Er jagte den Weg hinunter und kam kurz hinter dem Verfolgerauto auf die Straße. Er zog seine Beretta M951 und schoss mehrmals auf die Hinterreifen des Wagens. Mit einem Knall zerplatzten beide Reifen. Schlingernd brach der schwere Wagen aus, schoss über die Böschung, überschlug sich mehrmals und kam letztendlich zerbeult auf den Achsen zu stehen.

Er hielt sein Motorrad an und sah, wie beide Insassen nach einem Schockmoment die Wagentüren öffneten und taumelnd ins Gras fielen. Er gab Gas und jagte mit seiner BSA B 50 hinter Freyja her. Nach kurzer Zeit hatte er sie eingeholt und konnte sie dann stoppen. Als sie ausstieg, sah er dass sie hoch schwanger war. Mit bleichem Gesicht sank sie in seine Arme. „Kraagen will mich töten!", murmelte sie. Als er sie fragend anschaute, meinte sie: „Marc gab mir deine Adresse, aber irgendwie müssen sie mich aufgespürt haben und mir gefolgt sein."

Es folgten Bilder von einem Blockhaus in idyllischer Umgebung. Freyja und Alexandra sitzen auf einem Sofa und halten sich die Kugelbäuche, während sie fröhlich miteinander schwätzten. Die Bilder verwischten, als sie sich wieder fokussierten, hatte sich die Umgebung erneut verändert.

Reneé blickte in einen Kreißsaal. Sie sah Freyja und Alexandra bei der Geburt ihrer Kinder. Ärzte und Krankenschwestern liefen hektisch hin und her. Die Augen Svansons füllten sich mit Tränen. Eines der Kinder war gestorben; der Kampf der Ärzte um Freyjas Leben war ebenfalls vergebens. Dann trat eine Schwester im weißen Kittel auf ihn zu und legte ihm einen frisch geborenen Säugling in die Arme. Unter Tränen küsste er das Kind. Er ging mit dem Neugeborenen zu Alexandra, die schlafend im Krankenbett lag. Behutsam legte er das Baby zu seiner Frau. Mit dem ersten Schrei des Babys öffnete Alexandra ihre strahlend blauen Augen. Fröhlich schloss sie das Kind in die Arme und liebkoste es.

Die Bilder huschten vorbei, dann sah sie ihn, wie er in einem Zimmer, saß, mit Blick auf eine blühende Wiese vor einer atemberaubenden Bergkulisse. Sein Laptop piepte: „Sie haben Post" Er öffnete die elektronische Nachricht. Mit seinen Augen las sie: „Dringend! Die zu beschattende Frau *liegt im Krankenhaus. Sie wird von Kraagens Partei verfolgt!" Erregt sprang er auf, lief ins Schlafzimmer, packte eine kleine Reisetasche mit Wäsche und kehrte ins Zimmer zurück. Aus einem Tresor steckte er sich noch hastig Bargeld in die Tasche, dann programmierte er den Torwächter. Als der Gargoyl das Tor öffnete und er das Panorama des Kranzberges in Mittenwald sah, ging er mit raschen Schritten durch den Transit.*

*Ein qualvoller Schrei entrang sich seiner Kehle und er sah den Fußboden auf sich zurasen. Schmerzhaft prallte er auf; für einen Moment wurde es ihm schwarz vor Augen. Nachher, als seine Sicht sich endlich auf das rötliche Licht eingestellt hatte und der Schmerz nachließ, sah er sich in einem Raum gefangen, dessen Zellentür von einem Energieschirm abgeschlossen war. Seufzend, über seine Dummheit, setzte er sich auf die Pritsche und lauschte einer unterschwellig in ihm tönende Sirene. Ihm wurde bewusst, dass er verloren hatte.*

*Der stumme Film brach abrupt ab. Eine imaginäre Stimme flüsterte: „Lass mich frei!" Alles verschwamm, wurde dunkel, dann gänzlich schwarz.*

\*\*

Besorgt starrten wir auf Reneé, die seit mehreren Minuten regungslos neben ihrem Vater lag. Nach wie vor hielt Kristanna fürsorglich ihren Kopf fest. Annas streichelte sanft den Schopf ihres Bruders, der auf ihrem Schoß ruhte. Tief aus seinem geschundenen Körper kam ein letzter Seufzer, dann lag er still in den Armen seiner Schwester. Mit starrem Gesicht gab Annas ihm einen Kuss. Als sie aufstand, wischte sie sich eine Träne aus dem Auge. „Er ist gestorben."

In diesem Moment sah ich, wie Reneé sich regte und die Augen öffnete. Ein seltsamer Schimmer, wie ein kalter Hauch, schwebte über ihrem entrückten Gesicht. Ihr Körper bäumte sich plötzlich auf und sie hustete mehrmals. Da quoll aus ihrem Munde ein Strom von gelblich leuchtendem Odem heraus. Der schwebte für einige Sekunden über Svansons totem Körper. Im nächsten Augenblick löste sich die Vision auf.

Annas und Kristanna nahmen erregt die noch völlig abwesende Reneé in ihre Arme. „Du hast es geschafft. Dein Vater ist in die Sphäre übergegangen."

Mit veränderter Stimme antwortete Reneé heiser: *„Er ist nicht mein Vater."* Während der einsetzenden Stille erlosch der Schimmer auf Reneés Amulett. In den haltenden Armen unserer ‚sprachlosen' Göttinnen erwachte sie taumelnd. Sie fragte zaghaft, aber in ihrer gewohnten Stimmlage: *„Was ist passiert?"*

Marc sah Reneé mit erschütterter Miene an. Er nahm sich als Erster zusammen: „Du hast deinem Vater einen letzten Dienst erwiesen. Er ist in die Sphäre übergewechselt." Wobei das Wort Vater etwas gequält klang.

Reneé befreite sich aus den stützenden Armen. Mit einem seltsamen Blick, als versuche sie sich etwas ins Gedächtnis zurück zurufen, meinte sie zu uns: „Ich kann mich an nichts erinnern!" Marc riss sich regelrecht zusammen, um die merkwürdige Stimmung im Zimmer zu durchbrechen. Entschlossen rief er: „Wir müssen Kraagen finden. Sonst ist ‚ER' umsonst gestorben. Karen, Annas und Lucy, ihr bleibt bitte noch einen Moment bei Reneé, bis sie sich erholt hat. Ihr Anderen folgt mir bitte!"

Ich nickte Reneé aufmunternd zu, auf deren Gesichtszüge sich ein gequältes Lächeln zeigte. Dann schloss ich mich mit schussbereiten Glocks Marc, Nadowessiu, und Kristanna an. Wir liefen den Gang entlang und sahen gerade noch Häuptlings Hitoka am Ende des Ganges in einem Zimmer verschwinden. Sekunden später hörten wir sein fürchterliches Gebrüll.

Aus dem Raum drang das hellblaue Flimmern eines geöffneten Gargoyl-Tores. Als wir in die Stube hineinstürzten, knallten Schüsse. Ich riss meine Pistolen hoch, aber irgendwie war mir sofort klar, dass wir zu spät kamen.

In der Zimmerecke schloss gerade der Gargoyl das Tor; im gleißenden Licht erkannte ich vier Personen. Kraagen drehte sich bei seinem Durchgang um, schnitt uns eine Grimasse und lachte höhnisch. Neben ihm stand Fischer mit zweien seiner Spießgesellen.

Mit widerlichem Grinsen hob er seine Pistole. Reaktionsschnell warfen wir uns zu Boden. Aber bevor das Tor sich endgültig schloss, leerte die rechte Hand des Bösen ihr Magazin und traf hinter uns Häuptling Hitoka mehrmals in die Brust. Röchelnd brach der Gigant zusammen und rutschte langsam an der Wand herunter; sein Blut quoll aus mehreren Schusswunden. Meine Schüsse verpufften wirkungslos in dem letzten Flimmern des Tores.

Hitoka sah uns mit wissenden Augen an; er wusste genauso gut wie wir, dass er sterben musste. Wir versuchten die Blutung zu stoppen, aber es war zwecklos. Als Reneé zusammen mit Lucy, Annas und Karen ins Zimmer stürmte, winkte er matt Reneé zu sich heran. Erschüttert kniete sie vor ihm.

Mit letzter Kraft drückte er ihr das Häuptlings-Abzeichen der Rénmín in die Hand. Mit brüchiger Stimme bat er sie, es zu seinem Volk zurück zu bringen. Ein letzter Seufzer rang sich über seine Lippen, seine Augen brachen. So starb der mächtige Häuptling.

Fassungslos und zugleich auch wütend über den Verlust unseres guten Freundes, der in seiner Art viel menschlicher als seine Mörder gewesen war, standen wir vor dem Leichnam des Giganten. Es dauerte einige Zeit, ehe wir uns aus unserer traurigen Erstarrung lösen konnten.

Mit bleichem Gesicht gingen Annas und ich zu den wartenden Affenmenschen im Vorhof, um sie über den Tod ihres Häuptlings zu unterrichten. Auf halben Weg kamen uns Shiraga und drei seiner Kämpfer entgegen. Sie wussten schon Bescheid, man konnte es aus ihren grimmigen Mienen ablesen. Mit grollendem Ton erklärte uns Shiraga, dass Hitokas Drache Ryū ō vor ihren Augen ganz plötzlich verschwunden sei, was ja nur den Tod seines Führers bedeuten konnte.

Zurück im Zimmer, nahmen die Rénmín mit ausdruckslosen Mienen unsere Beileidsbeteuerungen entgegen. Dann trugen sie den Leichnam ihres Häuptlings zu seinen wartenden Kriegern auf den Burgvorhof. Von Kraagens fünf Gefolgsleuten hatten nur zwei ihren Zusammenstoß mit Hitoka überlebt. Die immer noch bewusstlosen Gangster wurden gefesselt.

Als sie etliche Minuten später aufwachten, wurden sie von Karen und Nadowessiu ziemlich unsanft nach draußen befördert. Immer noch befangen von den Vorgängen in der letzten Stunde, folgte ihnen der Rest unserer Gemeinschaft. Im Palastvorhof fanden wir vier weitere Tote aus Kraagens Bande. Sie waren auf ihrer Flucht den Urwaldriesen vor die Füße gestolpert; die Begegnung bezahlten sie mit ihrem Leben.

„Wo ist Ahrens?", fragte Lucy, während sie sich nach ihm umsah.

„Er verfolgte einen der Verbrecher", erwiderte einer der Giganten und zeigte auf den Urwald. Lucy schaute ihn erstaunt an und murmelte: „Allein?"

„Ein Krieger ist ihm gefolgt", grollte der Rénmín. Überrascht blickte er einen Moment später auf seinen Kameraden, der allein zwischen den Bäumen hervortrat. Es sah schon etwas komisch aus, als Lucy sich vor dem knapp drei Meter großen Rénmín aufbaute und ihn aufgebracht anfuhr: „Wo ist unser Gefährte?"

„Er ist tot! Euer Gefährte verfolgte einen Verbrecher, der an uns vorbei in den Urwald floh. Aber da versteckte sich ein Raubtier, es war entweder ein *Jīlóng* oder ein *Hyō*. Ob es die große Echse oder der Jaguar war, weiß ich nicht. Diese Bestie hat ihn und auch den Verbrecher überrascht und sie beide umgebracht. Als ich euren Kameraden endlich einholte, lag er bereits leblos auf dem Boden. Es tut mir leid, ich kam zu spät und konnte ihm leider nicht mehr helfen. Das Raubtier ist vor mir geflüchtet. Nur den Lärm, den es auf seiner Flucht verursachte, konnte ich noch hören."

Leise und gefühlvoll, was man bei diesem gewaltigen Krieger nicht vermutete, fügte er hinzu: „Er war ein großer Kämpfer!" Verstört blickte Lucy auf die blutverschmierte, zerbrochene Armbrust, die der Krieger ihr entgegenhielt.

„Das glaube ich nicht!", schrie sie und lief blindlings an dem konsterniert blickenden Affenmenschen vorbei in den Urwald hinein. Sofort hasteten Karen und ich hinterher. Als wir sie einholten, kniete sie schluchzend vor den traurigen Überresten Ahrens. Ich stellte mich mitfühlend an Lucys Seite und suchte verzweifelt nach tröstenden Worten, die man ihr sagen könnte. Mir fiel einfach nichts

Vernünftiges ein, nur banales Zeug. Der Schock hatte mir mein Hirn vernebelt.

Währenddessen ging Karen ein paar Schritte weiter. An einem Busch schob sie ein paar Zweige auseinander und deutete auf den Rumpf des Verbrechers, der kopflos und mit verrenkten Gliedern, eingeklemmt in einer Astgabel hing. Murmelnd meinte Karen: „Der Rénmín hatte recht, die Echse oder der Jaguar hat ihm den Kopf abgebissen. Ahrens wurde wahrscheinlich von seiner Anwesenheit überrascht. Er hatte keine Chance. Lasst uns hier verschwinden, das Raubtier kommt bestimmt zurück, um sich seine Mahlzeit zu holen."

Lucy säuberte weinend Ahrens Halskette, die blutbefleckt im Gras lag und umschloss sie mit ihrer Faust so fest, dass die Fingerknöchel weiß hervortraten. Ich zog sie hoch und umarmte sie. Danach nahm Karen sie an die Hand, küsste sie auf die Wange und meinte leise: „Wir vermissen ihn alle!"

Lucy nickte mit blassen Gesicht, wischte sich eine Träne aus dem Auge und Hand in Hand gingen sie zurück. Ich sicherte nach hinten ab. Nachdem wir wieder bei unseren Gefährten waren, brachten wir uns alle gegenseitig stillschweigend und mit Umarmungen unser Mitgefühl zum Ausdruck. Jeder versuchte auf seine besondere Art Trost zu spenden.

Um zu verhindern, dass die Bestie die Toten auffraß, gingen Marc und ich noch einmal zurück an den Ort des Dramas. Wir brachten die Opfer zum Vorhof des Palastes. Ich schleppte die Leiche des Gangsters und Marc trug den schaurig zugerichteten Leichnam Ahrens. Das war der letzte Dienst, den er ihm erweisen konnte.

Lucy setzte sich neben Reneé auf den Rand eines Brunnens; sie schauten beide bedrückt in die Runde. Meine Prinzessin sprach bitter und mit tiefer innerer Trauer, mehr zu sich selbst als zu ihrer Freundin: „Wieder ein Gefährte, der wegen mir und meiner Suche gestorben ist."

„Es ist nicht deine schuld! Er hat als Soldat gelebt und ist als solcher gestorben", antwortete Lucy leise und legte einen Arm um sie. Den Freundinnen liefen dicke Tränen die Wangen hinunter. Ich wusste, dass die Beiden mit Worten nicht zu trösten waren. Nur die Zeit konnte ihre seelischen Wunden heilen.

König Aśoka und Shiraga versicherten uns ihres Mitgefühls. „Wir bedauern euren Verlust sehr, aber es ist leider so wie bei unseren toten Gefährten, man kann das nicht mehr rückgängig machen. Aber es tut sehr weh." Ein leicht klagender Ton schwang in Shiragas Worten mit. Was ich insgeheim gut verstehen konnte. Seit dem Auftauchen der Menschen auf Shimabara, war mit ihnen Mord und Totschlag in ihre Welt gekommen. Danach ließen sie uns allein und gingen zu ihren Kriegern, um ihre Toten ebenfalls zu betrauern.

„Ich kannte Ahrens eigentlich nur als treuen und lieben Gefährten, der mir das Leben gerettet hat; aber ansonsten weiß ich nicht viel über ihn", murmelte Reneé aufgewühlt. „Leider wird mir das erst jetzt, wo es zu spät ist, so richtig bewusst."

Marc erwiderte nach einen Moment leise: „Martin von Hohenstein hat mir erzählt, dass Ahrens keine Verwandten mehr hatte. Seine Eltern sind vor Jahren bei einem Unfall umgekommen. Ihr Planwagen ist in eine Schlucht gestürzt, die Ursache konnte nicht zweifelsfrei festgestellt werden. Es waren zwar Spuren von Zentauren zu sehen, aber es könnte auch ein Höhlenbär gewesen sein, der ihre Pferde erschreckte. Er hatte auch keine Kinder und er war mit niemandem liiert."

Nach einiger Zeit der stillen Trauer, in denen sich Reneé und Lucy gegenseitig zu trösten versuchten, gesellten wir uns noch tief bewegt zur Trauerfeier zu den Rénmín.

Wahrscheinlich war Robarths ganzes Anwesen mit einer Klimatisierung versehen, die unter dem Schutzschirm für angenehme Kühle sorgte. Denn erst als wir vor die Heimstätte traten, nahm ich wieder die feucht-schwüle Luft wahr, die mir unangenehm entgegenschlug.

Ich blieb neben einem Rosenbusch stehen, der die Luft mit seinem Duft erfüllte. Ein halbes Dutzend Vögel einer unbekannten Papageienart, nach dem Schnabel und dem grünen Gefieder zu urteilen, kamen lärmend angeflogen und setzten sich in die Zweige eines nahe stehenden Eukalyptusbaumes.

In mich versunken betrachtete ich die Vögel mit ihren roten Schnäbeln, den rot-orangenen Kopffedern, mit einzelnen grünen Streifen, die mich an das Bild einer Erdbeere erinnerten. Kopfschüttelnd konzentrierte ich mich wieder auf die Bestattungszeremonie. Die Rénmín hatten inzwischen die Leiche ihres Häuptlings für die Heimreise feierlich in Tücher gehüllt. Zusammen mit ihnen, begleiteten wir die Dai shizen zur Beerdigung ihrer Toten. Sie begruben ihre getöteten Krieger vor der Burg, inmitten der Blumenwiese.

Wie es die Tradition vorschrieb, wurden ihren Körpern die Kerne entnommen. Aśoka verstaute sie in einem kleinen Lederbeutel, den er um den Hals trug; die Kerne wurden dann beim *Jiāonáng*-Fest feierlich zerrieben und danach verstreut.

„Sie leben jetzt in der Geisterwelt des Westens weiter, auf der ‚Wiese der Seligen', die *Dakkon*", meinte der König würdevoll. Ahrens wurde neben den Dai shizen begraben. Nach einem stillen Gebet hielt Marc eine kurze Trauerrede. Auf sein Grab legte Lucy, anstelle eines Kreuzes die zerstörte Armbrust.

An diesem Ort, mit den vielen traurigen Erinnerungen, wollten wir nicht länger bleiben, deshalb planten wir unseren Rückweg. Bei den Aufräumarbeiten fand Lucy die geraubten Katanas von Reneé, Marc und Svanson. Mit seinem überfallartigen Angriff, hatte Hitoka, der tote Häuptling, den Erzschurken Kraagen überrascht. Bei seiner überstürzten Flucht hatte er einiges zurücklassen müssen. Dazu gehörte auch Gott Judros Artefakt von Sekigahara. Erleichtert nahmen Annas und Reneé den Fund des Gargoyls zur Kenntnis. Folglich besaß Kraagen jetzt nur noch den Gargoyl von Shimabara.

Bevor wir zum Dorf der Rénmín aufbrachen, reinigten wir die Heimstätte von den Kampfspuren und beerdigten die Leichen der Gangster. Überdies mussten wir unsere Verletzten versorgen. Außer den drei toten Gefährten, waren noch vier weitere Schussverletzungen zu beklagen, drei bei den Affenmenschen und eine bei den Dai shizen.

Gott sei Dank erwiesen die sich alle als nicht lebensgefährlich. Svansons Leichnam wurde von Annas und Kristanna in Tüchern gewickelt und bis zu unserer endgültigen Abreise in einem Kühlraum des Refugiums aufbewahrt. Sein Körper sollte auf Niihama, seiner Ebene, beerdigt werden. Das war auch Reneés Wunsch.

Mit keinem Wort sprachen Marc und unsere beiden Göttinnen das Geschehen um Svansons Übergang in die Sphäre an. Der Rest der Gemeinschaft vermied es ebenfalls, mit Reneé darüber zu sprechen, da sie sich anscheinend an ihre Aussage nicht mehr erinnern konnte. Man wollte keine ‚schlafenden Hunde' wecken. Ich war der Meinung, dass Reneé von selber mit uns darüber sprechen würde, wenn sie sich wieder entsinnen könnte, was während Svansons Erlösung passierte.

Am nächsten Morgen brachen wir in zwei Gruppen auf. Die beiden Gefangenen aus Kraagens Gangsterbande, wurden aneinander gefesselt und von den Rénmín mitgenommen. Nach fünf Tagen erreichten wir ohne weitere Vorkommnisse das Dorf der Affenmenschen. Aber obwohl wir zwei Tage länger brauchten als die Gruppe vor uns, fühlten wir uns ziemlich kaputt. Ich nahm an, dass dies den vorausgegangenen Kämpfen und der damit verbundenen psychischen Anstrengung geschuldet war.

Die Ältesten hatten schon alles für die Wahl eines neuen Häuptlings vorbereitet. Da auf dem Steinaltar des Dorfes ein neues Ei gefunden wurde, wusste man, dass der alte Anführer Hitoka gestorben war. In den Legenden hieß es, dass ein Drache, bevor er beim Tode seines Führers verschwand, ein neues Ei legt. Hitokas Drache Ryū ō war plötzlich im Dorf erschienen und hatte sein Ei auf den Altar gelegt. Danach verschwand er im *Ama no hara*, dem Himmlischen Drachengefilde.

Hitokas Gemahlin trug das schwarze Trauergewand der Rénmín und nahm stumm mit ihrer Tochter Guīnù unsere Beileidsbekundungen entgegen. Auf ihrer Schulter saß das Drachenweibchen. Nach der feierlichen Übergabe des Häuptlings-Abzeichens an den Stamm wurde Shiraga zum neuen Anführer gewählt. Er musste jetzt etwa ein Jahr lang warten, bis sein Drache aus dem Ei schlüpfte. Erst danach erhielt er die weiteren

Häuptlingsinsignien, den goldenen Brustpanzer mit dem Katana des Anführers und den goldenen Helm mit der Drachenfigur.

Im Anschluss an die Zeremonien schlossen Annas und Reneé mit den Rénmín und den Dai shizen eine Abmachung. Der Vertrag beinhaltete, dass zukünftig die Dai shizen die Ankunftsstelle und die Affenmenschen das Refugium Robarths überwachen sollten. Gelegentliche Besuche von Menschen sollten auf das nötigste beschränkt werden.

Dieses Misstrauen den Menschen gegenüber konnte ich nachvollziehen, weil die Kontakte bisher immer nur mit Tragödien geendet hatten. Reneé vereinbarte mit ihnen einen Besuch alle zwei Kōki, um trotz allem die frisch entstandene Freundschaft zwischen den Völkern Shimabaras und den Menschen zu pflegen und um bei Problemen ihnen Hilfe anzubieten.

Bevor die Dai shizen zu ihrem Dorf aufbrachen, bedankte sich Reneé nochmals tiefbewegt beim König Aśoka für die Hilfe. Sie übergab ihm eine ihrer Saigabeln mit den Worten: *„Zài liáng gè háiyù dōu shì xiōngdì"*, um noch hinzuzufügen: „Ohne eure Hilfe hätten wir es nicht geschafft!" Der Translator übersetzte die Worte mit: *„Innerhalb der zwei Meere sind alle Brüder."*

„Eure Gabe wird einen Ehrenplatz erhalten, als Zeichen für unsere Verbundenheit mit den Menschen", antwortete der König feierlich. Nachdem die Katzenmenschen das Dorf der Rénmín verlassen hatten, verurteilte der Ältestenrat der Affenmenschen die beiden Verbrecher zum Tode. Auf Reneés Einspruch, dass es bereits genügend Tote gegeben hätte, wurden die Beiden ohne Waffen im Urwald ausgesetzt. Es war zwar unwahrscheinlich, dass sie lange im Urwald überlebten, aber so hatten sie wenigstens doch noch eine kleine Chance. Bevor sie weggebracht wurden, verriet uns einer der Kerle, dass Kraagen zur Erde geflohen sei.

Zum Dank für Ihre Hilfe übergeben Annas und Reneé dem neuen Häuptling Shiraga feierlich das Wakizashi ‚Shin nyo' von Annas, das der Häuptling ehrerbietig entgegennahm. Als Zeichen der Gemeinschaft mit den Menschen erhielt das Kurzschwert ‚Göttin' einen Ehrenplatz in der Versammlungshütte.

Zwei Tage lang erholten wir uns noch im Dorf, dann kehrten wir in Robarths Refugium Taìyo shin zurück. Lucy und Nadowessiu fanden bei einem Streifgang durch das Refugium in einem Hangar ein Flugboot. Allem Anschein nach war es noch flugtüchtig; jedenfalls behauptete Kristanna das. Bei späteren Besuchen auf Shimabara würde es sehr nützlich sein und den Weg zu den Rénmín und Dai shizen sehr verkürzen.

Annas und Marc aktivierten die Sicherheitsanlagen und errichteten zwei neue Fallen. Anschließend holten wir Svansons toten Körper aus dem Kühlraum. Dann belebte Reneé den Gargoyl, der für uns das Tor öffnete. So kehrten wir in getrübter Stimmung nach Niihama zurück. Der Schöpfer der Ebene kehrte als Leichnam zu ihr heim.

Ich konnte mich nicht dem Gefühl entziehen, dass Reneé flüchtete, weg von dem Ort, wo die Suche nach ihrem Vater endete und sie ihre damit verbundenen Hoffnungen begraben musste. Trotz der im Großen und Ganzen herzlichen Aufnahme der auf Shimabara lebenden Völker, musste sie sich von einem Teil ihrer Träume verabschieden.

Insgeheim konnte ich aber auch das verstehen; mit dem letztendlich für sie so traurigen Ende. Ich konnte nur hoffen, dass sie auf Niihama ihren Seelenfrieden finden würde. Der Ebene, die sie mit ihren Farben, den Gerüchen und dem wunderbaren Licht in ihren Bann gezogen hatte. Dem Ort, der von gesundem Leben richtiggehend vibrierte; und der mich ebenso vereinnahmt hatte. Er war unwiderruflich verknüpft mit dem Schicksal meiner Prinzessin … und unsere neue Heimat.

***

*Trage immer einen grünen Zweig im Herzen, es wird sich ein Singvogel darauf niederlassen."*

Chinesische Weisheit

***

# VIII. Äon

*Bunte, in allen Schattierungen leuchtende Nebelschwaben waberten durcheinander. So ergaben sich Formen, zerflossen wieder, um sich erneut in anderen Strukturen und Anordnungen zu zeigen. Landschaften von surrealer Schönheit bildeten sich, verschwanden um als farbenfrohes Feuerwerk wieder aufzutauchen.*

*Alles war im fluss, bewegte sich mal hier hin, dehnte sich aus, um anschließend ein schwarzes Universum mit strahlenden Sternen zu bilden. Aus dem Schwarzen bildeten sich nach Äonen gelbschimmernde Konturen, die sich zu einem losen Kreis zusammenschlossen.*

*Gemurmel, Töne und leise Glöckchen ertönten. Eine gesichtslose, helle Stimme durchbrach das klangliche Chaos und ertönte: „Die Aufgabe wird uns alles abverlangen, denn es ist schwierig und sehr anstrengend, Kontakt herzustellen."*

*Es folgte ein aufgeregtes Murmeln und Wispern. Die Stimme sprach weiter: „Mit der Hilfe unser Gemeinschaft, muss Shèqú die Qīndián und Shū shin führen. Denn Ruzai will und kann unsere Seishitsu vernichten und somit auslöschen."*

*Ein erregtes Durcheinander von Farben, Formen und hellen Glockentöne folgte den Worten. „Shèqú ist der Erwählte, der unser aller Schicksal noch abwenden kann! So sei es!"*

*Bei diesen Worten ballten sich die goldgelb pulsierenden Nebelschwaden zu einer gewaltigen Kugelform zusammen. Nach längerer Zeit löste sich aus dieser Kugelform eine kleine Wolke aus grünen und hellgelben Punkten heraus, die sich wild vermischten und sich dann zu einer kleinen Kugel formten, die nach wenigen Augenblicken langsam verglomm.*

*Ruzai:* Verbannter, *Shèqú:* der aus unserer Gemeinschaft, *Seishitsu:* Wesenseinheit

# IX. Verträge und eine Abrechnung

Nach der Rückkehr beerdigten wir Reneés Vater noch am selben Tag. Annas und Reneé einigten sich auf eine Gruft auf dem Gipfel des Berges ‚Chochokpi', dem Thron über den Wolken und dem Sitz der Götter.

Bewegt standen wir in stiller Trauer an der Ruhestätte, während Reneé das Katana ihres Vaters ‚*Kami no seibai*', Gottesurteil, auf das Steingrab legte. In den bleichen Gesichtern von Reneé, seiner Schwester Annas und der Gefährten, die Swanson persönlich gekannt hatten, zeugten vereinzelte Tränen von stummer Trauer. Selbst der frische Wind, der uns beim Aufstieg entgegen blies, machte für einige Momente Pause, als wolle auch er dem Verstorbenen huldigen.

Über uns kreisten die schwarzen Gesellen, die mit ihrem typischen Gekrächze wohl auf ihre Art Abschied nahmen. Als wir zurück im Refugium waren meinte Annas, dass nur die engsten Vertrauten Swansons über seinen Tod informiert werden sollten, um bei den Völkern Niihamas keine Unruhe zu erzeugen.

Der Eschen-Stab *Sekai-ju*, den Annas von den Dai shizen erhalten hatte, bekam einen Ehrenplatz auf einem Schwertständer, der neben dem Hausaltar im Refugium stand.

Die nächsten Tage dienten unserer körperlichen und seelischen Regeneration mit einzelnen langen Gesprächen. Reneé vergrub sich meistens im Arbeitszimmer ihres Vaters. Als ich gegen Mittag, allein in der Zentrale sitzend, auf den Bildschirmen die Ebene betrachtete, setzte sie sich neben mich.

Nach kurzem Schweigen meinte sie nachdenklich mit zerfurchter Stirn: „In mir drängt sich die Erinnerung an ein verschüttetes Erlebnis an die Oberfläche. Die ganze Zeit zermartere ich mir schon den Kopf. Ich kann diese Gedanken einfach nicht fassen, festhalten. Aber es hat irgendetwas mit meinem Vater zu tun."

Sie schaute mich mit ihren grünen Augen durchdringend an, so als wenn auf meiner Stirn die Antwort geschrieben stände. Dann huschte ein Lächeln über ihr Gesicht, sie gab mir einen Kuss und weg war sie, ehe ich irgendetwas antworten konnte. Ich rief ihr noch hinterher, dass sie bestimmt noch von selbst darauf komme, was sie so bedrückte. Aber ich wusste nicht, ob sie mich noch gehört hatte.

Kopfschüttelnd wandte ich mich wieder den Monitoren zu. Auf einem konnte ich eine riesige Herde Antilopen beim Grasen beobachten, auf einem anderen erkannte ich das Dorf, aus dem Nadowessiu stammte. Abends, beim gemeinsamen Essen sprach ich Reneé auf ihr Problem an, aber sie schüttelte nur stumm den Kopf.

Am dritten Tag fanden Reneé und Annas, die ihr bei der Sichtung der Unterlagen half, Pläne ihres Vaters, mit deren Hilfe wir einen Cyborg-Techniker aus dem Fundus aktivieren konnten. Der wiederum reparierte selbsttätig einen weiteren Roboter. Zusammen brachten die Beiden die Heimstätte wieder komplett in Ordnung.

Die wichtigen Überwachungs-Satelliten erhielten ein Update auf den neuesten Stand. Die Technik-Robos bauten die vier Cyborg-Krieger wieder zusammen, die zerlegt und verstaubt in einer Ecke des Arsenals herumstanden. Diese Technik-Spezialisten hatten sicherlich noch für eine lange Zeit viel zu tun.

Reneé und Marc schickten einen Cyborg als Wächter durch das Tor nach Shimabara und einer sollte zum Berg Zaltana gebracht werden, um die dortigen Choctaw-Wächter zu unterstützen. An diesem Abend setzten wir uns nach dem Essen zu einem Schlummertrunk zusammen, an dem sogar Gritha, Hugin und Frigga, unsere Schwarzen Gesellen, teilnahmen. Sie wurden von den Göttinnen und von Marc mit Streicheleinheiten verwöhnt. Das tröstete sie in ihrer starken Trauer etwas darüber hinweg, dass sie ihren ‚Vater und Herren' verloren hatten.

Nach dem ersten Zuprosten stand Reneé auf. Sie lenkte unsere Aufmerksamkeit auf sich, indem sie uns mit einem bedeutsamen Blick lächelnd anschaute. Sie wusste, dass wir, ich in besonderem Maße, ihrem Lächeln nicht widerstehen konnten. Langsam erstarben alle Gespräche, wir sahen sie gespannt an.

„Ihr wisst, dass ich euch alle liebe; und ich danke euch von Herzen für die Unterstützung bei der Suche nach meinem Vater. Die

Abenteuer hätte ich ohne eure Hilfe sicherlich nicht überstanden."
Im leuchtenden Grün ihrer Augen lag die Glut ihres inneren Feuers,
als sie weitersprach: „Aber jetzt muss ich nochmals um eure
Unterstützung bitten. Musashi hat einmal gesagt, *dass der Weg des
Kriegers der zweiseitige Weg der Feder und des Schwertes ist.*"

Ihre Handbewegung schloss uns alle ein, als sie fortfuhr:
„Deshalb habe ich mich entschlossen, mit euch zusammen die
jahrhundertealten Spielregeln der Götter zu ändern. Wir müssen mit
der Alten Rasse zusammenkommen und den blutrünstigen,
mörderischen Unsinn beenden. Das, was wir mit Königin Antiope,
in Vertretung der Harpyien, geschafft haben, sollte ebenso mit den
Tohopka gelingen. Gleichfalls müssen wir versuchen mit den
Zentauren vernünftige Gespräche zu führen, um sie ebenfalls
positiv in Niihamas Gemeinschaft einzubinden."

Mit ernstem Gesicht schaute sie uns der Reihe nach an. Ich konnte
sehen, dass vor allem unsere Göttinnen und Marc ihren Plänen sehr
skeptisch gegenüberstanden. Aber sie ließen sich doch von der
Vernunft des Vorhabens überzeugen. Letztendlich stimmten wir
dann alle geschlossen Reneés Vorhaben zu.

„Wir werden am besten Gritha, Hugin und Frigga die
Einladungen überbringen lassen. Hoffentlich erhalten wir die
Zustimmung der Völker Niihamas, um mit den Zentauren und der
Alten Rasse ein Abkommen zu schließen. Was haltet ihr von einer
Versammlung auf der Insel *Hisoka na* am Suwa-See?"

Der Vorschlag des Treffpunktes wurde von uns freudig angenommen, da wir uns auf die Grüne Insel und auf ein Wiedersehen
mit Tante Onjiko und Onkel Yubai freuten.

„Ich denke, wenn dies alles zu unserer Zufriedenheit verläuft
ist, wird auf unserer Ebene eine goldene Zeit anbrechen. Danach will
ich endlich Kraagen das schändliche Handwerk legen und seine
Machenschaften beenden. Dazu muss ich, wie ihr wisst, wieder auf
die Erde zurück. Ich wünsche mir, dass ihr mich auch dabei
unterstützt. Aber eure Zusagen hierzu benötige ich ja nicht sofort,
sondern ich werde euch, wenn es soweit ist, nochmals darauf
ansprechen. Bitte, denkt bis dahin über mein Anliegen nach."

Trotz aller Euphorie, die ich bei dieser Rede empfand, verspürte ich auch etwas Angst. Ich ertappte mich in der Furcht davor, dass sie möglicherweise ihre Vorstellungen nicht realisieren könnte und deshalb in ein seelisches Loch fallen würde. Wenn mich mein psychologisches Gespür nicht täuschte, schleppte meine Prinzessin, seit den Vorgängen mit ihrem Vater, eine quälende Last mit sich herum, die sie tief verunsicherte; trotz all ihrer zur Schau gestellten unerschütterlichen Kraft. Aber wie immer, ich konnte nur in ihrer Nähe bleiben und versuchen, sie vor allem Ungemach zu schützen.

Am nächsten Tag wurden die Schwarzen Gesellen losgeschickt und wir brachen ebenfalls auf. Drei Wochen später trafen wir am Suwa-See ein. Nach dem freudigen Wiedersehen mit Onjiko und Yubai legten Lucy und Reneé auf Svansons Hausaltar die Halskette ab, die Ahrens immer getragen hatte.

In einer kleinen Andacht vor dem Altar und mit dem Abbrennen von Räucherstäbchen gedachten wir nochmals allen gefallenen Gefährten und im Besonderen dem Rittmeister Wolf von Ahrens. Wie schon beim ersten Mal bezauberte mich dieses idyllische Fleckchen Erde, dessen friedliche Ausstrahlung mich einfach wieder überwältigte.

In den nächsten zwei Tagen trafen die Führer der auf Niihama lebenden Rassen ein; zu Reneés Freude kamen fast alle. Abt Taitaro de Minamoto, Landlord Alexander Hisholm, Hatamo Matsushita Nakatsukasa und Samurai-Hauptmann Takeda Taro Kōkatsu.

Die Ritterfraktion auf Niihama wurde vertreten in Gestalt des Templers Karl von Antioicha, des Johanniters Martin von Hohenstein und vom Capitainleutnant Berghoffen von Seiten der Landsknechte. Berghoffen war jetzt nach dem Tode von Ahrens der Anführer. Vom Deutschen Ritterorden kam Konrad von Teschen.

Die Indianerfraktion wurde vertreten von Big Bear als Häuptling des Creek-Stammes, Häuptling Towo'di vom Cherokee-Stamm und Nadowessiu freute sich auf das Eintreffen von Häuptling Cheveyo vom Choctaw-Stamm.

Außerdem erschienen der Clanchef Engai Amboseli von den Massai und der Toyotomi-Clanchef Hideaki Ichiro als Vertreter der

Karawanen-Händler. Königin Antiope von den Harpyien traf als Letzte ein. Alles in allem kam hier eine hochkarätige Gesellschaft zusammen.

Als erstes berichtete Reneé vom Tode Swansons, was sehr bedauert wurde, weil die Anwesenden ihn auch persönlich kannten. „Na ja!", dachte ich, Antiope wird das wohl anders sehen. Aber sie ließ sie sich zu keiner Bemerkung herab und zeigte auch keine Regung. Anschließend, beim sich entwickelnden allgemeinen Gedanken-Austausch musste Reneé leider auch darüber berichten, dass der Versuch, die Zentauren zu diesem Treffen einzuladen, gescheitert sei.

Rabe Hugin kam mit der unversöhnlichen Botschaft zurück, dass die Zentauren jegliches Abkommen mit den Menschen ablehnten. Ihr neuer Anführer Cyllarus drohte sogar, dass sie jeden Menschen sofort töten würden, sobald er sich in ihr Gebiet wagte.

Das stieß natürlich auf allgemeines Bedauern, besonders im Sinne der Einigung Niihamas. Wegen dieser Herausforderung wurde beschlossen, zukünftig die Karawanen besser zu schützen, wenn sie den Itumas, das Gebiet der Zentauren, passierten. Einstimmig sprachen sich alle Anwesenden für den Versuch aus, die Tohopka für ein Friedens-Abkommen mit den Völkern Niihamas zu gewinnen.

Königin Antiope erklärte in der Konferenz, dass die Harpyien gemeinsam mit den Schwarzen Gesellen die Überwachung der Ebene übernehmen würden. Um die Verständigung jederzeit zu gewährleisten, sollten die fliegenden Kundschafter mit Translatoren ausgerüstet werden. Das wurde von der ganzen Versammlung begrüßt, weil dies allgemein schon nach der Schlacht gegen die Landsknechte als notwendig erkannt wurde. Antiope selbst sah für sich keinen Grund mehr, die Götter und Menschen zu hassen. Das wurde von allen aufatmend zur Kenntnis genommen.

Danach brachte Reneé eine weitere Herzensangelegenheit zur Sprache, von der ich wusste, dass Lucy sie darin freudig unterstützte. Sie bat die Repräsentanten der Völker Niihamas, notleidenden Kindern aus irdischen Waisenhäusern hier auf Niihama eine neue Heimat anzubieten. Nach ihrer Vorstellung sollte diese Maßnahme direkt nach ihrer Rückkehr von der Erde gestartet werden.

Zuvor wollte sie dort aber noch das Problem Kraagen lösen. Nach einigem Zögern waren die Indianer-Häuptlinge und der Clanchef Engai Amboseli einverstanden. Die Vertreter der Ritter und der Samurai-Clans waren zwar nicht abgeneigt, wollten sich aber im Augenblick noch nicht festlegen. Als grundsätzliche Bedingung wurde vereinbart, diese elternlosen Kinder dürften nur in begrenzter Anzahl und ohne Zwang übersiedeln.

Die Diskussionen wurden zum Abendessen abgebrochen, es gab unter anderem den von Reneé so angepriesenen Suwa-Lachs und einen Hirschbraten, der wirklich köstlich war. Danach gab es einen Vortrag einer Geisha auf der Shamisen, begleitet wurde sie von der zweiten Geisha auf der Hayashi-Flöte, bei dem die Anwesenden reichlich *nihonshu*, den japanischen Sake und Pinot Noir, der von den Deutschen Ritterorden angebaut wird, verköstigten.

Beide Frauen waren in traditionelle Tsukesage-Seidenkimonos gekleidet, deren leuchtendes Orange unterhalb ihrer Taille von zarten Kirschblütenornamenten unterbrochen wurde. Zu ihrer traditionellen Berufskleidung gehörten die Getas und die kunstvoll geschlungenen Frisuren mit dem Kanzashi, einem eleganten Haarschmuck. Vervollständigt wurde das ganze durch ihr klassisches Gesichts-Make-up.

Erst sehr spät löste sich die Gesellschaft frohgemut auf und begab sich in die vorbereiteten Schlafräume.

Der zweite Tag begann mit einem ausgiebigen Frühstück und einem entspannenden Bad im See. Einige der Konferenzteilnehmer bevorzugten das Rotenburo. Anschließend wurden in relaxter Runde die noch anstehenden Angelegenheiten weiter besprochen. Als all diese wichtigen Themen ausdiskutiert waren, wurde bis in die späte Nacht gefeiert.

Das Vergnügen wurde bereichert durch die Vorführungen einer Tanzgruppe und von der Darbietung zweier aufregender Schwertkämpfe. Dazwischen wurden lockere und interessante Gespräche geführt, es wurde viel gelacht, gegessen und wieder reichlich getrunken.

Am nächsten Morgen verabschiedeten sich die Führer der Ebene mit viel Tamm-Tamm und der erneuten Bekräftigung, wie schon nach der Schlacht mit den Landsknechten, alle zwei Jahre diese Zusammenkunft zu wiederholen. Landlord Alexander Hisholm lud alle zum nächsten Herbstfest ans Lochan an Doite-Uaine ein, dem ‚See im grünen Hain'. Weil seine schottischen Clans bisher sehr zurückgezogen lebten, wollte er damit deren Situation etwas auflockern.

Gegen Mittag starteten Königin Antiope und ihre Schwester Kelaino mit Reneé und mir zum Hort der Harpyien am Chapaberg, oberhalb des Bibersees. Grinsend quittierte ich die Blicke unserer Gefährten, die ein wenig neidisch auf unseren bevorstehenden Flug waren. Ein phantastisches Erlebnis sollte für Reneé und mich folgen.

Der Höhleneingang zum Hort lag in der Mitte einer Felswand, die mehrere hunderte Meter senkrecht emporstieg. Mit meinen kundigen Augen als ‚Bergsteiger' schätzte ich, dass die glatte, schräg nach außen fallende Wand wohl nur von Profis mit einer guten Kletterausrüstung zu bezwingen war.

Vor dem Zugang erstreckte sich eine breite Felsplattform, auf der die großen Adler gefahrlos mit uns landeten. Wir wurden bereits von mehreren Harpyien erwartet, die uns dann in die Höhle geleiten. Der Eingang war ein Loch mit einem Durchmesser von etwa dreieinhalb Metern. Ein Gang, dessen Wände fast glatt poliert waren, mündete nach etwa fünfzig Metern in eine gigantische Grotte.

An den Seiten des Felsendoms brannten in Halterungen viele Fackeln, die die Felsenhöhle mit einem unnatürlichen Licht erhellten. In den Wänden eingelagerte Mineralien erzeugten ein grünliches Schimmern, sodass man das Gefühl hatte, die Luft wäre in ständiger Bewegung. Als ich darauf deutete, erklärte Reneé flüsternd: „Das sind mikroskopische Kristallwesen, die sich vom Fackellicht nähren und es dann als Energie wieder abstrahlen. Diese Kristallwesen findet man auf Niihama in fast allen Höhlen."

Überall hatten die Harpyien Aussparungen in die Felswände geschlagen und ihre Nester gebaut. Oben in der Höhlendecke entdeckte ich zwei kleinere Löcher, dort zogen wie durch einen Kamin, die Gerüche aus der Höhle ab. Trotzdem erinnerte mich der Geruch an den Taubenschlag meines Onkels, nur roch es hier nicht ganz so penetrant.

Zur Dämpfung der Ausdünstungen trugen auch viele Gewächse bei, die sich in die Felsspalten krallten. Auf dem Höhlenboden bohrten mehrere Baumfarne ihre Wurzeln in den Stein und verbesserten ebenfalls die Luftqualität.

Etwa fünfzig der großen Vögel bildeten ein Spalier bis zu einer steinernen Empore, auf der ein gewaltiger hölzerner Thron stand. Ein prachtvolles Möbelstück in der Gestalt eines Adlers mit ausgebreiteten Schwingen. Das Holz war teilweise mit Gold und eingelegten Edelsteinen verziert.

Antiope setzte sich auf den Thron; Reneé und ich stellten uns zu beiden Seiten daneben. Die Königin überbrachte ihren Schwestern den Wunsch der Völker von Niihama auf eine Zusammenarbeit mit den Harpyien.

Als Reaktion darauf folgte ein allgemeines erregtes Zischen und Krächzen. Nach dem einige der gewaltigen Menschenadler missmutig daran erinnerten, dass die Menschen viele ihrer Schwestern getötet hätten, hielt Reneé, mit Billigung der Königin, eine Rede an die Menschenadler.

„Mein Vater, Gott Swanson ist tot. Er bat mich während seines Sterbens, euch sein tiefes Bedauern darüber auszurichten, dass er schlimme Verbrechen an euch verübt hat. Die Völker auf Niihama und ich haben eurer Königin und somit euch allen versprochen, dass es in Zukunft keine Kämpfe mehr geben wird zwischen Menschen und Harpyien. Wir wünschen uns gegenseitiges Vertrauen und ein friedliches Zusammenleben ohne Blutvergießen auf dieser herrlichen Welt."

Nach dieser emotionalen Rede herrschte Stille, in der nur das leise Prasseln der Fackeln zu hören war. Antiope brach das Schweigen mit den Worten: „Wer von euch Schwestern gegen eine gleichberechtigte Partnerschaft mit den Menschen ist, sollte jetzt seine Meinung dazu äußern. Wenn niemand Einwände erhebt, gilt dieser Pakt ab heute als beschlossene Sache. Wir werden gemeinsam mit den *Wūhēis*, den Rabenschwarzen die Überwachung Niihamas übernehmen." Als kein Einspruch erfolgte, rief sie: „So sei es denn!"

Als wir in Begleitung von Antiope und Kelaino die Höhle wieder verließen um zum Suwa-See zurückzukehren, verfolgten trotz allem noch einige Adler uns Menschen mit feindlichen Blicken. Ich hoffte, dass sich die Harpyien an die neue Gemeinschaft mit den Menschen gewöhnen konnten und ihre Vorbehalte abbauten.

Der Rückflug verging wie im Rausch. Auf die Ausläufer des Chapagebirges folgten sanfte Hügel, die genauso wie die Kronen der Bäume des Waldgebietes *Ituma Nahele,* dem kräftigen Eichenwald unter uns vorbeihuschten. Kurz darauf überflogen wir eine Gruppe Zentauren; als sie uns bemerkten, richteten sie wütend ihre Speere und Lanzen gegen uns. Aber wir, in sicherer Höhe, genossen die Aussicht. Interessant war zu sehen, dass viele kleinere Tiere vor den Schatten der beiden Menschenadler flüchteten. Trotzdem sich die beiden Harpyien Zeit für den Rückflug ließen, war für uns Beide der Flug viel zu schnell vorbei.

Nach einer Ehrenrunde um die Insel landeten wir wieder vor dem Haus am See. Zur Schadenfreude unserer Gefährten setzte ich ungeschickter Weise dabei auf meinen Hosenboden auf. Mit schiefem Grinsen und schmerzenden Hinterteil dankte ich ihnen für ihre ‚Anteilnahme'. Wir bedankten uns bei den Harpyien und Reneé bat Antiope noch, nach den Tohopka auszuschauen und ihnen die Einladung zu einem Treffen zu übermitteln. Nach einer leichten Verbeugung, hoben die Harpyien ab in die Lüfte. Mit heiserem Krächzen ver-schwanden sie zwischen den Wolken in Richtung Chapaberg.

Unsere Gefährten waren froh über unsere Rückkehr und als Reneé ihnen von den Gesprächen mit den Harpyien berichtete, gratulierten sie meiner Prinzessin zu diesem Erfolg. „Hoffentlich bleibt es beim friedlichen Miteinander", murmelte Nadowessiu mürrisch. In den Mienen von Annas und Kristanna konnte ich die gleiche Skepsis entdecken. Reneé, der dieses nicht verborgen blieb, sprach zu den Dreien: „Ihr solltet die ganze Sache etwas positiver angehen. Ihr werdet schon sehen, das klappt, ganz bestimmt!"

Als ich Marc vom Thron in der Höhle erzählte, schmunzelte er: „Diesen Thron hat Swanson, wie er mir einmal erzählte, einem gewissen *Rhadon*, das war der Kaiser von Atlantis, in einer Nacht- und Nebelaktion geklaut. Die Karawane mit der Beute wurde anschließend von Antiope überfallen, die sich dabei diesen Stuhl unter die Krallen riss."

„Atlantis! So so! Darüber musst du mir irgendwann einmal mehr erzählen!" Dabei schaute ich Marc ziemlich skeptisch an. Marc antwortete lakonisch: „Jederzeit, wann du willst!"

Nachts tummelten sich in meinen Schlafbildern Monster, Harpyien und sogar Zentauren die mich fressen wollten. Die Krönung aber war, als ich im Traum mit Atlantis unterging. Ziemlich gerädert wachte ich frühmorgens auf.

Nach dem Frühstück wurden die Raben auf die Suche nach der Alten Rasse ausgeschickt, um ihnen eine Botschaft von Reneé zu übermitteln. Als Verhandlungsort schlug sie das Yībō-Kloster Enryakuji vor.

Die Raben waren mittlerweile, ebenso wie Antiope, mit einem Translator ausgerüstet worden, um sich mit den Tohopka zu verständigen. Eine Woche später traf Frigga am Fluss Öigawa, oberhalb des Biwa-Sees, einen der Alten Rasse. Über das Treffen berichtete der Schwarze Geselle, dass der Tohopka nach der Überbringung der Nachricht nur genickt habe. „Danach hat er mich einfach nicht mehr beachtet!", merkte Frigga ziemlich erbost und gekränkt an. Annas lobte Frigga und kraulte die Rabenfrau ausgiebig, um sie zu beruhigen. Nachdem wir uns ebenfalls ausführlich bei ihr bedankt hatten, kam ihr Seelenheil langsam wieder ins Lot. Anschließend schickten wir Hugin zu Antiope, um sie über unseren Erfolg zu unterrichten.

Annas wollte das Treffen mit einem Aufenthalt im Kloster Enryakuji verbinden. Deshalb reiste unsere Abordnung früher ab als sonst nötig gewesen wäre. Wir verabschiedeten uns von Onjiko und Yubai, da wir nach dem Treffen mit der Alten Rasse zur Heimstätte weiterreisen wollten. Marc und der Rest unserer Gefährten machten sich auf den Weg zum Refugium. So trafen wir am Kloster Enryakuji schon etwa eine Woche vorher ein.

Während Reneé, Kristanna und ich die Gegend erkundeten, verbrachte Annas viele Stunden bei ihrer Vaterperson, dem Abt Taitaro de Minamoto. Am letzten Tag empfing uns der Abt zu einem gemeinsamen Abendessen, bei dem er uns für das Treffen gutes Gelingen wünschte. Ich hatte ihn bisher nur zweimal gesehen, einmal bei seiner Befreiung aus dem Verlies und dann bei der Zusammenkunft aller Führer von Niihama, wo ich auch nur kurz mit ihm gesprochen hatte.

Taitaro war ein ungewöhnlicher Mönch mit einer starken Ausstrahlung. Für einen Mann mit japanischen Wurzeln, war er sehr groß, von schlanker Gestalt, dessen schlohweißes Haar ihm bis auf die Schultern reichte. Ich war sehr beeindruckt von ihm und konnte Annas Verehrung gut verstehen. In den frühen Morgenstunden verabschiedeten wir uns vom Abt und begaben uns zum Tánpàn-Platz, unterhalb des Klosters.

Die Mönche empfingen dort ihre Besucher innerhalb eines Oktogons von acht Steinsäulen, die den acht Heiligen aus der chinesischen Mythologie entsprachen. Wir hofften, dass die Alte Rasse ebenfalls an einem Vertrag interessiert war und zum Treffen erschien. Bisher war weder eine Zusage noch eine Absage erfolgt.

Während wir warteten und ich das imposante Bauwerk um uns herum betrachtete, überkam mich ein seltsames Gefühl. Es war, als wenn der kalte Hauch der Ewigkeit meinen Nacken streifte. Ich drehte mich zu meinen ‚Göttinnen', um zu sehen, ob sie ebenfalls so ein Ziehen verspürten. Aber sie saßen stillschweigend, anscheinend ungerührt, auf Holzbänken um einen großen runden Steintisch herum.

Plötzlich zerriss ein unheimlich schriller Schrei die Stille; meine Nackenhaare stellten sich hoch. Zwei schwarz gewandete Gestalten tauchten hinter einem Felsen am Rande des Platzes auf. Auf dem

Kopf trugen sie schwarze Zylinderhüte, die ihre Gesichter fast verdeckten. Nur die dunkelrot glühenden Augen, die uns anstarrten, waren deutlich auszumachen.

Mit seltsamen, ungelenk wirkenden Schritten kamen sie näher. Die schwarzen Gewänder wehten um ihre Gestalten und so konnte ich bei beiden Ankömmlingen ihre vier Beine und vier Arme erkennen.

Obwohl ich bisher schon viel gesehen und erlebt hatte, lief mir bei ihrem Anblick ein Schauer über den Rücken. So fremdartig und unheimlich war ihr Aussehen. Ihre Sprache hatte Ähnlichkeit mit der klackenden Lautsprache der Buschmänner in der Kalahari. Ihre roten Augen starrten uns durchdringend, ohne Wimperzucken an. Aus den fremdartigen Gesichtern konnte ich keine Rückschlüsse auf ihre Gefühle oder Absichten ableiten.

Trotz unserer friedlichen Mission und entgegen der Erfahrung aus den Zusammentreffen meiner Gefährten mit den Tohopkas, überprüfte ich nervös den Sitz meinen Pistolen in den Schulter-halftern. Ich persönlich hatte nur einmal eine Begegnung mit der Alten Rasse. Reneé und ich befreiten einen Verschütteten, der dann, obwohl er verletzt war, alleine humpelnd verschwand.

Meine Gefährtinnen standen auf, kreuzten ihre Arme vor der Brust und begrüßten die Vertreter der Alten Rasse mit leichten Verbeugungen. Nur an der Größe war es mir möglich, die beiden Abgesandten zu unterscheiden. Nach einer lautlosen Musterung gab der eine Tohopka einen klackenden Laut von sich und sie öffneten kurz ihre Umhänge. So konnte man sehen, dass sie unbewaffnet waren. Mit einem seiner Arme deutete der größere Parlamentär stumm auf mich.

Ich zeigte ihnen meine leeren Hände, zog mich einige Schritte zurück und blieb dann zwischen den Säulen stehen. Erschrocken bemerkte ich hinter der Säule nebenan einen weiteren Vertreter der Alten Rasse, der mich mit roten Augen musterte. Unter dem Um-hang konnte ich die Konturen seiner Schwerter erkennen.

So ganz schienen sie unseren friedlichen Absichten doch nicht zu trauen; man konnte es ihnen sicher nicht verübeln, wie ich dann später aus den Gesprächen heraushörte. Ich grinste ihn an und verbeugte mich leicht. An die Säule gelehnt konzentrierte ich mich dann auf das Gespräch zwischen beiden Parteien. Natürlich achtete ich trotzdem mit allen Sinnen darauf, falls mein bewaffneter Nachbar an der Säule nebenan, irgendeinen Unfug machen sollte.

Erst nach meiner leichten Verbeugung und einem unhörbaren Signal des Tohopka an seine Verhandlungsführer, setzten sich alle an den Tisch. Die letzten auf Niihama lebenden Tohopkas kommunizierten telepathisch miteinander. Laut Kristanna waren sie nicht in der Lage, in die Gedanken anderer Lebewesen einzudringen. Mit Hilfe ihres Empathie-Vermögens konnten sie aber durchaus die Grundeinstellung ihres Gegenübers erfassen.

Als erstes bedankte sich der Sprecher, es war der größere der Alten Rasse, bei Reneé für die damalige Rettung ihres Kameraden. Im anschließenden Gespräch, in dem beide Parteien vorweg ihre friedlichen Absichten bekundeten, erfuhren wir von der großen Schuld der Götter.

Sie hatten versucht, die Tohopkas zu unterjochen. In den Befreiungskriegen der Alten Rasse wurde ihre Welt von den Göttern völlig zerstört. Angeblich waren dieser Vernichtungsaktion nur vier Raumschiffe entgangen. Nur wenige der Alten Rasse konnten mit ihnen entkommen. Seitdem war ihr Kontakt zu den übrigen Artgenossen unterbrochen. Daraus resultierte ihr unbändiger Hass auf die Peiniger und deren Gefolgschaft.

Durch Zufall musste eines der Schiffe, mit zwei Tohopkas an Bord, auf Niihama notlanden; unbemerkt von Swanson und seinen Beobachtern. In den ersten Niihama-Schriften der Cherokee-Indianer wurde von einem Meteoriteneinschlag, damals in der Nähe des Algoma-Tales, berichtet.

*Tsjixà* war der Name, den sie selbst als Bezeichnung für ihr Volk verwendeten. Die Bezeichnung Tohopka, wildes Biest, war ihnen nachträglich von den Bewohnern der Ebene verpasst worden. Von Annas wussten wir, dass sich die Tohopkas eingeschlechtlich vermehrten und nur alle zehn Jahre ein Ei legten, aus dem dann nach vierzehn Monaten ein Nachkomme schlüpfte.

Das erklärte auch die geringe Anzahl ihrer Population. Als ich die Abgesandten während des Gespräches so betrachtete, ging mir durch den Kopf, dass nach ihrem Aussehen zu urteilen, tatsächlich einige von ihnen auch auf der Erde gelandet sein könnten. Ihre Gesichter ähnelten einigen der Abbildungen von Aliens, die in den einschlägigen Ufo-Zeitschriften zu sehen waren.

Ich konzentrierte mich wieder auf die Verhandlung. Reneé bot ihnen gerade einen ehrenvollen Friedensvertrag an. Kristanna und Annas standen auf und baten im Namen des letzten Göttergeschlechtes um Entschuldigung für das vergangene Unrecht, das ihnen angetan wurde.

Nach einem Moment der Stille akzeptierte das Alte Volk die Vereinbarung und nahm die Entschuldigung in Person des Tohopkas an, der neben mir Posten gestanden hatte. Er outete sich damit als Anführer der Tsjixà, indem er sich zu ihnen gesellte und antwortete. Unser Translator übersetzte seine klackenden Laute mit: „Eure Schwingungen sagen uns, dass das Gesagte auch so gemeint ist. Wir werden sehen!"

Überglücklich nahmen wir die Entscheidung der Alten Rasse zur Kenntnis. Mit beiderseitigen Verbeugungen voreinander wurde das Abkommen besiegelt. Unsere beiden Göttinnen rangen sich ein stummes Lächeln ab, aus dem eine gehörige Portion Skepsis hervorschaute. Was auch nachvollziehbar war, nach den Jahrtausende andauernden blutigen Kämpfen zwischen den beiden Parteien. Wobei Annas und Kristanna seinerzeit wohl nicht zu den üblen Zeitgenossen gehörten, die diese Fehde ausgelöst hatten.

Das Ganze wurde anschließend mit dem Austausch eines Artefaktes besiegelt, dass wohl für beiden Parteien einen außerordentlichen Wert darstellte. Der Tsjixà übergab Reneé feierlich einen schwarzen Stein, dessen Oberfläche glatt poliert war und alles Licht zu verschlingen schien.

„Es ist ein Stein aus Tsjixà, unser Heimat", wurden seine klackenden Laute übersetzt. Andächtig nahm Annas den etwa hühnereigroßen Stein entgegen und legte ihn voller Wertschätzung an ihre Brust. Die Tohopkas würdigten ihre Geste mit einem kurzen

Nicken. Kristanna übergab danach dem Anführer einen etwa zwanzig Zentimeter langen silbernen Dolch, den sie aus einem silber-glänzenden, schweren Stoff auswickelte. Der Dolch spielte anscheinend eine große Rolle beim Alten Volk, so wie die sich bei der Überreichung der rituellen Klinge benahmen. Anscheinend wurde er wohl vor langer Zeit für Zeremonien benutzt. Von seinem Griff aus liefen spiralförmige Rillen bis zur Spitze. Annas hatte diesen Dolch aus dem Fundus ihres Bruders am Suwa-See mitgenommen.

Die Tsjixà umringten ihren Anführer und betrachteten stumm das Geschenk. Ich nahm an, dass sie telepathisch miteinander debattierten. Nach einigen Minuten hielt der Anführer das Kultgerät hoch, während sich die anderen Tohopkas vor ihm verbeugten. „Wir danken euch für die Rückgabe unseres Shīwù, er ist uns heilig!"

Nach einer leichten Verbeugung drehten die Tohopka sich um und verschwanden danach so schnell, wie sie gekommen waren. Wir beglückwünschten Reneé zu ihrem Erfolg, danach eilten wir zum Kloster zurück. Der Abt war ebenfalls über unser Ergebnis hocherfreut und erklärte zufrieden lächelnd, dass er zu keiner Zeit an unseren Erfolg gezweifelt hätte. Bei dieser Gelegenheit meinte Annas, dass einer der Gründe für die langen Auseinandersetzungen mit den Tohopkas wahrscheinlich auch darin begründet war, dass diese Tsjixà von den Altvorderen ihrer Rasse nicht assimiliert werden konnten. Daraus entstand eine ungeheure Furcht vor ihnen, die das Verhältnis zur Alten Rasse maßgeblich beeinflusste.

Hochgestimmt verließen wir das Yībō-Kloster Enryakuji. Reneé wollte so schnell wie möglich die frohe Botschaft zur Heimstätte zurückbringen. Die uns umgebende reine Natur, die Duftstoffe in der Luft, die Freude über das Geschehene, all diese Dinge bargen die Illusion am Ziel angekommen und endlich Frieden zu finden. Kurz vor dem Erreichen des Refugiums trafen wir auf Gritha, die ebenfalls auf dem Wege dorthin war.

Von ihr erfuhren wir, dass Hatamo Matsushita Nakatsukasa den heimtückischen Shārénrúmá, die seit langem die Region terrorisierten, eine Falle gestellt hatte. Unter der Führung des Ninjas Sarutobi Sasuke waren die Abtrünnigen für viele Überfälle auf der Karawanenstraße verantwortlich.

Mit einem Köder überlistete der Hauptmann die Gangster. Er verbarg sich mit zwölf seiner besten Samuraikämpfer in den Wagen einer Karawane und fuhr über den wichtigsten Handelsweg. Sie vereitelten den erwarteten Überfall und brachten den Banditen eine Niederlage bei. Dabei wurden alle Angreifer getötet, bis auf zwei. Gritha, als Teil des Planes, beobachtete die Aktion aus der Luft und verfolgte die beiden Flüchtenden. Unabsichtlich führten sie den Raben zum Versteck des bisher unauffindbaren Hitomi gokū-Clans.

Als der Schwarze Geselle weiterflog, beeilten wir uns noch mehr, in der Sorge, dass Karen sonst ganz alleine die Spur der flüchtenden Mörder verfolgen würde.

Reneés Verhandlungserfolg mit den Tohopka wurde zwar freudig begrüßt, aber leider ging die Begeisterung in den Vorbereitungen zur Strafexpedition unter. Obwohl wir alle kampfmüde waren, wollten wir am nächsten Tag aufbrechen, um dieser Landplage endlich den Garaus zu machen. Bis auf Annas, die auf Marcs Drängen in der Heimstätte blieb, waren alle Gefährten bereit, sich auf diese nicht ganz ungefährliche Mission einzulassen. Marc erzählte uns alles, was er über die Kampftaktik dieser Verbrecher wusste.

Bei ihren Überfällen benutzten sie Blendpulver, Rauchmehl und einen giftigen Staub, der ihre Opfer lähmte. Außerdem verschossen sie mit Armbrüsten vergiftete Bolzen, die die gleiche Wirkung hatten. Ihre bevorzugte Angriffswaffe war die Kama, eine Sichel mit einem Holzgriff, einige kämpften auch mit Katanas oder mit Wurfmessern, den Shuriken.

Ihr Anführer, Saratobi Sasuke, war ein fanatischer Eiferer für Abe Kamui, die Feuergöttin und Richtergöttin im Totengericht der japanischen Ureinwohner. Er selbst nannte sich shikkōnin Kamui, Scharfrichter der Göttin. Seinen Clan kontrollierte er brutal durch die Ausübung von ‚Schwarzer‘ Magie. Seine Gefolgsleute bezeichneten sich, um so Angst und Schrecken zu verbreiten, als

Shārénrúmá, was Menschen abschlachten bedeutete. Entsetzt hörte ich, dass seine Anhänger auf Geheiß ihres Anführers auch blutige Rituale abhielten und gelegentlich dabei sogar Menschen opferten. Nur Sarutobis Tod würde auch das Ende des Clans bedeuten.

Aber ein erschwerender Aspekt bei der Vernichtung Sasukes war, dass er nur durch einen Stich ins Herz getötet werden konnte, weil er mit den finsteren Mächten in direkter Verbindung stand. Marc hatte dieses von der *Shū eki* Miki Baku, einer Schamanin, erfahren.

Ich hatte meine Zweifel an dem Gehörten, aber seit meiner Ankunft auf Niihama hatte ich schon sehr viele unerklärliche Dinge erlebt. Marc erwähnte noch, dass Saratobi Sasuke der ehemalige Anführer der Ninjas war, die in Swansons Diensten gestanden hatten und zu denen damals auch unsere Karen zählte.

Karen quittierte dies mit finsterer Miene. Ihre Augen blitzten voller Hass. Von Reneé wusste ich, dass dieser Saratobi ihr ehemaliger Geliebter war und sie fast ermordet hätte. Nur durch Svansons Heilkünste hatte sie den Mordversuch überlebt. Seit diesem Vorfall sann Karen auf Rache und versuchte ihn zur Strecke zu bringen.

Sie warnte uns sehr eindringlich vor seinen Anhängern, die fanatisch, brutal und unfair, also unmenschlich kämpften. Bei ihrem Gemetzel waren sie vollkommen schmerzunempfindlich. Bei Reneés erstem Aufenthalt auf Niihama, war auch sie fast ein Opfer dieser Mörderbande geworden.

Nachdem wir uns von Annas verabschiedet hatten, brachen wir auf und folgen Gritha und Frigga in die Bergregion am Öigawa-Fluss. Wir erreichten einen schmalen Taleinschnitt unterhalb des Berges Öigawa.

Am Eingang der Schlucht rauschte ein Wasserfall den Berghang hinunter. Ein kleiner Fluss teilte den Abgrund in zwei Hälften und verschwand am Ende der Hänge im Boden. Laut Karen besitzt der Wasserlauf eine unterirdische Verbindung zum Biwa-See. Links und rechts an den Hängen entdeckten wir etliche Höhlenöffnungen, dort witterten wir den Unterschlupf der Shārénrúmá.

Oberhalb des Flusslaufes drangen wir vorsichtig in die Schlucht ein. Es war ein mühsames Vorankommen, weil die Steine am Rande des Gewässers durch die hochspritzende Gischt sehr glitschig waren. Als sich nach einer Weile der Felsenkessel etwas verbreiterte, blieben wir völlig durchnässt stehen. Karen war der Meinung, zwischen dem Gurgeln und Tosen des Wassers fremde Geräusche gehört zu haben. Erst nach längerer Suche entdeckten wir in luftiger Höhe über uns eine Brücke.

Marc bat Gritha, zu Hauptmann Kōkatsu zu fliegen, der mit seinen Samurai am Öigawa-Fluss lagerte. Sie sollte ihm die Nachricht überbringen, dass er so schnell wie möglich am Ende der Schlucht Position beziehen sollte, um eventuelle Ausbruchsversuche der Banditen zu vereiteln. Anschließend müsste Gritha wieder zu uns zurückkehren, weil sie möglicherweise noch gebraucht würde.

Währenddessen inspizierte Frigga die Brücke und verriet uns, dass sie tatsächlich zum Eingang des Verstecks führte. Sie wurde ständig von der Sekte bewacht. Marc schickte den Schwarzen Gesellen zurück zu Annas in das Refugium.

Plötzlich winkte uns Kristanna heftig zu; sie war mit Karen noch etwas weiter am Ufer entlang gegangen. Als wir sie erreichten, deutete sie auf einen schmalen Pfad, der sich die steile Wand empor schlängelte. Karen kraxelte vor, wir folgten ihr langsam und versuchten dabei keine Geräusche zu verursachen. Endlich, es kam mir wie Stunden vor, hob Karen an der Spitze die Hand und wartete auf uns.

Schwer atmend schlossen wir auf. Von unserem Beobachtungsposten, leicht oberhalb, schauten wir auf eine altersschwache, etwa dreißig Meter lange Seilbrücke hinunter, die schwankend in etwa einhundert Meter Höhe den Abgrund überspannte.

Auf der gegenüberliegenden Seite sahen wir auf einem kleinen Plateau den Eingang des Verstecks, er wurde bewacht von drei Gestalten in abenteuerlicher Kleidung. Auf ihren Brustpanzern hatten sie Oni, die dämonischen Geister mit drei Augen, Hörnern und Klauen, aufgepinselt. An ihren Hälsen baumelten Ketten aus

Menschenzähnen und Totenköpfe dekorierten die mit zwei Hörnern verzierten Helme.

Schnaufend gingen wir hinter zwei Felsbrocken in Deckung. Marc, Karen und Reneé führten leise eine Diskussion. Wie könnten wir, ohne entdeckt zu werden, die Wachen überwinden und in die Höhle eindringen? Ein Frontalangriff kam jedenfalls nicht in Frage. Während des Disputes, in dem verschiedene Erfolgsversprechende Vorschläge erörtert wurden, schaute ich mir das Terrain genauer an.

In einer Redepause drehte ich mich zu ihnen um und warf in die Diskussionsrunde ein: „Als passionierte Bergsteiger könnten Reneé und ich auf der rechten Seite dort hinauf bis zum Felsvorsprung klettern." Ich zeigte auf einen Punkt in der Felswand, auf dem ein einzelner verkrüppelter Baum stand, der bei einem Gewitter vom Blitz in zwei Hälften gespalten worden war. „Das ist durchaus zu schaffen. Von dort aus könnten wir uns an der schmalsten Stelle mit einem Seil auf die andere Seite hinüber schwingen. Bis zum Überhang oberhalb des Einganges ist es dann nur noch ein Klacks."

Meine Gefährten überzeugten sich schweigend von meinen Ausführungen und als Reneé mir zustimmte, war die Sache geritzt. Kristanna, die sich aus der Diskussion weitgehend herausgehalten hatte, zuckte nur mit der Schulter. Sie strich behutsam mit den Fingern über ihre Monsterklinge, ehe sie das Schwert mit einem grimmigen Lächeln in die mit Metall kunstvoll verzierte Lederscheide zurückführte.

Karen schaute prüfend auf die Seilbrücke, überlegte kurz und sagte dann entschlossen: „Wenn ihr Zwei auf dem Überhang angekommen seid, werde ich mich an der Unterseite der Brücke nach drüben hangeln. Und wenn ich entdeckt werden sollte, regeln Lucy und Kristanna das mit ihren gefiederten Freunden! Das Risiko müssen wir eingehen."

Für einen flüchtigen Moment huschte ein wilder Ausdruck über ihr Gesicht, dann bat sie Nadowessiu um das Kampfmesser Tlingit, wobei es für mich so aussah, als wenn ihre schwarzen Augen noch einen Tick dunkler wurden. Mit unbewegter Miene übergab ihr unsere Indianerin das Messer. Zufrieden steckte Karen die Klinge links in ihren Obi, auf der rechten Seite steckte der Tessen. Nach kurzem Abwägen meinte Marc: „So soll es sein. Aber seid ja vorsichtig und überhastet nichts. Denn wenn die Wachen Alarm geben können, haben wir gegen diese Mörderbande in den Gängen und Katakomben der Höhle nicht die geringste Chance!"

Wir gaben uns kurz die Hände, danach begannen Reneé und ich den Aufstieg. Einige knifflige Passagen in der Wand mussten wir überwinden, dann erreichten wir nach etwa einer Stunde, von den Wachen unbemerkt, den Vorsprung. Für einen Moment ruhten wir uns schnaufend aus, ehe ich das Seil am Baumstamm festknotete, dessen mächtige Wurzeln sich in die Felsspalten krallten.

Beim Blick zurück zu unseren Gefährten, sah ich Karen, die sich wie eine Schlange zwischen Steinen und Geröll zur Brücke schlängelte. Kurze Zeit später verschwand sie unter dem schwankenden Überweg und war nur noch als schwarzer Schatten zu erkennen. Reneé half mir beim Anlegen des Seiles.

„Sei vorsichtig!", flüsterte sie und gab mir einen Klaps auf die Schulter. Ich stieß mich mit den Füßen ab und schwang mich auf die andere Seite. Der Schwung trug mich fast bis zur gegenüberliegenden Wand, leider fand meine Hand an der Felswand keinen Halt und ich pendelte zurück. Dort packte Reneé mich mit einer Hand und zog mich zurück auf den Vorsprung. Der zweite Versuch gelang besser, weil meine Partnerin mir mit einem kräftigen Schubs den nötigen Schwung verlieh.

Ich stieß schmerzhaft gegen die Wand, doch bevor ich wieder zurückpendelte, konnte ich mich an einem Felsbrocken festhalten. Unter meinen Füßen lösten sich ein paar Steine und polterten in den Abgrund. Wie eine Fliege presste ich mich an die Wand. Erst als Reneé Entwarnung gab, kletterte ich weiter bis zur Spalte.

Danach löste ich das Seil von meinem Körper, sodass sie es zu sich hinüberziehen konnte. Schwer atmend lehnte ich mich an die Felswand. Nachdem ich mich einen Moment ausgeruht hatte, signalisierte ich ihr, dass sie es jetzt versuchen sollte. Meine Prinzessin schaffte es schon beim ersten Anlauf, erleichtert nahm ich sie in Empfang.

Gemeinsam kletterten wir durch die senkrechte Spalte hinunter auf den Felsvorsprung über dem Eingang. Gott sei Dank erwies sich das als nicht allzu schwierig. Kurze Zeit später krochen wir auf dem Überhang bis zur Spitze des Felsens. Karen hatte sich inzwischen unter der Brücke bis auf die andere Seite der Schlucht hinüber gehangelt. Erleichtert reagierten die Gefährten auf unseren Erfolg.

Ich hörte Stimmen. Über dem Zugang auf dem Bauch liegend, schaute ich vorsichtig nach unten. Zwei von den drei Wächtern sah ich gerade in die Höhle verschwinden. Der zurückgebliebene Kerl saß auf einem dicken Stein und lehnte mit dem Rücken gegen die Felswand. Er gähnte laut und schloss die Augen; nach ein- oder zwei Minuten schnarchte er leise.

Auf meinem Wink hin, nutzte Karen sofort die Gelegenheit. Wie ein schwarzer Racheengel tauchte sie unter der Brücke hervor. Blitzschnell überwand sie mit wenigen Sätzen die Distanz bis zum Wächter. Mit einem Streich ihres Tessen beförderte sie ihn ins Nirwana. Das Ganze vollzog sich völlig lautlos, nur die blutüberströmte Leiche die zusammengesunken an der Felswand lehnte, zeugte von dem plötzlichen Gewaltausbruch.

Schnell seilten wir uns vom Vorsprung zu Karen hinab. Ohne eine Miene zu verziehen empfing sie uns. Nur ihr sardonisches Funkeln in den Augen verriet ihre inneren Empfindungen. Reneé forderte die auf der anderen Seite wartenden Gefährten auf, über die Brücke zu kommen. Da spürte ich in meinem Rücken, auf der rechten Seite des Eingangs, eine Bewegung. Ein eisiger Schreck durchfuhr mich. Ich wirbelte herum und sah genau in die Augen des zweiten Wächters.

Keiner von uns vor dem Höhleneingang hätte noch schnell genug reagieren können um seine Attacke zu verhindern. Doch auf der schwankenden Brücke verhielt Lucy in ihrem Lauf. Ein Pfeil zischte an meinem Ohr vorbei und traf den Banditen in den Hals.

Mit ungläubig weit aufgerissenen Augen wurde der Shārénrúmá durch die Wucht des Treffers nach hinten geschleudert und fiel polternd zu Boden. Lucys Meisterschuss rettete uns vor einer Entdeckung, weil der Kerl nun niemanden mehr alarmieren konnte.

Karen grunzte zufrieden, dann stürzte sie in die Höhle hinein. „Der dritte Wächter", fiel mir siedend heiß ein. Kurz darauf hörten wir einen erstickten Schrei; danach war es totenstill.

Marc, Nadowessiu, Kristanna und Lucy hatten uns inzwischen erreicht. Unsere gesamte ‚Streitmacht' drang hinter Karen in das Versteck des Hitomi gokū-Clans ein. Unsere Kunoichi erwartete uns an der nächsten Biegung, kurz vor einem Abgang. Durch zahlreiche Fackeln in ein diffuses Licht getaucht, eröffnete sich vor unseren Augen ein riesiger Felsendom.

Unterhalb unseres Standortes führten links und rechts mehrere Gänge tiefer in die Höhle hinein. Über eine Strickleiter kletterten wir nach unten. Marc und Karen untersuchten die Spuren vor den verschiedenen Abzweigungen.

Plötzlich tauchten aus einem Gang, der sich schräg vor mir befand, zwei Männer auf und blieben erschrocken stehen. Konsterniert und sprachlos starrten die Beiden auf uns Eindringlinge. Dann kam Bewegung in sie und fluchend flüchteten sie in einen der Gänge. Nadowessiu reagierte augenblicklich, sie erledigte einen der Mörderbande mit einem Wurf ihres Tomahawks.

„Lasst den Zweiten laufen!", rief Marc. „Er leitet uns zu seinen Herren!" Mit schnellem Lauf folgten wir dem panikartig Fliehenden, der uns tatsächlich zum sogenannten ‚Thronsaal' des Sarutobi Sasuke führte. Kurz hinter ihm erreichten wir den von vielen Lagerfeuern und Fackeln erhellten Saal.

Der flüchtende Shārénrúmá blieb stehen und stieß einen hohen grellen Warnschrei aus. Der ehemalige Ninja Sasuke saß auf einem Thron, der aus Knochen und Totenköpfen erbaut war. Wirr hingen ihm seine langen, rotgefärbten Haare bis über die Schulter. Mit blutunterlaufenen Augen starrte er uns böse an.

„Was wollt Ihr im Reich der Abe Kamui?", geiferte er. „Ihr seid des Todes!" Hässlich lachend stand er auf. Die schwarzen Augenhöhlen lagen tief in seinem knochigen Gesicht, aus dem eine Hakennase hervorstach. In seiner schwarzen Robe wirkte er riesengroß. Ein unheilvolles Murmeln erfüllte die Höhle, drohend rottete sich die Horde hinter ihrem Anführer zusammen.

Mit ausgebreiteten Armen malte Sasuke geheimnisvolle Zeichen in die Luft, unverständliche Wörter quollen aus seinem Munde. Um seine Gestalt herum verdichtete sich die Luft. Mit weit gespreizten Fingern deutete er auf uns. An den Fingerspitzen wuchsen lange schwarze Nägel, die wie Dolche gebogen waren. Im zur grauenhaften Maske verzerrten Gesicht, loderten irre Blicke aus giftgrünen Augen.

Seine Brust wölbte sich nach vorn und seinem aufgerissenen Mund entfuhr der schrille Schrei eines Wahnsinnigen. Die Meute hinter seinem Rücken heulte auf wie ein Rudel Wölfe und drängte langsam in unsere Richtung. Sarutobi Sasuke kreischte noch einmal. Der Haufen kam hinter ihm zum Stehen. Sie drohten uns mit ihren Schwertern, teilweise waren sie auch mit Sicheln und Äxten bewaffnet. In ihren Augen flackerte die pure Mordlust.

Das urzeitliche Monster in uns, das in allen mehr oder weniger steckt, erwachte. Ein archaischer Mechanismus begann: Sehnen streckten sich, Muskeln spannten sich, Adrenalin wurde hochgepumpt, ergoss sich in alle Poren und die Augen fixierten die tödliche Gefahr.

Karen drängte sich nach vorn, riss ihren Tessen aus dem Gürtel und schrie den abtrünnigen Ninja-Hexer hasserfüllt an: „Endlich habe ich dich gefunden!" Der schwarze Magier fixierte Karen und deutete mit seinen Klauenfingern auf sie: „Ah! Wen haben wir denn da? Ist das nicht meine Gespielin aus vergangen Tagen?"

Spöttisch grinsend verbeugte er sich. Höhnisch tropften die Worte wie Gift von seinen Lippen: „Wie war eigentlich das Gefühl, als mein Messer dich bestrafte, du Hure dieses vermaledeiten Gottes? Ich werde nochmals meinen Stahl in deinen Körper rammen und dich endgültig vernichten! Denn dieses Mal steht dir kein Gott bei!" Die letzten Worte spuckte er förmlich aus. Danach drehte er sich zu seinen Leuten um. Herablassend sagte er: „Tötet diese verblendeten Gottesanbeter!"

Nach Blut lechzend, stürzte sich seine Bande auf die an vorderster Stelle stehende Karen. Dann gellten die Schreie der Fanatiker markerschütternd, denn der Tessen wütete in ihren

243

Reihen. Auch Nadowessiu, die neben ihr stand, musste sich ihrer Haut wehren. Zwei der viehisch kreischenden Figuren schoss ich aus ihrer Angriffsformation heraus. Rasch waren wir dann alle in Kämpfe auf Leben und Tod verstrickt. Trotz des Getümmels um mich herum, achtete ich immer darauf in Reneés Nähe zu bleiben.

Ich sah, wie meine Amazone sich vor Sarutobi Sasuke aufbaute, der eigentlich von Karen überrumpelt werden sollte. Die attackierte gerade mit wilden Hieben ihres Tessen mehrere Krieger gleichzeitig. Der schwarze Magier zog sein Schwert und deutete mit der Klingenspitze auf Reneé. Mit seinen Augen versprühte er eine tückische Boshaftigkeit, eine unirdische Wildheit, die einen fast körperlich ansprang.

„Du bist die Tochter des verfluchten Gottes. Ich werde dich in Stücke hacken und meiner Göttin Abe Kamui zum Fraße vorwerfen. Das wird ein Fest werden."

Reneé nahm breitbeinig ihre Kampfstellung ein, das Katana hielt sie beidhändig in Brusthöhe. Karen schrie, während sie sich gegen zwei auf sie einstürmende Feinde verteidigte: „Reneé sei vorsichtig! Er war damals einer der besten Schwertkämpfer. Und denke daran, er ist mit dem Teufel im Bunde!"

Ich weiß nicht ob Reneé, in ihrer Konzentration auf den bevorstehenden Kampf, die Warnung mitbekam. Aber das war jetzt auch egal, denn der Wahnsinnige lachte schrill auf, dann schrie er: „Tötet das Geschmeiß!" Mit zwei pantherhaften Sätzen stürmte er auf Reneé zu.

Zwei Verrückte aus dieser kranken Mörderbande sprangen mich brüllend an. Erst im letzten Moment konnte ich sie erledigen. Ich bewegte mich zu Reneé hinüber, um zu verhindern, dass ihr jemand in den Rücken fiel.

Sasuke griff sie mit einer Klinge an, die mir noch länger als Kristannas Sternenklinge erschien. Als die Schwertklinge wie ein Speer auf Reneé zuraste, sprang sie im letzten Moment aus der Reichweite. Sie stand jetzt in leicht vornüber gebeugter Stellung. Mit beiden Händen hielt sie ihr Katana „Böser Geist weiche" horizontal mit dem Rand nach außen.

Sasuke stoppte seinen Angriff und blieb, aufgrund der Kampfstellung, zaudernd stehen. Losgelöst vom Kampfgeschehen, das um sie herum tobte, starrten Beide einander an. Einen Augenblick später änderte Reneé ihre Position wieder.

Sie schob den rechten Fuß einen halben Schritt nach vorn, hob die linke Ferse leicht an. Die Füße standen parallel zueinander. Sie hielt den Kopf gerade und blickte in Sasukes Augen, während die linke Hand etwa vier Zentimeter über der Körpermitte verblieb. Reneés Katanaspitze deutete jetzt auf den gegnerischen Hals und es sah so aus, als wären ihre Hände und Schultern vollkommen entspannt. Ihre ganze Haltung stellte somit eine Bedrohung für ihn dar, falls er sich entscheiden sollte, anzugreifen.

Ich löste kurz meinen faszinierten Blick von den Beiden und kam Karen zu Hilfe, die von mehreren Fanatikern zugleich angegriffen wurde. Mit einer Salve erledigte ich drei ihrer Angreifer. Karen hob kurz den Tessen und stürzte sich dann sofort auf weitere Shārénrúmá, die unsere übrigen Gefährten bedrängten.

Marc, Kristanna und Nadowessiu unterstützten sie mit wilden Attacken bei der blutigen Ernte. Nur ihre außerordentliche Kampfkunst verhinderte bis jetzt, dass sie von dem zahlenmäßig überlegenen Mob überwunden wurden. Dabei halfen Lucys Pfeile, die immer wieder vom Saaleingang abgefeuert, ihre Ziele fanden.

Sofort drehte ich mich wieder zu meiner geliebten Göttin um und sah gerade noch, wie Sasuke behände mit zwei Schritten nach rechts sprang und damit plötzlich seine Angriffsrichtung änderte. Mit hoch erhobenem Schwert blieb er stehen und starrte Reneé mit einem teuflischen Gesichtsausdruck an. Es kam mir so vor, als wären Beide in ihrem tödlichen Kampf gefangen. Zwei Kämpfer, ganz allein in einem mörderischen Universum. Reneé in der Rolle des Guten und Sasuke in der Rolle des absolut Bösen, bar jedes bewussten Denkens.

Ich schob mich noch näher an Reneé heran, um notfalls einzugreifen. Fast gewann ich den Eindruck, als ob alle ihre Körperporen erhaben hervortraten und sich wie Stacheln dem ehemaligen Samurai Sasuke entgegen stellten. Reneés machtvolles Kiai durchbrach die Stille. Einen Sekundenbruchteil später fiel der Samurai in den Schrei ein und sein Katana zischte wie ein Speer auf sie zu. Reneé warf ihre linke Schulter vor, zog den rechten Fuß zurück und brachte sich, den Oberkörper halb dem Gegner zugewandt, in eine neue Verteidigungsstellung.

Als die Spitze von Sasukes Katana wie ein gleißendes Rad vor ihrer Nase niedersauste, konterte sie sofort. Ihr Katana stieß gedankenschnell durch die Luft und zwang Sasuke selbst in die Verteidigung. Mit über dem Kopf erhobenem Schwert sprang der Hexer etliche Schritte rückwärts. Blitzschnell folgte ihm Reneé; das Katana vor sich gestreckt, schnellte sie auf ihn zu. Mit einem mächtigen Satz sprang sie in die Höhe und riss ihre Beine eng an den Körper, um eine kleinere Trefferfläche zu bieten. Damit überraschte sie Sasuke gänzlich.

Fauchend fuhr seine Klinge durch die Luft und verfehlte Reneés Kopf um Haaresbreite. Eine kleine Locke schwebte zu Boden. Teuflisch grinsend frohlockte der Anführer der Shárénrúmá, im Glauben er habe Reneé erwischt. Im nächsten Augenblick zerbarst seine verquere Welt, als sich ‚Böser Geist weiche' in seinen Schädel fraß.

Ein ungläubiger Seufzer entfuhr ihm und er blieb schwankend vor Reneé stehen. Ich sah, wie sie versuchte, ihr Katana zurückzuziehen, aber irgendwie ging das nicht. Die Klinge pulsierte in einem unwirklichen eisblauen Licht. Plötzlich verfärbte sich die Spitze ganz schwarz. Reneés Gesicht verzerrte sich vor Anstrengung. Ein Schweißtropfen perlte ihr von der Stirn und fiel wie in Zeitlupe zu Boden. Ihre Gestalt umhüllte sich mit einem hellgelben Schimmer.

Ich musste ihr helfen und mühte mich, um meine Starre zu lösen. Da sprang Karen, zwischen zwei sie bedrängende Krieger hindurch, wie ein Irrwisch an mir vorbei. Mit einem kraftvollen Kiai, der aus ihrer tiefsten Seele kam, jagte sie Sasuke das Tlingit bis zum Griff ins Herz.

Ein wahnsinniges Heulen entwich dem Körper des schwarzen Magiers und grelle Blitze zuckten aus seinem Leib bis an die Höhlendecke, dann sank er zu Boden. Wenige Augenblicke später lag der tote Körper, greisenhaft und wie mumifiziert, vor uns. Wie von Geisterhand löste sich Karens Messer Tlingit aus dem toten Anführer und Reneé bekam ihr Katana ebenfalls frei.

Fast gleichzeitig mit diesem Ereignis ließ die restliche Mörderbande die Waffen fallen und floh tief in das verzweigte Höhlenlabyrinth hinein. Schwer atmend und erschöpft standen wir vor Sasukes Leichnam. Schweigend umarmten wir uns, dann säuberten wir unsere Klingen und Waffen. Mit einer Verbeugung gab Karen das Kampfmesser an Nadowessiu zurück.

„Eine gute Waffe", murmelte sie, um sich dann erleichtert über die gewonnene Schlacht umzusehen. Lucy stand neben einer Abzweigung, hielt ihren Bogen gesenkt und winkte uns heran. Ihr Gesicht hatte die Farbe eines weißen Lakens angenommen. Wortlos zeigte sie auf einen vergitterten Raum. Mit Entsetzen sahen wir darin übereinander gestapelte Leichenteile, einige davon waren noch frisch.

Angewidert wandte ich mich ab. Nur mit Mühe konnte ich den Brechreiz im Hals unterdrücken. Meinen Gefährten ging es ebenso. Plötzlich hörte ich aus dem Gang, der rechts neben mir abzweigte, ein leises Wimmern.

„Da lebt noch jemand!", rief ich und stürmte hinein.

„Sei vorsichtig! Warte auf uns!", hörte ich Reneé hinter mir her rufen. Aber da war ich schon eine Biegung weiter und stoppte erst vor einer Abzweigung. Kurz horchend, entschied ich mich für den linken Gang. Bald darauf erreichte ich eine weitere vergitterte Zelle. Zwei verwahrloste und verdreckte Kinder saßen weinend in der Ecke am Boden. Vor ihnen hockten zwei Frauen, die auch mehr tot als lebendig aussahen. Sie streckten mir bittend ihre verdreckten Hände entgegen.

„Wir holen euch raus!", rief ich erregt. Innerlich war ich immer noch vom Grauen über das Gesehene geschüttelt. Ich rüttelte wütend an der Zellentür. Plötzlich stöhnten die Frauen entsetzt auf. Im Hochblicken bemerkte ich seitlich hinter mir einen Schatten. In einem Reflex warf ich mich zur Seite. Glühendheiß ratschte mir die Klinge eines schwarz gekleideten Shārénrúmá über die linke

Schläfe. Ich taumelte aus der Reichweite des Schwertes, stolperte und scheuerte an der Felswand entlang. Warmes Blut lief in und über mein linkes Auge. Blinzelnd versuchte ich mit dem rechten Auge meinen Gegner auszumachen. Gleichzeitig zog ich meine Automatik.

Wahrscheinlich hätte ich seinen nächsten Streich nicht überlebt. Aber zu meinem Glück war Nadowessiu mir sofort gefolgt. Ihr Tomahawk, aus kurzer Entfernung geworfen, riss den Kerl zu Boden. Er war schon tot, bevor er auf dem Boden aufschlug.

Ich musste mich auf den Boden setzen, weil mein Kopf zu platzen drohte. Die Indianerin reichte mir ein Tuch, damit wischte ich das Blut aus meinem Gesicht. „Danke", murmelte ich mit schmerzverzerrter Miene.

„Keine Ursache", antwortete sie und klopfte mir dabei beruhigend auf die Schulter: „Übrigens, du hattest Glück. Dein Ohr ist jedenfalls noch dran."

In diesem Moment stürmten unsere anderen Gefährten heran. Erschrockene Augen sahen auf mich hinunter. Sofort kümmerte sich Reneé um mich. Sorgenvoll inspizierte sie mit ihren grünen Augen meine Verletzung. Sie reinigte die Wunde an der Schläfe und den Schmiss an meinem rechten Ohr mit einem frischen Tuch und Wasser aus der Feldflasche. Dann legte sie mir einen provisorischen Kopfverband an.

„Da hast du aber sehr viel Glück gehabt." Schimpfend fügte sie hinzu: „Ich habe doch gerufen, dass du auf uns warten sollst. Aber unserem Herrn Supermann kann ja nichts passieren! Er denkt wohl, er sei unverwundbar." Doch ein wenig Sorge schwang schon in ihren Worten mit.

Währenddessen befreiten die anderen Freunde die Gefangenen. Weinend sanken die Frauen in die Arme von Karen und Kristanna. Nach der ersten Hilfe mit frischem Wasser aus unseren Feldflaschen, nahmen Marc und Lucy die Kinder auf ihre Schultern, da ich noch mit meinem brummenden Schädel beschäftigt war.

„Lasst uns diesen schrecklichen Ort verlassen und nach Hause gehen", murmelte Kristanna. Auf meine Frage nach Überlebenden und Toten des Hitomi gokū-Clans, meinte Karen lakonisch: „Hauptmann Kōkatsu wird die Reste einsammeln lassen und die Natur tut dann ihr übriges."

Wir verließen die Höhle und machten uns auf den Rückweg über die Hängebrücke. Marc schickte Gritha, die vor der Höhle gewartet hatte, mit der Bitte zu Hauptmann Kōkatsu, er möge doch zwei Samurai abstellen, die uns bei den Pferden erwarten sollten. Wir benötigten frisches Trinkwasser und weiteres Verbandszeug.

Die Geretteten waren durch ihre Gefangenschaft stark entkräftet. Wir mussten sie auf dem schwierigen Rückweg abwechselnd tragen. Schweigsam und in Gedanken vertieft erreichten wir unsere Pferde. Hauptmann Kōkatsu hatte unserem Wunsch entsprochen. Zwei Samurai und Gritha erwarteten uns bei den Reittieren.

Erschöpft ließen wir uns ins Gras fallen. Es dauerte eine ganze Weile, ehe wir uns wieder etwas erholt hatten. Selbst die sonst so burschikose Lucy verzichtete unterwegs auf ihre obligatorischen Kommentare. Wir untersuchten uns gegenseitig auf Verletzungen, zum Glück hatte keiner, außer ein paar Schrammen, schwerwiegende Blessuren davongetragen, was eigentlich einem Wunder gleichkam. Karen gab uns gegen eventuelle Gifte zur Vorsicht ein Pulver.

„Ich weiß nicht, ob die Waffen vergiftet waren. Vorsicht ist besser als Nachsicht", meinte sie in ihrer nüchternen Art. Wir lösten das Pulver in Wasser auf und spülten das eklig schmeckende Zeug schnell herunter. Bis auf einen leichten Schwindel und einen brummenden Schädel ging es mir wieder leidlich gut.

Tränenreich dankten die Frauen uns für ihre Rettung, während die Kinder sich ängstlich und verstört an ihnen festklammerten. Mit einem letzten Winken ließen wir die Frauen und Kinder in der Obhut der Samurai zurück. Abgekämpft, aber letztendlich froh über den glücklichen Ausgang, machten wir uns dann in Richtung des Berges Chochokpi, auf den Heimweg ins Refugium.

\*\*\*

*Gutes wird mit Gutem vergolten, Böses mit Bösem. Nichts wird vergessen,*
*die Zeit der Abrechnung wird kommen.*

# X. Gefühle und Aufbruch

Zurück in der Heimstätte, dienten die nächsten Tage unserer Regeneration. In dieser Zeit sichtete Reneé wieder den Nachlass im Geheimzimmer ihres Vaters. Bei den abendlichen gemeinsamen Essen berichtete sie uns dann von den vielen Büchern, den antiken Gegenständen und einigen hochinteressanten Dokumenten.

Zudem fand sie natürlich die Bilder aus ihrer Jugendzeit, von ihren Zieheltern und von Vater und Mutter, wie sie uns traurig erzählte. Marc und Annas halfen ihr bei der Sichtung der vielen Dokumente.

In diesen Tagen des Müßiggangs diskutierten wir unter anderem über unsere nächsten Aktivitäten. Reneé und Annas platzten erregt in eine unserer vielen Erörterungen hinein, gefolgt von Marc. Aufgeregt breiteten sie handschriftliche Dokumente vor uns auf dem Tisch aus. Daraus ging hervor, dass auf der Erde eine uns noch unbekannte Göttin existieren müsste. A. *Jolissen*; der Name war bisher niemandem von uns begegnet. Sie soll die Besitzerin des Torwächters von *Kyūkoku* sein, ein seit langer Zeit verschollenes Artefakt.

Am Rand der handschriftlichen Notiz wurde auf ein weiteres Schreiben verwiesen. Reneé bedauerte, dass sie dieses aber noch nicht gefunden habe.

„Zwei weitere chinesische Dokumente aus dem 3. Jahrhundert, die als die Schriftrollen von *Yamataikoku* bezeichnet wurden, beschrieben einen antiken Staat gleichen Namens, der sich auf einem Territorium befinden sollte, das heute zu Japan zählt. In diesen Schriftrollen hieß es, dass eine Königin, *Qīndián* genannt, dort lange Zeit regierte. Von 100 Wachmännern wurde sie beschützt und von 1000 Dienerinnen umsorgt. Sie wurde als spirituelle Führerin beschrieben, die es verstand, ihr Volk zu ‚verzaubern‘. Zu dieser Zeit gab es in Japan selbst noch keine schriftlichen Aufzeichnungen", erklärte Reneé uns fasziniert lauschenden Zuhörern. „Den

Unterlagen zufolge, hat die heutige japanische Zivilisation dort ihren Ursprung."

Als eine hitzige Diskussion darüber entbrannte, wie man diese Zeilen interpretieren könnte, bat Annas mit einer Handbewegung um Ruhe: „Ich denke, dass Kraagen wahrscheinlich versuchen wird, sich den Gargoyl von Kyūkoku anzueignen. Auf alle Fälle sollte Reneé schnellstens das Dokument finden, das auf dem handschriftlichen Beleg erwähnt ist."

Beim folgenden Meinungsaustausch erzählte Reneé, dass ihr Vater laut Dokumenten vor langer Zeit mal das Artefakt *Uigōru*, das Erste Tor mit der Liste *Sōseiki*, im Besitz hatte. Damit waren hauptsächlich die Siedler auf Niihama gebracht worden. Er erwähnte in diesem Dokument, dass Lookken ihm das Artefakt und die Liste bei einer der letzten Aktionen gestohlen habe. Lookken aber wurde durch die Akatsuki umgebracht und nach seinem Tod blieb das Artefakt verschwunden.

Reneé zog sich nach diesem Vortrag wieder ins Geheimzimmer zurück um, von Marc und Annas unterstützt, nach weiteren Anhaltspunkten zu suchen. Am Abend, wir warteten schon mit Ungeduld auf ihr Erscheinen, brachten sie einige Utensilien mit, die sie uns nach dem Essen zeigten.

„Leider haben wir das Dokument mit weiteren Angaben über Jolissen noch nicht gefunden. Dafür haben wir einige sehr nützliche Dinge für unsere weitere Suche entdeckt", frohlockte Reneé fast euphorisch. „Da fanden wir zum Beispiel Armbänder, deren Signale eine größere Reichweite haben als die Sender, die wir zurzeit verwenden."

Außerdem präsentierte sie uns einen so genannten Kugelspion, der durch Linienfrequenzen mit dem Gargoyl verbunden werden konnte. „Laut Beschreibung übernimmt der Spion die Einstellungen der Artefakte, wenn man ihn an das Gerät anlegt. Er kann dann von jedem Standort aus zur Ebene zurückkehren, zum Beispiel um Hilfe anzufordern oder um Nachrichten zu überbringen."

Während wir die schwarze Kugel eingehend betrachteten, führte Marc weiter aus: „Laut der Liste kann der Gargoyl von Sekigahara fünf Ankunfts-Tore auf der Erde öffnen. Eins in Kalifornien, nahe Palm Springs am Joshua Tree Nationalpark, dann das zweite in Texas nahe San Antonia, das dritte in Neuseeland und zwar in Auckland, wo Reneés damaliger erster Übertritt nach Niihama stattfand und das vierte Tor befindet sich in Deutschland, bei Mittenwald. Das fünfte und letzte Tor öffnete sich auf der Insel Kyūkoku, und zwar in der Stadt Kagoshima."

Reneé erklärte sofort, dass sie unbedingt in Mittenwald die Erde betreten möchte. Sie hoffte dort auf Kraagens Spuren zu stoßen. Nach einer kurzen Absprache schlossen wir uns ihrem Wunsche an. Ich vermutete, dass bei ihrem Anliegen auch ein wenig Heimweh mitschwang, ich war jedenfalls darüber auch nicht gerade unglücklich.

Mit freudiger Erwartung und gleichzeitig mit leichtem Unbehagen dachte ich daran, nach dieser langen Zeit meine Freunde zu suchen und eventuell wieder zu sehen. Lebten Sie noch? Wie ging es ihnen?

Seltsamerweise war Karen bei der Besprechung nicht dabei. Als ich mit Marc allein war, erklärte er mir auf meine Frage warum, dass sie mit Sasukes Tod eine uralte, sie verzehrende Schuld getilgt habe. Mit seinem Tode fiel diese zentnerschwere Last plötzlich von ihr ab. Eine starke psychische und körperliche Müdigkeit war die Folge.

„Sie hat sich auf ihr Zimmer zurückgezogen, aber ich denke, dass sie das Ganze bald überwunden hat. Sie ist eine starke Persönlichkeit. Vor der Zeit, in der sie von Reneés Vater auf die Ebene gebracht wurde, war der Kerl ihr Liebhaber gewesen. Er hat sie aber während einer Mission verraten und wurde zum heimtückischen Mörder. Sie wurde damals von ihm schwer verwundet und ihre übrigen Kameraden meuchelte er alle hinterhältig nieder. Sie fühlte sich schuldig, weil sie ihn nicht aufgehalten hatte."

Nachdenklich sprach er weiter: „Seit dieser Zeit ging sie mit regelrechter Todesverachtung in ihre Kämpfe, immer auf der Suche nach Sasuke." Marc blickte mir fest in die Augen, als er anfügte: „Ihre Fähigkeit andere Menschen zu lieben, kam erst wieder zum

Vorschein, als sie Reneé kennen lernte." Mit diesen Worten ließ er mich grübelnd stehen.

Am nächsten Morgen, während des gemeinsamen Frühstücks, zu dem Karen übrigens wieder erschien, erklärten alle, bis auf Lucy und Kristanna, dass sie auf Niihama bleiben wollten. Nadowessiu wollte zu ihrem Stamm zurück, sie hatte Sehnsucht nach dem kräuselnden Wasser des Odahingum-Flusses. Marc und Annas gaben an, sie würden ins Yībō-Kloster Enryakuji gehen, um dort mit Abt Taitaro de Muramoto zu meditieren. Als Letzte erklärte Karen mit bleichem Gesicht, dass sie ebenfalls auf Niihama bleiben wolle.

„Ich werde bei Meister Tozawa, dem Heiler, eine Zeitlang bleiben, falls er mich aufnimmt." Ihre Augen baten Reneé flehentlich um Verständnis.

Es war sehr schade, dass sich unsere Gefährten entschlossen hatten, auf Niihama zu bleiben. Reneé war natürlich traurig, konnte aber die Beweggründe unserer Freunde verstehen, was sie ihnen auch glaubhaft versicherte. Ich aber erkannte eine Enttäuschung hinter ihrer verständnisvollen Miene, obwohl sie sich das nicht anmerken ließ.

Die Zurückbleibenden konnte ich ja teilweise durchaus verstehen, aber insgeheim war es für mich so, als würden sie Reneé im Stich lassen. Mir kamen die Entschlüsse unserer Gefährten etwas seltsam vor. Ich fragte mich, wieso die alle fast gleichzeitig ihre Abenteuerlust verloren. War das wirklich nur den traurigen Ereignissen auf Shimabara geschuldet? Oder steckte sonst noch etwas dahinter? Vielleicht wollten sie unsere alte Erde meiden oder waren tatsächlich Kampfesmüde.

Kristanna und Lucy dagegen fieberten einem weiteren Abenteuer entgegen, wobei Lucy sich insgeheim wohl auch auf ein Wiedersehen mit unserem alten Planeten freute. Sie war zwar Niihama verfallen, aber schließlich war die Erde immer noch ein Teil von ihr. Marc schaute uns an, wobei er vor allem Reneé einen Blick zuwarf, in dem die Bitte um Verzeihung lag: „Bevor wir uns morgen voneinander verabschieden, möchten Karen und ich für uns alle eine Teezeremonie abhalten."

Reneés Antlitz wurde etwas weicher und mit einem angedeuteten Lächeln nahm sie von den Beiden diese spezielle Art ihrer
Entschuldigung an.

Als Karen und Marc den Frühstücksraum zur Vorbereitung der
Zeremonie verließen, äußerten alle Anwesenden ihre Vorfreude auf
dieses Ereignis. Ich war sehr gespannt, weil Reneé mir gegenüber
andeutete, dass diese Teezeremonie sich von der damaligen im
Englischen Garten in München stark unterscheiden würde und weil
Karen und nicht Annas Marc zur Hand gehen würde.

Was eigentlich sehr ungewöhnlich für Karen war, deren
Persönlichkeit wir mit so einer dienenden Verrichtung eigentlich gar
nicht in Verbindung brachten. Annas erklärte auf unsere Nachfrage,
dass es wohl eine Zeremonie nach Art der chinesischen Mönche
geben würde, die den Tee bei ihren Zen-Meditationen tranken. In
den eineinhalb Stunden entspannten Wartens, erfasste uns eine
melancholische Stimmung, wahrscheinlich wegen des bevorstehenden Abschiedes.

Dann ertönte ein leiser Gong, der wie ein Windhauch durch die
Heimstätte wehte und unseren Ohren schmeichelte. Annas führte
uns durch einen langen Gang, als plötzlich vor uns, wie aus dem
Nichts, eine Tür erschien.

Hinter dem Durchgang öffnete sich vor unseren Augen ein
größerer Raum, der *Chashitsu*. Der Teeraum war sehr einfach
eingerichtet, aber gerade diese Schlichtheit betonte seine besondere
Atmosphäre.

In der Mitte des mit frischen Tatamis ausgelegten Zimmers stand
ein kleiner schwarz lackierter Tisch. Darauf standen die Utensilien
zur Teebereitung. Ein Wasserkessel, ein Gebrauchtwassergefäß, ein
zierlicher Teekrug aus Ton, der Teelöffel und ein Teeschiff mit dem
grünen Matcha. Dieses aromatische Teepulver wurde gewonnen aus
den wertvollen Blattspitzen der Teepflanze Camellia Sinensis.

Neben den Gerätschaften, fein säuberlich aufgereiht, standen
Trinkschalen aus feinstem Porzellan. Die wiesen schon etliche
Sprünge auf, was auf ihr hohes Alter hinwies. An einem Holzgestell
lehnte der Schöpflöffel für das Teewasser. Daneben befanden sich

die Feuerstelle, das Holzkohlebecken zum Wasserkochen und ein heißer Stein. Das alles erklärte uns Annas mit leisen Worten. Die Sitzkissen waren mit roter Seide bezogen. Dahinter hing an der Wand ein großes Rollbild. Davor stand eine schlichte Bambusvase mit einer Chrysantheme.

Wir reinigten rituell unseren Mund und die Hände mit Wasser aus dem gefüllten Steinbecken neben der Tür, dem *tsukubai*. Danach betraten wir den Teeraum über den sogenannten *tobi-ishi*, einen Trittstein. Unserem Zugang gegenüber öffnete sich eine weitere Tür, durch die Karen und Marc den Raum betraten, beide in traditionelle Kimonos gekleidet.

Erstaunt betrachtete ich Karen in dieser Kleidung. Dieses sehr weibliche und helle Erscheinungsbild heute, war das genaue Gegenteil ihrer sonstigen, dunklen und düsteren Ausstrahlung einer Kunoichi, eines weiblichen Ninjas.

Mit einer angedeuteten Verbeugung führte sie uns zu den Sitzkissen, auf denen wir Platz nahmen. Eine seltsame Stimmung ergriff mich, die ich nur schwer beschreiben kann. Ich hatte den Eindruck, dass diese Anwandlung mit dem Zimmer zu tun hatte. Bei einem Blick in die Gesichter der Gefährten erkannte ich bei ihnen ebenfalls diese Empfindungen.

Während Karen und Marc sich auf die Zeremonie vorbereiteten, erklärte uns Annas leise die Schriftzeichen auf dem Rollbild und was sie bedeuteten: „Wa, Kei, Sei und Jaku. Der Teemeister *Sen no Rikyu* definierte die vier Grundprinzipien des *Chadô* folgendermaßen:

*Wa* bedeutet: Harmonie, durch das Gefühl des Einseins mit der Natur und den Menschen. *Kei* bedeutet: Achtung und Ehrerbietung, aus dem Gefühl der Dankbarkeit. *Sei* bedeutet: Reinheit des Geistes.

Mit dem konzentrierten Reinigen der Teegeräte werden auch Herz und Geist gereinigt und zuletzt: *Jaku* bedeutet: Stille. Gelassenheit und Achtsamkeit, die beim Praktizieren von Wa, Kei und Sei entsteht."

Nach einer kleinen Pause fügte Annas hinzu: „Teemeister Sen no Rikyu vereinfachte die Zeremonie, indem er im Raum die Ausstattung und die Geräte reduzierte. Dabei wurde jede Bewegung im Teeraum über die Jahrhunderte vervollkommnet, um ‚Frieden in einer Schale Tee' zu finden."

Ein leichter Duft von Räucherwerk durchzog den Raum. Während Marc mit der Teezeremonie begann, kniete Karen rechts neben dem Tisch. Wir versanken in Schweigen und absoluter Konzentration.

Er nahm den eisernen Wasserkessel vom Holzkohlebecken und stellte ihn auf den heißen Stein. Mit dem Schöpflöffel goss er heißes Wasser in die Teeschale. Durch Schwenken erwärmte er die Schale und goss das Wasser anschließend ins Gebrauchtwassergefäß. Danach reinigte er die Teeschale mit einem weißen Leinentuch, das in seinem Kimonoärmel steckte.

Sehr konzentriert, mit ruhigen wohlüberlegten Bewegungen holte er jetzt mit dem Teelöffel den fein gemahlenen Matcha aus dem Teeschiff. Mit ruhigen Gesten und grazilen, langsamen Schritten verteilte Karen den kräftigen grünen Matcha nacheinander in die Trinkschalen.

Karen überreichte an jeden Gefährten eine gefüllte Teeschale und murmelte leise: „Erkenne dich selbst."

Erstaunt bemerkte ich bei meinen Kameraden eine tiefe Andacht beim Teegenuss und bei der Rückgabe der Schalen. Wie in Trance versunken konzentrierten sie sich stumm auf einen imaginären Punkt im Raum.

„Erkenne dich selbst." Erschrocken schaute ich Karen an, die mir als Letztem die Teeschale reichte. Erst als sie nochmals leise „Erkenne dich selbst" sagte, nahm ich die Schale entgegen. Mit leichtem Nicken drehte sie sich um und ging zurück zu Marc, der am Tisch kniete und uns beobachtete. Während ich den bitteren Tee trank, sah ich wie Karen und er sich ebenfalls das edle Getränk genehmigten.

Nach einigen Herzschlägen, in denen ich aufmerksam die Akteure des Rituals beobachtete, merkte ich, wie sich mein Puls verlangsamte. Meine Atmung wurde regelmäßiger und eine innere Ruhe stellte sich ein. Mir war als würde ich schweben. Meine Wahrnehmungen überlagerten sich, so als wenn ich alles doppelt sehen würde. Ich schloss meine Augen und befand mich in der Luft schwebend über einen schneebedeckten Berggipfel.

*Der Wächter stand auf der schneebedeckten Bergspitze, warm angestrahlt von der goldgelben Sonne schaute er in den blauen Himmel. Unter ihm lag die weiße, geschlossene Wolkendecke, aus der der ‚Bifröst' herausragte. Er bewachte die Brücke, die seiner Art als Verbindung diente zum Reich der Menschen, Riesen und Trolle. Der Wind zerzauste seine langen blonden Haare und spielte mit seinem dichten Vollbart. Mit der rechten Hand umklammerte er ‚Höfud', sein riesiges Breitschwert. Das goldene ‚Gjallarhorn' hing ihm über der Schulter; schon lange hatte er es nicht mehr ertönen lassen.*

*Seine Augen strahlten in einem unirdischen Hellblau und ein wissendes Lächeln lag in seinem Gesicht. Er lachte laut und voller Lebensfreude, dann drehte sich zum Palast ‚Himinbjörg' um, der wie alle anderen elf Paläste der Göttergemeinschaft in Ásgarðr, von einer gewaltigen Mauer umgeben war. Aus purem Gold und besetzt mit Edelsteinen, glänzten die Spitzen der Burgen in den Sonnenstrahlen; ihr Licht reflektierte in allen erdenklichen Farben. Er kletterte den Felsenabhang hinunter und drehte sich vor dem Burgtor um. Grüßend hob er die Hand.*

*„Hlioðs bið ek allar helgar kindir meiri ok minni mogu heimdallar! Vera hugrakkur, lífvörður!" - „Um Gehör bitte ich alle heiligen Kinder, mehr oder minder Söhne Heimdalls! Seid tapfer, Wächter!"*

*Er setzte das Horn an die Lippen und ließ einen Ton erschallen, der die Grundmauern der Welt erschütterte.*

Während der Ton noch in meinen Ohren nachhallte, öffnete ich ruckartig die Augen. Schaudernd schaute ich um mich. Es dauerte einige Augenblicke, ehe ich in die Wirklichkeit zurückfand. In den erschrockenen Gesichtern der Gefährten zeigte sich, dass anscheinend jeder seinen eigenen Traum durchlebt hatte. Selbst Karen und Marc trugen einen ergriffenen Ausdruck in ihren Mienen.

Das Erlebte musste jeder für sich erst einmal verarbeiten, deshalb schwiegen wir minutenlang. Danach verließen wir das Zimmer. Im Vorbeigehen bedankten wir uns mit einer Verbeugung bei unserem

Teezeremonienmeister und bei Karen. In sich gekehrt begab sich jeder auf sein Zimmer.

Erst abends trafen wir uns wieder, zum letzten gemeinsamen Abendessen. Das Beisammensein wurde von einer nicht greifbaren Melancholie überschattet, wahrscheinlich standen wir alle noch unter dem Eindruck der Teezeremonie. Aber auch der bevorstehende Abschied lastete schwer auf unseren Gemütern. Nach dem Dinner, kurz nachdem Kristanna, Lucy und Nadowessiu gegangen waren, bemerkte ich, dass Marc und Annas nochmals versuchten, Reneé umzustimmen.

„Lass dir doch ein paar Wochen Zeit, entspanne dich ein wenig, dein Körper wird es dir danken." Ihre Antwort verstand ich nicht, aber an den Gesichtern der Beiden konnte ich ablesen, dass ihr Versuch keinen Erfolg hatte. Sie umarmten Reneé kurz und verließen dann gemeinsam den Saal.

Nachdenklich und in sich versunken, blieb meine Prinzessin zurück. Gerade als ich zu ihr gehen wollte, kam Karen und setzte sich neben sie. Mit bleichem Gesicht redete sie auf ihr Gegenüber ein. Reneé nahm sie in die Arme, danach küssten sich beide leidenschaftlich, wobei Karen Tränen über die Wangen rollten. Diese Zweisamkeit wollte ich nicht stören. Leise verließ ich den Saal, noch bevor die Beiden mich bemerkten.

Am nächsten Morgen, beim letzten Beisammensein, verabredeten wir, dass die Zurückbleibenden uns in einem Notfall zu Hilfe eilen sollten. Wir bestimmten hierzu den Treffpunkt in der Stadt Kagoshima, auf der Insel Kyūkoku. Karen nahm mich auf die Seite und ihre Hand umklammerte fest meinen Arm. Ihr Gesicht sprach Bände, als sie flüsterte: „Du weißt, was sie mir bedeutet. Wenn du nicht richtig auf sie aufpasst und ihr darum etwas passieren sollte, dann werde ich dich töten."

Obwohl ich schon einmal einen solchen Spruch von ihr gehört hatte, standen mir die Nackenhaare zu Berge. Mit erzwungener Ruhe antwortete ich leise: „Auch ich liebe sie! Ich werde sie mit meinem Leben beschützen. Reicht dir das?" Sie gab meinen Arm frei und schaute mir in die Augen. Mit durchdringendem Blick maß sie mich, gleichzeitig sah ich ihren schmerzlichen Gesichtsausdruck. Nach einem Moment huschte ein angedeutetes Lächeln über ihr Gesicht, dann ließ sie mich stehen. Ich atmete tief ein und ließ die Luft seufzend wieder entweichen. Hoffentlich musste ich dieser Frau nie eine schlimme Botschaft übermitteln.

Reneé verteilte die neuen Armbänder und synchronisierte sie auf ein einheitliches Signal. Nach dem erfolgreichen Test der Armbänder verabschiedeten wir uns von den Gefährten mit stillen Umarmungen. Als die das Refugium verließen, schauten wir ihnen traurig nach. Vielleicht hätte Reneé doch noch ein paar Tage warten sollen, denn so war fürs Erste unsere Gemeinschaft gesprengt und ein wenig mehr Ruhe wäre uns sicherlich gut bekommen. Aber unsere Prinzessin war seit den Erlebnissen mit ihrem Vater von einer inneren Unruhe erfasst, so dass sie einfach nicht still sitzen konnte. Den Rest des Tages verbrachten wir schweigsam, jeder hing seinen Gedanken nach.

Am nächsten Tag schickten wir den Kugelspion auf seine Mission. Zuerst nahm Reneé das Artefakt von Sekigahara zur Hand, welches Kraagen Gott Judro abgenommen hatte und das er dann bei seiner Flucht auf Shimabara zurücklassen musste.

Sie legte die feinen Drähte auf dem Artefakt in die richtigen Positionen und verglich sie nochmals mit den Angaben im Codebuch. Danach drückte sie den Kugelspion an die Seite des Gargoyls. Zwei Stifte, die aus dem Körper des Artefaktes herausfuhren, verbanden sich mit der Kugel. Ein leises Knistern erfüllte den Raum. Die Haare auf meinen Armen stellten sich senkrecht, so als wenn der ganze Raum von Elektrizität durchdrungen wäre.

Mit einem Blick auf meine drei Grazien sah ich, dass sie diese Energie offensichtlich ebenso spürten. In annähernd einem Meter Höhe flimmerte die Luft. Langsam öffnete sich dort ein kreisrundes Fenster, etwa fünfzig Zentimeter im Durchmesser. Es sah so aus, als züngelten Flammen an den Rändern. Sekunden später löste sich der Kugelspion vom Artefakt. Mit leicht taumelnden Bewegungen verschwand er durch das Fenster in eine andere Dimension. Mit einem hörbaren Plopp schloss sich die Öffnung wieder.

„Wenn wir ihn zurückholen wollen, müssen wir auf diese Stelle hier drücken und damit das Artefakt aktivieren." Reneé zeigte uns eine kleine, runde graue Stelle auf dem Gargoyl. Dann sah sie uns der Reihe nach an und meinte aufgeräumt: „Jetzt möchte ich ein letztes Mal in den Sachen meines Vaters herumstöbern. Ihr könnt das doch sicherlich verstehen. Wir sehen uns dann später."

Mit einer Kusshand, verließ sie eilig den Raum und verzog sich für viele Stunden ins Zimmer ihres Vaters. Dort durchforstete sie in aller Ruhe den Nachlass ihrer Eltern. Für diese sehr private Angelegenheit wollte sie ganz für sich allein sein. Zwischen uns Zurückbleibenden herrschte eine seltsam bedrückte Atmosphäre. Kristanna und Lucy nickten mir nur kurz zu und turnten danach irgendwo in der Anlage umher.

Wir wollten zur Erde zurück, um gegen den Verbrecher Kraagen vorzugehen. Eigentlich warteten wir nur noch auf Reneés Zeichen zum Aufbruch. Ich setzte mich in der Haupthalle an den Tisch. Während ich den Sternenhimmel anschaute, der mir immer noch unheimlich erschien, hing ich meinen Gedanken nach.

Wurden Reneé, Lucy oder ich von der Polizei, auf unserem alten Planeten, noch in den Fahndungslisten geführt, trotz der vergangenen Zeit? Ich hielt es immerhin für möglich, zumindest für meine Person. Beispielsweise am Anfang dieser unglaublichen Geschichte, im Sanatorium am Ammersee, der tödliche Unfall beim Kampf mit dem widerlichen Pfleger Helmut. Oder auch bei den späteren Vorfällen auf unserer Flucht von der Erde, hatte Kraagen vielleicht inzwischen alle verbliebenen Spuren manipulieren lassen? Etwa so, dass ich bei den Gesetzeshütern als der allein Schuldige dastand?

Er hatte bei Reneé und Lucy die gleichen Möglichkeiten, im Zusammenhang mit ihrem plötzlichen Verschwinden von der Erde. Es erschien mir mehr als logisch, dass er so etwas angeordnet hatte. Wenn wir bei unserer Ankunft in Schwierigkeiten gerieten, könnte er seine finsteren Pläne umso leichter verwirklichen. Vorsichtshalber sollten wir also um alle Ordnungshüter einen weiten Bogen schlagen.

Auf der Erde waren, seit meiner Ankunft auf Niihama, mehr als 18 Jahre vergangen. Was würde uns dort erwarten? Konnte man einfach noch, so wie früher, von einem Ort der Erde zum nächsten Ziel reisen? Vielleicht mit Schwebegleitern, oder gingen inzwischen die technischen Neuerungen, deren Anfang ich noch miterlebt hatte, alle den Bach hinunter? Hatte die Menschheit inzwischen die Erde sogar endgültig zerstört? Vielleicht sollten wir zur Vorsicht einen Geigerzähler mitnehmen für den Fall, dass die Erde jetzt strahlenverseucht war.

In diese Gedanken hinein kehrten Lucy und Kristanna lärmend zurück. Lucy blieb vor mir stehen und schaute sich suchend um. Dann sah sie mich fragend an. „Sie hat ihr Zimmer noch nicht verlassen", erwiderte ich lakonisch, da ich sicher war, dass Lucy Reneé suchte. „Ich hatte kurz mit dem Gedanken gespielt, nach ihr zu sehen. Habe es aber dann gelassen", erklärte ich in die entstandene Stille.

Beide setzten sich zu mir an den Tisch. Während sich noch die biegsamen Elemente aus der Tischplatte heraus zu bequemen Sesseln formten, gab mir Kristanna Recht. Sie meinte in ihrer legeren Art: „Es ist schon in Ordnung, dass sie sich ein wenig mit ihrer Vergangenheit beschäftigt. In letzter Zeit ist ja schließlich sehr viel auf sie eingestürzt. Aber ich denke, dass unser Mädel stark genug ist, um die ganze Sache zu verkraften."

Einhellig bejahten wir Kristannas Einschätzung zu Reneés mentaler Stärke. Ich war mir jedenfalls sehr sicher, dass sie so leicht nichts mehr umwerfen würde. Über ihre seltsame Reaktion, als ihr Vater in die Sphäre überging, war nicht mehr gesprochen worden, auch nicht von Annas und Marc. Als ich sie darauf ansprach, zuckten Beide nur mit der Schulter.

Bei einem Blick nach draußen erinnerte uns Lucy daran, dass es Zeit für das Abendessen war. Über dem Plateau verschwand die Sonne hinter dem Shinshū-Gebirge und die Dunkelheit der Nacht kroch heran. Mittlerweile waren wir mit den Apparaturen im Refugium sehr gut vertraut. Annas hatte den Cyborg zum Diener umprogrammiert; zur Gaudi hatten wir ihm eine Livree verpasst.

Lucy bestellte bei dem per Knopfdruck herbeigerufenen Roboter ein Abendessen. Gerade als wir mit dem Essen begannen, tauchte Reneé auf. Auf unsere fragenden Blicke meinte sie nur: „Macht euch bitte keine Gedanken, mir geht es gut. Es ist halt nur sehr viel, was da auf mich einprasselt. Es sind unendlich viele Sachen, Briefe und Bilder, die mir mein Vater hinterlassen hat."

Ein schwermütiger Ausdruck lag in ihren Augen. Einen Moment lang fixierte sie angestrengt einen imaginären Punkt im Raum. Mit dem Zeigefinger massierte sie in kräftigen Kreisbewegungen ihre Stirn. Dann schnappte sie sich zwei Hühnerkeulen und etwas Brot. Im Hinausgehen zeigte sie uns ihr berühmtes, einnehmendes Lächeln. Ihre grünen Augen strahlten wie Smaragde, als sie sagte: „Ich bin froh, dass ihr bei mir seid, ohne euch wäre ich sehr einsam." Dann verschwand sie eilig und ließ uns mit den übrigen leckeren Hühnerbeinen allein.

Kaum war Reneé zurück in ihrem Zimmer, biss sie herzhaft ein Stück von der Hähnchenkeule ab. Bei der weiteren Sichtung der Unterlagen, es war schon tiefe Nacht, fiel ihr ein roter Briefumschlag in die Hände. *„Für meine Tochter"* stand darauf. Hastig öffnete sie das Kuvert. Irgendwie wurde ihr bei der Ansicht des Briefes schwer ums Herz.

Mit erhöhtem Pulsschlag las sie:

*„Liebe Tochter, Du kannst dir nicht vorstellen, wie sehr ich den Augenblick herbei gesehnt habe, in dem ich dich in meine Arme schließen kann. Leider kommt es nun wohl nicht mehr dazu, denn wenn du diesen Brief liest, dann habe ich es nicht geschafft.*

*Mein Geheimnis, das ich in diesen Zeilen mit dir teile, trage ich schon seit langer Zeit allein mit mir herum. Selbst vor meiner geliebten Frau Alexandra und meiner Schwester Annas habe ich es verborgen. Ob du es ebenfalls für dich behältst, bleibt dir überlassen. Obwohl alle um uns herum davon überzeugt sind, muss ich dir leider mitteilen: Alexandra ist nicht deine Mutter."*

Die Zeilen verschwammen vor ihren Augen. Es dauerte einen Moment, ehe sie sich wieder auf das Geschriebene konzentrieren konnte. Konsterniert las sie weiter:

*„In der Zeit, als meine Frau Alexandra schwanger war, war deine Mutter Freyja, eine von ,meiner Art', auf der Flucht vor Kraagen. Wie ich später herausfand, war er ihr zu nahe getreten. Ich nahm sie bei uns auf, auch weil sie ebenfalls schwanger war. Beide Frauen bekamen zur gleichen Zeit ihr Baby. Leider gab es Komplikationen, unser Baby starb bei der Geburt. Das Schicksal wollte es, dass deine Mutter bei ihrer Niederkunft ebenfalls in die Sphäre überging. Ich wusste, dass meine Frau unseren Verlust nicht verkraftet hätte. Deshalb gab ich dich als unser Baby aus und legte dich in ihre Arme. Den Ärzten und Schwestern verlangte ich ein Schweigegelübde ab.*

*Glaube mir, Alexandra und ich haben dich immer als unser Kind angesehen. Deine Mutter Freyja war eine liebenswerte Frau. Eine der wenigen unserer Art, die immer friedliebend und freundlich gegenüber anderen Wesen war. Ihrem Charakter nach, hätte sie eine Schwester von Alexandra sein können. Wer nun dein wahrer Vater ist? Ich weiß es nicht. Es war auf alle Fälle einer von unserer Art. Ich könnte spekulieren, aber ich überlasse das lieber dir, falls du es überhaupt herausfinden willst.*

*Es bedrückt mich sehr, dass ich dir dies nicht persönlich erklären kann. Du musst mir glauben, alles geschah nur, um dich zu schützen! Sicher wäre es besser, wenn wir Beide zusammen allen Gefahren entgegentreten wären, aber leider ist es anders gekommen. Alexandra und ich haben dich immer als unsere Tochter geliebt. Bitte verzeih mir, was ich dir da alles aufbürden muss. Aber in dir pulsiert unser Blut, in dir wohnt die Stärke unserer Rasse. Du wirst alles unbeschadet überstehen!*

*Ich liebe dich!*

Es war, als wenn sich eine Blockade in ihr löste. Plötzlich erinnerte sie sich wieder an die Bilder, als sie ihrem sterbenden ,Vater' den Übergang ermöglichte. Mit zitternden Händen ließ Reneé den Brief fallen. Tränen liefen ihr die Wangen herunter. Sie konnte nicht sagen, ob das Trauer, Enttäuschung oder Wut auf ihren ,Vater' war.

Leise schluchzend saß sie am Schreibtisch und bettete ihren Kopf in die Armbeuge. So verging eine geraume Zeit, in der sie das Gelesene zu verkraften suchte. Dann schniefte sie ins Taschentuch und trocknete ihr Gesicht. Sie war selbst ein Alien! Kopfschüttelnd verspürte sie einen Schauer, der ihr den Rücken hinunterlief. Hieß das, dass sie nicht menschlich war? Bei diesem Gedanken raste ihr Herz erneut und sie bekam starke Kopfschmerzen.

Mit einem Glas Wasser versuchte sie dagegen anzukämpfen. Ihr Körper schüttelte sich wie in einem Fieberanfall. Wer zum Teufel war denn nun ihr Vater? Was hatte das Schicksal denn noch alles mit ihr vor? Sie hatte doch niemandem etwas getan!

Die Fragen rumorten tief in ihrem Inneren. In ihre Kehle drängte sich ein lautloser Schrei. Erneut liefen ihr Tränen über die Wangen. Sie schlang die Arme um ihren Oberkörper und wiegte sich wie ein Kleinkind vor und zurück. So schaukelte sie minutenlang mit geschlossenen Augen auf dem Stuhl. Diese Neuigkeiten brachten sie noch an den Rand ihres Verstandes.

Sie öffnete die tränenverklebten Augen, in ihrem Kopf wisperte eine leise Stimme: *„Du bist stark! Du bist Reneé, die schon sehr viel mehr überstanden hat, als dieses hier. Also reiß dich zusammen!"*

Ein spontaner Impuls ließ Körper und Geist erschauern, sie musste sich irgendwie selbst beweisen, dass sie doch menschlich dachte und fühlte. Plötzlich verzehrte sie sich nach körperlicher Liebe. Sie sehnte sich nach einem starken Arm, der sie festhielt. Ihre Gefühle diktierten ihr Handeln; sie trocknete ihre Augen und Wangen, stand auf und verließ das Zimmer.

Als Reneé gegangen war, unterhielten wir uns noch sehr lange. Unter anderem spekulierten wir über unsere bevorstehende Rückkehr zur Erde. Bei der Gelegenheit erzählte Kristanna, dass sie für Reneés Vater schon öfter auf der Erde unterwegs gewesen war.

„1969 war ich das letzte Mal dort, damals sollte ich auf Reneés Stiefeltern aufpassen. Ich glaube, Reneés Vater war auch da. Ich habe ihn zwar nicht gesehen, aber mein Gefühl sagte ja."

Gedankenverloren saß sie einen Augenblick still im Sessel, dann lachte sie hellauf. „Das war schon ein Bild, als die Beiden auf ihrer Treppe das Körbchen mit dem Säugling fanden." Schmunzelnd schüttelte sie ihre blonde Haarpracht. Sie füllte erneut die Gläser. Während wir uns zuprosteten, betrachtete ich Lucy und Kristanna und dachte daran, was Reneé mir über sie erzählt hatte. Aus der anfänglichen Reserviertheit zwischen ihnen war gegenseitiger Respekt geworden. Durch die gemeinsam überstandenen Gefahren und Abenteuern entwickelte sich daraus sogar eine tiefe Freundschaft.

Während unserer Unterhaltung aktivierten wir gemeinsam den Gargoyl von Sekigahara, der die Verbindung zur Erde wieder öffnete. Nach der Aussendung des Impulses dauerte es etwa eine halbe Stunde, ehe die Kugel im flimmernden Tor auftauchte. Als ich sie entgegennahm, war die Kugel rußgeschwärzt und seltsamerweise eiskalt.

Da beide Mädels ausgiebig dem ausgezeichneten Pinot Noir huldigten, entschied ich, die Bilder erst morgens beim Frühstück zu betrachten. Vor allem sollte auch Reneé mit dabei sein, wenn wir sie auswerteten. Spät in der Nacht torkelten Lucy und Kristanna, Arm in Arm, singend in ihre Schlafgemächer. Ich hielt mich mit dem Trinken etwas zurück. Als ich die Haupthalle verließ, murmelte ich: „Der Letzte macht das Licht aus." Auf dem Weg zu meiner Schlafstätte hörte ich die Beiden immer noch singen. Nachdem ich dann meine Zimmertür zuzog, herrschte plötzlich Totenstille. „Jetzt sind sie ins Koma gefallen", dachte ich grinsend.

Bettfein gemacht, nur mit einem Slip bekleidet, legte ich mich auf mein Nachtlager. Dieses Zimmer hatte ich extra für mich genommen. Auf Knopfdruck öffnete sich über dem Bett eine transparente Beobachtungskuppel. Diese Möglichkeit hatte man nur hier. Gedankenverloren betrachtete ich den funkelnden Himmel, der einen zauberhaften Lichtschein ins Zimmer warf. Stundenlang konnte ich die Sterne beobachten, diese Abermillionen glitzernden Punkte am Firmament.

Ich liebte das. Schon in frühester Jugend hatte ich stundenlang den nächtlichen Sternenhimmel über Garmisch bewundert. Dabei stellte ich mir vor, ich reiste zu diesen strahlenden Punkten, in meiner Fantasie allesamt bewohnte Welten.

Ich muss wohl kurz eingedöst sein, denn plötzlich kuschelte sich unter meiner Decke jemand an mich, Haut an Haut. Erschrocken zuckte ich zusammen und wollte etwas sagen, aber da legte sich zärtlich ein Finger auf meine Lippen. Im Sternenlicht sah ich Reneés Gesicht, umgeben von einem überirdischen Strahlenkranz. Ihre Augen zogen mich magisch in ihre Tiefen.

Sie flüsterte mir ins Ohr: „Bitte, halt mich ganz fest, sonst verbrennt mein Verlangen nach Liebe mich noch!" Da war es um meinen Verstand geschehen. Ich nahm sie in die Arme, so fest ich nur konnte. Sie klammerte sich, wie eine Ertrinkende, leise weinend an mich. Ihre Tränen benetzten meine nackte Brust. In meinem Körper spürte ich bis in den innersten Winkel ihr brennendes Liebesverlangen - und dort begegnete es meinem.

Wir küssten uns wild, eng ineinander verschlungen wie zu einem einzigen Körper vereint. Ich streichelte ihren nackten Leib, erforschte ihre intimsten Stellen. Als Reneé lustvoll aufstöhnte, drang ich tief in sie ein. Mit lustvollen Seufzern kamen wir beide gleichzeitig in Ektase. Dann schwebten wir gemeinsam von einem Höhepunkt zum nächsten.

Schwer atmend sank Reneé in die Kissen zurück. Mit meinem Mund liebkoste ich ihren Körper. Ich küsste ihre festen Brüste, nahm die hoch aufgerichteten Brustwarzen zwischen meine Lippen und saugte zärtlich daran. Wohlig ließ sie mich gewähren. Nach einer weiteren lustvollen Vereinigung küssten wir uns nochmals lange voller Leidenschaft.

Danach stieß sie mich mit einem kleinen Schubs von sich und ringelte sich wie eine Katze zusammen. Einen Moment später war sie schon mit einem zufriedenen Lächeln im Gesicht eingeschlafen.

Minutenlang betrachtete ich sie. Ein friedlicher Ausdruck zeichnete ihr Antlitz. Er glättete ihre Gesichtszüge, die sich in letzter Zeit im Wachzustand sonst stets angespannt zeigten. Ich küsste sie ganz sanft auf die Stirn und deckte sie zu. Dann ging ich leise in die Badekabine, die sich meinem Zimmer anschloss.

Als ich zurückkam, schlief Reneé noch immer tief und fest. Vorsichtig, um sie nicht zu wecken, legte ich mich neben sie. Einige Augenblicke später legte sich ihr Arm auf meine Brust. Fest schlummernd schmiegte sie sich an mich. Ihr gleichmäßiges Atmen, welches sehr beruhigend auf mich wirkte, ließ mich ebenfalls bald einschlafen.

Gegen Morgen erwachte ich, als Reneé sich leise aus dem Bett stahl. Ich blieb ruhig liegen und schaute blinzelnd zu, als sie mit ihrem göttlichen Körper davonhuschte. Der Zauber unserer Vereinigung hing noch im Zimmer. Das Kopfkissen verströmte noch immer ihren zarten Duft. Ich vergrub meinen Kopf ins Kissen und in Gedanken an diese bezaubernde Nacht schlief ich wieder ein.

Gestylt und bestens gelaunt begab ich mich am Morgen an den Frühstückstisch. Frisch duftender Kaffee begrüßte mich. Lucy und Kristanna werteten gerade verdutzt die Bilder aus, die unsere Spionagekugel mitgebracht hatte. Dabei beugten sie sich über eine Landkarte der USA, um dann heftig über die aufgenommenen Bilder zu diskutieren.

Bei meinem Erscheinen unterbrachen sie ihre Debatte. Kristanna reichte mir mit einem zweideutigen Grinsen einen Becher des aromatischen Kaffees. Meinte danach aber mit ernsthaftem Unterton in der Stimme: „Die Bilder sind erstaunlicherweise nicht aus Mittenwald."

Bevor ich reagieren konnte fragte mich Lucy: „Wo ist Reneé?" Sie musterte mich prüfend. Wie bei einem ertappten Schuljungen wurden meine Wangen heiß, wahrscheinlich sogar knallrot. „Sie wird wohl gleich kommen", erwiderte ich schulterzuckend. Um von meiner Verlegenheit abzulenken, fragte ich: „Na, wie geht's euch, keinen dicken Kopf? Ihr habt ja gestern ordentlich zugeschlagen."

Kristanna schmunzelte, ihr Blick sprach Bände, als sie antwortete: „Uns geht es prächtig." Lucy schaute mich immer noch prüfend an. Dann sagte sie leise in sehr ernstem Tonfall: „Denk daran, Reneé hat bisher nicht viel Glück mit den Männern gehabt! Also geh bitte sehr vorsichtig mit Ihren Gefühlen um."

Reneés Erscheinen rettete mich vor irgendwelchen blödsinnigen Antworten. Als sie ins Zimmer trat, versprühte sie eine Fröhlichkeit wie schon lange nicht mehr. Sie wusste, dass wir ihrem Lächeln nicht widerstehen konnten; das galt für mich im Besonderen. Das Leuchten in ihren grünen Augen überstrahlte alles. Sie begrüßte jeden von uns mit einer herzlichen Umarmung und einem Küsschen.

„Ihr könnt euch gar nicht vorstellen, was ich für einen Hunger habe." Mit diesen Worten klaute sie schmunzelnd ein belegtes Brot von Lucys Teller und biss herzhaft hinein. Mit dicken Backen nuschelte sie: „Ich muss euch unbedingt einige Sachen aus der Hinterlassenschaft meines Vaters zeigen."

Wir waren sehr neugierig. Zu weiteren Aussagen und Erklärungen ließ sie sich aber nicht bewegen. So blieb uns nichts anderes übrig, als zuerst einmal in Ruhe das Frühstück zu beenden. Zwischendurch betrachteten wir die Aufnahmen unseres Spions. Wir stellten fest, wie Kristanna schon sagte, dass der Spion, nicht in Mittenwald materialisiert war.

„Vielleicht wurde der Spion durch fremde Signale gestört, oder er hatte eine Fehlfunktion", rätselte Kristanna. Über das, was uns die Bilder zeigten, wurde sehr ernst diskutiert. Die manchmal sehr undeutlichen Bilder zeigten stattdessen einen Nationalpark und seine Umgebung, irgendwo in den USA. Lucy tippte auf Kalifornien.

Wir sahen eine staubige, menschenleere Gegend. Dieser Umstand kam unserem Unternehmen eigentlich zugute, aber es stimmte uns auch sehr nachdenklich. Denn normalerweise wimmelte es in diesen Nationalparks doch immer von Touristen. Lucy deutete auf eines der Landschaftsbilder: „Vielleicht ist ein Vulkan ausgebrochen, denn das sieht mir doch verdächtig nach Asche aus. Irgendwo habe ich gelesen, dass im Yellowstone-Nationalpark einer der größten Hot-Spots liegt, dessen große Magmakammer jederzeit explodieren könnte. So hieß es damals jedenfalls!"

„Hoffentlich trifft deine Vermutung nicht zu. Wir werden es sehen, wenn der Gargoyl für uns kein anderes Tor öffnet!", murmelte Reneé. Etwas unsicher beobachtete ich Reneé beim Studium der Bilder, denn mit keinem Ausdruck oder auch nur einer Geste ging sie auf die vergangene Nacht ein.

Sie muss meine Blicke gespürt haben, denn im selben Augenblick schaute sie hoch. Ihre Augen funkelten vergnügt und ihr Mund deutete verführerisch einen Kuss an. Danach widmete sie sich wieder den Bildern. Ich wäre beinahe laut jubelnd aufgesprungen, aber ich riss mich zusammen und frohlockte nur innerlich. Kristanna und Lucy grinsten mich wissend an, sie hatten dieses kleine Intermezzo mitbekommen. Mit zufriedenem Gesichtsausdruck erwiderte ich ihre Blicke.

Letztendlich entschieden wir uns dafür, die Einstellung des Artefaktes für Mittenwald beizubehalten und hofften, dass das Tor beim nächsten Mal uns an die richtige Stelle brachte.

Kristanna erzählt uns zur ,Aufbauung' der Nerven etwas von einem tragischen Vorfall in fernster Vergangenheit. Durch einen angeblichen Fehler funktionierte ein Tor nicht so wie gewünscht. Der damalige Benutzer soll heute noch atomisiert als Wolke im Universum herumschwirren.

Nachdem wir gesättigt waren, packten wir nach dem letzten Schluck Kaffee den Spion mit der Kamera wieder ein. An-schließend begaben wir uns neugierig in das Zimmer von Reneés Vater. Überall im Raum lagen Unterlagen und ausgebreitete Karten herum, auf dem Tisch stapelten sich Papiere.

Insgeheim spürte ich, dass irgendetwas Reneé zu schaffen machte. Sie versuchte das mit ihrem Lächeln zu übertünchen, was ihr auch fast gelang. Aber so, wie sie einzelne Unterlagen mit seltsam trauriger Miene betrachtete, zeigte sie mir, dass doch nicht alles in Ordnung war.

Sie hatte auf einer alten Urkunde den entscheidenden Hinweis auf den unbekannten weiblichen Gott mit dem Namen A. Jolissen gefunden. Dort war auch zu lesen, dass der Torwächter von Kyūkoku dieser Göttin gehörte.

„Aus den Unterlagen geht hervor, dass sich das Artefakt von Kyūkoku und das Refugium auf der gleichnamigen Insel befinden müssen. Vereinzelte Angaben weisen auf die Gegend des Aso hin. Das ist der aktivste Vulkan Japans, etwa 1.592 Meter hoch. Die Umgebung ist sehr gebirgig und die Stadt Kagoshima wird für uns letztendlich der Ausgangspunkt bei der Suche nach Jolissen und ihrem Refugium sein. Wir müssen also auf alle Fälle nach Japan.

Aber zuerst nach Mittenwald. Hoffen wir, dass die Tore richtig funktionieren!"

Sie reichte uns eine Schale mit Schokoladenstücken herum, die anscheinend mit Alkohol gefüllt waren; es schmeckte schwer nach Kirschwasser. Genüsslich verspeisten wir die Süßigkeit, den es war bestimmt schon eine halbe ‚Ewigkeit‘ her, dass wir so etwas Leckeres gegessen hatten. Sie hatte sich wohl bei unserer ‚Zauberschublade‘ bedient. Mit vollen Backen hörten wir Reneés Ausführungen weiter zu.

„Apropos Tore! Ich habe ein Manuskript gefunden, das ‚mein Vater‘ handschriftlich am Rand übersetzt hat. Er schreibt, dass es wohl noch drei weitere, anscheinend vergessene Tore auf der Erde gibt." Sie schaffte es mit Leichtigkeit, die Aufmerksamkeit aller einzufangen, vor allem, nachdem wir die Leckereien vernichtet hatten. Sie reichte uns das Schriftstück, welches Kristanna aufmerksam studierte, nachdem Lucy und ich mit den unbekannten Hieroglyphen nichts anfangen konnten. Während unsere Walküre das Manuskript studierte, las Reneé uns die Übersetzung vor, die sie auf einen separaten Zettel geschrieben hatte.

„Er schreibt von einem Tempel der *Ninhursaga*, auch *Aruru* genannt, die als Muttergottheit auf dem *Zikkurat*, dem Götterberg wohnt. Der Ort soll im Grenzgebiet zwischen dem Irak und dem Iran liegen. Aruru wird in den Mythen als Schöpferin der Menschheit bezeichnet."

Während Lucy und ich sie skeptisch anschauten, gab Kristanna das Manuskript an Reneé zurück und murmelte mit gerunzelter Stirn: „Wenn ich mich recht erinnere, gab es etwa eintausend vor Christus bei den Sumeriten einen ähnlichen Mythos von einer *Ninmach*."

Einen Moment dachte Reneé angestrengt nach. Mit kräftigen Kreisbewegungen ihres Zeigefingers massierte sie sich die Schläfe. Diese Geste hatte ich in letzter Zeit öfters bei ihr gesehen und zeigte mir, dass sie unter einer starken psychischen Anspannung stand, trotz der vor uns gezeigten Lockerheit. Für mich eigentlich verständlich, bei dem was in letzter Zeit auf sie alles eingestürzt war.

Danach sprach sie weiter: „Ein weiteres Tor soll in Russland auf der Taman-Halbinsel am Schwarzen Meer stehen. Es wird eine mythologische Stadt mit Namen *Phanagoria* erwähnt." Sie schaute uns mit einer nachdenklichen Miene an. Dann meinte sie, wobei ihre schillernden grünen Augen einen entrückten Ausdruck annahmen: „Die *Jisshitsu* hatten dort in der Nähe eine riesige Stadt Namens Atlantis."

Lucy schnaubte durch die Nase: „Atlantis! Wo überall diese Stadt und deren Bewohner angeblich schon sein sollten." Das kam recht sarkastisch herüber, aber meine Prinzessin ließ sich nicht provozieren und lächelte nur. „Marc erwähnte mir gegenüber ebenfalls Atlantis. Er wollte mir etwas darüber erzählen. Vielleicht beim nächsten Mal", meinte ich dazwischen.

„An einer weiteren Stelle im Manuskript wird das Yishan-Gebirge erwähnt. Es taucht im Bericht der *Lian hua feng,* der Lotusblütengipfel auf, wo der mythische ‚Gelbe Kaiser *Huáng Dǐ'* als Gründungsvater Chinas wohnte. Er soll laut Manuskript dort zu einem ‚Unsterblichen Gott' geworden sein. Mein Vater schrieb, dass sich an diesem Ort wohl ein weiteres vergessenes Tor befindet. Das Gebiet liegt am heutigen Huáng Shān -Gebirge, der Provinz Ānhuī, im südöstlichen China. Und was daran so bemerkenswert ist, es wurden dort viele, fast viertausend Jahre alte Relikte ausgegraben."

„So, und nun genug davon!", meinte Reneé. Sie stand auf, ging zu einem Regal und brachte etliche Utensilien mit. „Wie wir alle vermuten, ist Kraagen bestimmt ebenfalls nach Japan unterwegs. Er war uns bis jetzt immer einen Schritt voraus. Auf der Suche nach ihm und Jolissen kann uns vielleicht ein sogenannter Körperscanner weiterhelfen. Das Gerät kann per Sensorik biometrische Daten von Lebewesen im Umkreis von ungefähr zwanzig Kilometern aufspüren.

Man kann dem Scanner eine genaue Suchanweisung von Personen einprogrammieren. Mein Vater hat darin zum Beispiel Beschreibungen von mehreren Personen seines Volkes abgespeichert. Von Kraagen, Robarth, Annas und Judro hat er die biometrischen Daten eingespeist, Kristanna die deinen übrigens auch. Wenn einer der Götter oder sonst ein unbekannter Gott, die alle ein bestimmtes biometrisches Signal ausstrahlen, sich in seiner Reichweite aufhalten, meldet uns der Scanner dies mit einem Vibrations-Signal. Man kann das Gerät wie einen Kompass händeln."

Sie zeigte uns das Gerät, welches tatsächlich wie ein Kompass aussah und nachdem Reneé es einschaltete, konnten wir alle ein leises Summen vernehmen. Zufrieden klatschte Kristanna in die Hände, Lucy und ich sagten nur anerkennend „Klasse!"

„Unter den Sachen aus Vaters Hinterlassenschaft habe ich noch weitere brauchbare Dinge für unseren Exkurs auf die Erde gefunden." Reneé legte vier Metallkapseln mit dazugehörigen Plättchen vor uns auf den Tisch, jede in der Größe eines Daumennagels.

„Das ist ein Sender, der alle fünf Minuten einen speziellen Impuls ausstrahlt, der bis auf eine Entfernung von dreißig Kilometern vom Chip geortet werden kann." Sie deutete auf die Plättchen: „Der Empfänger wird auf den jeweiligen Sender einjustiert."

Als Reneé unsere fragenden Gesichter sah, fügte sie erklärend hinzu: „Der eingepflanzte Chip registriert die Signale der eigenen Kapsel nicht, sondern empfängt nur die Sendungen anderer. Das hat mit den Körperschwingungen zu tun, das Gerät erkennt die Meldungen des eigenen Trägers und reagiert darauf nicht, wohl aber auf die anderer Personen."

Neugierig nahm Lucy eine Kapsel in die Hand. „Das fühlt sich an wie Plastik", sagte sie zu Reneé.

„Was das für ein Material ist, kann ich nicht sagen. In Vaters Beschreibung stand, dass nach dem Verschlucken die Kapsel sich durch die Magensäure etwa nach zwei Jahren auflöst. Sie nahm Lucy den Sender aus der Hand und legte ihn auf einen Chip. „So! Jetzt ist er aktiviert und du kannst ihn runterschlucken."

Mit skeptischem Gesichtsausdruck nahm Lucy die Kapsel. Sie sah uns nochmals zweifelnd an und schluckte mit Todesverachtung die ‚Pille' herunter.

„Brrrrr!", tönte sie mit gequälter Miene. „Stell dich nicht so an", meinte Reneé feixend. Dann verteilte sie weitere ‚Spezialitäten' aus der Hinterlassenschaft: „Die Chips stecken wir in diese neuen Armbänder hier. Laut Aussage meines Vaters ist die Translator-Funktion bei denen noch besser als bei den alten Geräten. Außerdem gibt das Armband einen Impuls ab, wenn eine vorhandene radioaktive Strahlung für uns ungesund wird." Somit erübrigte sich meine Frage nach einem Geigerzähler.

Nachdem wir uns alle mit den Utensilien versorgt hatten, zeigte Reneé auf vier anthrazitfarbene Kugeln. „Diese tennisballgroßen Kugeln sind kleine Powerwerke! Durch Signale sind sie untereinander verbunden. Nach dem Einschalten erzeugen sie gemeinsam ein Kraftfeld. So wird eine Fläche von bis zu zwanzig mal fünfzig Metern mit einem energetischen Schutzschirm überspannt."

Ungläubig schauten wir auf die kleinen Kugeln. Wir nahmen sie mit in die große Halle. Nachdem sie um den Tisch verteilt waren, schaltete Reneé die Dinger ein. Ein leichtes Summen erfüllte den Raum.

Ich stand außerhalb des Feldes. Von dort aus konnte ich nur einen feinen gelben, leicht irisierenden Schein erkennen. Er verbarg meine Gefährtinnen samt Tisch und Stühle vor meinen Augen. Mit meiner Hand konnte ich den Schirm nicht durchdringen. Er stieß mich sanft zurück – ähnlich wie eine Gummihaut, dabei spürte ich ein warmes Kribbeln im Arm.

Nachdem Reneé den Schutzschirm wieder ausschaltete, antwortete sie auf meine Frage nach seiner Durchlässigkeit: „Leichte Gegenstände kann er abhalten, aber eine Gewehrkugel würde ihn wahrscheinlich durchschlagen."

Sie schaute uns nacheinander durchdringend an: „Und jetzt wollen wir die Angelegenheit mit der Unsterblichkeit mal klären!" Sie legte eine kleine pistolenähnliche Spritze vor uns auf den Tisch. „Also wie habt ihr euch entschieden?"

Lucy und ich schauten uns an. In ihren Augen meinte ich die gleichen Gedankengänge zu erkennen, die mir seit Reneés erstem Angebot auf der Insel Hitoka na durch den Kopf gingen. War dies nicht schon immer der sehnlichste Wunsch der Menschheit gewesen? War unsere Spezies nicht schon seit Urzeiten auf der Suche nach der Unsterblichkeit?

Nadowessiu hatte sich noch nicht entschieden, aber ihre Meinung hierzu schon dargelegt. Auch sie war noch nicht unsterblich. Aber seitdem war unter uns zu diesem Thema kein Wort mehr miteinander gewechselt worden. Für mich war in erster Linie meine Liebe zu Reneé der ausschlaggebende Faktor, um dieses Anerbieten anzunehmen.

Am kleinen Funkeln, das in Lucys Augen aufleuchtete, erkannte ich ihre Entscheidung. Bei ihr nahm ich an, dass der Faktor Abenteuer, aber auch ihre schwesterliche Liebe zu Reneé eine große Rolle spielten.

Wir drehten uns zu Reneé und Kristanna um und nickten nur bejahend. Beide nahmen erleichtert unsere Entscheidung zu Kenntnis. Kristanna erklärte, dass durch den Aufenthalt auf der Ebene Niihama unsere Körper schon weitgehend angepasst seien, so dass die körperlichen Beeinträchtigungen durch die Injektion nur kurzfristig und nicht so schlimm wären.

„Ihr altert nicht mehr und wenn ihr schön auf euch aufpasst, Kugeln, Messern und sonstigen Mordwerkzeugen aus dem Wege geht, könnt ihr euren jetzigen Körper sehr lange genießen. Ein weiterer Vorteil ist, dass Verletzungen besser und schneller heilen."

Sie machte eine Kunstpause, schaute uns ernst an und sagte: „Nochmals! Ihr könnt nach wie vor getötet werden, oder durch einen Unfall sterben, wie ja auch all die anderen Götter irgendwann einmal gestorben sind. Ihr seid in diesem Falle definitiv tot und kommt auch nicht als Zombies wieder zurück. Auch den ‚Schierlingsbecher‘ solltet ihr vermeiden und gegen Krankheiten oder Epidemien seid ihr ebenfalls nicht gefeit."

Aus dieser Aufklärung zog ich den Schluss: Was sie uns da mit all den aufgezählten Einschränkungen anbot, war für mich eine Unsterblichkeit mit eingeschränkter Gültigkeit. Doch da schob sie noch eine neue Information hinterher: „Nur euer Imunsystem wird durch die Impfung um ein vielfaches kräftiger sein." Jetzt sah die Sache schon viel klarer aus.

Reneé war durch die Gene ihres Vaters und durch den Aufenthalt auf der Ebene sowieso schon unsterblich. Sie benötigte deshalb die Impfung nicht mehr. Die Verabreichung des Serums durch die Spritze verursachte, wie Kristanna bereits sagte, keine größeren Probleme.

Zwei Tage lang litten wir Beide an Übelkeit, Schwindelanfällen und unangenehmen nächtlichen Träumen. Am dritten Tag erwachte ich schon sehr früh. Ich fühlte mich fit und verspürte keine weiteren Nachwirkungen mehr. Nach einer ausgiebigen Dusche traf ich auf Lucy; sie war wie ich auf dem Weg zum Frühstück. Sie summte fröhlich ein Lied. Richtig aufgekratzt verkündete sie mir, dass sie sich ausgeruht und auch körperlich so gut wie schon lange nicht mehr fühle.

Reneé und Kristanna freuten sich, dass wir die Prozedur so gut überstanden hatten und ließen sich von unserer guten Laune anstecken. Gemeinsam bereiteten wir uns auf die am nächsten Tag beginnende Expedition vor.

Mit Spaß und unter viel Gelächter absolvierten wir ein kleines Fitnessprogramm, um unsere, wie Reneé meinte, eingerosteten Knochen wieder fit zu machen. Nach dem Abendessen verzog sich jeder in sein Zimmer, um am nächsten Tag ausgeruht aufzubrechen. Kurze Zeit später kam Reneé zu mir auf mein Zimmer.

Sie hockte sich zu mir aufs Bett und betrachtete durch die Kuppel die Sterne über uns. Nach längerem Schweigen, erzählte sie mir von ihren Konflikt, der ihr Seelenleben so stark belastete.

„Ich habe einen Brief von meinem Vater gefunden!" Wobei sie das Wort ‚Vater' richtiggehend ausspie. Ihre grünen Augen fixierten mich, als sie weiter sprach: „Von wegen Vater. Er ist nicht mein Vater! Swanson ist nicht mein Vater", wiederholte sie bitter.

Diese Eröffnung haute mich einfach um; ich schaute sie mit offenem Mund an. Mit erzwungener Ruhe fragte ich: „Wie meinst du das?"

„Mein ‚Vater' hat mir in einem Brief so einiges mitgeteilt." Schluchzend erklärte sie: „Meine Mutter ist eine gewisse *Freyja*! Eine Göttin und deshalb bin ich ebenfalls so etwas wie ein Alien!"

Während sie über den Inhalt dieses Briefes berichtete, liefen ihr die Tränen über das Gesicht.

Ich wollte sie tröstend in die Arme nehmen. Aber wütend und zugleich abgrundtief traurig, ließ sie es nicht zu. Sie hockte wie ein Häufchen Elend auf dem Bett und umklammerte ihre Knie. Ich wusste im ersten Moment nicht, wie ich sie aufmuntern könnte; also blieb ich einfach still sitzen.

„Er hat alle belogen! Seine Schwester, seine Frau und seine Freunde! Und mich hat er wie ein Kuckucksei in ein fremdes Bett gelegt!" Verbittert redete sie weiter, wobei ihre Augen anklagend einen Punkt hinter mir fixierten. All diese Mühen, die vielen Toten!" Vor sich hinmurmelnd starrte sie die Wand hinter mir an.

„Du hast liebe Freunde gefunden, fantastische Abenteuer erlebt; und du hast mitgeholfen, alte Schulden gegenüber einem Volk zu begleichen, Menschen und Freunde vor der Versklavung zu retten!" Ich hoffte, dass meine Worte sie in ihrem Zustand erreichen würde.

Nach weiteren Minuten kummervollen Schweigens fing sie sich langsam wieder. Sie schniefte und seufzte zweimal tief, dann berichtete sie von anderen Dokumenten aus Swansons Nachlass. Aus einigen dieser Unterlagen ging hervor, wer die Götter letztendlich waren. Sie nannte ihn nun nicht mehr Vater.

„Im Ursprung waren sie Energiewesen, die vor Jahrtausenden fremde Rassen als Wirtskörper für sich übernahmen und diese dann über Jahrhunderte assimilierten. Irgendwann haben sie dann eine menschenähnliche Rasse aufgesaugt, die sich *Jisshitsu* nannten. Sie übernahmen deren unvorstellbare Technologie und mit diesem neuen Wissen erschufen sie die Ebenen, klonten und veränderten oder erfanden sogar gänzlich neue Lebewesen."

Sarkastisch meinte sie, nachdem sie für einige Augenblicke auf die Sterne starrte: „Diese Jisshitsu wehrten sich einige Jahrhunderte lang gegen die Übernahme. Ihre Crux hierbei war, dass ihre Gehirne schließlich einen Abwehrvirus bildeten, woran sie starben. Aber mit ihnen auch die Aggressoren. Es überlebten etwa einhundert Individuen, die als Götter weiterlebten. Sie waren zwar weiter unsterblich, aber der Virus hatte ihre Fähigkeit zur Assimilation anderer Völker vernichtet. Ihre Matrix, oder auch Seele, wenn du so willst, kann den übernommenen Körper nur noch nach dessen Tod wieder verlassen."

Sie zog ihre Knie an die Brust, umschlang sie mit den Armen, um in dieser Stellung weiter zu sprechen: „Die daraus entstandenen Konflikte sind uns mittlerweile sattsam bekannt", seufzte Reneé. „Die Menschen zum Beispiel beteten sie als Götter an und als solche kennen wir sie noch heute."

Bitter resümierte sie: „Sie waren also Schmarotzer Körper, um dann in eine so genannte Sphäre einzutreten. Ein Teil der Altvorderen, die sich nur den Geisteswissenschaften widmeten, errichtete diese Sphäre, um dort als Energiewesen in der Ursprungsform weiter zu leben. Der Rest der Götter, wie wir wissen, eliminierte sich in den vielen Kriegen gegenseitig."

Das Grün Ihrer Augen hypnotisierte mich regelrecht, und ich musste mich zusammenreißen, um weiter zuzuhören.

„Also sind Annas, Kristanna, Kraagen, Judro, diese unbekannte Jolissen - *und ich wohl auch* - Nachfahren dieser Energiewesen; wenn auch in einer späteren Generation!" Murmelnd fügte sie hinzu: „Ob Nachkommen aus einer Verbindung zwischen ihnen und Menschen existieren? Ich weiß es nicht."

Obwohl mir die Sache ein wenig unheimlich vorkam, verursachte der Gedanke daran leichte Schwindelgefühle bei mir. Die Sagen und Erzählungen unserer Vorfahren erhielten dadurch eine völlig neue Wertung. Man nehme nur Atlantis oder andere Hochkulturen, die plötzlich spurlos verschwunden sind.

Endlich konnte ich sie in meine Arme schließen: „Aliens! Götter! *Hallo!* Das ist mir aber so etwas von egal!" Ich schaute tief in ihre Augen und versuchte sie dann grinsend mit den Worten zu trösten: „Vor allem wenn sie in so einer reizenden und aufregenden Verpackung stecken."

Sie presste ihre Arme um meinen Nacken und zog mich noch näher an sich heran. Ihre kleine, süße Nasenspitze berührte die meine und ihre hypnotischen Augen ließen mich wieder einmal ins Bodenlose stürzen. „Frisst du mich jetzt auf?"

Sie stürzte sich auf mich, küsste mich leidenschaftlich und als ich ihren herrlichen weiblichen Körper auf mir spürte, waren alle Gedanken an Aliens und Götter vergessen. Ineinander verschlungen, umklammerten wir uns wie Ertrinkende; es folgte eine phantastische, nicht enden wollende Liebesnacht. Erst in den frühen Morgenstunden schliefen wir erschöpft ein.

Geweckt wurden wir von zwei Amazonen, die über beide Ohren grinsten und feixend meinten: „Aufstehen ihr Schlafmützen. Wir wollen endlich los!"

Ungeniert reckte sich meine Göttin neben mir ausgiebig. Gutgelaunt und mit einem strahlenden Funkeln in ihren grünen Augen gab sie mir einen Kuss. Behände sprang sie aus dem Bett: „Also lassen wir es angehen!" Mit einer koketten Kopfbewegung spazierte sie mit ihrem sexy Body, an ihren Freundinnen vorbei, in den Baderaum; schmachtend schaute ich hinterher.

Anschließend verscheuchte ich Lucy und Kristanna: „Habt ihr sonst nichts zu tun? Wir kommen gleich und erwarten ein fürstliches Frühstück. Ein ‚alter Mann' muss schließlich seine Energien wieder auffüllen. Jetzt aber ab mit Euch!"

Amüsiert und mit vielsagendem Lächeln verschwanden die Beiden, so dass ich mich ebenfalls unter die Dusche begeben konnte. Mit einem tiefen Seufzer ignorierte ich Reneés verführerischen Anblick hinter dem Glas der Duschkabine. Ich nahm die andere Duschzelle.

Das Frühstück war wirklich fürstlich. Anschließend bereiteten wir die Exkursion vor. Aus der „Zauberklappe" versorgten wir uns mit fester Kleidung und Stiefeln aus dem unverwüstlichen Material. Jeder verstaute seine Sachen in einen Rucksack, natürlich ebenfalls aus diesem Supermaterial.

Ich musste grinsen, als ich an die Füllung einer meiner Feldflaschen mit Bourbon-Whiskey dachte. Auf unserer bestimmt anstrengend werdenden Reise würde uns gelegentlich ein Schluck daraus sicherlich gut tun.

Dann stellte ich die Frage in den Raum: „Wie sieht es denn mit Geld aus? Nach meinen Erfahrungen kriegt man auf der Erde nichts geschenkt." Wir konnten ja nicht wissen, welche Währungen momentan auf der Erde im Umlauf waren. Vielleicht hatte man ja in der Zwischenzeit auf unserem alten Planeten eine Weltwährung geschaffen? Obwohl ich mir das bei dem damaligen Gezänk um Dollar, Euro, Yuán und Yen eigentlich nicht vorstellen konnte.

Unsere Prinzessin antwortete ganz nonchalant: „Ich habe vorgesorgt. Im Fundus meines Vaters," – *sie sagte tatsächlich immer noch Vater!* – „habe ich etwas gefunden und damit unsere Reisekasse gefüllt." Mit diesen Worten drückte sie jedem von uns einen kleinen Lederbeutel in die Hand.

Ich stieß einen lauten Pfiff aus, als ich darin Diamanten und kleine Goldnuggets sah. „Damit kann wirklich nichts schief gehen, diese Währung geht immer!" Dann ging mir kurz der Gedanke durch den Kopf, hoffentlich müssten wir nie beweisen, dass wir die Klunker nicht geklaut hatten.

Lucy murmelte mit verträumten Blick: „Jetzt bin ich endlich reich! Es hat sich also doch gelohnt, immer wieder unserer Prinzessin den süßen Hintern zu retten." Lachend verstauten wir die Beutel in unseren Rucksäcken und setzten unsere Reisevorbereitungen fort.

Reneé und Kristanna hatten sich für ihre Schwerter extra eine Art Scabbart aus dem geschmeidigen Ledermaterial unter Mithilfe der ‚kleinen Helferlein' in der Wand angefertigt, so dass es außer der Saya noch einen zusätzlichen Schutz für die wertvollen Klingen gab. Eine Kappe verdeckte den Griff, so dass man auf den ersten Blick nicht erkennen konnte, was in der Hülle steckte. Den Holster befestigten sie sich mit zwei breiten Lederriemen auf dem Rücken, die wie Hosenträger über die Schulter gezogen wurden.

Zusätzlich band Reneé sich eine der Saigabeln an ihre linke Hüfte. Am Hals blitzte kurz ihr Drachentattoo, das sie seit der Verleihung durch die Rénmín trug. Den Bo-Stab aus der Ankunftstätte von Shimabara vervollkommnete ihr Waffenarsenal, wobei der Stab auch als Wandererutensil durchging.

Lucy schaute mich fragend an, stumm aber mit einem Gesichtsausdruck, der so viel bedeutete wie: „Und ich? Wie und mit was soll ich mich verteidigen?" „Schon gut! Nicht heulen! Du bekommst ebenfalls was zum spielen!"

Ich ging zur Wunderschublade in der Wand. Mit dem Wunsch „zwei Kopien bitte!" legte ich eine meiner Glocks hinein. Nach etwa fünf Minuten war mein Wunsch erfüllt und zwei weitere Glocks standen uns zur Verfügung. Danach kopierte ich das Reservemagazin und die Patronen, anschließend selbstverständlich auch die dazugehörigen Schulterhalfter. Glücklicherweise konnten wir als autorisierte ‚Besteller' diese Waffen und auch die Munition ordern, denn es gab ja auf Niihama selbst kein Schießpulver.

Während wir auf die Ausgabe unserer Bestellung warteten, fielen mir Leitsätze aus meiner SEK-Ausbildungszeit ein: Träger von Schusswaffen besitzen Macht über das Leben anderer Menschen. Bei jedem Einsatz dieser Tötungs-Instrumente gibt es mindestens einen Verlierer. Deshalb sind Verantwortungsgefühl und ein starker Charakter unverzichtbare Voraussetzungen für das Tragen von Waffen. Ich konnte mir nicht erklären, warum gerade jetzt so alte Kamellen durch mein Hirn kreisten.

Ganz entspannt bummelte ich vor der Wand auf und ab, plötzlich überfiel mich der Gedanke, wie es wäre, wenn es außer der einen Wunderschublade, darunter noch eine zweite gäbe. Daraus müsste man dann so feine Sachen wie Liebe, oder Verständnis, oder vielleicht sogar Intelligenz ziehen können. Jedenfalls würde ich mir daraus eine extragroße Portion Humor bestellen.

Ich musste lachen, was für verrückte Ideen mir durch den Kopf gingen. Dann war die Wunderschublade mit der Duplizierung fertig. Lucy nahm begeistert ihre Waffen entgegen. „Ich kann ja schlecht auf der Erde mit einem Flitzebogen herumlaufen", meinte sie augenzwinkernd und legte die Schulterhalfter an. Den Körperscanner hing sie sich um den Hals; „sieht ja aus wie eine große Brosche", kommentierte sie grinsend, als sie ihn sich über den Kopf streifte.

Ich versorgte mich selber ebenfalls mit Munition für meine ‚Taschenartillerie'. Die Reservemagazine verstaute ich in den Laschen der beiden Schulterhalfter. An der rechten Hüfte trug ich mein lieb gewonnenes Bowie-Messer. Ich zog den knielangen Mantel an, selbstverständlich auch aus dem unverwüstlichen lederähnlichen Material. Den Gargoyl verstaute ich noch schnell in meinem Rucksack.

Dazu kam die von Reneé vorbereitete Medizinschatulle aus einem mir unbekannten, silbernen aluähnlichen Material. Darin befanden sich unter anderem das fantastische menschliche Plasma und ein paar mit außerirdischer Technologie hergestellte Tabletten für verschiedene Anwendungsgebiete.

Während ich die Riemen über die Schulter streifte, murmelte ich leise: „Auf! Auf, ihr Göttinnen, ich werde euch überall hin folgen. Und sei es bis zur Hölle und wieder zurück."

Fast hätte ich noch meinen Hut vergessen, als auch er dann meinen Kopf zierte, war meine Ausrüstung vollständig. Dann fiel mein Blick auf unseren Kugelspion. „Dich darf ich natürlich nicht vergessen! Du bist unser letztes Ass im Ärmel, wenn wir die Hilfe unserer Daheimgebliebenen benötigen. Denn der Vorsichtige plant immer im Voraus!"; ich verstaute ihn in einer kleinen separaten Umhängetasche.

Marc würde mal wieder seinen Lieblingsspruch anbringen: „*Yudan taiteki*; Nachlässigkeit ist ein großer Feind." Zuletzt aktivierten wir mehrere Fallen für unerwünschte Ankömmlinge in der Heimstätte. Danach verabschiedeten wir uns von unseren Schwarzen Gesellen.

Während ich noch meinen Gedanken nachhing, aktivierte Reneé das Artefakt. Das furchterregende Gesicht des Gargoyl wurde sichtbar. Angeführt von meinem Prachtmädel schritten Lucy und Kristanna zielstrebig durch das Tor, das der Gargoyl geöffnet hatte. Mit der rechten Hand strich ich an der Krempe meines Stetsons entlang und schnitt eine Grimasse, während ich ihnen mit grummelndem Magen durch das Tor folgte.

Nach über zwei Jahren auf der Ebene Niihama betrat ich meine alte Heimat wieder. Dort waren inzwischen für mich etwa achtzehn Jahre vergangen. Seltsamerweise hatte ich nicht das Gefühl, nach Hause zu kommen. War ich schon von Niihama infiziert? Es musste wohl so sein! Für Lucy waren ihre fünf Jahre Niihama eine halbe Ewigkeit, das bedeutete fast fünfunddreißig Jahre auf der Erde! Es war 2002, als sie zusammen mit Reneé zum ersten Mal die Ebene betreten hatte. Mir rauchte der Kopf, was musste in ihr vorgehen?

Nach einem kurzen Moment schüttelte ich den Kopf; ich denke, sie war ebenfalls genauso von Niihama eingenommen wie Reneé und ich. Die Rückkehr wird ihr deshalb sicherlich nicht so viel Magengrummeln bereiten wie mir. Ein flaues Gefühl im Magen begleitete mich heute schon seit dem frühen Morgen.

Hinter mir schloss sich das Tor mit einem Seufzer, jedenfalls schien es mir so. Als wir die Erde betraten empfing uns Dunst oder Nebel. Die Sicht auf unseren Ankunftsort war stark eingeschränkt. Die Schöße unserer grauen Ledermäntel flatterten im staubigen Wind, der uns recht kräftig entgegenblies.

Ende

\*\*\*

*Das Leben ist nicht zu Ende*

*nur weil ein Traum nicht in Erfüllung geht. Es hat nur einen Weg versperrt, damit man einen anderen sucht!*

Chinesische Weisheit

\*\*\*

 **tredition®**

## Über tredition

Der tredition Verlag wurde 2007 in Hamburg gegründet und ermöglicht Autoren das Publizieren von e-Books, audio-Books und print-Books. Autoren veröffentlichen ihre Bücher selbständig oder auf Wunsch mit der Unterstützung von tredition. print-Books sind in allen Buchhandlungen sowie bei Online-Händlern gedruckter Bücher erhältlich. e-Books und audio-Books können auf Wunsch der Autoren neben dem tredition Web-Shop auch bei weiteren führenden Online-Portalen zum Verkauf angeboten werden.

Auf www.tredition.de veröffentlichen Autoren in wenigen leichten Schritten ihr Buch. Zusätzlich bieten zahlreiche Literatur-Partner (das sind Lektoren, Übersetzer, Hörbuchsprecher und Illustratoren) ihre Dienstleistung an, um Manuskripte zu verbessern oder die Vielfalt zu erhöhen. Autoren können dieses Angebot nutzen und vereinbaren unabhängig von tredition mit Literatur-Partnern ihre Zusammenarbeit und partizipieren gemeinsam am Erfolg des Buches.

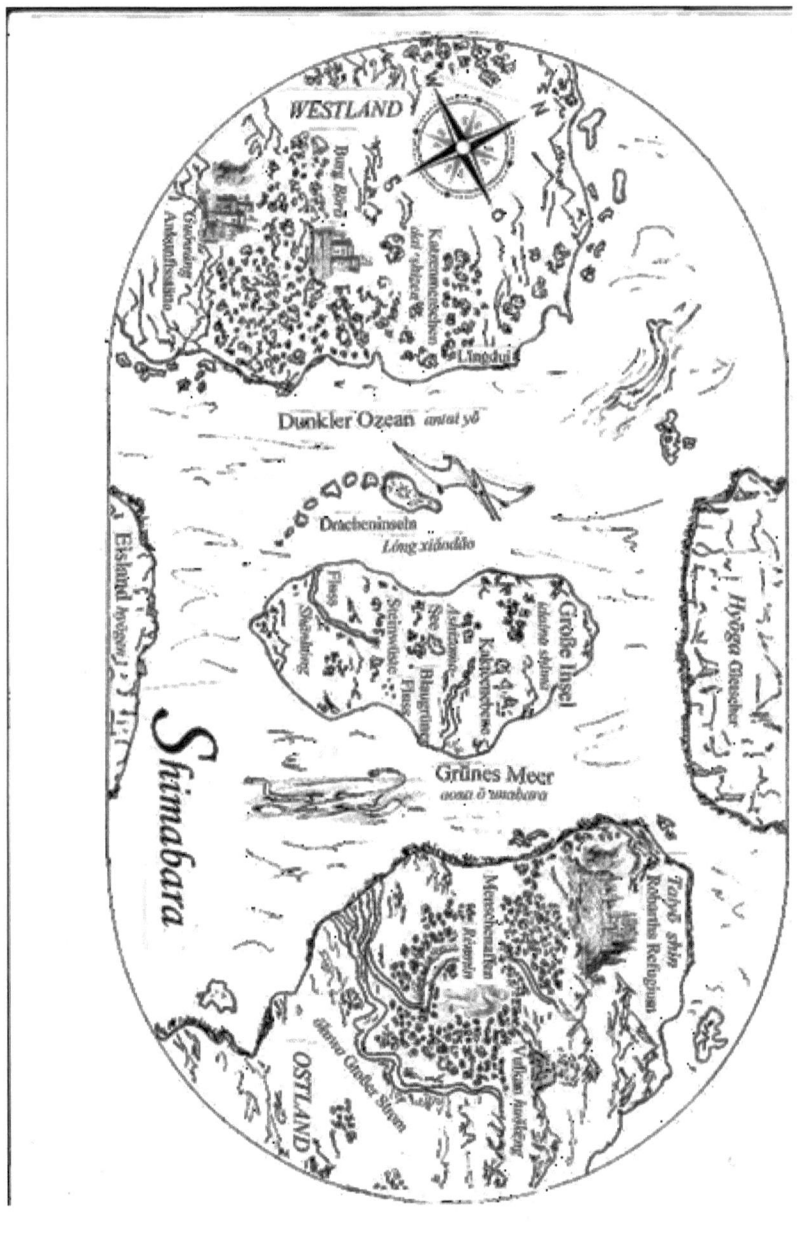

Zeitfracht Medien GmbH
Ferdinand-Jühlke-Straße 7
99095 Erfurt, Deutschland
produktsicherheit@kolibri360.de